smells like
Teen Spirit

needed
1. mercedes benz and a few old cars
2. Access to a mall, main floor and one jewelry shop.
   ^Abandoned
3. lots of fake jewelry
4. school Auditorium (Gym)
5. A cast of hundreds. 1 custodian, students.
6. 6 black cheerleader outfits with Anarchy A's (A) on chest

listas extraordinárias

listas
extraordinárias

organização
SHAUN USHER

tradução
HILDEGARD FEIST

COMPANHIA DAS LETRAS

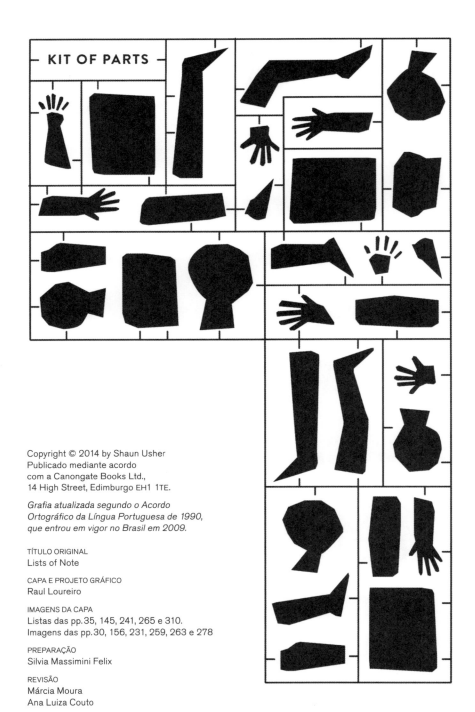

Copyright © 2014 by Shaun Usher
Publicado mediante acordo
com a Canongate Books Ltd.,
14 High Street, Edimburgo EH1 1TE.

*Grafia atualizada segundo o Acordo
Ortográfico da Língua Portuguesa de 1990,
que entrou em vigor no Brasil em 2009.*

TÍTULO ORIGINAL
Lists of Note

CAPA E PROJETO GRÁFICO
Raul Loureiro

IMAGENS DA CAPA
Listas das pp. 35, 145, 241, 265 e 310.
Imagens das pp. 30, 156, 231, 259, 263 e 278

PREPARAÇÃO
Silvia Massimini Felix

REVISÃO
Márcia Moura
Ana Luiza Couto

[2016]
Todos os direitos desta edição reservados à
EDITORA SCHWARCZ S.A.
Rua Bandeira Paulista, 702, cj. 32
04532-002 — São Paulo — SP
Telefone: (11) 3707-3500
Fax: (11) 3707-3501
www.companhiadasletras.com.br
www.blogdacompanhia.com.br
facebook.com/companhiadasletras
instagram.com/companhiadasletras
twitter.com/cialetras

Dados Internacionais de Catalogação na Publicação (CIP)
(Câmara Brasileira do Livro, SP, Brasil)

Usher, Shaun
Listas extraordinárias / Shaun Usher ; tradução Hildegard Feist — 1ª ed. — São Paulo: Companhia das Letras, 2016.

Título original: Lists of Note.
ISBN 978-85-359-2830-3

1. Listas — coleções literárias I. Título.

16-07961 CDD-808.8

Índice para catálogo sistemático:
1. Listas — coleções literárias 808.8

DEDICO ESTE LIVRO
ÀS MINHAS TRÊS
PESSOAS FAVORITAS:

1. KARINA
2. BILLY
3. DANNY

025 **O DECÁLOGO DA MÁFIA** 73
MÁFIA

026 **SETE HOMENZINHOS AJUDAM UMA JOVEM** 74
ED GOMBERT

027 **PARA QUEM NÃO SACA LÍNGUA DE JAZZISTA** 76
HARRY GIBSON

028 **AS EXIGÊNCIAS DE EINSTEIN** 78
ALBERT EINSTEIN

029 **DOMINANDO A CULINÁRIA FRANCESA** 80
JULIA CHILD

030 **LISTA DE DESAPARECIDOS** 83
CLARA BARTON

031 **AS BRUXAS DE SALEM** 86
AUTOR DESCONHECIDO

032 **J'AIME, JE N'AIME PAS** 88
ROLAND BARTHES

033 **FALTAS AO TRABALHO** 89
AUTOR DESCONHECIDO

034 **SUGESTÕES PARA TOMAR ÔNIBUS INTEGRADOS** 94
MARTIN LUTHER KING

035 **OS DEZ MANDAMENTOS DO TRAPACEIRO** 97
VICTOR LUSTIG

036 **GOBBLEFUNK** 98
ROALD DAHL

037 **TEMAS A INVESTIGAR** 100
LEONARDO DA VINCI

038 **PRESENTES DE ANO-NOVO PARA SUA MAJESTADE** 102
RAINHA ELIZABETH I

039 **OBJEÇÕES PATERNAS** 118
CHARLES DARWIN

040 **DECISÕES DE ANO-NOVO** 119
WOODY GUTHRIE

041 **PRECISO ME ESFORÇAR PARA** 122
MARILYN MONROE

042 **REGRAS DE CONVIVÊNCIA** 123
NOËL COWARD

043 **UM PEQUENO CARDÁPIO** 125
MARK TWAIN

044 **OS PECADOS DE NEWTON** 127
SIR ISAAC NEWTON

045 **O LIVRO DO TRAVESSEIRO** 130
SEI SHŌNAGON

046 **SILÊNCIO ELOQUENTE** 132
WALT WHITMAN

047 **CONSELHOS PARA MOÇAS** 136
THE LADIES' POCKET MAGAZINE

048 **DEZ ROMANCES AMERICANOS FAVORITOS** 137
NORMAN MAILER

049 **LISTA DE MULHERES DA VIDA** 138
AUTOR DESCONHECIDO

050 **REGINALD, A RENA DE NARIZ VERMELHO** 141
ROBERT MAY

051 **AFAZERES DE LEONARDO** 142
LEONARDO DA VINCI

052 **COMO A MINHA VIDA MUDOU** 144
HILARY NORTH

053 **MATERIAL PARA UMA EXCURSÃO** 146
HENRY DAVID THOREAU

054 **CRENÇA E TÉCNICA PARA A PROSA MODERNA** 149
JACK KEROUAC

055 **DE VOLTA AOS MANDAMENTOS ESCOLARES** 150
SYLVIA PLATH

056 **QUANDO EU ENVELHECER** 152
JONATHAN SWIFT

057 **LISTA DE ACESSÓRIOS DE CENA DE HOUDINI** 154
HARRY HOUDINI

058 **MOTIVOS PARA INTERNAÇÃO** 157
HOSPITAL PARA INSANOS DA VIRGÍNIA OCIDENTAL

059 **OS OITO TIPOS DE BÊBADO** 159
THOMAS NASHE

060 **COMO ARRUMAR UM NAMORADO** 160
AUTOR DESCONHECIDO

061 **VOCÊ TEM DE SACAR PARA CURTIR, SACOU?** 166
THELONIOUS MONK

062 **LISTA DE COMPRAS DE GALILEU** 168
GALILEU GALILEI

063 **REGRAS PARA O DEPARTAMENTO DE ARTE DO IMMACULATE HEART COLLEGE** 170
CORITA KENT

064 **A LISTA DE AMOR DE HARRY S. TRUMAN** 172
HARRY S. TRUMAN

065 **COMO ESCREVER** 176
DAVID OGILVY

066 **REJEITANDO *WITTGENSTEIN'S MISTRESS*** 177
DAVID MARKSON

067 **ESTRANHAS IDEIAS DE LOVECRAFT** 180
H. P. LOVECRAFT

068 **REGRAS ESTAPAFÚRDIAS** 190
WILLIAM SAFIRE

069 **OS MANDAMENTOS DE CHRISTOPHER HITCHENS** 193
CHRISTOPHER HITCHENS

070 **LISTA DE VENCEDORES OLÍMPICOS** 195
AUTOR DESCONHECIDO

071 **COMO SE TORNAR ELEGANTE** 196
EDNA WOOLMAN CHASE

072 **DESPREZO:** 201
WALKER EVANS E JAMES AGEE

073 **O JANTAR DO BOÊMIO** 207
CHARLES GREEN SHAW

074 **OS DEZ COMPOSITORES QUE EU GOSTO MAIS** 208
LUCAS AMORY

075 **AS REGRAS DE THURBER** 212
JAMES THURBER

076 **O PODEROSO CHEFÃO** 213
FRANCIS FORD COPPOLA

077 **MISTÉRIOS DO ÓPIO REVELADOS** 214
DR. JOHN JONES

078 **NOMES VIÁVEIS** 217
CHARLES DICKENS

079 **VIVA O MELHOR QUE PUDER** 221
SYDNEY SMITH

080 **LISTA DE AMOR** 223
EERO SAARINEN

081 **TOME COQUETEL!** 224
F. SCOTT FITZGERALD

082 **OS ONZE MANDAMENTOS DE HENRY MILLER** 226
HENRY MILLER

083 **CÉREBRO** 227
A. T. (PROFISSIONAL DE MEDICINA E CIRURGIA)

084 **REGRAS SIMPLES PARA VIVER EM LONDRES** 229
RUDYARD KIPLING

085 **OS LIVROS FALSOS DE CHARLES DICKENS** 230
CHARLES DICKENS

086 **O QUE É PROIBIDO E O QUE REQUER CUIDADO** 232
MOTION PICTURE PRODUCERS AND DISTRIBUTORS OF AMERICA

087 **CASAR/NÃO CASAR** 235
CHARLES DARWIN

088 **OS COMPROMISSOS DE VONNEGUT** 238
KURT VONNEGUT

089 **DECÁLOGO PARA SEGUIR NO DIA A DIA** 240
THOMAS JEFFERSON

090 **OS DEZ MANDAMENTOS DO GUITARRISTA** 242
CAPTAIN BEEFHEART

091 **COISAS EM ANDAMENTO E POR FAZER** 244
THOMAS EDISON

092 **ONZE REGRAS PARA ATRAIR O PÚBLICO** 256
PRESTON STURGES

093 **GRAUS DE VAGABUNDO** 257
THOMAS HARMAN

094 **UM CORPO QUE CAI** 258
PARAMOUNT

095 **SETE PECADOS SOCIAIS** 260
MOHANDAS GANDHI

096 **PARTES DO CORPO PELAS QUAIS SOU GRATA** 261
TINA FEY

097 **LISTA DE COMPRAS DE MICHELANGELO** 264
MICHELANGELO

098 **SÍMILES E COMPARAÇÕES** 266
RAYMOND CHANDLER

099 **RECEITAS DE PERU DE SCOTT** 267
F. SCOTT FITZGERALD

100 **ELVIS: GORDO** 271
JOHN LENNON

101 **LIVROS QUE VOCÊ DEVE LER** 272
ERNEST HEMINGWAY

102 **BASKET. BALL.** 274
JAMES NAISMITH

103 **O QUE MULHERES CICLISTAS NÃO DEVEM FAZER** 279
UNIQUE CYCLING CLUB OF CHICAGO

104 **AS TREZE VIRTUDES DE FRANKLIN** 280
BENJAMIN FRANKLIN

105 **ETIQUETA DE SALVAMENTO** 282
MARK TWAIN

106 **MEUS LIVROS FAVORITOS** 283
EDITH WHARTON

107 **EMPÓRIO CELESTIAL DE CONHECIMENTOS BENÉVOLOS** 284
JORGE LUIS BORGES

108 **UM DECÁLOGO LIBERAL** 286
BERTRAND RUSSELL

109 **O INVENTÁRIO DE HENSLOWE** 287
PHILIP HENSLOWE

110 **COISAS DO MEIO-OESTE** 289
DAVID FOSTER WALLACE

111 **NOMES PARA O FONÓGRAFO** 290
THOMAS EDISON

112 **COISAS COM QUE VOCÊ DEVE SE PREOCUPAR** 294
F. SCOTT FITZGERALD

113 **AMANTES DOS SONHOS DE MARILYN MONROE** 296
MARILYN MONROE

114 **QUALIDADES DE GENTE CIVILIZADA** 298
ANTON TCHÉKHOV

115 **A LISTA DE PÁSSAROS DO PRESIDENTE ROOSEVELT** 301
THEODORE ROOSEVELT

116 **REQUISITOS DO BOM ESTUDANTE** 304
FRANK LLOYD WRIGHT

117 **A LIVRARIA** 306
ITALO CALVINO

118 **LISTA DE VERBOS: AÇÕES PARA TER EM MENTE** 308
RICHARD SERRA

119 **UTOPIAN TURTLE-TOP** 312
MARIANNE MOORE

120 **DICAS DE BILLY WILDER PARA ROTEIRISTAS** 313
BILLY WILDER

121 **POR QUE NANCY É TÃO BACANA** 314
SID VICIOUS

122 **"SMELLS LIKE TEEN SPIRIT"** 316
KURT COBAIN

123 **EDMUND WILSON LAMENTA** 318
EDMUND WILSON

124 **REGRAS DE SATCHEL PARA VIVER BEM** 320
SATCHEL PAIGE

125 **ESTAMOS CHEGANDO LÁ!** 321
RICHARD WATTS

AGRADECIMENTOS 327
CRÉDITOS 328
ÍNDICE ONOMÁSTICO 331

Apresentação

Desde que nós, humanos, começamos a andar pela Terra, não paramos de criar listas de todos os tipos, com a certeza de que todas as coisas estão sendo constantemente organizadas, priorizadas, classificadas e atualizadas até o fim de nossos dias. Não é bom pensar nisso, mas imagino, com alguma relutância, que a vida num mundo sem elas seria caótica: nem uma lista de afazeres, uma lista de compras, uma lista de desejos, um dicionário, uma lista de favoritos, uma lista de previsões, uma lista de resoluções, uma caderneta de endereços, uma lista de conselhos, um sumário — seria um mundo repleto de coisas confusas, transbordantes, sem propósito, sem identidade coletiva.

Para explicar melhor nossa dependência das listas, parece-me oportuno enumerar os motivos:

1. A vida é caótica — muitas vezes, insuportavelmente caótica. A capacidade de organizar parte desse caos em listas, de tornar a situação sustentável, pode proporcionar um alívio muito bem-vindo.

2. Nós, humanos, temos medo do desconhecido e por isso precisamos realmente rotular e agrupar as coisas em listas que nos tranquilizam.

3. As listas podem nos tornar mais produtivos e acabar com a procrastinação. Nada no mundo, com exceção da aposentadoria, é tão eficaz quanto uma lista de afazeres para romper a névoa espessa de uma quantidade de trabalho assustadora.

4. Todos nós somos críticos. Classificar as coisas — da melhor à pior, da maior à menor, da mais rápida à mais lenta — pode ser viciante, sem dúvida porque faz com que nos sintamos muito inteligentes.

5. O tempo é precioso. Confiando um monte de informações monótonas a listas facilmente digeríveis, temos mais tempo para nos divertir e fazer listas.

O tamanho de nossa obsessão por listas ficou claro para mim cinco anos atrás, quando vasculhei diversos arquivos, museus e bibliotecas do mundo em busca de material para meu primeiro livro, *Cartas extraordinárias*, uma coletânea de exemplares de correspondência notável de todas as épocas e de todo tipo de gente. Quase a todo momento dessa viagem eu deparava com listas intrigantes, escritas pelas mesmas pessoas — listas de extensão variável, algumas manuscritas, outras datilografadas —, e a maioria delas me cativou por diferentes razões.

Cinco anos se passaram, e agora você tem em mãos um livro lindo, com 125 das listas mais interessantes que consegui encontrar. Uma lista de listas. Que abrange milhares de anos: a mais antiga é uma curiosa relação de faltas ao trabalho proveniente do antigo Egito; as mais recentes datam de poucos anos. Dentre elas, temos:

- uma lista de suspeitos de homicídio, manuscrita pela secretária de John F. Kennedy horas depois do assassinato do presidente;
- uma esplêndida "Tentativa de inventário dos alimentos líquidos e sólidos ingeridos por mim no decorrer do ano de mil novecentos e setenta e quatro", da autoria do romancista francês Georges Perec;
- uma lista de compras de Galileu que menciona o material necessário para construir seu pioneiro telescópio;
- uma lista de interpretação de sonhos escrita por volta de 1220 a.C.;
- uma lista de alternativas para a famosa frase "Francamente, minha querida, não dou a mínima", elaborada pouco depois que os censores de Hollywood consideraram vulgar a expressão "não dou a mínima";
- ... e muitas, muitas mais.

Várias dessas listas dão conselhos para seguir durante toda a vida. Algumas nos revelam um pequeno momento da história que desconhecíamos. Outras simplesmente são uma delícia de ler. Cada uma, porém, certamente é uma lista extraordinária.*

---

*A reprodução de erros de ortografia, de gramática e de pontuação (ou falta dela) é uma tentativa de seguir o estilo das listas originais. Observações entre parênteses já estavam presentes nos documentos, ao passo que inserções entre colchetes são acréscimos do organizador e/ou da tradutora. [N. T.]

lista 001

BEIJAR JUNE
JOHNNY CASH

data desconhecida

O lendário cantor e compositor Johnny Cash pediu em casamento o amor de sua vida, a colega June Carter, estrela da música country, no palco, em 1968, treze anos depois de conhecê-la. A união resistiu ao tempo e se manteve até a morte de June, 35 anos depois. Cash era romântico e escreveu para a esposa incontáveis bilhetes de amor no decorrer de sua vida conjugal — mesmo suas listas de afazeres, como a que vemos aqui, transbordam sentimento.

COISAS PARA FAZER HOJE!

1. Não fumar
2. Beijar June
3. Não beijar mais ninguém
4. Tossir
5. Mijar
6. Comer
7. Não comer demais
8. Me preocupar
9. Visitar a mamãe
10. Tocar piano

NOTAS:

Não escrever notas

THINGS TO DO TODAY!

Date:_____

Urgent ✓			Done ✓
☐	1.	Not Smoke	☐
☐	2.	Kiss June	☐
☐	3.	Not Kiss anyone else	☐
☐	4.	Cough	☐
☐	5.	Pee	☐
☐	6.	Eat	☐
☐	7.	Not eat too much	☐
☐	8.	Worry	☐
☐	9.	Go See Mama.	☐
☐	10.	Practice Piano	☐

NOTES:

Not write notes

¶ Here begynneth the boke of keruynge and sewynge / and all the feestes in the yere for the seruyce of a prynce or ony other estate as ye shall fynde eche offyce the seruyce accordynge in this boke folowynge

¶ Termes of a keruer.

Breke that dere
lesche ỹ brawne
rere that goose
lyfte that swanne
sauce that capon
spoyle that henne
fruche that chekyn
vnbrace that malarde
vnlace that conye
dysmembre that heron
dysplaye that crane
dysfygure that pecocke
vnioynt that bytture
vntache that curlewe
alaye that fesande
wynge that partryche
wynge that quayle
mynce that plouer
thye that pygyon
border that pasty
thye that woodcocke
thye all maner small byrdes
tymbre that fyre

tyere that egge
chynne that samon
strynge that lampraye
splatte that pyke
sauce that place
sauce that tenche
splaye that breme
syde that haddocke
tuske that berbell
culpon that troute
fyne that cheuen
trassene that ele
traunche that sturgyon
vndertraunche that purpos
tayme that crabbe
barbe that lopster

¶ Here endeth the goodly termes.

¶ Here begynneth Butteler and Panter.

Thou shalte be butteler and panter all the fyrst yere / and ye muste haue thre pantry knyues / one knyfe to square trenchoure loues / an other to be a

Termes of a kerver.	Termos do trinchador.
breke that dere	despedace esse cervo
lesche yt brawne	lave bem esse porco
rere that goose	levante esse ganso
lyfte that swanne	pegue esse cisne
sauce that capon	tempere esse capão
spoyle that henne	agarre essa galinha
fruche that chekyn	segure esse frango
bnbrace that malarde	solte esse pato selvagem
bnlace that conye	desamarre esse coelho
dysmembre that heron	desmembre essa garça
dysplaye that crane	exiba esse grou
dysfygure that pecocke	desfigure esse pavão
vnyont that bytture	desconjunte esse alcaravão
vntache that curlewe	desprenda esse maçarico
alaye that fesande	aquiete esse faisão
wynge that partryche	desase essa perdiz
wynge that quayle	desase essa codorna
mynce that plouer	pique essa tarambola
thye that pegyon	tire as coxas desse pombo
border that pasty	guarneça essa torta
thye that woodcocke	tire as coxas dessa galinhola
thye all manner of small byrdes	tire as coxas de toda ave pequena
tymbre that fyre	ponha lenha nesse fogo
tyere that egge	quebre esse ovo
chynne that samon	tire a espinha desse salmão
strynge that lampraye	limpe essa lampreia
splatte that pyke	destripe esse lúcio
sauce that place	tempere esse linguado
sauce that tenche	tempere essa tenca
splaye that breme	corte essa brema
syde that haddocke	guarneça esse hadoque
tuske that barbell	espete esse barbo
culpon that troute	limpe essa truta
fyne that cheuen	tire as barbatanas dessa carpa
transsene that ele	limpe essa enguia
traunche that sturgyon	fatie esse esturjão
vndertraynche that purpos	fatie essa toninha
tayme that crabbe	dome esse caranguejo
barbe that lopster	corte a barba dessa lagosta
Here endeth the goodly terms.	Aqui terminam os termos importantes.

lista 002

TERMOS DO TRINCHADOR
WYNKYN DE WORDE

1508

No final da Idade Média, trinchar carne era uma arte, ao menos para os ricos, que podiam adquiri-la. Animais inteiros eram habitualmente postos na mesa e fatiados com precisão, diante de todos, por uma equipe de empregados especializados. Em 1508, o influente editor Wynkyn de Worde reuniu essas regras de preparo em *The Boke of Kervynge* (*O livro de trinchar*), um guia que começa com uma lista de termos relacionados a vários tipos de corte.

Nove caldos de carne, uma sopa gelada de pepino, uma sopa de mexilhão. Duas *andouilles de Guéméné*, uma gelatina de *andouillettes*, uma *charcuterie* italiana, uma linguiça de porco, quatro *charcuteries* mistas, uma *coppa*, três travessas de carne de porco, um *figatelli*, um foie gras, um *fromage de tête*, uma cabeça de javali, cinco presuntos de Parma, oito patês, um patê de pato, um patê de fígado com trufas, um patê *en croûte*, um patê *grandmère*, um patê de tordo, seis patês de Landes, quatro galantinas de porco, uma musse de foie gras, uma porção de pés de porco, sete *rillettes*, um salame, dois *saucissons*, um *saucisson* quente, uma terrina de pato, uma terrina de fígado de frango.

Uma *blini*, uma empanada, uma carne seca. Três escargots.

Uma porção de ostras *belons*, três vieiras, um prato de camarão, uma *croustade* de camarão, uma *friture*, duas *fritures* de filhotes de enguia, um arenque, duas ostras, uma porção de mexilhões, uma porção de mexilhões recheados, um prato de ouriços-do-mar, duas *quenelles au gratin*, três sardinhas em óleo, cinco salmões defumados, uma *taramasalata*, uma terrina de enguia, seis atuns, uma torrada de anchova, um caranguejo.

Dois hadoques, um robalo, uma raia, um linguado, um atum.

Quatro alcachofras, um aspargo, uma berinjela, uma salada de cogumelos, catorze saladas de pepino, quatro pepinos com creme, catorze aipos com *rémoulades*, duas acelgas chinesas, uma porção de palmito, onze *crudités*, duas saladas de vagem, treze melões, duas *salades niçoises*, duas saladas de dente-de-leão com bacon, catorze rabanetes com manteiga, três rabanetes pretos, cinco saladas de arroz, uma salada russa, sete saladas de tomate, uma torta de cebola.

Um croquete de Roquefort, cinco *croque-monsieurs*, três quiches Lorraine, uma *tarte aux maroilles*, um iogurte com pepino e uvas, um iogurte romeno.

Uma salada de *torti* com caranguejo e Roquefort.

lista 003
TENTATIVA DE INVENTÁRIO
GEORGES PEREC
1974

O romancista francês Georges Perec era um escritor experimental que tinha um apego singular a listas. Em 1974, ele tentou manter um registro de tudo que comeu e bebeu durante o ano e apresentou o resultado numa lista que, traduzida para o inglês por John Sturrock, é surpreendentemente interessante. Intitula-se "Tentativa de inventário dos alimentos líquidos e sólidos ingeridos por mim no decorrer do ano de mil novecentos e setenta e quatro".

Uma porção de ovos com anchovas, dois ovos cozidos, dois ovos *en meurette*, uma porção de ovos com presunto, uma porção de ovos com bacon, uma porção de ovos *en cocotte* com espinafre, duas *aspics* de ovo, dois ovos mexidos, quatro omeletes, uma espécie de omelete, uma omelete de broto de feijão, uma omelete de cogumelo, uma omelete de pele de pato, uma omelete de *confit d'oie*, uma omelete de ervas, uma omelete Parmentier.

Um lombo de vaca, três lombos de vaca com cebolinhas, dez bifes, dois bifes *au poivre*, três *complets*, um bife de alcatra com mostarda, cinco rosbifes, duas costelas, dois bifes de maminha, três grelhados de carne, dois chateaubriands, um *steak tartare*, um rosbife, três rosbifes frios, catorze contrafilés, três contrafilés *à la moelle*, um filé de carne bovina, três hambúrgueres, nove bifes de fraldinha, um bife de ilhal.

Quatro *pot-au-feus*, um ensopado de carne, uma galantina de carne, uma carne refogada, uma carne de panela, uma carne com sal grosso, uma carne numa baguete fina.

Um ensopado de vitela com macarrão, uma vitela salteada, uma bisteca de vitela, uma bisteca de vitela com macarrão concha, um "contrafilé de vitela", seis escalopes, seis escalopes *milanaise*, três escalopes com creme, um escalope com cogumelos, quatro *blanquettes de veau*.

Cinco *andouillettes*, três chouriços, um chouriço com maçãs, uma costeleta de porco, dois chucrutes, um chucrute de Nancy, uma bisteca de porco, onze pares de salsichas, duas *grillades* ao porto, sete pés de porco, uma carne de porco fria, três leitões assados, um leitão assado com abacaxi e bananas, uma linguiça de porco com feijão. Um cordeiro de leite, três costeletas de cordeiro, dois cordeiros ao curry, doze *gigots*, um lombo de cordeiro.

Uma costeleta de carneiro, uma paleta de carneiro.

Cinco frangos, um espeto de frango, um frango com limão, um frango *en cocotte*, dois frangos *basquaises*, três frangos frios, um frango recheado, um frango com castanhas, um franguinho de leite com ervas, duas gelatinas de frango.

Sete *poules au riz*, uma *poule au pot*.
Um frango *au riz*.
Um *coq au Riesling*, três *coq au vin*, um *coq au vinaigre*.
Um pato com azeitonas, um peito de pato.
Uma caçarola de galinha-d'angola.
Uma galinha-d'angola com repolho, uma galinha-d'angola com macarrão.

Cinco coelhos, dois coelhos *en gibelotte*, um coelho com macarrão, um coelho com creme, três coelhos com mostarda, um coelho *chas-*

seur, um coelho com estragão, um coelho *à la tourangelle*, três coelhos com ameixas.

Dois coelhinhos selvagens com ameixas.

Um *civet* de lebre *à l'alsacienne*, um ensopado de lebre, um lombo de lebre.

Uma caçarola de pombo selvagem.

Um espeto de rim, três espetos, um grelhado misto, uma porção de rins com mostarda, uma porção de rins de vitela, três *têtes de veau*, onze fígados de vitela, uma língua de vitela, uma moleja de vitela com *pommes sarladaises*, uma terrina de moleja de vitela, um miolo de cordeiro, dois fígados de ganso com uvas, um *confit* de moela de ganso, dois fígados de frango.

Doze carnes frias variadas, duas *assiettes anglaises*, "n" frios sortidos, duas porções de cuscuz marroquino, três "comidas chinesas", uma *moulakhia*, uma pizza, um *pan bagnat*, um *tajine*, seis sanduíches, um sanduíche de presunto, um sanduíche de *rillettes*, três sanduíches de *cantal*.

Uma porção de cogumelos, uma porção de feijão, sete vagens, um milho verde, um purê de couve-flor, um purê de espinafre, um purê de funcho, dois pimentões recheados, duas porções de *pommes frites*, nove *gratins dauphinois*, quatro purês de batatas, uma porção de *pommes dauphines*, uma porção de *pommes boulangères*, uma porção de *pommes soufflées*, uma porção de batatas assadas, uma porção de batatas *sautées*, quatro porções de arroz, uma porção de arroz selvagem.

Quatro massas, três talharins, um *fettucine* com creme, uma macarronada com queijo, uma macarronada, quinze talharins frescos, três *rigatoni*, dois raviólis, quatro espaguetes, um *tortellini*, cinco *tagliatelle* verde.

Trinta e cinco saladas verdes, uma salada *mesclun*, uma salada de radicchio com creme, duas saladas de chicória.

Setenta e cinco queijos, um queijo de ovelha, dois queijos italianos, um queijo do Auvergne, um Boursin, dois Brillat-Savarins, onze bries, um Cabécou, quatro queijos de cabra, dois *crottins*, oito camemberts, quinze *cantals*, uma porção de queijos sicilianos, uma porção de queijos da Sardenha, uma porção de Époisses, uma porção de Murols, três queijos brancos, um queijo branco de leite de cabra, nove Fontainebleaus, cinco mozarelas, cinco Munsters, um Reblochon, uma *raclette* suíça, um Stilton, um Saint-Marcellin, um Saint-Nectaire, um iogurte.

Uma fruta fresca, dois morangos, uma porção de groselhas, uma laranja, três "*mendiants*" [mistura de amêndoas, figos secos, avelãs e passas].

Uma porção de tâmaras recheadas, uma porção de peras em calda, três peras em vinho, dois pêssegos em vinho, um pêssego em calda, uma porção de pêssegos em Sancerre, uma porção de maçãs *normandes*, uma porção de bananas *flambées*.

Quatro frutas cozidas, duas maçãs cozidas, dois ruibarbos cozidos e *quetsch*.

Cinco *clafoutis*, quatro *clafoutis* de pera.

Uma porção de figos em calda.

Seis saladas de frutas, uma salada de frutas tropicais, duas saladas de laranja, duas saladas de morango, framboesa e groselha.

Uma torta de maçã, quatro tortas, uma torta quente, dez tortas de maçã caramelizada, sete tortas de pera, uma torta de pera caramelizada, uma torta de limão, uma torta de maçã e nozes, duas tortas de maçã, uma torta de maçã com merengue, uma torta de morango.

Dois *crêpes*.

Duas *charlottes*, três *charlottes* de chocolate.

Três babás.

Uma *crème renversée*.

Uma *galette des rois*.

Nove musses de chocolate.

Duas *îles flotantes*.

Um *Kugelhupf* de mirtilo.

Quatro bolos de chocolate, um *cheesecake*, dois bolos de laranja, um bolo italiano, um bolo vienense, um bolo bretão, um bolo com queijo branco, uma *vatrushka*.

Três sorvetes, um *sorbet* de lima, dois *sorbets* de goiaba, dois *sorbets* de pera, uma porção de profiteroles de chocolate, uma porção de framboesa melba, uma porção de pera *belle Hélène*.

Treze Beaujolais, quatro Beaujolais Nouveaux, três Brouilly, sete Chiroubles, quatro Chénas, dois Fleurie, um Juliénas, três Saint-Amour.

Nove Côtes du Rhône, nove Châteauneuf-du-Pape, um Châteauneuf-du-Pape 67, três Vacqueyras.

Nove Bordeaux, um Clairet de Bordeaux, um Lamarzelle 64, três Saint-Émilion, um Saint-Émilion 61, sete Château-la Pelleterie dos anos 70, um Château-Canon 62, cinco Château-Négrits, um Lalande de Pomerol, um Lalande de Pomerol 67, um Médoc 64, seis Margaux 62, um Margaux 68, um Margaux 69, um Saint-Estèphe 61, um Saint-Julien 59.

Sete Savigny-lès-Beaune, três Aloxe-Corton, um Aloxe-Corton 66, um Beaune 61, um Chassagne-Montrachet branco 66, dois Mercurey, um Pommard, um Pommard 66, dois Santenay 62, um Volnay 59.

Um Chambolle-Musigny 70, um Chambolle-Musigny de Les Amoureuses 70, um Chambertin 62, um Romanée-Conti, um Romanée-Conti 64.

Um Bergerac, dois Bouzy Rouge, quatro Bourgueil, um Chalosse, um champanhe, um Chablis, um Côtes de Provence tinto, 26 Cahors, um Chanteperdrix, quatro Gamay, dois Madiran, um Madiran 70, um Pinot Noir, um Passetoutgrain, um Pécharmant, um Saumur, dez Tursan, um Traminer, um vinho da Sardenha, "n" vinhos diversos.

Nove cervejas, duas Tuborg, quatro Guinness.

Cinquenta e seis Armagnacs, um bourbon, oito Calvados, uma aguardente de cereja, seis Chartreuses verdes, um Chivas, quatro conhaques, um conhaque Delamain, dois Grand Marnier, um gim com angustura, um café irlandês, um Jack Daniel's, quatro bagaceiras, três bagaceiras de Bugey, uma bagaceira da Provença, um licor de ameixa, nove aguardentes de ameixa de Souillac, uma aguardente de ameixa, duas aguardentes de pera, um porto, um *slivowitz*, um Suze, 36 vodcas, quatro uísques.

"N" cafés, um chá de ervas, três águas de Vichy.

Lyndon -

KKK -

Dixiecrats -

Hoffa -

John Birch Society

Nixon

Diem

Rightist

CIA in Cuban fiasco

Dictators

Communists

Denney

Am Mag of

W H

" " Sq Ova 68702

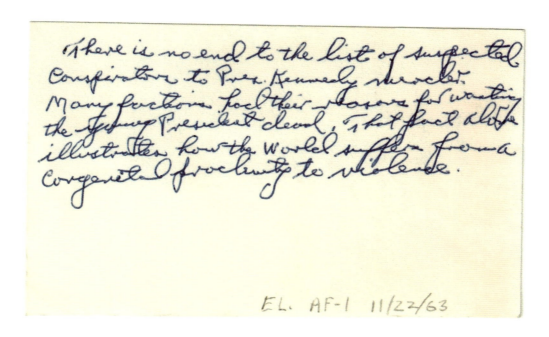

Lyndon —
KKK —
Dixiecrats —
Hoffa —
John Birch Society
Nixon
Diem
Direitistas
CIA no fiasco de Cuba
Ditadores
Comunistas

Não há fim para a lista dos suspeitos conspiradores do assassinato do pres. Kennedy. Muitas facções tinham motivos para querer morto o jovem presidente. Só esse fato mostra como o mundo sofre de uma tendência congênita à violência.

lista 004
QUEM MATOU JFK?
EVELYN LINCOLN
22.NOV.1963

Em 22 de novembro de 1963, o presidente americano John F. Kennedy foi morto ao atravessar em carro aberto a Dealey Plaza, em Dallas, Texas — um dos assassinatos mais discutidos da história. Na caravana dessa tarde fatídica encontrava-se também Evelyn Lincoln, secretária de Kennedy havia dez anos. Horas depois do crime, no voo do Air Force One que a levou de volta a Washington, DC, Evelyn listou possíveis suspeitos de terem matado seu falecido chefe — começando pelo vice-presidente Lyndon B. Johnson e terminando com os "comunistas".

lista 005
THE ARMORY SHOW
PABLO PICASSO
1912

A Exposição de Arte Moderna conhecida como The Armory Show foi um acontecimento histórico. Realizada em 1913, foi a primeira exposição de arte moderna de qualquer escala sediada nos Estados Unidos e apresentou o gênero a um público perplexo e encantado, que até então nunca tinha visto nada parecido. Participou da organização da mostra o pintor americano Walter Kuhn, que, sem saber muito bem quais artistas europeus deveria convidar, pediu ajuda a Pablo Picasso, que respondeu com esta lista de recomendações. Para maior clareza, acrescentei o nome completo dos artistas.

Juan Gris
13 Rue Ravignan

Metzinger [Jean Metzinger]

Gleizes [Albert Gleizes]

Léger [Fernand Léger]

Ducham [Marcel Duchamp]

Delauney [Robert Delaunay]

Le Fauconnier [Henri Le Fauconnier]

Marie Laurencin

DeLa Fresnay [Roger de La Fresnaye]

Braque [Georges Braque — acrescentado por Walt Kunh]

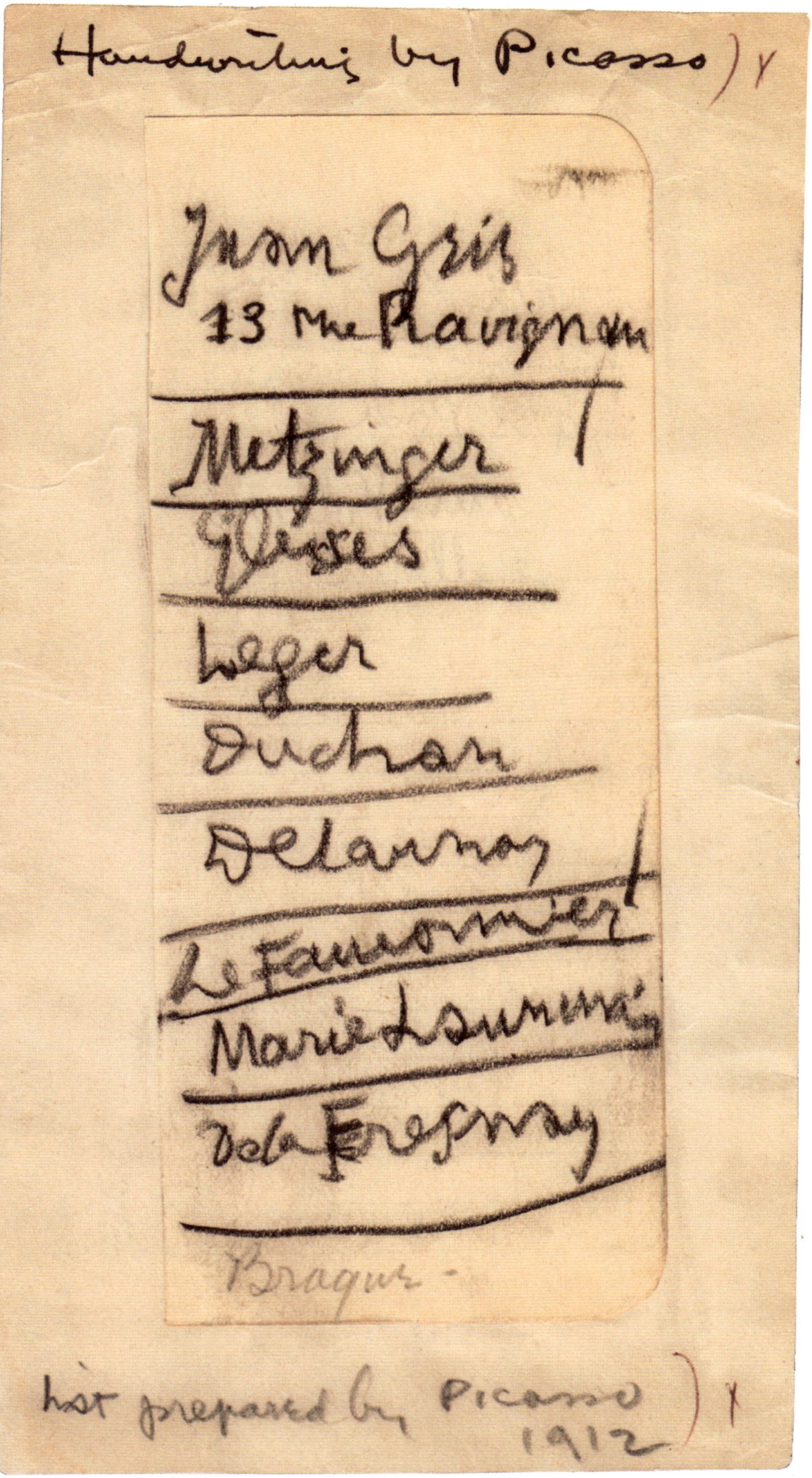

Handwriting by Picasso) x

Juan Gris
13 rue Ravignan

Metzinger
Glaisses

Leger
Duchan
Delaunay
Le Fauconnier
Marie Laurencin
de la Fresnay

Braque

list prepared by Picasso) x
1912) x

lista 006
CLUBE ANTIFLERTE
ALICE REIGHLY
1923

No início da década de 1920, cansadas de ser constantemente importunadas por membros do sexo oposto, um grupo de mulheres de Washington, DC, resolveu criar o Clube Antiflerte, uma organização "composta de jovens abordadas por homens em automóveis e em esquinas", com a finalidade de protegê-las de novos constrangimentos. Como ocorre em todos os bons clubes, elas organizaram uma lista de regras para todas as participantes. É a seguinte:

Não flerte: quem se apressa em flertar geralmente se arrepende com o tempo.

Não aceite carona de motoristas galanteadores — eles não a convidam apenas para poupá-la da caminhada.

Não use os olhos para flertar — eles foram feitos para coisas mais importantes.

Não saia com desconhecidos — eles podem ser casados, e você pode estar arranjando sarna para se coçar.

Não pisque — o movimento de um olho pode provocar uma lágrima no outro.

Não sorria para cortejadores estranhos — guarde seus sorrisos para quem você conhece.

Não aceite todos os homens que você consegue atrair — flertando com muitos, você pode perder o homem certo.

Não se deixe enganar pela lábia do conquistador janota — o ouro bruto de um homem de verdade vale mais que o brilho de um almofadinha mulherengo.

Não deixe velhos que estão em busca de flerte dar-lhe tapinhas no ombro e demonstrar interesse paternal por você. Geralmente são do tipo que quer esquecer que são pais.

Não esqueça o homem de sua confiança enquanto flerta com outro. Quando voltar para o primeiro, pode ser que ele tenha ido embora.

O prolongamento da vida.

A recuperação da juventude, ou pelo menos de algumas de suas características, como dentes novos, cabelo novo da mesma cor da juventude.

A arte de voar.

A arte de permanecer durante muito tempo embaixo da água e ali funcionar livremente.

A cura de ferimentos à distância.

A cura de doenças à distância ou pelo menos através de transplantação.

A conquista de dimensões gigantescas.

A emulação dos peixes sem máquinas, apenas pelo hábito e pelo estudo.

A aceleração da produção de coisas a partir de sementes.

A transmutação de metais.

A fabricação de vidro maleável.

A transmutação de espécies em minerais, animais e vegetais.

O Alkahest líquido e outros solventes.

A fabricação de óculos parabólicos e hiperbólicos.

A fabricação de uma armadura leve e extremamente resistente.

O meio viável e seguro de determinar longitudes.

O uso de pêndulos no mar e em viagens e sua aplicação em relógios.

Drogas poderosas para alterar ou aumentar a imaginação, a vigília, a memória e outras funções, bem como para aliviar a dor, proporcionar sono tranquilo, sonhos inócuos etc.

Um navio para navegar com todos os ventos e um navio que não afunde.

Não ter mais necessidade de dormir muito sob efeito do chá e a exemplo do que ocorre com os loucos.

Sonhos agradáveis e exercícios físicos sob efeito do eletuário egípcio e do fungo mencionado pelo autor francês.

Grande força e agilidade físicas a exemplo de epilépticos frenéticos e pessoas histéricas.

Uma luz perpétua.

Vernizes perfumáveis por fricção.

lista 007
LISTA DE DESEJOS DE BOYLE
ROBERT BOYLE
1662

Em 1662, Robert Boyle, geralmente chamado de "Pai da Química Moderna", redigiu uma lista notável e profética de coisas que esperava ser realizadas pela ciência algum dia — uma seleção eclética de problemas que ainda estavam por resolver e que ele considerava os mais urgentes. A lista foi encontrada pouco depois de sua morte e, nos mais de trezentos anos transcorridos desde então, muitas dessas coisas se concretizaram — GPS, lâmpada elétrica, transplante de órgãos, cirurgia plástica.

The Prolongation of Life.

The Recovery of Youth, or at least some of y Marks of it, as new Teeth, new Hair colour'd as in youth.

The Art of Flying.

The Art of Continuing long under Water, and exercising functions freely there.

The Cure of Wounds at a distance.

The Cure of Diseases at a distance or at least by Transplantaon.

The Attaining Gigantick Dimensions.

The Emulating of Fish without Engines by Custome & Education only.

The Acceleration of y Production of things out of Seed.

The Transmutation of Metalls.

The making of Glass Malleable.

The Transmutation of Species in Mineralls, Animalls, & Vegetalls.

The Liquor Alkaest and other dissolving Menstruus.

The making of Parabolicall and Hyperbolicall Glasses.

The making Armor light and extremely hard.

The practicable & certain way of finding Longitudes.

The use of Pendulums at Sea and in Journeys, and the Applicaon of it to watches

Potent Druggs to alter or Exalt Imaginaon, Waking, Memory and other functions, and appeas pain, procure innocent sleep, harmless dreams et.

A Ship to saile wth All Winds, and A Ship not to be
Sunk.

Freedom from Necessity of much Sleeping exemplif[yd]
by the Operaçons of Tea and wch happens in
Mad-Men.

Pleasing Dreams & physicall Exercises exemplifyd
by ye Egyptian Electuary and by the Fungus
mentioned by the French Author.

Great Strength and Agility of Body exemplify'd by
that of Frantick, Epileptick and Hystericall
persons.

A perpetuall Light.

Varnishes perfumable by Rubbing.

lista 008

VIAGEM DE COMPRAS A DUNHUANG
RATNAVṚKṢA E PRAKETU
SÉC. X

Certa manhã, na China do século X, os monges tibetanos Ratnavṛkṣa e Praketu partiram para a cidade de Dunhuang, uma importante parada na Rota da Seda, com o objetivo de comprar uma série de coisas para o monastério — principalmente cobertores e roupas. Esta lista, escrita em khotanês, língua do reino de Khotan, e assinada por testemunhas, é o registro de suas numerosas compras e está guardada na British Library.

No Ano do Macaco, no 20º dia do mês de Cvātaja.

Este é um registro feito porque o reverendo Ratnavṛkṣa e Praketu viajaram a Shazhou e adquiriram as seguintes coisas:

um […] casaco; um casaco de […] seda; uma calça de lã grossa e larga; uma roupa de baixo de […] amarelo; um […] de tecido amarelo; um par de sapatos de couro de […] com cadarços de […]; e um […]; um cinto de couro preto de […]; dois […] brancos; dois cobertores […]; um cobertor vermelho grande; um cobertor grande […] e branco; um […] azul brilhante; um […] grosso de vermelho comum […]; dois […] de […] surrado para se lavar; e um tecido de seda para se lavar […]; dois grossos cobertores vermelhos; três tecidos de seda vermelha e três panos para se lavar; quatro roupas brancas grossas; um […]; um […] grande; um […] de lã […] para cobertor; trinta […] em trinta […]; […] em quatro […]; um […] de quinze onças; um […] de lã […] seda; um casaco cinzento de lã grossa com […] de […] comum; um pequeno […] de couro; […] um […] grande e um […] pequeno; […] uma coberta de pele de lobo curtida; uma coberta de pele de carneiro; […] cinco cobertores vermelhos grossos; nove túnicas vermelhas; uma seda cor de ouro; quatro mantos de lã; um cobertor prateado; um sapato de couro de […]; um […] branco-amarelo tricolor; um […] de feltro branco; um […] novo de seda; uma tampa grande para um *dharmarjika* de barro vermelho; uma segunda tampa grande para um *dharmarajika* de barro escuro; uma terceira tampa grande para um […] de barro escuro; um […] esquerdo e direito de […] pelo; um […] grosso para se lavar; um […] de dezessete onças […]; um […]; dois […]; um […] para pergaminho; […] uma taça de prata; um […] novo; uma taça de madeira de vasica; um […]; uma bolsa cheia de perfume; uma bolsa de pelo de camelo; cinco […]; um […]; um […] grande e um pequeno; uma colher; um […] de feltro, cheio de […]; três cordas; e um recipiente para […] coisas.

O akṣara do reverendo Ratnavṛkṣa. O akṣara de Praketu. O akṣara da testemunha Kvāṃ Ṣīthau. O akṣara da testemunha Būyunä Śauśū Śvaunaka.

[assinado]

---

makala salya cvāvaja māstä bistämye haḍai ṣa' khalavī cu ratanavaraikṣä āśī' u/ prrakaittu būrä ṣacu vāṣṭä bauḍä va herä nauda. gaḍä-hvasta thauracaihä bera śā/ u śaca prraiysge bira śā u kabalīja baysgyi hvāhyä kạ̄madä śe u hūḍaigä/ ysīdai attaravāysä śau u hūḍaiga ysīḍai lahäpī śā u kạ̄ra kagä khau-/ ṣa thạ̄racaihä pabanä śa u khaucīja khauśka śā u ījīnai hīrāsā/ hvattarakīnai ūra-bada śau u gaḍä-hvasta śīyi haysänālīkä/ thauracaihä śau u mījī jūna baysgyi kabala dvī u haija maistä/ kabala u pe u śīyi maistä kabala śā u aysūra-gūna dajūna/ baimya kamaiśka śā u nämāya śau baraka u ya.ma. hainai gaḍä hvastä/ baysgi thauracaihä śau u haysnālīka gaḍä hvastä thauracaihä/ dva u paha drau vī haysnālīkä śacī śau u haija baysgyi kabala/ dvī u hainai thauna śacī u haysnālīkä thauna śaca dräya u śīya/ baysgyi kabala tcaure u paima-vīstä kabalīnai draijsai śau u gahai śau u/ eysnaṃ śā maista u dairśvä khaucvä drauhye bitcä dairsa u tcaurrvä starrvä ñū-/ ṣtyelīka u śau barä khaucä pajsäsä sera u paima-vīstäva thauna śacä hadarä/ śa u gaḍä hvastä thauracaihä jsa dā-gū baysgye paima jsa bira śā/ u kagīja ṣkaumaka vīlaka śā hatca ttrraba jsa u dạ̄rmīnai ṣkạ̄ma dale śau u/ habastä gahā śa : gahai va maistä śau u valaka gahai śau u hatca hasạ̄ña jsa/ aiysna śā u nauṣtara śau u kabalījä bịrga kagyä karastä śe u kabalīnai/ rūśkagä thūḍa-pa śau u kaimeja ysīḍä-mejanya kamaiśka śā u haija/ baysgyä kabala pajse u hainä thauna : nạ̄u ysīra gū śacī śau u paimīnä/ thauna tcaura u phrramaina kabala śā u kạ̄ra-kagä khauṣa śa hatca/ āvasakāṃ jsa u mījī jūna śaḍä kaimejä īśīma śa u {ysīcä spīyi/ drai gūna mnan pa kamaiśka śā} u painajä śī nama śau u thauna śacī nūvarä {-e}/ pareksī śau u chava nū kāṃhä paraksä śau u hainä śaḍä damarāśī'nai maista kaimejä/ śau u śe' āṣana śaḍä damarāśī'nai maistä kaimejä śau u daidẹ/ āṣana śaḍä śaginai maistä kaimejä śau u paha drauvī syadai/ hvaradai thauracaihä śau u haysnālīka hūḍaigä śau baysgi u haḍä/ naṣkūmāya namavīña thavalakañä khauca haudūsä sera pyaṣtalīka/ u hūḍaiga yạ̄ma-bakä śau u thauracaihä śūkyainä dva u hụ̄naugyä/ jsainyäṃ hīrāṃ jsa habaḍa pyaṣtalīkya khadīrakya śe u pūstyạ̄ma tcairma/ tha valaka śā u mījījunä thauracaihä birä śā u maistä pūstye/ śau u ejsīnai vasīyikä śau u nūvarä barä u vatsāvīsī'-/ nai hamauka śau pajūka śau u būśaunäṃ barakä śau habaḍa u ūla-kagä/ baraka śau u nvadāvaunä auramūṣa pajsa u gahä śa maistä gahai/ śau u valakä śau u thūra-ma śau u pūstyạ̄nä : namavīja thavalakä śā/ pūstyāṃ jsa habaḍa u badana dräya u ṣkạ̄mye herä nāsäkä ranavaraikṣä/ āśī' akṣä'rä 共 u prrakai akṣä'rä byaunä kvāṃ ṣīthau/ āśī' akṣärä [assinado] byauna būyurä śau-śū śvauñakä akṣärä [assinado]/

34

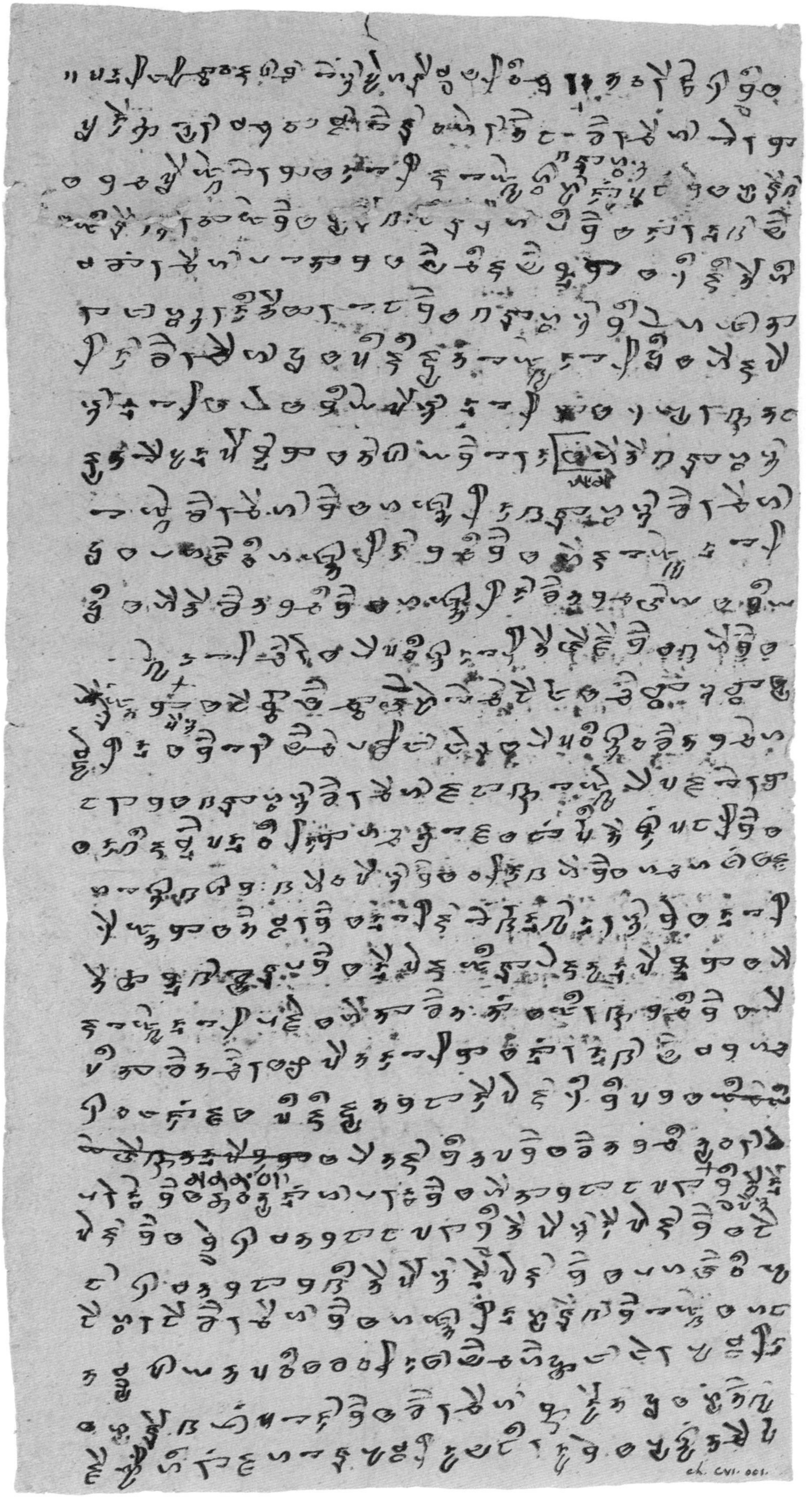
ch. CVI. 001.

lista 009
O DICIONÁRIO DO BEBERRÃO
BENJAMIN FRANKLIN
13.JAN.1737

Na edição de 13 de janeiro de 1737 de seu jornal *The Pennsylvania Gazette*, o incansável Benjamin Franklin publicou um extenso e divertido *Dicionário do beberrão* — uma lista de 228 termos utilizados nas tabernas locais para descrever o estado de embriaguez.

Nada mais parvo que um bêbado. Pobre Richard.

Costuma-se dizer que o vício sempre se esforça para assumir a aparência de virtude: assim, a ganância chama a si mesma de *prudência*; a *prodigalidade* trata de se confundir com a *generosidade*; e por aí afora. O que talvez nos permita concluir que, no íntimo, os homens, natural e universalmente, aprovam a virtude e detestam o vício e, portanto, sempre que caem na tentação de entregar-se a este último, procuram escondê-lo de si mesmos e dos outros, designando-o com um nome que não lhe é próprio.

Mas a EMBRIAGUEZ é um vício muito infeliz nesse aspecto. Não tem nenhum tipo de semelhança com qualquer espécie de virtude que pudesse lhe emprestar um nome; vê-se, pois, reduzida à triste necessidade de expressar-se por meio de rodeios e de variar essas expressões sinuosas e frias tão logo se entenda que simplesmente significam ESTAR BÊBADO.

Embora todo mundo consiga lembrar ao menos uma dezena de expressões usadas com esse sentido, acho que ninguém que não seja frequentador assíduo das tabernas imaginaria que elas chegassem a um número tão grande. É possível, portanto, que o leitor abstêmio se surpreenda e se divirta com uma vista d'olhos no texto que recebi recentemente, intitulado

O DICIONÁRIO DO BEBERRÃO

A
Ele está Abatido,
Ele está com Abelhas zumbindo na cabeça,
Ele está Aborrecido,
Ele está Acabado,
Ele esteve na Adega,
Ele está numa Água,
A bebida vem antes da Água,
Ele está Alcoolizado,
Ele está Alegre,
Ele está Alegrinho,
Ele está um tanto Alterado,
Ele ficou Altivo,
Ele está Alto,
Ele ainda consegue Andar,
Ele está Animado,
Ele Apagou,
Ele está Aquilotado,
Ele está nos Ares,
Ele está Atordoado,
Ele está Aturdido,
Ele está Avinhado.

B
Ele está Balançando,
Ele levantou a Bandeira vermelha,
Ele esteve em Barbados,
Ele tem intimidade demais com a Bebida,
Ele está Bicado,
Ele molhou o Bico,
Ele está Bloqueado,
Ele está com a Boca travada,
Ele se Borrifou,
Ele está no Bosque dos grogues,
Ele está Briguento.

C
Ele entrou de Cabeça,
Ele está com a Cabeça quente,
Ele está bem treinado como um Cachorrinho,
Ele está com o Caco cheio,
Ele está Cai não cai,
Ele está Caindo,
Ele está com o Calcanhar rachado,
Ele está esquentando a Caldeira,
Ele encheu a Cara,
Ele não sabe mais o caminho de Casa,
Ele está Cambaleando,
Ele é Capaz,
Ele está de Cara cheia,
Ele tomou uma Carraspana,
Ele vai precisar de um Carrinho de mão,
Ele está cheirando a Cebola,
Ele está Cervejando,
Ele tomou uma Cervejinha,
Ele roubou um pão da Cesta do padeiro,
Ele está esquentando a Chaleira,
Sir Richard lhe tirou o Chapéu,
Ele pôs o Chapeuzinho,
Ele está Cheio,
Ele está na Chuva,
Ele está lá em Cima,
Ele comeu Coco,
Ele está fora de Combate,
Ele está a meio caminho de Concord,
Ele está Confuso,
Ele esteve na Conspiração dos Bebuns,
Ele passou da Conta,
Ele está fazendo as Contas,
Ele está Contente,

Ele tomou uns Copinhos a mais,
Ele está Corajoso,
Ele está Curtido,
Ele está Curvado.

D
Ele viu o Demo,
Ele está Derrubado,
Ele está Descontraído,
Ele comeu um sapo e meio no Desjejum,
É um Dia difícil para ele,
Ele é homem de Duas Caras.

E
Ele está fora dos Eixos,
Ele está em seu Elemento,
Ele se Encatrinou,
Ele está Encervejado,
Ele está Encharcado,
Ele está Enfeitiçado,
Ele foi a um Enterro,
Ele está com maus Espíritos,
Ele está com o Estômago embrulhado,
Ele viu a Estrela amarela,
Ele está Estuporado,
Ele está Eufórico,
Ele é o príncipe Eugênio,
Ele é um mau Exemplo,
Ele está Exibido.

F
Ele não consegue mais Falar direito,
Ele está brigando com o Faraó,
Ele esteve num Festim indiano,
Ele está bêbado como um Fidalgo,
Ele esteve com os Filipenses,
Ele esteve com os Filisteus,
Ele está Firme,
Ele está de Fogo,
Ele tomou um tremendo Fogo,
Ele é Forte como o ferro,
Ele entornou uma das Fortes,
Ele foi para a França.

G
Ele está bêbado como um Gambá,
Ele está como um Ganso tonto,

Ele andou conversando com a Garrafa,
Ele emborcou a Garrafa,
Ele está de Gata,
Ele está com olho de Gata morta,
Ele esteve em Genebra,
Ele é Generoso,
Ele esteve diante de George,
Ele está Globular,
Ele esteve com Sir John Goa,
Ele tomou uma Golada para se animar,
Ele tomou uns Goles,
Ele bebeu até devolver a última Gota,
Ele está com Gota.

H
Ele tomou o grande elixir de Hipócrates,
Ele está Horrível.

I
Ele está Imobilizado,
Ele está Inabalável,
Ele está Inebriado,
Ele está ficando Insolente.

J
Ele esteve em Jericó,
Ele está indo para Jerusalém,
Ele está Jocoso,
Ele está Jubiloso,
Ele não está em seu Juízo perfeito.

L
Ele já passou do Limite,
Ele está com a Língua presa,
Ele está Liquidado,
Ele está vendo duas Luas,
Ele viu um monte de Luas,
Ele está Lubrificado.

M
Ele está Mais para lá que para cá,
Ele está com o Mal polonês,
Ele está Mansinho,
Ele esteve no Mar,
Ele está com a cabeça Martelando,
Ele está a Meio caminho,
Ele está no Meio-termo,

Ele está bêbado como um Mendigo,
Ele está Molhado,
Ele está com Mormo,
Ele está Morto.

N
Ele não deve Nada a ninguém,
Ele está Nimptóptico,
Ele está nas Nuvens.

O
Ele está com Olho de peixe morto,
Ele está com o Olho vidrado,
Ele está com os Olhos arregalados,
Ele está com os Olhos lacrimejando,
Ele está revirando os Olhos,
Ele comeu Ópio,
Ele está Orgulhoso.

P
Ele arruinou a própria Pança,
Ele está Paralisado,
Ele é um tremendo Pau-d'água,
Ele andou esquentando o Peito,
Ele está Perdido,
Ele está de Pernas para o ar,
Ele está mal das Pernas,
Ele está trançando as Pernas,
Ele está trocando as Pernas,
Ele teve um Pesadelo,
Ele está Petrificado,
Ele está Picado,
Ele tomou um Pifão,
Ele está de Pilequinho,
Ele está Pilecado,
Ele engoliu até a Placa da taberna,
Ele é Polido,
Ele está em Ponto de bala,
Ele está bêbado como a Porca do David,
Ele está de Porre,
Ele arrumou um Prato cheio,
Ele foi Premiado,
Ele está Preocupado,
Ele está Pronto para briga,
Ele está na Prosperidade,
Ele comeu muito Pudim.

Q

Ele está Quebrado,
Ele levou uma pancada na cabeça com a Queixada de Sansão,
Ele está Querubímico.

R

Ele está como um Rato afogado,
Ele é um Rei,
Ele é primo do Rei,
Ele viu o Rei da França,
Ele é Religioso,
Ele Resiste bem,
Ele foi molhar o Riacho,
Ele é Rico,
Ele está Rubro,
Ele perdeu o Rumo,
Ele tem tido intimidade demais com Sir Richard.

S

Ele está com o Sapato apertado,
Ele está Saturado,
Ele perdeu o Senso,
Ele ficou Sentimental,
Ele tem tido intimidade demais com Sir John Strawberry,
Ele tomou muito Sol.

T

Ele está Tachado,
Ele está Tocado,
Ele está Tomado,
Ele mergulhou no Tonel,
Ele está meio Tonto,
Ele tomou um Trago,
Ele está Transbordando,
Ele está em Transe,
Ele está um Trapo,
Ele está Travado,
Ele está Trôpego,
Ele está cavando o próprio Túmulo.

U

O Uísque lhe subiu à cabeça,
Ele se encheu de Uísque,
Ele tomou Umas e outras,
Ele está vendo Ursos.

V
Ele está com seus Vapores,
Ele tem álcool nas Veias,
Ele está com as Velas infladas,
Ele está navegando de vento em popa, a toda a Vela,
Ele está Vermelho,
Ele está Viajando,
Ele está bem de Vida.

Z
Ele está Zarro,
Ele está Ziguezagueando, corajoso,
Ele está meio Zoina,
Ele está um pouco Zonzo.

As palavras deste Dicionário não foram (como a maioria de nossos termos de arte) tiradas de línguas estrangeiras nem de textos eruditos em nosso idioma, mas inteiramente coletadas nas conversas dos bêbados nas tabernas. Certamente há muitas outras; e tive a tentação de acrescentar uma nova, na letra "B": *Brutificado*; mas, depois de pensar melhor, achei que seria injusto com os animais representar a embriaguez como um vício bestial, pois, como bem sabemos, os brutos em geral são uma gente muito sóbria.

lista 010

O LÉXICO DA LEI SECA
EDMUND WILSON
1927

Em 1927, quase duzentos anos depois de Benjamin Franklin publicar *O dicionário do beberrão* (veja Lista 009), o crítico literário americano Edmund Wilson seguiu o mesmo caminho e listou vários sinônimos de embriaguez. No entanto, conforme explicou, deixou-os "na ordem do grau de intensidade da condição que representam, começando pelos estágios mais brandos e terminando pelos mais graves".

zonzo
inebriado
lubrificado
calibrado
pasmado
tocado
grogue
pifado
encervejado
chumbado
tonto
feliz
meio pilecado
meio zarro
meio alcoolizado
a meio caminho
fora do ar
tachado
alegre
triscado
bicado
derrubado
eufórico
encharcado
animado
de fogo
de cara cheia

pilecado
encatrinado
transbordando
de tanque cheio
podre de bêbado
estuporado
entrevado
debaixo da mesa
abarrotado
de caco cheio
molhado
nas alturas
de carraspana
avinhado
aquilotado
entupido de gim
zarro
fora dos eixos
em ponto de bala
no ponto
dando show
fora de foco
revirando os olhos
vesgo
com os olhos vidrados
com os olhos embaçados
com os olhos turvos

cheio até a borda
caindo pelos quatro costados
fora de combate
cheio até a tampa
sacudindo-se
guinchando
espumando
petrificado
liquidado
entupido
com o sangue poluído
saturado
com álcool até a tampa
procurando briga
cheio até a fuça
cheio até o limite
arrasado
paralisado
ossificado
apagado como lâmpada
morto
embalsamado
enterrado
bêbado como um gambá
aceso como o sol
aceso como a Commonwealth
aceso como uma árvore de Natal

aceso como uma vitrine
aceso como uma igreja
cheio até a raiz do cabelo
cheio até as orelhas
tachado até a tampa
bêbado como um porco
tomar um pifão
cambalear
trançar as pernas
entornar o garrafão
esvaziar a garrafa
dar branco total
puxar o ronco
emborcar um Daniel Boone
botar as tripas para fora
estar de ressaca
estar com a cabeça inchada
estar com tremores
estar com calafrios
estar ouvindo zumbidos
estar muito agitado
estar muito nervoso
estar ouvindo gritos e tinidos
passar do ponto

Alguns desses termos, como "cheio até a tampa" e "de caco cheio", são meio antiquados atualmente [1927], mas ainda se entende seu significado. Outros, como "revirando os olhos" e "lubrificado", que estão no *Dicionário do beberrão* compilado por Benjamin Franklin (que contém 228 termos), parece que voltaram a ter popularidade. É interessante observar que, hoje em dia, é relativamente raro ouvir falar em rasca, vinhaça, moafa, camoeca, trabuzana, piela ou zangurrina. Todas essas palavras indicam não só embriaguez extrema como alguma ocorrência excepcional, uma ruptura violenta com as condições de vida normais do indivíduo. É possível que o desaparecimento parcial desses termos se explique pelo fato de que esse tipo de bebedeira intensa e contumaz já se tornou universal, uma característica comum da vida social, e não uma escapada vergonhosa. Por outro lado, o vocabulário da bebedeira social, exemplificado pela lista ao lado, parece que se tornou mais rico: tem-se a impressão de que, hoje, há mais nuanças que antes da Lei Seca. Assim, "fora do ar", "tachado" e "alegre" expressam ideias claramente distintas; e "revirando os olhos", "petrificado", "pasmado", "embalsamado" e "ossificado" sugerem imagens muito diferentes. "Arrasado" é uma expressão rural, usada para qualificar plantações arruinadas por uma tempestade; "dando show" tem a ver com teatro e se aplica ao estágio em que o beberrão é levado a acreditar firmemente na própria capacidade de cantar, contar uma história engraçada ou dançar; "no ponto" indica que o indivíduo se preparou para o sucesso de uma grande noitada; e "dar branco total" denota um estado de relativa inconsciência.

lista 011
BOLETIM DE MORTALIDADE
E. COTES
AGO.1665

No verão de 1665, a Grande Praga se alastrou por Londres, matando 68 596 pessoas, jovens e velhas — na verdade, esse número cobre apenas as mortes registradas; calcula-se que o total chegue, efetivamente, perto de 100 mil. Na época, circulavam boletins semanais, informando o número de falecimentos relatados nos últimos sete dias e agrupando-os de acordo com a causa. O exemplo que aqui vemos refere-se à semana iniciada em 15 de agosto daquele ano, quando a epidemia se agravou, ceifando 3880 vidas. Organizamos um glossário para quem nunca ouviu falar de doenças com nomes tão assustadores como escrófula e estrangúria.

As Doenças e Mortes desta Semana

Aborto	6	Escrófula	10
Morte natural	54	Letargia	1
Apoplexia	1	Assassinado na Stepney	1
Acamado	1	Paralisias	2
Câncer	2	Peste	3880
Puerpério	23	Pleurisia	1
Anjinhos	15	Amigdalite	6
Cólica	1	Raquitismo	23
Consumpção	174	Inchaço dos bofes	19
Convulsão	88	Hérnia	2
Hidropisia	40	Dor ciática	1
Afogamento 2, um na Torre St. Kath e outro em Lambeth	2	Diarreia	13
		Escorbuto	1
		Dor na perna	1
Febre	353	Febre com manchas e púrpura hemorrágicas	190
Fístulas	1		
Varíola e varíola hemorrágica	10	Morreu de fome na enfermaria	1
Disenteria	2		
Achado morto na rua, perto da igreja St. Bartholomew the Less	1	Natimortos	8
		Pedra	2
		Estômago parou de funcionar	16
Medo	1	Estrangúria	1
Gangrena	1	Súbita	1
Gota	1	Edacidade	87
Luto	1	Dentes	113
Dor de barriga	74	Cândida	3
Icterícia	3	Tísica	6
Apostema	18	Úlcera	2
Bebê	21	Vômito	7
Morto ao cair de uma escadaria na igreja St. Thomas Apostle	1	Gases	8
		Vermes	18

Cristãos
Homens — 83
Mulheres — 83
Total — 166

Enterrados
Homens — 2656
Mulheres — 2663   Peste — 3880
Total — 5319

Aumento no número de Enterros nesta Semana ———— 1289
Paróquias livres da Peste — 34   Paróquias Contaminadas — 96

Glossário:
ANJINHOS: bebês mortos em seu primeiro mês de vida. / APOSTEMA: abscesso / CONSUMPÇÃO: morte por tuberculose / DENTES: bebês mortos durante a dentição / EDACIDADE: empanzinamento / ESCRÓFULA: linfadenopatia do pescoço / ESTRANGÚRIA: urinação dolorosa / FEBRE COM MANCHAS E PÚRPURA HEMORRÁGICAS: meningite / FLUXO: disenteria / HIDROPISIA: dilatação dos órgãos por acúmulo de líquidos / INCHAÇO DOS BOFES: doença pulmonar / PEDRA: cálculos biliares / PUERPÉRIO: mães que morriam, geralmente de infecção, depois de dar à luz / TÍSICA: asma/tuberculose

The Diseases and Casualties this Week.

Abortive	6	Kingsevil	10
Aged	54	Lethargy	1
Apoplexie	1	Murthered at Stepney	1
Bedridden	1	Palsie	2
Cancer	2	Plague	3880
Childbed	23	Plurisie	1
Chrisomes	15	Quinsie	6
Collick	1	Rickets	23
Consumption	174	Rising of the Lights	19
Convulsion	88	Rupture	2
Dropsie	40	Sciatica	1
Drowned 2, one at St. Kath. Tower, and one at Lambeth	2	Scowring	13
		Scurvy	1
Feaver	353	Sore legge	1
Fistula	1	Spotted Feaver and Purples	190
Flox and Small-pox	10	Starved at Nurse	1
Flux	2	Stilborn	8
Found dead in the Street at St. Bartholomew the Less	1	Stone	2
		Stopping of the stomach	16
Frighted	1	Strangury	1
Gangrene	1	Suddenly	1
Gowt	1	Surfeit	87
Grief	1	Teeth	113
Griping in the Guts	74	Thrush	3
Jaundies	3	Tissick	6
Imposthume	18	Ulcer	2
Infants	21	Vomiting	7
Kild by a fall down stairs at St. Thomas Apostle	1	Winde	8
		Wormes	18

	Males	83			Males	2656		
Christned	Females	83		Buried	Females	2663	Plague — 3880
	In all	166			In all	5319	

Increased in the Burials this Week —— 1289

Parishes clear of the Plague —— 34 Parishes Infected —— 96

The Assize of Bread set forth by Order of the Lord Maior and Court of Aldermen,
A penny Wheaten Loaf to contain Nine Ounces and a half, and three
half-penny White Loaves the like weight.

Lista da propriedade tributável do general Washington em Truro Parish
Abril de 1788
Negros com mais de doze anos de idade

Will	Simms	Billy — menos	Peg	Will
Frank	Joe	de 16	Sackey	Paul
Auston	Jack	Joe … "	Darcus	Abraham
Hercules	Bristol	Christopher — "	Amy	Paschal
Nathan	Peter	Cyrus — "	Nancy	Rose
Giles	Peter	Uriah — "	Molly — menos de 16	Sabeen
Joe	Scumburg (agora	Godferry — "	Morris	Lucy
Paris	inapto para o trabalho)	Sinah — "	Robin	Delia
Gunner	Frank	Mima — "	Adam	Daphne
Boatswain	Jack	Lylla — "	Jack	Grace
Sam	Betty (agora inapta	Oney — "	Jack	Tom — menos de 16
Anthony	para o serviço)	Anna — "	Dick	Moses — "
Tom	Doll	Beck — "	Ben	Isaac — "
Will	Jenney	Virgin — "	Matt	Sam Kit
Isaac	Charlotte	Patt — "	Morris	London
James	Sall	Will	Brunswick (agora	Caesar
Sambo	Caroline	Will	inapto para	Cupid
Tom Nookes	Sall Rass	Charles	o serviço)	Paul
Nat	Dorchia	Gabriel	Hannah	Betty
George	Alice	Jupiter	Lucy	Doll
	Myrtilla	Nanney	Moll	Lucy
	Kitty	Kate	Jenny	Lucy
	Moll	Sarah	Silla	Flora
		Alice	Charity	Fanny
		Nanny	Betty	Rachael
			Peg	Jenney
			Sail	Edy
			Grace	Daphne
			Sue	
			Agga — menos de 16	

98 cavalos
4 mulas
1 cavalo reprodutor @ 2 guinéus
1 carruagem

lista 012
OS ESCRAVOS DE GEORGE WASHINGTON
GEORGE WASHINGTON
ABR.1788

Aos onze anos de idade, o futuro Pai Fundador e primeiro presidente dos Estados Unidos, George Washington, tornou-se dono de dez escravos que herdou do pai. Quando faleceu, 56 anos depois, havia em Mount Vernon, sua propriedade, mais de trezentos escravos. A lista que vemos aqui foi escrita em 1788 e relaciona os "negros [que lhe pertenciam] com mais de doze anos de idade".

List of taxable property belonging to General Washington in Truro Parish.
April 1788.

Blacks above 12 years of age.

Will	Simms	Billy — und 16	Peg	Will
Frank	Joe 1	Joe — Do	Sackey	Paul
Austin	Jack 1	Christopher Do	Darcus	Abraham
Hercules	Bristol	Cyrus — Do	Amy	Paschal
Nathan	Peter 1	Uriah — Do	Nancy	Rose
Giles	Peter 2	Godfrey Do	Molly und 16	Sabeen
Joe	Lewinsburg (hired labor)	Smah — Do	Morris 1	Lucy
Paris	Frank	Mima — Do	Robin	Delia
Gunner	Jack 2	Lylla — Do	Adam	Daphne
Boatswain	Betty (purse sewing)	Grey — Do	Jack 1	Grace
Sam	Doll	Anna — Do	Jack 2	Tom — und 16
Anthony	Jenney	Beck — Do	Dick	Moses — Do
Tom	Charlotte	Virgin — Do	Ben	Isaac — Do
Will	Sall	Patt — Do	Matt	Sam Kit
Isaac	Caroline	Will	Morris 2	London
James	Sall Bass.	Will	Brunswick (hired from)	Caesar
Sambo	Dorchia	Charles	Hannah	Cupid
Tom Nokes	Alice	Gabriel	Lucy	Paul
Nat	Myrtilla	Jupiter	Moll	Betty
George	Kitty	Nanney 1	Jenny	Doll
	Moll	Kate	Lilla	Lucy
		Sarah	Charity	Lucy
		Alice	Betty	Flora
		Nanny 2	Peg	Fanny
			Sall	Rachael
			Grace	Jenney
			Sue (partly lunatic)	Edy
			Agga und 16	Daphne
				—121—

98 Horses.
2 Mules.
1 Covering Horse @ 2 Guineas.
1 Chariot.

lista 013
O CÓDIGO DO CAUBÓI
GENE AUTRY
1948

Durante trinta anos, desde o início da década de 1930, graças a um programa de sucesso na rádio CBS, numerosas aparições na televisão e no cinema e uma carreira notável na música country, o artista americano Gene Autry foi para milhões de fãs o Caubói Cantor. Em 1948, ciente de que muitos jovens deslumbrados queriam imitar sua figura célebre, Autry elaborou e divulgou o Código do Caubói — uma lista de dez regras que, se fossem seguidas, fariam (assim esperava) seus admiradores andarem na linha.

1. O Caubói nunca deve ser o primeiro a atirar, nunca deve bater num homem menor que ele, nunca deve tirar vantagem injustamente.
2. Nunca deve faltar à palavra dada nem trair a confiança depositada nele.
3. Deve sempre falar a verdade.
4. Deve ser gentil com as crianças, os velhos e os animais.
5. Não deve defender nem ter ideias de intolerância racial ou religiosa.
6. Deve ajudar as pessoas que estão em dificuldade.
7. Deve ser um bom trabalhador.
8. Deve se manter limpo no pensamento, nas palavras, nos atos e nos hábitos pessoais.
9. Deve respeitar as mulheres, os pais e as leis de seu país.
10. O Caubói é patriota.

1. Não se lamurie por ser mulher, não fale de feminismo, não reclame de discriminação sexista. Estamos todas por baixo e fodidas, mas ninguém quer ouvir choradeira. Componha uma canção meio disfarçada a respeito disso e ganhe muito ($).
2. Nunca finja que sabe mais do que sabe. Se você não sabe o nome dos acordes, fale dos pontos da guitarra. Não chegue perto da mesa se não pretende ser engenheira de som.
3. Faça o pessoal da banda ter boa aparência e bom som. Tire o melhor deles; é sua obrigação. Ah, e você também tem de fazer um bom som.
4. Não insista em trabalhar com "mulheres"; isso é mais uma besteira. Pegue o melhor homem que encontrar. Se for uma mulher, ótimo — você vai ter companhia para bater pernas nas lojas em vez de forçar alguém da turma a ir com você.
5. Procure não ter relações sexuais com a banda. Isso sempre acaba em choradeira.
6. Não pense que mostrar os peitos e se oferecer vai ajudar. Lembre que você faz parte de uma banda de rock 'n' roll. Não se trata de "me foda", mas de "foda-se!".
7. Não tente competir com os caras; ninguém vai se impressionar com isso. Lembre que um dos motivos para eles gostarem de você é que você não compete com os egos masculinos já existentes.
8. Se cantar, não "berre" nem "se esganice". Ninguém está a fim de ouvir essa merda; parece "histeria".
9. Depile as pernas, pelo amor de Deus!
10. Não aceite conselho de gente como eu. Faça sempre o que bem entender.

lista 014
CONSELHOS PARA JOVENS ROQUEIRAS
CHRISSIE HYNDE
1994

À frente de uma banda de sucesso — Pretenders — desde 1978, Chrissie Hynde está perfeitamente apta a aconselhar mocinhas sobre tudo o que diz respeito ao rock. Foi exatamente o que ela fez em 1994 com "Conselhos para jovens roqueiras", uma lista que depois foi publicada numa revista para adolescentes chamada *Mouth 2 Mouth*.

Existência

Fim, entidade, ser, exist.cia
Essência, quintess.cia, quidi.de
Natureza coisa substância vazio,
   curso Mundo. passagem vão
   posição constituição
Realidade, (v. verdade) concreta,
   exist.cia — fato,
   curso das coisas, certeza
   existente, presente

Nonada, nulidade, niilidade
inexist.cia nada nuga
zero, nugacidade inane

insubstancial

Irreal, ideal, imaginário
visionário, fabuloso,
fictício, supositício
ausente, sombra: sonho
espectro, fantasma

Positivo, afirmação absoluta
Intrínseco substantivo

Negação, virtual, extrínseco
Potencial. adjetivo

inerente
Ser, existir, obter, manter-se
passar, subsistir, prevalecer, estar
— de pé, no chão
Constituir, formar, compor, consistir em

escopo, hábito, temperamento
Estado, modo de exist.cia condição, natureza, constitu.ção hábito.

lugar
Afeição, dificuldade, situ.ção pos.ção postura contingência
Circunstâncias, caso, apuro, disposição de espírito — ponto, grau
Conjunção, conjuntura, passo, emergência, exigência.

Modo, maneira, estilo, feitio, jeito, forma, formato
traço de temperamento, peculiaridade, grau. — posse, termos, teor
fortitude, caráter, capacidade
navio
Parentesco, afinidade, aliança, analogia, fili.ção (v. lig.ção)

Referência, sobre, respeit.nte, concer.nte, referente, atinente
no tocante a, quanto a. — pertinente a, pertenc.nte, aplicável a
relativamente, de acordo com.
Comparável, comensurado, incomp.vel incomu.t — vel,
correspondente   — ável, irreconciliável, dissidente
concordante

lista 015
ROGET'S THESAURUS
PETER ROGET
1805

Nascido em 1779, o médico inglês Peter Roget teve uma infância difícil, marcada pela morte de parentes próximos e pelos problemas mentais de outros — na verdade, é possível que esse período tão caótico e penoso tenha suscitado sua obsessão por uma atividade simples e metódica como a elaboração de listas. Por volta de 1800, em parte para lutar contra a depressão, ele começou a redigir a maior de todas as listas: seu já legendário *Roget's Thesaurus*, e, em 1805, concluiu o primeiro rascunho, totalmente manuscrito e com 15 mil palavras. A obra foi finalmente publicada 47 anos depois e nunca mais deixou de ser reimpressa. Esta página, intitulada "Existência", foi o primeiro verbete do rascunho inicial.

Existence

Ens, entity, being, exist^ce.
Essence, quintess^ce quiddess^e.
Nature thing substance
   course world. frame
     position   constitution
Reality, (v. truth) actual
   exist^ce — fact.
   course of things, under ye sun
   extant, present

Positive, affirmative absolute
   intrinsic   substantive
         inherent
To be; exist, obtain, stand
sso, subsist, prevail, lie
— on foot, on ye tapis

Nonentity, nullity, nihility
nonexist^ce noth^g. nought
void, zero, cypher blank
empty

          unsubstantial
Unreal, ideal, imaginary
visionary, fabulous,
fictitious, supposititious
absent, shadow. dream
phantom. phantasm
Negative, virtual, extrinsic
   potential. adjective

to constitute, form, compose   to consist of
            scope, habitude, temperament
State, Mode of exist^ce condition, nature, constitut^n habit
                           place
Affection, predicament, situat^n posit^n posture contingency
circumstances, case, plight, train, tune, — point, degree
juncture, conjuncture, pass, emergency, exigency.

   Mode, manner, style, cast, fashion, form, shape
Strain, way, degree. — tenure, terms,   tenor
footing, character, capacity

         -ship
Relation, affinity, alliance, analogy, filiat^n (v. connect^n
Reference, about, respect. regard^g concerning, touching
in point of, as to — pertaining to, belong^g applicable to
relatively, according to.
Comparable, commensurate   incomp^ble incom^te — ble,
   correspondent   — able. irreconcilable, discordant.
  accordant

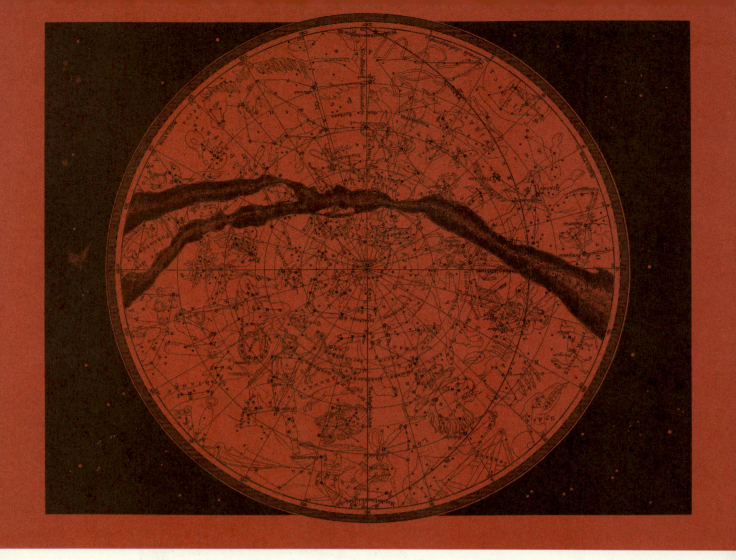

lista 016

AS PREVISÕES DE HEINLEIN
ROBERT HEINLEIN
1949

Robert Heinlein foi um dos grandes autores de ficção científica e de numerosos best-sellers. Recebeu o título de Grão-Mestre dos Autores de Ficção Científica em 1975 e muitos outros prêmios ao longo da carreira. Em 1949, fez uma lista de previsões para o ano 2000 que acabou sendo publicada em fevereiro de 1952 na revista *Galaxy*.

Então, despretensiosamente, vamos nos atrever a fazer previsões para o futuro. Algumas hão de estar erradas — mas previsões cautelosas *sempre* estão erradas.

1. A viagem interplanetária está aí, pagamento contraentrega. Assim que pagar, você pode viajar, o que o governo já está fazendo, pelo menos em caráter experimental.
2. A contracepção e o controle de doenças estão alterando as relações entre os sexos a tal ponto que vão modificar toda a nossa estrutura social e econômica.
3. O fato militar mais importante deste século é que não há como repelir um ataque do espaço.
4. Parece absolutamente impossível que os Estados Unidos comecem uma "guerra preventiva". Vamos lutar quando formos atacados, seja diretamente, seja num território que nos comprometemos a defender.
5. Dentro de quinze anos, a escassez de moradias será resolvida por um "avanço" na nova tecnologia que tornará as casas atuais tão obsoletas quanto as latrinas que ficavam no quintal. A moradia estará disponível em dez dias.

6. Todos nós vamos passar um pouco de fome em breve.

7. O culto da fraude na arte vai desaparecer. A chamada "arte moderna" será discutida apenas por psiquiatras.

8. Freud será classificado como um pioneiro pré-científico e intuitivo, e a psicanálise dará lugar a uma crescente e transformadora "psicologia operacional" baseada em avaliação e previsão.

9. O câncer, o resfriado comum e as cáries serão vencidos. O novo e revolucionário problema da medicina será realizar a "regeneração", isto é, fazer uma perna nova crescer no corpo de uma pessoa, ao invés de fornecer-lhe uma perna artificial.

10. No final deste século, a humanidade terá explorado este sistema solar e estará construindo a primeira nave destinada à estrela mais próxima.

11. Seu telefone pessoal será pequeno o suficiente para caber na bolsa. O telefone da sua casa gravará mensagens, responderá a perguntas simples e transmitirá imagens.

12. Vida inteligente de algum tipo será encontrada em Marte.

13. Uma velocidade de mil milhas por hora a um centavo por milha será comum; pequenas distâncias serão percorridas com extrema velocidade em passagens subterrâneas.

14. Um dos maiores objetivos da física aplicada será controlar a gravidade.

15. Não chegaremos a um "Estado mundial" no futuro previsível. Mas o comunismo desaparecerá deste planeta.

16. A mobilidade crescente privará a maior parte da população de uma cidadania. Por volta de 1990, uma emenda constitucional acabará com as fronteiras nacionais, mantendo, porém, as aparências.

17. Toda aeronave será controlada por uma gigantesca rede de radares operada em âmbito continental por um múltiplo "cérebro" eletrônico.

18. Peixe e lêvedo serão nossas principais fontes de proteína. A carne bovina será um luxo; o cordeiro e o carneiro vão desaparecer, porque os ovinos destroem as pastagens.

19. A humanidade *não* se destruirá, nem a "civilização" será extinta.

Aqui estão algumas coisas que *não* teremos logo, se é que um dia as teremos:

Viagem no tempo.

Viagem em velocidade superior à da luz.

Controle da telepatia e de outros fenômenos extrassensoriais.

Transmissão de matéria via "rádio".

Robôs semelhantes ao homem e com reações semelhantes às do homem.

Criação de vida em laboratório.

Verdadeiro entendimento do que é o "pensamento" e de como ele se relaciona com a matéria.

Prova científica de sobrevivência após a morte.

Nem o fim permanente da guerra. (Assim como você, eu também não gosto nada dessa previsão.)

lista 017
O LIVRO DOS SONHOS
AUTOR DESCONHECIDO
c. 1220 a.C.

Descoberto em Deir el-Medina, aldeia do antigo Egito, e datado de aproximadamente 1220 a.C., este curioso papiro é notável sobretudo pela parte intitulada "O livro dos sonhos" — uma lista que, redigida na escrita hierática do egípcio medieval por um escriba desconhecido, interpreta uma ampla variedade de sonhos e classifica cada um como bom ou mau. Provavelmente cópia de uma versão mais antiga, o documento se encontra hoje no British Museum.

Sonhos auspiciosos:

SE UM HOMEM SE VÊ EM SONHO:

sentado num jardim ao sol	BOM: significa prazer
demolindo uma parede	BOM: significa purificação do mal
[comendo] excremento	BOM: consumindo o que é seu na própria casa
copulando com uma vaca	BOM: desfrutando um dia feliz na própria casa
comendo [carne de] crocodilo	BOM: [tornando-se] uma autoridade perante seu povo
oferecendo água (?)	BOM: significa prosperidade
afogando-se no rio	BOM: significa purificação de todo mal
dormindo no chão	BOM: consumindo o que é seu
vendo alfarrobeiras (?)	BOM: encontrando uma vida feliz
[vendo] a lua	BOM: sendo perdoado por seu deus
cobrindo-se com véu […]	BOM: seus inimigos fogem dele
caindo […]	BOM: significa prosperidade
serrando madeira	BOM: seus inimigos estão mortos
enterrando um velho	BOM: significa prosperidade
cultivando verduras	BOM: significa encontrando víveres

Sonhos nefastos:

SE UM HOMEM SE VÊ EM SONHO:

agarrando a própria perna	MAU: os que estão além (ou seja, os mortos) estão falando dele
olhando-se no espelho	MAU: significa outra esposa
percebendo que seu deus não chora mais por ele	MAU: significa luta
vê a si mesmo sofrendo ao próprio lado	MAU: estão lhe tirando o que é seu
comendo carne quente	MAU: significa não ser julgado inocente
calçado com sandália branca	MAU: significa vagar pela terra
comendo o que abomina	MAU: significa comer o que abomina sem conhecimento
copulando com uma mulher	MAU: significa luto
mordido por um cachorro	MAU: é vítima de magia
mordido por uma cobra	MAU: significa falarem contra ele
medindo cevada	MAU: significa falarem contra ele
escrevendo num papiro	MAU: seu deus está contando seus erros
tumultuando a própria casa	MAU: [significa] adoecer
sofrendo por causa de feitiço (?)	MAU: significa luto
como timoneiro num navio	MAU: sempre que for julgado, não será considerado inocente
com sua cama pegando fogo	MAU: significa afastar a esposa

lista 018
O DICIONÁRIO MANUSCRITO DE NICK CAVE
NICK CAVE
1984

O grande Nick Cave adora listas. Como quem passou décadas escrevendo canções, roteiros e romances, ele também tem certa obsessão pela língua. Portanto, faz todo o sentido saber que às vezes escreve, à mão, dicionários pessoais cheios de palavras notáveis — palavras que, por algum motivo, precisam ser registradas no papel e arquivadas para uso futuro. Um exemplo magnífico é esta página, escrita em 1984, quando Cave viajava por Berlim.

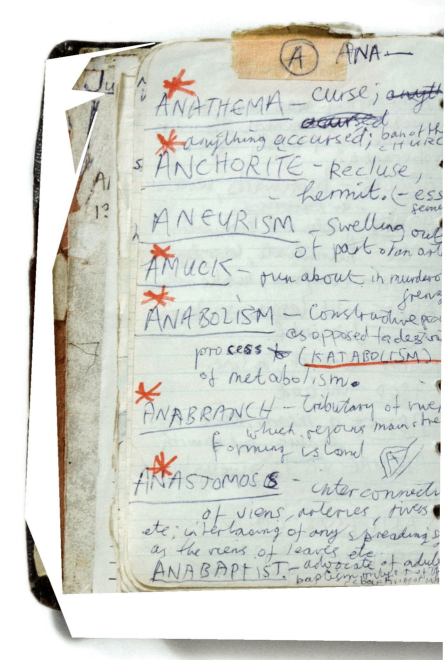

A
ANA —
ANÁTEMA — maldição; algo amaudiçoado algo amaldiçoado; expulsão da igreja
ANACORETA — recluso, ermitão (-ã, feminino)
ANEURISMA — inchaço de parte de uma artéria
AMOQUE — tomado de furor assassino
ANABOLISMO — processo construtivo em oposição ao processo destrutivo (CATABOLISMO) do metabolismo.
ANASTÔMICO, BRAÇO — tributário de um rio que volta a ele, formando ilha
ANASTOMOSE — interligação de veias, artérias, rios etc; entrelaçamento de qualquer sistema que se espalha, como as nervuras das folhas etc.
ANABATISTA — defensor do batismo apenas de adultos; do rebatismo de bebês

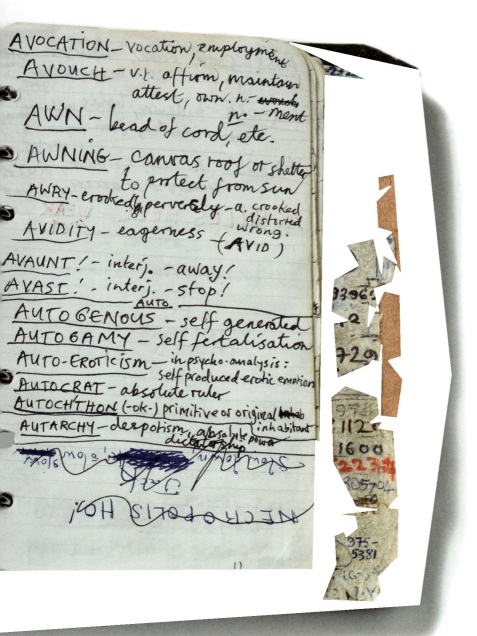

<u>APTIDÃO</u> — vocação, ocupação
<u>AFIANÇAR</u> — v. t. afirmar, manter, atestar, reconhecer. subst. — ~~afianç~~ subst.— ador
<u>ARESTA</u> — barba de milho etc.
<u>ABRIGO DE LONA</u> — toldo para proteger do sol
<u>ATRAVESSADO</u> — de esguelha, de través — a. oblíquo, enviesado, torto
<u>AVIDEZ</u> — anseio — (ÁVIDO)
<u>ADEUS!</u> — interj. — fora!
<u>ALTO LÁ!</u> — interj. — pare!
——— AUTO ———
<u>AUTÓGENO</u> — que gera a si mesmo
<u>AUTOGAMIA</u> — autofertilização
<u>AUTOEROTISMO</u> — na psicanálise: emoção erótica autoproduzida
<u>AUTOCRATA</u> — governante absoluto
<u>AUTÓCTONE</u> (— ok —) ~~habit~~ habitante primitivo ou original
<u>AUTARQUIA</u> — despotismo, poder absoluto, ditadura

59

lista 019
OS CINQUENTA ANÕES
DISNEY
DÉCADA DE 1930

Em 1812, os irmãos Grimm, escritores alemães, publicaram *Branca de Neve*, um dos contos de fadas mais famosos da história, que, em 1937, mais de um século depois, foi adaptado para o cinema com imenso sucesso pela Walt Disney Productions. Em 1934, quando começaram a trabalhar na versão cinematográfica, os roteiristas da Disney fizeram essa maravilhosa lista de nomes para um grupo de personagens que os irmãos Grimm não batizaram: os sete anões. Como hoje sabemos, Dengoso, Zangado, Feliz, Soneca e Atchim saíram dessa lista; Dunga e o chefe do grupo, Mestre, foram decididos posteriormente.

Alinhado
Atchim
Bacana
Boboca
Brigão
Choramingão
Chorão
Convencido
Dengoso
Emproado
Esbaforido
Espirro
Faminto
Feliz
Figurão
Formiga
Garboso
Gira
Gorducho
Infeliz
Lacrimoso
Linguarudo
Manda-Chuva
Maroto
Medonho
Meloso
Miolo Mole
Molenga
Muquirana
Nervoso
Neurastênico
Paspalhão
Pateta
Pavão
Pensativo
Piegas
Porcalhão
Preguiçoso
Prestativo
Ranheta
Ranzinza
Saltitante
Sisudo
Soneca
Taciturno
Tagarela
Tristonho
Vivo
Xereta
Zangado

1. Os jogadores são convidados a recolher estilhaços de bombas e granadas para que não danifiquem os cortadores de grama.
2. Em caso de tiroteio ou bombardeio durante as competições, os jogadores podem abrigar-se sem sofrer penalidade por interromperem a partida.
3. As posições conhecidas de cada bomba de ação retardada são assinaladas com bandeiras vermelhas, dispostas a uma distância razoavelmente segura, mas sem garantia de segurança total.
4. Os estilhaços de granada e/ou bomba na parte do campo entre os buracos ou nos obstáculos que estiverem no caminho da bola podem ser removidos sem penalidade e, se uma bola se mover acidentalmente por causa de tais estilhaços, não se aplicará nenhuma penalidade.
5. Pode-se substituir uma bola movida, perdida ou destruída por ação inimiga e jogá-la sem sofrer penalidade.
6. Pode-se tirar uma bola que estiver numa cratera e jogá-la, observando o percurso até o buraco, sem sofrer penalidade.
7. Uma jogada prejudicada pela explosão de uma bomba pode ser repetida no mesmo lugar. Penalidade: uma jogada.

lista 020
REGRAS PARA GOLFE EM TEMPO DE GUERRA
RICHMOND GOLF CLUB
1940

Em 1940, enquanto a Batalha da Inglaterra se acirrava, uma bomba caiu num dos edifícios do Richmond Golf Club, em Surrey, Inglaterra, e felizmente não matou ninguém. Em função disso, os proprietários do clube — ao invés de suspender as partidas — mantiveram a calma e organizaram uma curiosa lista de regras provisórias a serem seguidas por todos os membros, levando em conta a possibilidade de risco de vida no campo de golfe.

lista 021

REGRAS PARA CRIAR UM FILHO
SUSAN SONTAG
SET.1959

A celebrada escritora Susan Sontag foi uma das intelectuais mais importantes do século XX, autora de uma obra que nunca deixou de incentivar discussões. Em setembro de 1952, aos dezenove anos, ela teve seu único filho, David, que editou os diários da mãe depois da morte dela, em 2004. Um desses diários contém esta lista de regras para criar um filho, escrita por Sontag sete anos depois de dar à luz.

1. Ser coerente.
2. Não falar sobre ele com os outros (por exemplo, contar coisas engraçadas) na presença dele. (Não deixá-lo acanhado.)
3. Não elogiá-lo por alguma coisa que eu nem consideraria boa.
4. Não repreendê-lo com aspereza por algo que ele foi autorizado a fazer.
5. Rotina diária: comer, lição de casa, banho, dentes, quarto, história, cama.
6. Não deixar que ele me monopolize quando eu estou com outras pessoas.
7. Sempre falar bem do pai dele. (Nada de caretas, suspiros, impaciência etc.)
8. Não desencorajar as fantasias infantis.
9. Ensinar-lhe que existe um mundo dos adultos que não é da conta dele.
10. Não supor que aquilo que eu não gosto de fazer (banho, lavar c cabelo) ele também não gosta.

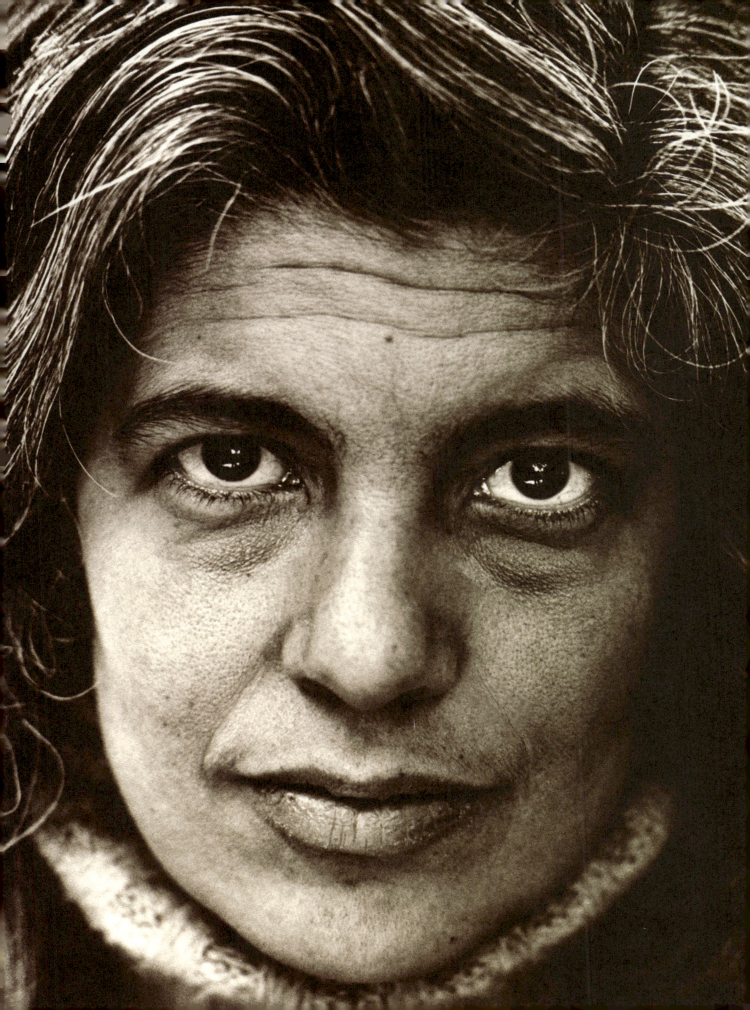

lista 022

FRANCAMENTE, MINHA QUERIDA...

SELZNICK INTERNATIONAL PICTURES

1939

Poucas falas na história do cinema são tão famosas como "Francamente, minha querida, não dou a mínima" — a resposta de Rhett Butler, em *... E o vento levou*, para a pergunta de Scarlett O'Hara "Para onde eu vou? O que eu vou fazer?" — e, em 2005, o American Film Institute considerou-a a Maior Citação Cinematográfica de Todos os Tempos. Mas poderia ter sido muito diferente. Dois meses antes do lançamento do filme, os censores americanos acharam vulgar a expressão "não dou a mínima" e pediram que fosse retirada. A decisão só foi revogada semanas depois, graças a uma emenda que a Motion Picture Association rapidamente introduziu no Production Code. Porém, antes que isso acontecesse, com a expressão "não dou a mínima" temporariamente banida, os produtores do filme prepararam uma lista de alternativas.

... E O VENTO LEVOU

~~nada me interessaria menos~~

"---Francamente, minha querida, não me interessa ~~xxxxx~~ nem um pouco -----" Bowie

, eu não me importo ------" Anôn.

, para mim é indiferente -----" Ibid.

, não é da minha conta ----" Ibid.

, pouco se me dá ----" Ibid.

, não tenho o menor interesse!" Ibid.

, não tenho nada a ver com isso!" Ibid.

, para mim não faz a menor diferença ---" Ibid.

, por mim, você pode ir para o inferno ---" Ibid.

, se depender de mim, você pode ir para o inferno ---" Ibid.

, não é que me seja indiferente --- é que eu simplesmente não me importo ---" L

, para mim chega ---" Willington

, eu simplesmente <u>não</u> me importo ---" L.

, a minha indiferença é infinita ---" Ibid.

, isso não me diz respeito

[riscado]

, para mim tanto faz

, para mim não tem a menor importância

, o diabo pode ser que se importe --- eu não!

, abandonei a luta

, tudo isso já está me cheirando mal

, já estou farto disso

GONE WITH THE WIND   LEWTON

xxxxxxxnothingxcouldxinterestxmexless

"---Frankly, my dear, nothing could xxxxx interest me less ----" Bowie

                    , I don't care -----"   Anon.

                    , it leaves me cold -----" Ibid.

                    , it has become of no concern to me ----" Ibid.

                    , I don't give a Continental ----"   Ibid.

                    , I don't give a hoot!"   Ibid.

                    , I don't give a whoop!"   Ibid.

                    , I am completely indifferent ---"   Ibid.

                    , you can go to the devil, for all of me ---" Ibid.

                    , you can go to the devil for all I care ---" Ibid.

                    , I'm not even indifferent -- I just don't care --" L

                    , I've come to the end---" Millington

                    , I just don't care ---"   L.

                    , my indifference is boundless ---" Ibid

                    , I don't give a straw

                    ,It's all the same to me

                    ,it is of no consequence

                    ,the devil may carem--- I don't!

                    ,I've withdrawn from the battle

                    ,the whole thing is a stench in my nostrils

                    ,it makes my gorge rise

lista 023
O CAFÉ DON SALTERO'S
DON SALTERO
c. 1700

Inaugurado em Chelsea, Londres, em 1695, um café chamado Don Saltero's atraía multidões de toda parte não só por seu cardápio, mas também pelas centenas de objetos intrigantes e excêntricos que forravam as paredes, lotavam as prateleiras e cobriam o teto: "gabinetes de curiosidades" com lembranças dos quatro cantos do planeta que, colecionadas por James Salter, o dono do estabelecimento, despertavam o interesse de todos os frequentadores. Assim que entrava, o visitante recebia um *Catálogo das raridades expostas no café Don Saltero's, em Chelsea*, guia que, ao longo dos anos, teve quarenta edições, todas contendo magníficas listas de objetos como a que vemos aqui.

Nos lambris ao redor da sala, começando pelos espaços entre as janelas.

1. Um ganso-patola do norte da Escócia
2. Um belo e grande falcão
3. Uma cana-de-açúcar com 2,4 metros de altura
4. Um curioso higrômetro, ou medidor das condições atmosféricas
5. O bico e o papo de um pelicano
6. Uma curiosa pele de cobra com 1,95 metro de comprimento
7. As patas de uma lagosta surpreendentemente grandes
8. Uma gorgônia
9. Algas marinhas
10. Um macaco das Índias Orientais
11. Um filhote de zebra, burro selvagem africano
12. Um esqueleto de gato
13. Um ídolo chinês
14. Um pênis de baleia
15. A cabeça e as patas de um urso da Groenlândia
16. Uma folha de papel de seda chinês com 3,6 metros de comprimento e 1,35 metro de largura
17. Um rosário de contas grandes
18. Um papão
19. Um cervo da Guiné
20. Um tamanco que foi colocado debaixo da cadeira do orador, no reinado de Jaime II
21. O cetro do rei de Widdaw
22. Uma orelha de elefante
23. Cachimbos encontrados em Gloucester
24. Uma imagem de um macaco-capuchinho
25. Uma reprodução de um belo lagarto com suas cores naturais
26. Uma cópia da sentença de morte por decapitação do rei Carlos I
27. Uma reprodução de um esquilo voador com suas cores naturais
28. Uma reprodução de um tucano brasileiro com suas cores naturais
29. Um pênis de cavalo-marinho com que se fazem armelas
30. Uma lontra grande
31. Um surpreendente chifre de auroque, ou búfalo
*31. Uma sovela, tarambola
32. Um belo mocho-orelhudo
33. Um faisão chinês
34. Um instrumento musical de sopro chinês, feito de junco
*34. Duas belas conchas de mexilhão, com sessenta centímetros de comprimento, de Portmahon
35. Um chifre de rinoceronte
36. A maquete de um moinho cuja roda é movida por areia (não por água, como nos moinhos grandes), curiosamente concebida e montada dentro de uma garrafa: a tampa é um primor de criatividade, sendo presa por dentro com travessas e ferrolhos com mola,

de cujas extremidades pendem várias coisas, e tão apertada que não deixa escapar um grão de areia sequer
37. Os chifres de um veado das Índias Ocidentais
38. Um dispositivo ou cinto, comumente chamado de cadeado espanhol, para impedir que a mulher traia o marido
39. O báculo de um bispo romano
40. O chifre de um unicórnio do mar com 2,25 metros de comprimento
41. O açoite de um frade
42. Um almanaque de Staffordshire usado quando os dinamarqueses estavam na Inglaterra
43. Um caixão de ardósia, lindamente entalhado, feito para guardar os ossos de um frade
44. Uma junta da espinha dorsal de uma baleia
45. Um ferrolho de ferro do forte William que ficou vermelho com os tiros disparados pelos rebeldes em 1745
46. As patas de um urso russo
47. Uma grande estrela-do-mar
48. As patas de uma foca
49. Parte da quilha de um navio corroída pelos vermes

50. A cabeça de um manati, ou vaca-marinha
51. A lança de Tow-How Sham, rei dos índios de Darien, com que ele matou seis espanhóis e na qual pregou, como troféu de vitória, seis dentes, um de cada morto
52. Uma pele de cobra com 3,15 metros de comprimento, um excelente hidrômetro
53. Uma pata de alce
54. A cabeça e as presas de um leão-marinho
55. A cabeça de um corço da Escócia
56. Uma barbatana de tubarão
57. Uma faca com que os chineses fazem tabuleiros de jogar
58. Um solidéu encontrado no capacete de um oficial francês derrotado na batalha de Dettingen
*58. O dente molar de um elefante
59. Um dente de baleia
60. Uma vara usada pelos chineses para bater na sola dos pés ou nas nádegas de alguém que está sendo castigado
61. Uma espada indiana que o vencedor sempre deixava no campo de batalha
62. Uma folha de palmeira usada como leque pelos indianos
63. Um almanaque para cegos
64. Um leque de Moco
65. A cabeça e os chifres de um antílope
66. O cinto, as algibeiras, o sapato e outros acessórios de Tow-How--Sham, rei dos índios de Darien
67. Um par de sapatos femininos tártaros
68. Os sapatos da coroação do rei Guilherme III
69. Um par de meias de Trípoli
70. Uma aljava turca para flechas
71. Um curioso violino de metal de Cremona
*71. Um par de mocassins, ou sapatos da baía de Hudson
72. Uma cota de malha dos cavaleiros templários
73. Uma meia chinesa
74. Um estribo da rainha Elizabeth
75. Uma bota chinesa
76. As mandíbulas de um tubarão com 280 dentes
77. Uma cota de malha escameada
78. Um par de sapatos femininos turcos
79. Um par de sapatos femininos chineses
80. Os sapatos que a rainha Catarina usou em seu casamento com Carlos II
81. Um par de sapatos masculinos turcos
82. Um chinelo turco
83. Um par de sapatos masculinos chineses
84. Um par de sapatos femininos espanhóis
85. Um par de bolas de pela, jogo usado na Itália
86. Um curioso leque de madeira

87. Uma curiosa maquete de igreja
88. Uma imagem de macaco e algumas plantas do golfo da Flórida
89. O Pai-Nosso, o Credo, os Dez Mandamentos, as orações pelo rei e pela família real e o Salmo 21 — todos escritos no busto do rei Jorge
90. Um curiosíssimo retrato triforme do rei Carlos I e seus dois filhos
91. Um gato empalhado
92. Um arco turco
93. Uma raiz de árvore em forma de porco
94. Uma cabeça de texugo
95. A serra de um peixe-serra
96. A cota de malha do rei Henrique VIII
97. Um par de manoplas
98. Facas de índios canibais
99. Arco e flechas indígenas
100. Duas azagaias
101. Um chapéu de pele de rato pertencente a um menino negro
102. Raquetas para andar na neve
103. Um colete chinês para evitar o suor
104. Um broquel das Terras Altas escocesas
105. Um casaco de cortiça
106. Um chicote de Arkhangelsk
107. Um chapéu malaio
108. A touca da camareira da rainha Elizabeth
109. O broquel de Tee-Yee-Neen-Ho-Ga-Row, imperador das Seis Nações indígenas
110. A cesta de costura da rainha Elizabeth
111. Um chapéu da Boêmia
112. Uma curiosa imagem que muda de homem para mulher
113. Um retrato impressionante de Hudibras com o mago
114. Reprodução da garrafa do mago
115. Retrato de uma viúva tímida
116. Dois filhotes de jabuti, ou tartaruga terrestre
117. Dois grandes e belos ovos de avestruz
118. Um peixe-lua
119. Um ovo de avestruz curiosamente entalhado
120. Uma estrela-do-mar
121. O bastão de um bucaneiro
122. Uma espora da Barbária
123. As esporas do rei Henrique VIII
124. Uma imagem do tangará escarlate do Suriname com suas cores naturais
125. Duas lanças de Madagascar
126. Um arco indígena
127. Uma pistola turca
128. Uma pistola de quatro canos tomada dos franceses no cerco de Namur

129. Quatro flechas indígenas extraordinariamente farpeadas
130. Duas antigas flechas de ponta larga pertencentes a Robin Hood
131. Duas pequenas flechas envenenadas com ponta farpeada
132. A espada de lâmina larga pertencente a Oliver Cromwell
133. Uma espada espanhola
134. A espada da coroação do rei Jaime
135. Um retrato do rei Guilherme
136. Uma paisagem escocesa no crepúsculo
137. Duas adagas envenenadas de grande antiguidade
138. Um cris malaio
139. Um relógio de viagem que funciona por trinta e seis horas. N. B. Nos relógios comuns, o ponteiro anda e o mostrador fica parado; neste, o mostrador se move e o ponteiro segue sua direção
140. Uma espora mexicana tomada pelo almirante Anson no navio *Acapulco*
141. A espada flamejante de Guilherme, o Conquistador
142. A imagem de uma zebra, ou burro selvagem africano, com suas cores naturais
143. Um gato que, durante a reforma da abadia de Westminster, foi encontrado morto de fome entre as paredes
144. Os chifres de um antílope
145. Um grande e belo jabuti, ou tartaruga terrestre
146. Um cinzel antigo
147. Um belo conjunto de arco e flechas das Índias Orientais para caçar aves, sendo a ponta das flechas envenenada
148. Uma machadinha indígena da América do Norte recolhida no campo de batalha diante de Quebec
149. Uma bela renda de papel
150. A cabeça de uma búfaga
151. A cabeça de um colhereiro
152. Um dente de cavalo-marinho

8 alusões a assassinato (não especificado)
2 casos de morte por asfixia
1 caso de morte por devoração
1 caso de ser humano cortado ao meio
1 caso de decapitação
1 caso de morte por esmagamento
1 caso de morte por ressecamento
1 caso de morte pela fome
1 caso de morte em água fervente
1 caso de morte por enforcamento
1 caso de morte por afogamento
4 casos de morte de animais domésticos
1 caso de roubo de cadáver
21 casos de morte (não especificada)
7 casos de amputação de membros
1 caso de vontade de ter um membro amputado
2 casos de violência contra si mesmo
4 casos de fratura de membros
1 alusão a coração sangrando
1 caso de ingestão de carne humana
5 ameaças de morte
1 caso de rapto
12 casos de crueldade com pessoas e animais
8 casos de açoitamento
3 alusões a sangue
14 casos de roubo e desonestidade em geral
15 alusões a pessoas e animais mutilados
1 alusão a agentes funerários
2 alusões a túmulos
23 casos de violência física (não especificada)
1 caso de loucura
16 alusões a sofrimento e tristeza
1 caso de embriaguez
4 casos de praguejamento
1 alusão ao casamento como forma de morte
1 caso de desdém a cego
1 caso de desdém à oração
9 casos de crianças perdidas ou abandonadas
2 casos de incêndio na casa
9 alusões a pobreza
5 alusões a brigas
2 casos de prisão ilegal
2 casos de discriminação racial

lista 024
VIOLÊNCIA EM CANTIGAS E QUADRINHAS INFANTIS
GEOFFREY HANDLEY-TAYLOR
1952

Depois de analisar duzentas cantigas e quadrinhas infantis tradicionais, o escritor inglês Geoffrey Handley-Taylor concluiu, em *A Selected Bibliography of Literature Relating to Nursery Rhymes Reform* (1952), que aproximadamente a metade delas expressava "tudo que é glorioso e ideal para a criança", porém "as outras cem contêm elementos inaceitáveis". Para ilustrar esse aspecto, ele listou todos os exemplos de violência que encontrou no material estudado.

JURO SER FIEL À COSA NOSTRA. SE EU TRAIR, MEU CORPO DEVE SER QUEIMADO — ASSIM COMO ESTA IMAGEM ESTÁ QUEIMANDO.

DIREITOS E DEVERES

NINGUÉM PODE SE APRESENTAR DIRETAMENTE A UM DE NOSSOS AMIGOS. UMA TERCEIRA PESSOA DEVE FAZER A APRESENTAÇÃO.

NUNCA OLHE PARA AS MULHERES DOS AMIGOS.

NUNCA ANDE COM POLICIAIS.

NÃO FREQUENTE BARES E CLUBES.

ESTAR SEMPRE DISPONÍVEL PARA A COSA NOSTRA É UM DEVER — MESMO QUE SUA MULHER ESTEJA PRESTES A DAR À LUZ.

OS COMPROMISSOS DEVEM SER RELIGIOSAMENTE RESPEITADOS.

AS ESPOSAS DEVEM SER TRATADAS COM RESPEITO.

QUANDO SOLICITADO A DAR QUALQUER INFORMAÇÃO, FALE A VERDADE.

NÃO SE APROPRIE DE DINHEIRO PERTENCENTE A OUTRAS PESSOAS OU A OUTRAS FAMÍLIAS.

INDIVÍDUOS QUE NÃO PODEM FAZER PARTE DA COSA NOSTRA

QUEM TEM PARENTE PRÓXIMO NA POLÍCIA.
QUEM TEM PARENTE INFIEL.
QUEM SE COMPORTA MAL E NÃO TEM VALORES MORAIS.

lista 025
O DECÁLOGO DA MÁFIA
MÁFIA
data desconhecida

Salvatore Lo Piccolo fugiu da polícia durante 24 longos anos, até ser finalmente preso, em 2007. Acredita-se que chefiou, durante décadas, a Máfia siciliana, a organização criminosa mais famosa do mundo, e sua "família". Como ocorre com a maioria das famílias, a Máfia também tem normas. No entanto, foi só depois da captura de Piccolo, quando a polícia italiana encontrou, em seu esconderijo, um documento hoje conhecido como Decálogo da Máfia, que essas normas foram reveladas ao mundo.

lista 026

SETE HOMENZINHOS AJUDAM UMA JOVEM
ED GOMBERT
13.02.1986

No começo de 1986, quando os executivos da Disney resolveram mudar o título do desenho *Basil da Baker Street* para o menos ambíguo *As peripécias do ratinho detetive*, a equipe de produção não gostou nem um pouco. Um desenhista em especial, Ed Gombert, disfarçou seu desagrado com comicidade, criando e distribuindo essa comunicação interna, supostamente enviada por Peter Schneider, chefe do departamento, e contendo uma lista do catálogo da Disney rebatizado com nomes igualmente chochos. A lista se espalhou de tal forma que logo chegou ao conhecimento de Jeffrey Katzenberg, então diretor da Disney, que, nem um pouco satisfeito, questionou o inocente Schneider e depois tentou, sem sucesso, descobrir a identidade do autor. Para piorar a situação, uma cópia da lista foi parar no *LA Times*. Para desespero da Disney, o título do filme logo era conhecido por todos, embora pelo motivo errado.

COMUNICAÇÃO INTERNA

PARA Departamento de Animação   DATA 13 de fevereiro de 1986
DE Peter Schneider   RAMAL 2630   ASSUNTO

Junto com o novo título para "Basil da Baker Street", decidiu-se renomear todos os clássicos de animação. Os novos títulos são os seguintes:

"SETE HOMENZINHOS AJUDAM UMA JOVEM"

"O MENINO DE MADEIRA QUE SE TORNOU REAL"

"COR E MÚSICA"

"O MARAVILHOSO ELEFANTE CAPAZ DE VOAR"

"O PEQUENO CERVO QUE CRESCEU"

"A MOÇA DE SAPATOS TRANSPARENTES"

"A MENINA NO MUNDO IMAGINÁRIO"

"AS INCRÍVEIS CRIANÇAS VOADORAS"

"DOIS CACHORROS SE APAIXONAM"

"A JOVEM QUE PARECIA MORTA"

"FILHOTES ROUBADOS"

"O MENINO QUE SERIA REI"

"UM GAROTO, UM URSO E UM GATÃO PRETO"

"ARISTOGATAS"

"ROBIN HOOD COM ANIMAIS"

"DOIS RATOS SALVAM UMA JOVEM"

"UMA RAPOSA E UM CÃO SE TORNAM AMIGOS"

"O BOBALHÃO MALVADO"

E, naturalmente, nosso último clássico, destinado a conquistar o coração do público americano…

"AS PERIPÉCIAS DO RATINHO DETETIVE"

Walt Disney PICTURES

INTER-OFFICE COMMUNICATION

P-4118

TO ANIMATION DEPARTMENT

FROM Peter Schneider EXT. 2630

DATE February 13, 1986

SUBJECT

Along with the new title for "Basil of Baker Street" it has been decided to re-name the entire library of animated classics. The new titles are as follows...

"SEVEN LITTLE MEN HELP A GIRL"

"THE WOODEN BOY WHO BECAME REAL"

"COLOR AND MUSIC"

"THE WONDERFUL ELEPHANT WHO COULD REALLY FLY"

"THE LITTLE DEER WHO GREW UP"

"THE GIRL WITH THE SEE-THROUGH SHOES"

"THE GIRL IN THE IMAGINARY WORLD"

"THE AMAZING FLYING CHILDREN"

"TWO DOGS FALL IN LOVE"

"THE GIRL WHO SEEMED TO DIE"

"PUPPIES TAKEN AWAY"

"THE BOY WHO WOULD BE KING"

"A BOY, A BEAR AND A BIG BLACK CAT"

"ARISTOCATS"

"ROBIN HOOD WITH ANIMALS"

"TWO MICE SAVE A GIRL"

"A FOX AND A HOUND ARE FRIENDS"

"THE EVIL BONEHEAD"

And of course our latest classic destined to win the hearts of the american public...

"THE GREAT MOUSE DETECTIVE"

lista 027

PARA QUEM NÃO SACA LÍNGUA DE JAZZISTA
HARRY GIBSON
1944

O pianista de jazz Harry Gibson era uma espécie de anomalia em sua época: músico excêntrico e frenético, arrebatava o público nos clubes de Manhattan com uma música vibrante que, sob alguns aspectos, estava à frente de seu tempo. Seu uso constante do linguajar jazzístico era a cereja do bolo; além disso, em 1944 ele cunhou a palavra *hipster*. A lista que temos aqui — um guia de seu dialeto favorito para principiantes — foi impressa na capa interna de seu álbum *Boogie Woogie in Blue*, lançado no mesmo ano.

Para quem não saca língua de jazzista

Uma gatinha supimpa	Uma jovem atraente
Um corpo num pano	Que fica bem de roupa
Baile a noite inteira	Festa que se estende noite adentro
Arrasar	Constranger
Gato	Fã de jazz
Trambiqueiro	Trapaceiro
Dar no pé, dar o fora	Ir embora
Andar na maciota	Saber viver
Vê se saca o que eu digo	Preste atenção
De galho em galho	Erradio
Manda ver aquele troço	Toque aquela música
Zanzar	Vaguear
Estar nos píncaros	Voar alto como uma pipa
Deixar claro	Entender-se, chegar a um acordo
Trapo sem serventia	Mulher imprestável
Muquifo maneiro	Lugar aconchegante
Hipster	Apreciador de bom jazz
Parar o sol	Continuar assim para sempre
Falar muito da tua grana	Pensar que você é rico
Estou te dizendo, cara	Contar um segredo
O boteco está fervendo	O lugar está movimentado
Suco	Bebida
Falar o que é	Contar a verdade
Como filho sem mãe	Sossegado
Entorna todas	Beba até cair
Numa ótima	Extasiadamente bêbado
Acertar a jogada	Divertir-se
Estar por dentro	Saber as respostas
Sempre o mesmo disco	Tédio
Quadrado	Caipira
Levei um tranco na cachola	Fiquei doido
Estou com a corda toda	Estou me divertindo muito
Um garanhão legal	Homem influente no campo do entretenimento
Ele tem uma grande história	Frequenta estabelecimentos luxuosos
Vai devagar	Tome cuidado
Cheio da nota	Endinheirado, com boa conta bancária

Feito nos EUA

For Characters Who Don't Dig Jive Talk:

A Really In There Solid Chick	An Attractive Young Girl
A Shape In A Drape	Looks Good In Clothes
Ball All Night	An All Night Party
Bring Him	Embarrass Him
Cat	A Jive Fan
Clipster	A Confidence Man
Cut on Down, Cut Out	To Leave
Dig Those Mellow Kicks	Knows How To Live
Dig What I'm Puttin' Down	Pay Attention
Drifter	Floater
Fall In On That Mess	Play That Thing
Fall On Down	Meander
Freakish High	To Get High As A Kite
Get Straight	Work It Out, Make A Deal
Good For Nothin' Mop	No Good Woman
Groovy Little Stash	Cozy Spot
Hipsters	Characters Who Like Hot Jazz
Hold Back The Dawn	Go On This Way Forever
Hype You For Your Gold	Take You For The Bank Roll
I'm Hippn' You Man	Putting You Wise
Joint Is Jumpin'	Place Full Of Customers
Juices	Liquor
Layin' It On You Straight	Telling You The Truth
Like A Motherless Child	Sedate
Lush Yourself To All Ends	Get Very Drunk
Out Of The World Mellow Stage	To Get Ecstatically Drunk
Pitch A Ball	Have A Good Time
Really In There	Knows The Answers
Same Beat Groove	Bored
A Square	Cornfed
Solid Blew My Top	Went Crazy
Solid Give Me My Kicks	Had Lots of Fun
Solid Stud	Influential man in the entertainment field
His Story Is Great	A Successful Man About Town
Take It Slow	Be Careful
Your Stickin'	Flush, Carrying A Bankroll

Made in U. S. A.

lista 028

AS EXIGÊNCIAS DE EINSTEIN
ALBERT EINSTEIN
1914

Em 1914, o casamento de onze anos do físico teórico Albert Einstein com Mileva Marić estava em crise. Ao reconhecer que não havia esperança para seu relacionamento em termos românticos, o cientista sugeriu que continuassem juntos pelo bem de seus filhos, Hans e Eduard, mas impôs uma série de condições. Mileva aceitou-as, porém de nada adiantou. Poucos meses depois, ela deixou o marido em Berlim e mudou-se com as crianças para Zurique. Em 1919, o casal acabou se divorciando, depois de uma separação de cinco anos.

Condições.

A. Cabe a você fazer com que
1) minha roupa esteja sempre limpa e em ordem;
2) eu receba minhas três refeições normalmente *em meus aposentos*;
3) meu quarto e meu escritório estejam sempre bem-arrumados e, principalmente, minha escrivaninha seja *usada apenas por mim*.

B. Você se absterá de quaisquer relações pessoais comigo, a menos que sejam absolutamente necessárias por motivos sociais. Sobretudo, você abrirá mão de
1) minha companhia em casa;
2) sair ou viajar comigo.

C. Você observará os seguintes pontos em suas relações comigo:
1) não esperará nenhuma intimidade de minha parte, nem me repreenderá de forma alguma;
2) parará de falar comigo, quando eu lhe pedir;
3) sairá de meu quarto ou de meu escritório imediatamente e sem objeções, quando eu lhe pedir.

D. Você se comprometerá a não me depreciar, com palavras ou atos, diante de nossos filhos.

ichtest Dich aus-
ch, im Verkehr mit
gende Punkte
ten

t weder Zärtlich-
mir erwarten noch
ndwelche Vorwürfe
ben.

f eine an mich
te Rede sofort
ren, wenn ich
ersuche.

t mein Schlaf-
zimmer sofort
rrede zu verlassen,
darum ersuche.

ichtest Dich,
rch Worte noch
andlungen vor den
ugen meiner
herabzusetzen.

A. Du sorgst dafür
1)
Du sorgst dafür, dass meine
Kleider und Wäsche (im Stand ordentlich
gehalten werden
2) dass ich die drei Mahlzeiten
im Zimmer ordnungsgemäss
vorgesetzt bekomme.
3) Das mein Schlafzimmer
und Arbeitszimmer stets
in guter Ordnung gehalten
sind, insbesondere, dass
der Schreibtisch mir
allein zur Verfügung steht.
B. Du verzichtest auf alle
persönlichen Beziehungen
zu mir, soweit deren Auf-
rechterhaltung zur
Wahrung aus gesellschaft-
lichen Gründen nicht
unbedingt geboten
ist. Insbesondere verzichtest
Du darauf
1) dass ich zuhause bei Dir
sitze
2) dass ich zusammen mit
Dir ausgehe oder verreise

lista 029
DOMINANDO A CULINÁRIA FRANCESA
JULIA CHILD
31.10.1960

Autora de mais de uma dúzia de livros de receitas e apresentadora de numerosos programas de culinária na televisão a partir da década de 1960, a bem-sucedida chef Julia Child inspirou milhões de americanos a ser mais criativos na cozinha. Foi, porém, seu primeiro livro que, publicado em 1961, causou o maior impacto, com críticas entusiasmadas e vendas maciças que continuam até hoje. Em outubro de 1961, meses antes de lançar esse best-seller, Julia enviou para sua editora, na Alfred A. Knopf, uma lista de 28 sugestões de títulos para sua estreia. O último título, *Dominando a culinária francesa* (*Mastering the Art of French Cuisine*), foi o escolhido.

Hoffsjef Lövenskioldsvei 26
Ovre Ullern, Oslo
31 de outubro de 1960

Mrs. Judith B. Jones, Editora
Alfred A. Knopf Inc.
Madison Avenue, 501
Nova York, NY

Prezada Mrs. Jones:

TÍTULOS: Acho que o título não deve assustar o público e que o subtítulo não deve ser muito pretensioso. Acho que uma abordagem acolhedora, simpática (com ares profissionais) seria correta. E não me parece bom algo como "Cozinha francesa", já que as pessoas podem entrar na livraria e pedir "aquele livro de cozinha francesa", o que não significaria exatamente o nosso. Mas poderia ser dito em francês:

LA BONNE CUISINE FRANÇAISE

Na verdade, gosto muito desse.

Subtítulo: "O livro de cozinha francesa fundamental para todos que gostam de cozinhar e querem conhecer a fundo as técnicas francesas. Ingredientes americanos. Medidas americanas. Terminologia americana"

Outras sugestões de título:

PAIXÃO PELA CULINÁRIA FRANCESA
AMOR E COZINHA FRANCESA
AMOR À COZINHA FRANCESA
COZINHAR POR AMOR
MESTRE EM CULINÁRIA FRANCESA
MAESTRIA EM CULINÁRIA
MAESTRIA EM CULINÁRIA FRANCESA (NÃO "na")
A COZINHA FRANCESA
COMIDA DA FRANÇA
COMIDA FRANCESA
A NOBRE ARTE DA COZINHA FRANCESA
O GRANDE LIVRO DE RECEITAS FRANCESAS
A GRANDE CULINÁRIA FRANCESA
O COZINHEIRO COMPULSIVO
~~COZINHAR É MEU HOBBY~~
COZINHAR É MEU HOBBY
O HOBBY DA CULINÁRIA FRANCESA
COZINHA FRANCESA COMO HOBBY
ESCOLA DE COZINHA FRANCESA
ESCOLA DE CULINÁRIA FRANCESA
CURSO DE COZINHA FRANCESA
O COZINHEIRO APAIXONADO
O COZINHEIRO APAIXONADO PELA CULINÁRIA FRANCESA
COMIDA FRANCESA POR PRAZER
COMIDA FRANCESA POR AMOR
COMIDA FRANCESA PARA TODOS
COZINHE PARA SI MESMO À LA FRANÇAISE
DOMINANDO A ARTE DA CUISINE/COMIDA/CULINÁRIA FRANCESA

Hoffsjef Lövenskioldsvei 26
Ovre Ullern, Oslo
October 31, 1960

Mrs. Judith B. Jones, Editor
Alfred A. Knopf Inc.
501 Madison Avenue
New York City, NY

Dear Mrs. Jones:

TITLES: I don't think the title should scare people, or that the sub-title should sound too puffy. I think a welcoming, friendly approach (with professional overtones) would be right. And I can see that something like "French Cooking" is not good as people might come into a bookstore and ask for "that book on French cooking", and that would not necessarily mean us. However, it might be said in French:

<u>LA BONNE CUISINE FRANÇAISE</u>

As a matter of fact, I quite like that.

Subtitle: "The fundamental book on French cooking for everyone whose hobby is cooking, and who wants to master the authentic French techniques.
American ingredients. American measurements.
American terminology "

Other title suggestions:

IN LOVE WITH FRENCH COOKING	COOKING IS MY HOBBY
LOVE AND FRENCH COOKING	THE HOBBY OF FRENCH COOKING
THE LOVE OF FRENCH COOKING	FRENCH COOKING AS A HOBBY
COOKING FOR LOVE	SCHOOL FOR FRENCH COOKS
THE FRENCH COOKING MASTER	SCHOOL FOR FRENCH COOKERY
COOKING MASTERY	A COURSE ON FRENCH COOKING
MASTERY OF FRENCH COOKING (NO "the")	THE PASSIONATE COOK
THE FRENCH KITCHEN	THE PASSIONATE FRENCH COOK
FOOD FROM FRANCE	FRENCH COOKING FOR FUN
FRANCE'S FOOD	FRENCH COOKING FOR LOVE
THE NOBLE ART OF FRENCH COOKING	FRENCH COOKING FOR EVERYONE
THE MASTER FRENCH COOKBOOK	COOK FOR YOUR SELF A LA FRANCAISE
GREAT FRENCH COOKING	
THE COMPULSIVE COOK	

MASTERING THE ART of FRENCH CUISINE COOKING / COOKERY

WASHINGTON, DC, 1º de *junho* de 1865.

lista 030
LISTA DE DESAPARECIDOS
CLARA BARTON
1865

SOLDADOS E IRMÃOS:

Por favor, examinem esta lista e, se souberem o que aconteceu com qualquer um dos homens mencionados, ou se tiverem conhecimento de fatos que possam interessar a amigos sobreviventes, comuniquem-se comigo por carta o mais rapidamente possível, fornecendo seu endereço completo.

Se alguém encontrar o próprio nome ou o de um companheiro que *sabe* que está vivo, por favor, informe-me, para que esse nome não conste em futuras listas.

As cartas pedindo informação sobre soldados desaparecidos devem ser breves, simples e claras — devem conter o nome do desaparecido, o regimento, a companhia e o estado aos quais ele pertencia, bem como o endereço completo do remetente.

Não mais limitaremos nossas atenções aos que caíram prisioneiros, porém nos esforçaremos para descobrir o destino de *todos* os soldados dos Estados Unidos que desapareceram durante a guerra.

Se alguma carta solicitando informação ficar sem resposta, por favor, escrevam novamente. Não há necessidade de apresentar desculpas, e nenhuma carta será desprezada.

CLARA BARTON

Endereço—
Srta. CLARA BARTON,
Washington, DC.

Durante a Guerra Civil Americana, a voluntária Clara Barton trabalhou incansavelmente na linha de frente, cuidando dos soldados e providenciando para que não faltasse o material necessário aos médicos, e por suas boas ações ganhou a alcunha de "Anjo do Campo de Batalha". Ao terminar a guerra, pediu permissão a Abraham Lincoln para criar o Escritório de Correspondência com os Amigos dos Desaparecidos do Exército dos Estados Unidos, que possibilitou a ela e a uma pequena equipe responder a milhares de cartas de pessoas ansiosas por notícias de seus entes queridos. Contudo, antes mesmo de implantar esse sistema, tratou de elaborar uma lista de desaparecidos e publicá-la em jornais de todo o país — a lista, que vemos nas páginas seguintes, acompanhada da carta reproduzida ao lado, foi a primeira de muitas. Alguns anos depois, Barton fundou a Cruz Vermelha Americana.

ROLL OF MISSI

☞Please paste in a safe and conspicuous place.☜

TO RETURNED SOLDIERS AND OTHERS.

WASHINGTON, D. C., *June* 1, 1865.

SOLDIERS AND BROTHERS:

Please examine this Roll; and if you know what became of any man here named, or have facts of interest to surviving friends, communicate the same to me by letter, as soon as possible, with your address in full.

If any one sees his own name, or that of a comrade whom he *knows* to be living, please inform me, that it may be withheld from future rolls.

Letters of inquiry for missing soldiers may be brief—should contain the name, regiment, company, and State to which they belonged, with the full address of the writer, plainly written.

Attention will no longer be confined to those who have been prisoners, but an effort will be made to ascertain the fate of *all* missing men of the United States army during the war.

If any letter of inquiry fails to receive an answer, please write again. No apologies are necessary, and no letter will be neglected.

CLARA BARTON.

Address—
Miss CLARA BARTON,
Washington, D. C.

OFFICERS.

Andrews, E. E., col., surg. 68th U. S. inf.
Bennett, ——, capt., co. C, 210th Pa. inf.
Bingham, Leonard P., 1st lieut., co. G, 17th Vt.
Bullard, Stephen H., maj., co. —, — Mich. cav.
Butler, Frank, lieut., co. —, 51st N. Y. inf.
Caton, Milo, capt., co. H, 21st Ohio inf.
Chalmers, Hugh, 2d lt., co. E, 146th N. Y. inf.
Fish, George W., lieut., co. —, 3d Ohio inf.
Harlow, I. T., capt., co. —, 31st Me.
Harris, S. T., capt., co. —, 3d Tenn. cav.
Hunter, A. M., lt., co. —, 1st Tenn. (col.) art'y.
Hyde, Horace A., lieut., co. B, 1st Vt. cav.
Miller, Levis, capt., co. L, 6th Pa. cav.
Peirce, Gurden L., lt., co. C., 112th N. Y. inf.
Saxton, Luther W., capt., co. A, 54th Ohio inf.
Sears, D. C., lieut., co. B, 94th N. Y. inf.
West, Charles H., jr., lt., co. C, 8th N. Y. H. A.
Wilder, George O., lieut., co. —, 15th Mass. inf.

REGULARS.

Corliss, Amos, 17th inf.
Chamberlin, Oscar D., co. F, 19th inf.
Cummings, John, co. F, 12th inf.
Corbin, Bloomer C., co. C, 16th inf.
Cisva, Samuel A., co. E, 11th inf.
Davis, Robert, co. A, 12th inf.
Fields, Charles F., co. A, 12th inf.
Farrar, Charles, co. A, 12th inf.
Tregaskis, Richard Alfred, co. B, 14th inf.
Heller, Daniel, co. —, 15th inf.
Lindsay, Herbert W. co. C, 12th inf.
Mitchell, John, co. G, 11th inf.
Martin, Seth, co. E, 16th inf.
McCord, George W., co. C, 14th inf.
O'Neill, John, co. A, 4th inf.
Patch, Frank T., co. G, 18th inf.
Seaton, Thomas M., co. G, 18th inf.
Tennison, John, co. E, 14th inf.
Vantarel, Rurel, co. —, 18th inf.
Wilson, Joseph, co. G, 14th inf.
Wickham, Horace, serg., co. F, 2d inf.
Young, Silas D., co. A, 19th inf.

Conrad, Peter S., co. —, 5th cav.
Dietrich, Peter, co. I, 6th cav.
Eisele, Henry, co. H, 6th cav.
Kane, Emmett, co. E, 1st cav.
Michelbach, Henry, co. G, 5th cav.
Olinger, Charles, co. M, 1st cav.

Clarence ———, co. D, 1st art.
Devlin, Robert, bat. B, 1st art.
Gould, Charles H., bat. D, 1st s. s.
Jenks, Melville, bat. D, 7th art.
Flamer, Jeremiah, co. B, 26th col. troops.

STATE OF MAINE.

Arnold, John S., co. C, 8th vol.
Bancroft, Columbus, co. D, 16th vol.
Burnell, Henry L., corp., co. I, 8th vol.
Chadbourn, Nathan, sergt., co. F, 32d vol.
Douglass, C. H., co. A, 17th vol.
Flanders, Lewis G., co. E, 20th vol.
Gilchrist, George, co. B or E, 31st vol.
Ham, John L., sergt., co. D, 32d vol.
Hutchins, Enos, co. E, 8th vol.
Hodges, Charles E., co. D, 11th vol.
Heald, Perham, co. A, 19th vol.
Johnson, Chas. W., corp., co. G, 32d vol.
Kench, Nelson H., co. E, 8th vol.
Williams, Luke B., co. H, 3d vol.
McCann, Alexander, co. C, 6th vol.
Norton, Joseph O., co. I, 19th vol.
Overlock, Alden, co. G, 8th vol.
Pitman, Eli, co. G, 31st vol.
Parker, Samuel D., co. E, 12th vol.
Stevens, James Orator, co. F, 19th vol.
Thomas, George W., co. C, 4th vol.
Turner, Chas. C., co. E, 4th vol.
Thayer, Adin B., co. B, 16th vol.
Taylor, John U., co. F., 32d vol.
Tuttle, Lewis, co. F, 32d vol.
Tuttle, Davis, co. F, 32d vol.
Vinal, Woster S., co. I, 19th vol.
Wills, Isaac T., co. B, 7th vol.
Worthing, Elmar W., co. K, 19th vol.
Young, Delance, co. C, 8th vol.
Hills, Andrew J., co. M, 20th cav.
Perkins, Thomas H., co. H, 1st cav.
Whitney, Thos. C., co. A, 1st cav.
Chadbourne, Albert, bat. E, 1st heavy art.
Stover, Alvin H. P., 1st bat.
Wentworth, Caleb, co. F, 32d vol.

STATE OF NEW HAMPSHIRE.

Ames, John G., co. F, 2d vol.
Berry, James, co. K, 9th vol.
Brennan, John, co. A, 13th vol.
Clarke, Chas. C., co. L, 1st cav.
Danforth, Charles B., co. —, 7th vol.
Gilman, George W., co. H, 9th vol.
Hayes, James W., co. H, 9th vol.
Haven, Benjamin F., co. K, 9th vol.
Johnson, Albert O., co. —, 5th vol.
Kingsbury, Harlan P., co. K, 9th vol.
Lowe, Leonard, co. I, 9th vol.
Lester, William G., co. G, 5th art.
Phelps, George M., co. G, 3d vol.
Parsons, William Henry, co. B, 11th vol.
Spaulding, Fernando C., co. K, 4th vol.
Smith, Nathaniel, co. G, 5th vol.
Smith, Walter W., co. K, 6th vol.
Vincent, Rupert, co. H, 3d vol.
Willey, Edward, co. I, 6th vol.

STATE OF VERMONT.

Aiken, William A., co. A, 11th vol.
Avery, Frederick B., co. C, 3d vol.
Ball, Loel, co. D, 4th vol.
Hunt, Bradbury A., co. K, 10th vol.
Bailey, Henry C., co. A, 5th vol.
Barber, William H., co. C, 11th vol.
Bishop, Emerson, co. E, 11th vol.
Chapin, H. C., co. F, 4th vol.
Cole, Felix G., co. A, 4th vol.
Camp, Henry, co. A, 4th vol.
Crow, Henry, co. C, 5th vol.
Cheever, Moses R., co. G, 4th vol.
Chamberlin, Converse P., co. A, 6th vol.
Conly, Frank, co. B, 5th vol.
Davis, Leander, co. K, 10th vol.
Downer, Russel L., co. B, 5th vol.
Elkins, Moses M., co. F, 11th vol.
Forrest, Silas, co. I, 3d vol.
Fairchild, G. L., co. A, 11th vol.
Gorham, Hiram I., co. I, 4th vol.
Gelo, Aiken, co. B, 3d vol.
Himes, George C., co. F, 10th vol.
Hosmer, Francis J., co. I, 4th vol.
Ingleston, William H., co. E, 6th vol.
Kendall, Wallace, co. A, 4th vol.
Lumsden, Calvin E., co. D, 4th vol.
Melcher, William, co. F, 9th vol.
Martindale, George W. H., co. L, 11th vol.
Phillips, William H., co. —, 12th vol.
Page, Edgar W., co. I, 4th vol.
Perry, Adolphus B., co. H, 4th vol.
Robbins, George, co. F, 11th vol.
Ryerson, William, co. F, 4th vol.
Reid, Norman B., co. H, 10th vol.
Richardson, Charles E., co. E, 2d vol.
Smith, Moses G., co. A, 4th vol.
Smith, Able B., co. D, 4th vol.
Scott, Royal O., co. F, 4th vol.
Stevens, Winthrop, co. F, 4th vol.
Slate, Henry W., co. D, 17th vol.
Sartwell, William E., co. L, 11th vol.
Stewart, Edwin W., co. A, 11th vol.
Smith, H. C., co. —, 9th vol.
Twiss, George S., co. F, 11th vol.
Tinkham, Clarence G., co. H, 11th vol.
Tucker, Milo, co. G, 9th vol.
Williams, Ezra G., co. G, 4th vol.
Wakefield, Joseph H., co. H, 4th vol.
Whitney, Varnum B., co. H, 1st heavy art.

Abbott, Horace M., co. D, 1st cav.
Blood, Frank J., co. K, 1st cav.
Badger, Alphonso H., co. D, 1st cav.
Butts, Harvey R., co. E, 1st cav.
Chamberlin, Wm. A., co. I, 1st cav.
Fay, Ramson Y., co. E, 1st cav.
Gilligan, Patrick C., co. D, 1st cav.
Hinds, Justin G., co. D, 1st cav.
Howard, David E., co. F, 1st cav.
Jenne, Harvey A., co. D, 1st cav.
Labonta, Henry, co. —, 1st cav.
Labonta, Lewis, co. D, 6th vol.
Morgan, Charles H., co. M, 11th cav.
Tupper, Hiram E., co. K, 1st cav.
Watson, William G., co. L, 1st cav.
Fleury, Allen S., battery K, 1st heavy art.
Hall, Charles C., battery A, 1st heavy art.
Keyes, Howard, battery K, 1st heavy art.
Kidder, Joseph, battery F, 11th heavy art.
Macomber, Orlando, battery K, 1st heavy art.
Willey, Chester S., battery A, 1st heavy art.
Bidwell, Emory S., co. B, 5th vol.
Wardner, Oel, co. B, 1st vol.

STATE OF MASSACHUSETTS.

Acker, Eldridge, co. E, 20th inf.
Ashworth, John, co. E, 1st inf.
Bartlett, Charles H., co. —, 15th inf.
Ball, Daniel E., co. C, 27th inf.
Bullen, Joseph W., co. C, 40th inf.
Bardwell, Orange, co. F, 37th inf.
Buffer, Elliot D., co. A, 34th inf.
Berniss, William H., co. H, 10th inf.
Bartlett, Will A., co. A, 27th inf.
Britt, Oscar C., co. C, 27th inf.
Chickering, Henry G., co. E, 34th inf.
Champney, Preston A., co. D, 25th inf.
Carroll, Robert, co. D, 34th inf.
Cooley, Milo H., co. F, 27th inf.
Carl, Robert, co. D, 34th inf.
Curtis, David B., co. G, 57th inf.
Dow, Albert W., co. K, 57th inf.
Dunn, James, co. A, 19th inf.
Dickerman, Charles C., co. D, 39th inf.
Elsbree, Frederick C., co. B, 7th inf.
Emmons, Chancey L., co. C, 27th inf.
Emerson, George O., co. B, 21st inf.
Elsbree, Frederick O., co. C, 7th inf.
Estee, Sidney, co. H, 27th inf.
Eddy, Lafayette, co. F, 34th inf.
Frost, Charles C., co. K, 18th inf.
Fellows, Joseph E., co. E, 15th inf.
Field, Edgar, co. F, 37th inf.
Frissell, Henry A., co. G, 15th inf.
Fuller, Herbert N., co. E, 15th inf.
Fitzpatrick, Michael, co. A, 25th inf.
Gould, Oscar Emory, co. E, 23d inf.
Greenough, Archibald, co. C, 24th inf.
Howard, William F., co. I, 57th inf.
Hubbard, Calvin, co. G, 36th inf.
Harbock, Horace P., 22d co. 2d sharp-shooters.
Hemenway, Elbert O., co. K, 39th inf.
Hurlburt, Charles H., co. C, 15th inf.
Jennisson, R. B., co. G, 36th inf.
Labombard, Peter, co. E, 57th inf.
Lucier, Raymond, co. F, 59th inf.
Lyman, Charles Austin, co. —, 27th inf.
Little, John, co. G, 20th inf.
Lacky, John, co. —, 19th inf.
Mahr, George W., co. E, 18th inf.
Mandell, A. S., co. H, 36th inf.
Moulten, H. Harrison, co. F, 15th inf.
McWilliams, William, co. D, 17th inf.
Martin, Edward, co. B, 56th inf.
Newcomb, Bryant, co. E, 32d inf.
Packard, Merrick E., co. C, 27th inf.
Plimpton, Emerson F., co. F, 56th inf.
Peckham, Henry Samuel, co. E, 59th inf.
Peckham, Anson P., co. —, 15th inf.
Phipps, Mahen M., co. C, 27th inf.
Richards, John Henry, co. —, 57th inf.
Roberts, James, co. I, 18th inf.
Ripley, Brigham S., co. C, 27th inf.
Roake, John M, co. D, 34th inf.
Smith, Henry, co. —, 15th inf.
Southwick, Josiah M, co. G 18th inf.
Shaw, Charles S., co. C, 15th inf.
Stevens, Elbridge, co. A, 39th inf.
Morrison, J. T., co. C, 39th inf.
Sisson, Sanford A., co. D, 40th inf.
Swift, Perez, co. D, 40th inf.
Stuart, James A., co. H, 11th inf.
Sawyer, John, co. F, 33d inf.
Thurston, John A, co. E, 15th inf.
Vilbert, George L., co. H, 15th inf.
Wood, Myron R., co. E, 36th inf.
Woffenden, Samuel, co. C, 27th inf.
Woffenden, John William, co. C, 27th inf.
Wilder, Charles S., co. A, 21st inf.
Willington, George F., co. H, 15th inf.
Weatherell, Andrew M., co. C, 27th inf.

Barnes, Newman, co. M, 2d cav.
Clary, James W., co. G, 1st cav.
Davis, Thomas B., co. H, 1st cav.
Hunt, Jesse Edward, co. I, 2d cav.
Merrill, Perry O., co. —, 1st cav.
Raymond, Walter L., co. L, 1st cav.
Raymond, Frederick M, co. E, 1st cav.
Sanborn, George B., co. B, 2d cav.
Smith, Oliver A., co. —, 2d cav.
Vinton, Harvey L., co. G, 1st cav.
White, B. F., co. F, 1st cav.

Atwood, Charles H., co. G, 2d heavy art.
Brewer, John, co. D, 1st heavy art.
Chalk, Henry T., co. I, 1st heavy art.
Clark, Horace Lee, co. —, 2d heavy art.
Curtis, Francis C., co. E, 1st heavy art.
Dow, Henry A., co. E, 1st heavy art.
Davis, Corbin, co. E, 1st heavy art.
Davis, John E., co. E, 1st heavy art.
Miller, Lysander, co. G, 2d heavy art.
Redfield, Gleason Timothy, co. —, 10th bat.
Walton, Joseph H., co. F, 1st bat.
Perkins, Franklin, co. I, 1st bat.
Shirley, William H., co. I, 1st bat.
Ward, William, co. I, 1st bat.
Savage, Edward, co. E, 34th inf.

STATE OF RHODE ISLAND.

Delanah, Charles B., co. G, 1st cav.
Taylor, Herbert, co. I, 1st cav.
West, Hiram, co. A, 1st cav.
Dunlapp, George, co. E, 5th art.
Edwards, George H., bat. A, 3d light art.

STATE OF CONNECTICUT.

Besancon, Pierre, co. D, 14th inf.
Burriage, G. Deming, co. G, 16th inf.
Billings, Sanford M., co. —, 21st inf.
Crossley, Benjamin, co. G, 8th inf.
Converse, Joel T., co. D, 1[illegible]th inf.
Colburn, Jonathan S., co. [illegible], 18th inf.
Creighton, George, co. G, [illegible]6th inf.
Davis, I. Corbin, co. G, 18[illegible]th inf.
Denison, George E., co. F, 16th inf.
Hamilton, H. Neff, co. B, 1[illegible]8th inf.
Hintz, Henry, co. E, 16th inf.
Jackman, Calvin, co. B, 7th inf.
Lyon, Olius Levi, co. E, 12[illegible]th inf.
Kinne, Martin V. B., co. G, 21st inf.
Moger, Auran J., co. I, 10th inf.
McNeil, Alexander, co. —, 14th inf.
Nichols, Michael, co. I, 7th inf.
Pratt, Albert G., co. G, 7th inf.
Quingley, Patrick, co. E, 7th inf.
Quingley, Edward H., co. B, 17th inf.
Richards, Charles I., co. A, 18th inf.
Sutliff, Elbert, co. K, 16th inf.
Upson, Charles A., co. C, 1[illegible]4th inf.
Walton, Bernard, co. —, 14th inf.
Walling, James, jr., co. E, [illegible]th inf.
Whitney, George F., co. I, 16th inf.
Whaley, Edward, co. B, 17th inf.
Weed, Charles H., co. D, 7th inf.

Adams, L. A., co. A, 1st cav.
Brown, Charles H., co. H, 1st cav.
Bolley, Orin T., co. —, 1st cav.
Crandall, Myron, H., co. L, 1st cav.
Canfield, Benjamin, co. I, 1st cav.
Greenough, Henry Walde, co. D, 1st cav.
Olena, Rollin L., co. E, 1st cav.
Starkweather, Eugene W., co. L, 1st cav.
Tyler, L. E., co. —, 1st cav.
Weaver, John N., co. I, 1st cav.
Downs, Amasiah, co. K, 2d heavy art.
Fitzgerald, Matthew, co. E, 2d heavy art.

STATE OF NEW YORK.

Avery, John, co. D, 146th inf. vol.
Ambrose, Edward F., co. G, 108th inf.
Aiken, Wm., co. I, 147th inf.
Ashford, G. G., co. —, 146th inf.
Armstrong, Edgar G., co. C, 109th inf.
Ames, Robert, co. E, 47th inf.
Burke, Timothy, co. B, 97th inf.
Bigelow, L. R., co. —, 85th inf.
Burlingame, M. A., co. —, 97th inf.
Bennett, George A., co. G, 51st inf.
Bryant, L. A., co. —, 146th inf.
Ballard, Joseph, co. K, 147th inf.
Barger, Lowry, co. F, 154th inf.
Bolton, Noble, co. —, 111th inf.
Braner, Horatio, co. D, 152d inf.
Boyd, Duncan W., co. C, 124th inf.
Briggs, Miles, co. K, 96th inf.
Barny, George, co. —, 85th inf.
Bishop, Samuel H., co. A, 156th inf.
Barny, John, co. —, 85th inf.
Briggs, James E., co. B, 108th inf.
Barger, L. D., co. F, 154th inf.
Boynton, Thomas, co. C, 188th inf.
Burbanks, Jacob D., co. D, 85th inf.
Bush, J. W., co. E, 76th inf.
Bale, Joshua W., co. A, 76th inf.
Buffum, Lewis, serg., co. K, 100th inf.
Benton, D. L., co. B, 76th inf.
Brown, A. E., co. C, 152d inf.
Brown, George, co. A, 5th inf.
Beken, James A., co. H, 90th inf.
Boucher, Milen, co. H, 86th inf.
Barr, ——, co. C, 140th inf.
Baker, William, co. C, 95th inf.
Bellwa, William, co. E, 140th inf.
Bulkley, Edwin A., co. E, 97th inf.
Barton, Jonathan, co. D, 118th inf.
Bannister, A. J., co. D, 64th inf.
Beals, Edward A., co. C, 85th inf.
Cushman, A. P., co. H, 100th inf.
Carter, Henry A. co. A, 179th inf.
Church, Delos, co. I, 72d vol.
Carter, Henry A., co. A, 179th inf.
Canfield, Aug. W., co. D, 86th inf.
Catford, James, co. H, 13th inf.
Carson, James, 1st serg., co. D, 140th inf.
Clay, Thomas, serg., co. H, 125th inf.
Curtis, Wm. H., co. I, 146th inf.
Campbell, Jno. F., co. A, 147th inf.
Conklin, Elijah D., corp., co. —, 120th inf.
Compton, Charles W., co. —, 121st inf.
Coon, Harvey, co. A, 90th inf.
Chidester, Albert, co. H, 109th inf.
Corwin, James C., co. C, 111th inf.
Coary, Dennis, co. A, 164th inf.
Coburn, Amasa, co. H, 106th inf.
Conklin, A. J., co. —, 120th inf.
Church, William P., co. C, 42d inf.
Clark, Oliver P., co. B, 94th inf.
Dermot, Peter, co. H, 146th inf.
Dumont, Peter L., serg., co. A, 146th inf.
Dyke, Albert, co. I, 85th inf.
Dalton, S. P., co. K., 22d inf.
Dimmick, Samuel S., co. K, 40th inf.
Durham, R. H., co. H, 123d inf.
Duff, James F., co. C, 146th inf.
Dennis, Henry G., co. D, 156th inf.
Duel, Myron A., co. E, 142d inf.
Dimmond, Frederick, co. E, 146th inf.
Duncan, David, co. K, 169th inf.
Devenhoff, I. Dorr, co. B, 121st inf.
Drake, George N. L., co. G, 121st inf.
Dillon, William H., co. B, 146th inf.
Dènno, William, co. A, 98th inf.
Drayton, William, co. F, 51st inf.
Doughty, Edwin F., co. A, 48th inf.
Evans, Franklin, co. D, 140th inf.
Eldred, Addison M., co. E, 52d inf.
Eddy, John C., co. E, 112th inf.
Earl, William, co. —, 60th inf.
Farley, Thomas, co. K, 148th inf.
Fleegar, Henry, co. C., 47th inf.
Fish, Hosea, co. A, 179th inf.
Finch, Thomas B., 1st serg., co. C, 108th inf.
Forges, William, co. I, 40th inf.
Fralick, William, serg., co. I, 97th inf.
Fisher, H. C., co. —, 69th inf.
Fuller, Nelson T., co. E, 51st inf.
Forger, William, jr., co. —, 40th inf.
Farrar, Charles, co. A, 12th inf.
Fairfax, Charles, co. A, 111th inf.
Garner, Charles M., co. I, 97th inf.
Garrett, S. J., co. D, 146th inf.
Graves, S. G., co. H, 20th inf.
Graves, William T., co. H, 20th inf.
Graves, Robert T., co. F, 146th inf.
Goffe, John W., co. G, 146th inf.
Goodman, B. F., serg., co. B, 57th inf.
Gardner, Charles, co. I, 97th inf.
Hillis, Joseph, co. D, 167th inf.
Hart, William, co. B, 94th inf.
Horton, Nathan S., co. —, 49th inf.
Hecker, George, co. —, 40th inf.
Holley, Theodore W., co. —, 76th inf.
Hayes, John, co. K, 140th inf.
Hudson, William T., co. K, 85th inf.
Hudson, John A., co. A, 148th inf.
Hyer, Albert, co. A, 157th inf.
Haner, Stephen, serg., co. C, 109th inf.
Holloway, Jos. H., co. D, 146th inf.
Hadsall, Isaiah, co. B, 146th inf.
Hunter, William, co. E, 162d inf.
Holmes, Eugene S., co. K, 117th inf.
Hodges, Charles, co. G, 121st inf.
Hughes, George, ord. serg., co. C, 89th inf.
Henry, James, serg., co. I, 76th inf.
Hecker, George, co. —, 40th inf.
Hermans, F. C., co. A, 20th inf.
Hayward, S. S., co. C, 67th inf.
Haner, David, co. G, 134th inf.
Hyne, William, co. D, 140th inf.
Hudson, John, co. A, 148th inf.
Hugh, E. G., co. C, 140th inf.
Howard, John, co. H, 111th inf.
Howard, Leverett, 118th inf.
Howell, William H., corp., co. E, 124th inf.
Irish, E. W., 1st serg., co. C, 85th inf.
Johnson, James T, co. A, 104th inf.
Jones, David W., co. C, 115th inf.
Johnson, E. W., co. —, 50th eng.
Johnson, Thomas A., co. K, 179th inf.
Jones, Ezra C., co. E, 147th inf.
Johnston, William, co. —, 140th inf.
Jones, Daniel W., co. C, 115th inf.
Jones, George, co. —, 100th inf.
Jerome, James, co. F, 111th inf.
Kelley, Lutheran, co. —, 149th inf.
Kelley, Thomas, co. —, 59th inf.
Keating, Michael, co. A, 146th inf.
Keeler, Elijah K., co. C, 76th inf.
Knight, Arthur F., co. F, 117th inf.
Kessler, John A., co. B, 149th inf.
Kidder, William, co. H, 8th inf.
Keating, Thomas, co. L, 83d inf.
Lach, William, co. E, 100th inf.
Lynch, Joseph, co. A, 117th inf.
Leroy, Lineberg, co. —, 128th inf.
Lougee, John L., co. H, 159th inf.
Lansdell, Joseph, co. A, 95th inf.
Latham, Sylvester, co. I, 96th inf.
Lutton, Thomas, co. —, 95th inf.
Loll, Gaylor, co. C, 152d inf.
Lull, G. H., co. H, 152d inf.
La Boiteaux, Wm., co. D, 148th inf.
Miller, Samuel W., co. K, 131st inf.
McNeill, D. C., serg., co. E, 159th inf.
McPherson, Alex., co. G, 121st inf.
Madan, Wm. H., co. G, 162d inf.
Morey, Wm. D., co. F, 152d inf.
Mailer, James R., serg., co. B, 134th inf.
Mills, Jay J., co. E, 85th inf.
Marsh, Chas. R., co. E, 142d inf.
Maurice, Pigotte, co. K, 170th inf.
McCormick, John, serg., co. A, 162d vol.
Merrill, M. C., co. G, 118th vol.
McElroy, Wm., co. B, 121st vol.
Main, Wm. Oscar, co. A, 85th vol.
Merkle, Jos., co. A, 1st vol. Excel. brig.
Morgan, D. V. B., co. E, 93d vol.
McQuilkins, Thos., co. I, 1st vol.
May, Horace, co. D, 118th vol.
McMichael, James, co. H, 66th vol.
Murphy, Peter, co. K, 74th vol.
Martin, Albert G., co. B, 16th vol.
McOmber, Otis, co. B, 76th vol.
Marsh, Edwin T., co. I, 140th vol.
Norwicke, A. J., corp., co. B, 156th vol.
Northrop, J. B., co. —, 111th vol.
Nelson, John H., co. D, 14th vol.
Ogden, Stephen T., co. G, 111th vol.
Olmstead, J. W., co. —, 69th vol.
Prosser, E. W., co. A, 64th vol.
Peters, George, co. A, 111th vol.
Parsons, Warren B., co. E, 64th vol.
Rodney, Pusho, co. I, 51st vol.
Persons, Henry, co. C, 40th vol.
Poor, Elijah, co. —, 92d vol.
Page, Ozias D., co. F, 146th vol.
Porter, Geo. A., co. K, 14th vol., Brooklyn.
Potter, Henry, co. E, 48th vol.
Quackenbush, George, co. —, 94th vol.
Reiley, John J., co. C, 69th vol.
Remington, Henry, co. C, 122d vol.
Reeve, George, co. C, 152d vol.
Ripley, Fras. A., serg. co. C, 152d vol.
Rickett, Wm., co. F, 97th vol.
Rockafeller, W. E., co. D, 85th vol.
Russell, Geo. R., co. D, 117th vol.
Radley, John, co. C, 152d vol.
Rockwell, Eldridge, co. I, 42d vol.
Stone, Alvat B., co. A, 94th vol.
Seymour, Fred., co. D, 156th vol.
Scheidler, George, co. F, 97th vol.
Snyder, K. L., co. D, 85th vol.
Smith, George, co. K, 111th vol.
Smith, Andrew, co. F, 160th vol.
Sherwood, Jones, co. G, 70th vol.
Sergent, Stanly, co. C, 152d vol.
Sherman, A. E., co. A, 117th vol.
Smith, William S., co. —, 85th vol.
Seward, A. R., co. D, 76th vol.
Scholl, Henry, co. —, 146th vol.
Smalley, George D., co. H, 140th vol.
Stockwell, Lewis, co. H, 97th vol.
Seiler, Jno. T., co. F, 140th vol.
Sleeger, Geo. B., co. A, 94th vol.
Schott, Henry, co. —, 146th vol.
Sampson, Thomas S., co. G, 92d inf.
Snook, James S., co. A, 51st inf.
Stevens, Wm. Thomas, co. I, 99th inf.
Smith, James, co. K, 104th inf.
Stannard, W. W., co. D, 118th inf.
Shearman, A. R., co. F, 179th inf.
Salyer, Simeon, co. C, 126th inf.
Swanson, James, co. E, 146th inf.
Smith, George, co. K, 111th inf.
Stevens, F. L., serg. 72d, con'd with 120th inf.
Shuyler, Henry S., co. I, 86th inf.
Tidd, Samuel V., co. K, 124th inf.
Taylor, Stephen, co. G, 97th inf.
Tilford, Braton P., co. F, 149th inf.
Taylor, Thomas J., co. B, 93d inf.
Thomas, James L., co. A, 104th inf.
Trousdell, Wm. J., co. I, 140th inf.
Taylor, Levi, co. H, 69th inf.
Taylor, Adney, co. H, 69th inf.
Tuttle, James C., co. D, 16th inf.
Taylor, Charles, co. F, 115th inf.
Taylor, Lorenzo D., co. D, 141st inf.
Ternilliger, Nelson, co. C, 120th inf.
Taylor, S. B., co. K, 147th inf.
Upham, Jared Jewel, 85th inf.
Vorhis, Jacob, co. F, 104th inf.
Vannasdall, Wesley D., co. A, 115th inf.
Van Blarcom, Isaac, co. D, 95th inf.
Van Schuyver, George, co. G, 108th inf.
Van Arman, Charles E., co. H, 69th inf.
Vantine, G. G., co. F, 106th inf.
Vale, Adrian, serg., co. D, 176th inf.
Williams, John, drummer, 226th inf.
Wellen, Augustus P., co. B, 100th inf.
Witter, Wm. Owen, co. I, 49th inf.
Williams, John H., co. C, 58th inf.
Webster, Elwood, co. K, 76th inf.
Westcott, Henry C., co. F, 118th inf.
Wiley, James, co. B, 59th inf.
West, Wm. W., co. D, 157th inf.
Woodward, Oran B., co. I, 111th inf.
Wolf, John, co. E, 111th inf.
White, George W., co. F, 104th inf.
Wilson, Robert, co. A, 117th inf.
Weller, John J., co. E, 63d inf.
Wiser, M. L., co. F, 90th inf.
Waldron, Nelson, co. K, 176th inf.
Wallace, Thomas, serg., co. G, 164th inf.
Whitten, Joseph G., co. I, 120th inf.
Wolfe, Cristian A., co. D, 132d inf.
Warren, Nathan T., co. I, 105th inf.
Williams, A. B., serg., co. D, 111th inf.
White, H. G., co. A, 94th inf.
Williams, Lyman W., co. F, 121st inf.
Wilson, James, co. K, 132d inf.
Webb, Lewis M., co. F, 147th inf.
White, Lois, co. D, 156th inf.
Yeta, Charles, co. A, 121st inf.

Alexander, Ephraim, jr., co. —, 15th cav.
Atwell, Theodore, serg., co. M, 6th cav.
Bentley, Washington, co. —, 25th cav.
Bishop, Chester, corp., co. B, 10th cav.
Borst, Edwin, co. B, 5th cav.
Breese, Niles, co. H, 3d cav.
Barr, John, serg., co. F, 10th cav.
Bowman, Byron J., co. E, 10th cav.
Briggs, Benjamin T., co. F, 12th cav.
Bacon, Lyman, co. E, 8th cav.
Burke, John, co. D, 2d cav.
Boyce, Ambrose A., co. I, 3d cav.
Bixby, Daniel C., co. —, 5th cav.
Brees, N. D., co. H, 3d cav.
Bayliss, Edward, co. C, 24th cav.
Bootey, John C., co. C, 9th cav.
Baker, Lamont M., serg., co. G, 24th cav.
Bronsom, Marcus D., co. B, 6th cav.
Barr, John, serg., co. F, 10th cav.
Borden, Holland, corp., co. —, 3d cav.
Baker, Josiah, co. M, 15th cav.
Boorman, John H, co. D, 1st cav.
Bingham, Charles Elmer, co. D, 5th cav.
Coleman, James H., serg., co. C, 3d cav.
Caly, Herschell, co. L, 21st cav.
Cremer, Martin, co. F, 15th cav.
Chase, Samuel, co. L, 2d cav.
Carpenter, John, co. C, 22d cav.
Dougherty, William, co. B, 5th cav.
Dewes, Thomas, serg., co. K, 22d cav.
Davis, Henry T., co. G, 5th cav.
Evens, Luke, co. G, 22d cav.
Estes, E. M., co. —, 3d cav.
Elmendorf, Alex. F, co. —, 2d Harris light cav.
Farnham, Charles F., co. G, 5th cav.
Farnham, Frederic, co. F, 6th cav.
Failing, Milton M., co. C, 8th cav.
Gleason, Harrison D., co. M, 22d cav.
Garrigan, Edward C., co. F, 2d cav.
Gorton, Cornelius, co. B, 5th cav.
Gifford, Edwin M., co. A, 3d cav.
Getman, David, co. I, 10th cav.
Hazen, John M., co. G, 5th cav.
Hubbard, John, co. —, 8th cav.
Hughes, John H., serg., co. B, 24th cav.
Harvey, Barton J., co. D, 8th cav.
Huson, George B., co. —, 22d cav.
Hecks, Fred., co. —, 5th cav.
Hill, Andrew J., co. M, 15th cav.
Hopson, Sidney P., 6th cav.
Jackson, John W., co. F, 5th cav.
Kerk, Edw., co. —, 18th cav.
Kenney, Michael, co. F, 12th cav.
Keys, Davenport, co. B, 5th cav.
Lamson, Henry, co. M, 15th cav.
LaGrange, Caspar, co. G, 10th cav.
Latham, Eldridge P., serg., co. H, 6th cav.
Lyon, Charles, co. K, 21st cav.
Munroe, George, co. F, 5th cav.
Miner, William B., co. —, 4th cav.
Mix, Albert J., co. A, 12th cav.
Morgan, Edwin L., co. F, 12th cav.
Main, Milo A., co. G, 10th cav.
Moohler, John, co. E,
Monroe, George, co. K
Miller, Rockwell L., co
Miner, Henry, serg., c
Mahan, Benjamin F., c
McMinn, Clarence L.,
Norton, Ashbel, co. M,
Niemann, William H.,
Patterson, Orim, co. E
Perine, Joseph L., co.
Pratt, George B., co.
Pread, Simeon G., co.
Raymond, William O.,
Ray, George G., co. P
Rustin, James W., co.
Riggs, Hiram M., co.
Rossett, Edward, co. –
Smith, Robert H., corp
Smith, William P., co.
Smith, Volney L., co.
Smith, Charles, serg.,
Southworth, Robert, se
Smith, James, co. M, 2
Smith, James A., co. D
Salisbury, Edwin, co. I
Segar, Edwin, co. F, 8
Stearns, Alvin, co. D,
Smith, Leroy S., lieut.,
Terry, Scudder H., co.
Taylor, Alexander, co.
Trussler, J. C., serg.,
Winnett, Jos. A., co. –
Woodhull, David F., co
White, Martin, co. I, 1
Whipple, Marion D., c
Watson, Thomas, co. –
Warner, Adna M., co.
Wynkoop, Guy, co. H,
Youngs, G. C., co. H,
Heath, Jarius P., co. D
Johnson, George W., c
Jones, John B., co. D,
Roe, Henry, co. F, 1st
Bowen, Wm. B., co. H,
Buckley, Samuel F., co
Jones, William, co. F,
Ames, James R., co. I,
Allen, David H., co. A,
Baily, Robert, co. —, 8
Bayne, Henry C., co. A
Bayne, George W., co.
Brown, Oscar, co. A, 9
Boss, George T., co. D,
Blodget, A. T., co. H,
Barbey, John, co. L, 2d
Bedell, George D., 12th
Brown, Edwin F., corp.
Burr, Frank H., co, —
Brown, James Ira, co.
Bishop, Cassius M. C.,
Blodgett, Frederick, co
Clark, Ira A., co. —, 8
Carloss, Edwin M., serg
Calvert, Walter L., co.
Cole, Edgar, co. B, 14
Cross, Asa, co. M, 4th
Cook, Frank, co. F, 4t
Church, Zenas E., co.
Crosby, Horace M., co
Downs, Valentine J., c
Dewitt, John H., co. —
Dunham, Russell, co. C
Drew, Hiram, co. F, 4
Devendorf, Rudolph, c
Dygert, Warner N., co
Ellis, William, co. E,
Fay, John W., co. A, 7
Foley, Thomas, co. E,
Fish, Lester N., co. H,
Foster, Charles S., co.
Faulkner, Richard, co.
Garfield, George, co. I
Gerald, Frederick, co.
Gillett, William, co. I,
Houghtaling, Jacob H
Holmes, Wm. S., co. E
Hertsberg, Otto, co. F
Jaffers, Benjamin, co.
Jones, David, co. —,
Johnson, George W.,
Kenyon, Franklin A.,
Kahle, Christian, co. D
Lyon, James, 5th indep
Leonard, Chas. H., co.
Longstaff, John Wm., c
Loomis, John, co. M, 1
Lester, Wm. C, co. C,
Ladue, Ambrose, co. E
Laflare, John, co. A, 1
Lake, Romantus, co. B
Lock, John B., serg. c
McCollum, Melvin C.,
Marsh, Chas., co. H 4
Marcellus, Lewis, co. A
Murray, James E, co. I
Mosier, Edward, co. E,
McConnell, Evi, co. E,
Moshure, Abijah, co. G
Martindale, Wm. J. 5t
Owen, Chas. G., co. M,
Pearson, James, co. E,
Parker, Orren F., co. A
Phelps, G. S., co. A, 1
Pope, Joseph, co. E, 2
Rumsey, George W, co
Richards, Jas. M., co. I
Rogers, Amos, co. I, 7t
Rose, Adelbert, co H,
Reily, Henry, 15th hea
Rose, Elsler, co. H, 4th
Rawson, Porter D. 24t
Stiles, Geo. W., co. I,
Stapleton, Richard, co.
Simmons, Almen L., co
Spaulding, Mortimer, c
Sykes, N. B., co. I, 4t
Smith, John D., co. G,
Scheidler, George, co.
Satterlee, John, co. E,
Thornton, Judson M., c
Toll, Reinhard, co. C, 1
Travis, Harrison, co. G
Thomas, John E. co. H
Tucker, James, co. C,
Way, David, co. D, 9th
Waring, William E, co.
Wilson, Simon, 4th hea
Whritemour, Marcus, co
Woolsey, John, 24th ba
Wright, John W., co. I
Watson, James, 3th hea
Watts, William, co. D,
Weldon, John, co. E, 7t

STATE OF N

Arnold, Edwin B., co. –
Bailey, William B., co.
Bloodgood, Augustus, c
Dickerson, William C.,
Dougherty, John W., co
Dunn, George V., co.

MEN.—NO. 1.

Egbert, James co. B, 15th inf.
Finnon, James, co. I, 11th inf.
Griggs, Thomas, co. —, 33d inf.
Howard, Thomas H., co. H, 10th inf.
Hyde, Wilson, co. B, 38th inf.
Lipsey, Jacob M., co. I, 10th inf.
Lovell, W. F. co. D, 1st inf.
Minion, Jacob P., co. B, 15th inf.
Machmore, Elias D., co. C, 14th inf.
Miller, Henry, co. B, 38th inf.
Reid, JoT., co. D, 14th inf.
Shipley, Andrew J., co. C, 8th inf.
Thorne, Charles D., co. E, 10th inf.
Turner, Peter, co. K, 4th inf.
Wells, Charles J., co. C, 10th inf.
Woods, W. S., co. D, 1st inf.
Wright, W. H., co. K, 1st inf.
Wilson, Harrison, co. E, 10th inf.

Carrie, W. J., co. —, 2d cav.
Eberd, Ernest, co. —, 3d cav., hussars.
Hulinos, Edward, co. M, 2d cav.
Melick, George A., co. E, 2d cav.
McPeck, Henry P., co. B, 1st cav.
Peterson, Henry, co. H, 3d cav.
Skill, Charles W., co. M, 3d cav.
Williams, Charles J., co. L, 1st cav.

PENNSYLVANIA.

Aikman, William, co. F, 116th vol.
Anthony, J. C., co. A, 56th vol.
Axtell, J. G., co. A, 145th vol.
Andrew, David W., co. D, 26th vol.
Byers, Samuel, co. D, 62d vol.
Button, Charles, co. B, 149th vol.
Black, Samuel N., co. F, 106th vol.
Bigelow, Charles A. W., co. F, 53d vol.
Bechtell, Isaac, co. A, 184th vol.
Buckley, William, co. B, 90th vol.
Bower, George W., co. K, 103d vol.
Briggs, Theron T., co. B, 145th vol.
Burdick, Charles W., co. C, 145th vol.
Boryer, S. P., co. I, 111th vol.
Bond, ——, co. I, 183d vol.
Bice, James, co. —, 149th vol.
Barnes, Walter, co. G, 119th vol.
Burton, Joseph N., co. A, 61st vol.
Barnes, H. J., co. A, 57th vol.
Brock, Jacob, co. F, 103d vol.
Bennett, Byron, co. —, 141st vol.
Burns, John, co. A, 83d vol.
Bender, Flavius G., co. C, 77th vol.
Brubaker, Benjamin, co. D, 79th vol.
Coppersmith, Jno. P., co. I, 145th vol.
Criswell, Sherman M., co. B, 103d vol.
Copp, William, co. I, 143d vol.
Campbell, Amos, co. C, 11th vol.
Clark, John, co. G, 103d vol.
Conley, M. L., co. E, 138th vol.
Cowan, Espy, co. G, 191st vol.
Casserly, Thomas, co. G, 191st vol.
Campbell, Knox G., co. G, 191st vol.
Corbot, James, co. H, 99th vol.
Chamberlain, James, co. H, 107th vol.
Clemens, Wm. D., co. B, 88th vol.
Conley, Wm., co. B, 95th vol.
Colebaugh, Wm., co. K, 69th vol.
Carr, Wm., co. E, 149th vol.
Diehl, Espy, co. D, 55th vol.
Dimpsey, John H., co. A, 63d vol.
Dix, Edwin, co. C, 83d vol.
Dick, James, co. —, 79th vol.
Dunlap, S. A., co. I, 103d vol.
Deruif, Elen, co. F, 116th vol.
Defibaugh, Wm. H., co. B, 138th vol.
Defibaugh, Jno. W., co. A, 184th vol.
Delaney, Matthew, co. B, 51st vol.
Davidson, Alex., co. G, 191st vol.
Dale, Solomon, co. D, 148th vol.
Drumm, Michael H., co. C, 85th vol.
Draved, George C., co. C, 81st vol.
Ehrenfeld, J. M., co. D, 184th vol.
Eberhart, James W., co. G, 191st vol.
Ekes, Ezekiel, co. E, 103d vol.
Ellinger, John, co. I, 107th vol.
Eckendorff, George R., co. A, 157th vol.
Elben, William, co. I, 69th vol.
Etters, David, co. D, 148th vol.
Etters, Francis W., co. A, 13th vol.
Etters, Henry, co. A, 13th vol.
Freed, George W., co. H, 148th vol.
Finley, Joseph, co. F, 48th vol.
Fay, Stephen, co. —, 106th vol.
Foster, Frank, co. H, 143d vol.
Fisher, John, co. I, 85th vol.
Gass, John T., co. D, 22d vol.
Gilbert, Henry, co. F, 53d vol.
Green, W. Henry D., co. K, 141st vol.
Gee, W. H. L., co. H, 45th vol.
Guyst, J. W., co. I, 57th vol.
Green, Joseph F., co. H, 105th vol.
Grim, Henry, co. K, 48th vol.
Gibson, David, co. A, 55th vol.
Gordon, Robert, co. G, 69th vol.
Houston, Will., co. D, 10th vol.
Hunt, John T., co. K, 55th vol.
Hyatt, Thomas J., co. K, 118th vol.
Hyatt, James W., co. H, 118th vol.
Hershey, Abraham L., co. G, 2d vol.
Hall, John, co. B, 100th vol.
Hill, Wilson S., co. D, 141st vol.
Hill, Charles F., co. C, 72d vol.
Hern, Robert, co. I, 111th vol.
Housel, William P., co. —, 190th vol.
Hess, Levi, co. —, 118th vol.
Heisley, F. A., co. G, 191st vol.
Haley, James B., co. —, 100th vol.
Host, Jacob, co. G, 83d vol.
Hunter, John, co. —, 155th vol.
Hendershot, David, co. E, 143d vol.
Howye, Matthew, co. E, 141st vol.
Hamilton, John E., co. H, 188th vol.
Hagan, George, co. —, 199th vol.
Hudson, Thomas E., co. K, 48th vol.
Hall, John, co. B, 100th vol.
Hawk, Michael, co. F, 103d vol.
Johnson, James E., co. I, 45th vol.
Jones, James, co. K, 9th vol.
Johnson, Harris, co. I, 45th vol.
Klinger, Ephraim, co. H, 148th vol.
Kuckey, David, co. A, 184th vol.
Kelly, Henry, co. F, 138th vol.
Keyser, Jacob, co. B, 148th vol.
Kerskossky, Julius, co. H, 50th vol.
Knox, James, co. A, 184th vol.
Kratzer, H., co. F, 76th vol.
Kinsley, Nathan P., co. H, 145th vol.
Kell, Jordan, co. F, 118th vol.
Karns, Jacob J., co. K, 149th vol.
King, John L., co. E, 118th vol.
Kers, John Oliver, co. F, 100th vol.
Kelley, George W., co. I, 101st vol.
Kephart, Samuel, co. C, 77th vol.
King, Daniel, co. E, 84th vol.
Kneep, Peter, co. —, 149th vol.
Layton, Samuel, co. A. 184th vol.
Learn, Adam, co. E, 11th vol.
Luke, Fred., co. F, 106th vol.
Luther, Burton K., co. —, 52d vol.
Letteer, Alfred W., co. —, 77th vol.
Livingston, George W., co. H, 190th vol.
Lee, George W., co. I, 67th vol.
Munsell, Harvey M., co. C, 99th vol.
Metcalf, Wm. H., co. —, 87th vol.
McGuire, Richard P., co. A, 55th vol.
Morse, Levi, co. F, 141st vol.
Meinhard, Ferdinand, co. H, 50th vol.
McCoy, A. J., co. I, 103d vol.
McCoy, Shannon, co. F, 138th vol.
Masters, ——, co. —, 143d vol.
McDowell, John S., co. F, 77th vol.
Miller, Orlando O., co. B, 145th vol.
McKee, Charles W., co. H, 191st vol.
Marguis, Edwin, co. C, 63d vol.
Miller, Herman K, co. B, 148th vol.
McKinnon, John Y., co. H, 53d vol.
Marks, William H., co. D, 118th vol.
Morton, George H., co. I, 118th vol.
Moody, Oscar A., co. G, 150th vol.
Morris, William, co. G, 77th vol.
Matthews, F. A., co. C, 148th vol.
McCarthy, David, co. D, 68th vol.
Musser, John, co. D, 77th vol.
Moore, Joseph H., co. E, 72d vol.
Malone, Albert M., co. E, 106th vol.
Mellon, William, co. A., 106th vol.
Meldrum, John C., co. C, 184th vol.
McConnell, Philip J., co. I, 55th vol.
Martin, Alvin A., co. D, 53d vol.
Moorhead, Howard S., co. H, 101st vol.
McNess, John H., co. E, 100th vol.
McGill, George, co. K, 45th vol.
Neal, George B., co. G, 188th vol.
Noble, James H., co. D, 73d vol.
Ober, David S., co. A, 184th vol.
Obonnor, Hugh J., co. A, 49th vol.
Oliver, George C., co. D, 111th vol.
Oler, James, co. D, 101st vol.
Orbin, Thomas, co. B, 85th vol
Potter, James O., co. G, 53d vol.
Purdy, William, co. H, 140th vol.
Potter, Benj. F., co. I, 148th vol.
Pierce, Byron, co. K, 141st vol.
Parent, Philip, co. —, 45th vol.
Parcell, Patrick, co. K, 101st vol.
Phipps, Joseph A., co. E. 57th vol.
Parker, William H., co. D, 102d vol.
Quanee, Charles H., co. B, 145th vol.
Rauch, Simon, co. E, 148th vol.
Rhinehardt, Samuel, co. I, 107th vol.
Russell, Ernest F, co. I, 141st vol.
Rhodes, William H, co. I, 145th vol.
Riddell, Royal W., co. C, 145th vol.
Raynolds, Charles R., co. H, 145th vol.
Rowland, Masters, co. F, 111th vol.
Sandt, Edward, co. A, 47th vol.
Smith, Wilbur, co. I, 82d vol.
Smith, William, co. F, 84th vol.
Surdam, Francis, co. D, 53d vol.
Scoutan, Lewis, co. F, 53d vol.
Smith, Job, co. A, 140th vol.
Starks, Charles T, co. —, 149th vol.
Stotler, Thomas, co. —, 101st vol.
Shirk, John H., co. —, 79th vol.
Scavercoll, James, co. K, 141st vol.
Shaffer, John, co. —, 57th vol.
Steel, Joseph, co. B, 191st vol.
Sayre, James, co. I, 10th vol.
Steere, Charles, co. E, 95th vol.
Sharp, Martin L., co. F, 100th vol.
Sheriff, Charles F., co. K, 100th vol.
Stevens, George H, co. G, 77th vol.
Sorber, Andrew, co. F, 53d vol.
Trout, Jacob W., co. K, 138th vol.
Turner, James W., co. A, 211th vol.
Teeter, Christian S., co. A, 184th vol.
Tripp, George W., co. E, 143d vol.
Tillotson, Perry H., co. K, 57th vol.
Thompson, Joseph S., co. H, 183d vol.
Thompson, Cowden, co. I, 10th vol.
Truman, W. W., co. G, 191st vol.
Vancuren, Edward, co. C, 145th vol.
Vail, Gilbert B., co. G, 77th vol.
Vail, Merritt J., co. B, 143d vol.
Ward, Samuel, co. E, 135th vol.
Walker, Houston, co. E, 100th vol.
Wolford, Wm., co. B, 149th vol.
Wickerham, W. H. H., co. D, 22d vol.
Wilber, Louis W., co. D, 106th vol.
Warner, Edwin A., co. D, 85th vol.
Woodcock, Thomas, co. E, 183d vol.
Welch, Robert, co. I, 101st vol.
Wright, Edmund S., co. A, 184th vol.
Williams, John E., co. B, 62d vol.
Wilson, James, co. K, 83d vol.
Wheaton, Ambrose H., co. G, 53d vol.
Wilkinson, John, co. I, 45th vol.
Weeks, Caradon Q., co. F, 75th vol.
Wolford, William H., co. B, 149th vol.
Whitson, Henry, co. H, 53d vol.
Whitney, Orange P., co. H, 187th vol.
Young, John, co. —, 149th vol.
Young, John, co. C, 45th vol.
Young, Philip S., co. H, 101st vol.

Aikele, John J., co. H, 5th cav.
Austin, Edward, co. F, 20th cav.
Black, James A., co. D, 14th cav.
Bryan, William C., co. D, 5th cav.
Beardsley, Luther, co. L, 12th cav.
Baker, Willard, co. L, 12th cav.
Bevens, Robert, co. I, 20th cav.
Brady, Michael, co. M, 5th cav.
Brosins, Amos P., co. K, 14th cav.
Cormer, Abner P., co. B, 4th cav.
Campbell, Thomas F, co. B, 4th cav.
Coleman, J. L., co. K, 18th cav.
Davis, James, co. I, 5th cav.
Deming, Charles W., co. D, 16th cav.
Dyer, Joshua E., co. D, 5th cav.
Evans, Samuel F., co. F, 7th cav.
Ellis, Enos, co. I, 11th cav.
Foot, Charles, co. G, 20th cav.
Fuller, Henry, co. M, 13th cav.
Gillmore, Robert A., co. —, 12th cav.
George, Thomas, co. B, 18th cav.
Gass, John T., co. C, Ringgold battalion.
Gates, Jacob S. C., co. D, 13th cav.
Geary, G. S., co. D, 4th cav.
Havens, John, co. L, 19th cav.
Hottenstein, George W., co. I, 18th cav.
Hennigh, Nathan L. H., co. A, 14th cav.
Hart, Isaac, co. B, 17th cav.
Havlin, Mathew M., co. D, 4th cav.
Ivory, Thomas, co. G, 12th cav.
Jones, Henry P., co. B, 2d cav.
Kelley, George W., co. K, 18th cav.
Lane, Amos P., co. E, 6th cav.
Levan, John, co. G, 8th cav.
Miller, Levis, serg., co. L, 6th cav.
Morgret, William, co. K, 18th cav.
McCray, Charles E., co. B, 12th cav.
Mugot, John, co. K, 18th cav.
Miller, Hamlin B., co. I, 14th cav.
McFadden, Lewis, co. I, 4th cav.
Malaby, Aaron H., co. B, 7th cav.
Meekley, Eli, co. E, 17th cav.
Miller, Lewis, co. L, 6th cav.
Myers, Joseph M., co. D, 13th cav.
McCoy, Isaac A., co. A, 9th cav.
Mastezatt, Charles A., co. D, 14th cav.
Meredith, Alfred A., co. A, 22d cav.
McCoy, Alexander, co. A, 9th cav.
Meredith, Alfred A., co. A, 22d cav.
Norris, John G., co. —, 17th cav.
Neifergold, Henry, co. A, 14th cav.
Nagel, George W., co. —, 18th cav.
Norris, Simon, co. G, 16th cav.
Odenheimer, John M., co. —, 6th cav.
Oliver, Adam E., co. D, 17th cav.
Penepacker, Benj. F., co. F, 12th cav.
Ramsey, Milton G., co. —, 17th cav.
Rudd, William, co. H, 20th cav.
Robbins, James, co. M, 2d cav.
Ruper, Emanuel, co. C, 14th cav.
Rees, David T., co. A, 7th cav.
Sellers, John T., co. E, 2d cav.
Smith, Samuel A., co. K, 14th cav.
Smith, James L., co. A, 13th cav.
Swearer, George N., co. H, 13th cav.
Schmidt, Charles L., co. B, 5th cav.
Shields, William, co. —, 5th cav.
Schlearback, Conrad, co. —, 4th cav.
Snowden, John W., co. E, 2d cav.
Scott, Andrew J., co. D, 14th cav.
Smith, Dennis, co. A, 18th cav.
Sanderson, Wm. E., co. I, 2d cav.
Sargent, C. B., co. F, 14th cav.
Siebert, John, co. B, 5th cav.
Watkins, Andrew, co. —, 18th cav.
Woodburn, James S., co. F, 13th cav.
White, George, co. C, 1st cav.
Wallace, Frank, co. F, 2d cav.
Walker, James W., co. —, 7th cav.
White, Joseph, co. A, 17th cav.
Wright, Jacob, co. B, 12th cav.
Young, George H., co. F, 5th cav.
Bail, Joseph L., co. F, 2d heavy art.
Bird, George, co. F, 2d heavy art.
Beauor, Simon J., co. H, 55th heavy art.
Crawford, Sylvester, co. D, 2d heavy art.
Claybaugh, Geo. W., co. —, heavy art.
Hartwick, John, co. C, 112th heavy art.
Hansinger, Aaron, co. D, 2d heavy art.
Irvin, Charles, co. G, 2d heavy art.
Miller, Eden, co. K, 2d heavy art.
Ormsby, C. M., co. G, 2d heavy art.
Ordning, George, co. C, 112th heavy art.
Rogers, Jeremiah B., co. K, 2d heavy art.
Simpson, John D., co. C, 2d heavy art.
Towson, Jeremiah R., co. A, 3d heavy art.
Wood, James M., co. —, 2d heavy art.
Wood, George H., co. C, 2d heavy art.
Bragg, Lucian G., co. E, 2d reserves.
Belcher, Geo. W., co. E, 2d reserves.
Davison, Garrett, co. —, 9th reserves.
Huston, Wm. S., co. D, 10th reserves.
Hinkel, Jonas, co. C, 7th reserves.
Jayne, S. W., co. C, 6th reserves.
Lathrop, Halsey, co. C, 6th reserves.
Laino, John, co. D, 10th reserves.
Laughton, Robert E, co. A, 10th reserves.
McCurdy, John G., co. B, 10th reserves.
McCahon, James, co. D, 10th reserves.
McPark, Robert, co. D, 10th reserves.
Margut, Mathia, co. D, 6th reserves.
McCloy, John, co. F, 11th reserves.
Otto, John, co. F, 7th reserves.
Seaton, M. A., co. G, 9th reserves.
Stansbury, Y. S., co. H, 12th reserves.
Smith, G. W., co. H, 5th reserves.
Welty, Jacob W., co. H, 7th reserves.
Woodburn, Jos. D., co. G, 7th reserves.
Williamson, Alvin, co. G, 11th reserves.

Buchanan, Julius, co. I, 1st rifles.
Gillespie, James, co. K, 1st rifles.
McClintock, James P., co. C, 1st rifles.
McDowell, B. C., co. I, 1st rifles.
Mulleson, John H., co. —, 1st rifles.
Roberts, Frederick T., co. —, 1st rifles.
Snyder, Jacob, co. E, 1st rifles.
Sickles, C. T., co. K, 1st rifles.

STATE OF DELAWARE.

Maxworthy, George W., co. D, 2d vol.
Rhine, Joseph, co. G, 1st vol.
Thorn, Henry T., co. D, 2d vol.

STATE OF MARYLAND.

Duke, Cornelius, co. K, 5th vol.
German, Stephen, co. D, 1st vol.
Goriff, J. C., co. —, 1st vol.
Hitchins, Joseph H., co. —, 2d vol.
King, Albert, co. H, 3d vol.
King, William J., co. H, 3d vol.
Martin, Loos, co. A, 1st vol.
Mervine, John, co. H, 2d vol.
Poffinbarger, Charles, co. A, 7th vol.
Rohrer, W. H., co. —, 1st vol.
Seeger, Charles, co. F, 6th vol.
Wehn, George C., co. D, 7th vol.

DISTRICT OF COLUMBIA.

Boissonnault, M. F., co. H, 1st cav.
Cushing, James B., co. I, 1st cav.
Giddings, Henry, co. B., 1st cav.
Jones, John, co. L, Baker's cav.
Maffit, E. C., co. I, 1st cav.
Overlock, R. L., co. G, 1st cav.
Smith, William E., co. I, 1st cav.
Shafer, Frederick, co. —, 1st cav.
Tibbetts, John, co. I, 1st cav.

STATE OF OHIO.

Allen, A. B., co, C, 121st reg.
Allen, Albert B., co. C, 19th reg.
Alward, Alfred L., co. B, 135th reg.
Amour, W. Henry, co. H, 34th, after m't'd inf.
Brown, James E., co. C, 93d reg.
Brown, Henry H., co. A, 41st reg.
Beard, Osro R., co. —, 123d reg.
Blocher, Henry D, co. E, 104th reg.
Batley, George, co. C, 124th reg.
Cowels, George, 10th 60.
Crane, John B., co. D, 100th reg.
Connally, John, co. H, 103d reg.
Cahill, Wm. F., co. A, 51st reg.
Cram, John B, co. D, 100th reg.
Cary, Asa, co. E, 21st reg.
Cayle, James P., co. G, 2d reg.
Clay, Oliver D., co. G, 122d reg.
Coit, Eureka, co. C, 123d reg.
Davis, Clinton W., co. K, 95th reg.
Dodge, David B, co. H, 100th reg.
Duffy, James, co. H, 45th reg.
Ells, Henry M, co. G, 10th reg.
Ewing, David, co. D, 135th reg.
Gurnsey, Chas. W., co. E, 72d reg.
Hillyer, John H., co. F, 98th reg.
Harsh, Christian, co. C, 126th reg.
Henderson, David, co. H, 122d reg.
King, John P., co. C, 72d reg.
Kerr, Andrew, co. I, 13th reg.
Joselyn, Alfred A., co. A, 122d reg.
Johnson, Samuel G., co. G, 177th reg.
Lee, H. D., 32d reg.
McPurdy, James, co. K, 13th reg.
McCollum, Jas. Madison, co. K, 4th reg.
McNaury, F. G., co. K, 126th reg.
Maher, Patrick, co. E, 4th reg.
Moorehead, Josiah, co. A, 102d reg.
McPurdy, James, co. K, 13th reg.
Moore, Chas., co. H, 19th reg.
Preshan, James A., co. C, 116th reg.
Patterson, Adolphus G., co. H, 19th reg.
Parsons, George F., co. A, 124th reg.
Philips, V. B., co. H, 100th reg.
Paisley, James, co. —, 65th reg.
Rowson, Rasha, co. H, 103d reg.
Riddick, Robert G., co. —, 197th reg.
Rich, Solomon, co. H, 116th reg.
Sloan, Alexander A. co. D, 34th reg.
Sweet, Myron co. F, 49th reg.
Stark, Gilbert J, co. —, 32d reg.
Shaw, Delos, co. E, 103d reg.
Sheppard, Thomas J., co. E, 97th reg.
Stair, John, co. H, 100th reg.
Smith, B. P., co. A, 105th reg.
Stowe, Oserald F., co. G, 31st reg.
Schreiner, John, co. K, 101st reg.
Tonesdale, Henry, co. H, 2d reg.
Tullis, Lindley, co. C, 24th reg.
Vail, Samuel, co. A, 49th reg.
Ward, Hiram, co. A, 103d reg.
Woodruff, William, co. —, 102d reg.
Welsh, William C., co. —, 105th reg.
Wheeler, Caleb C., co. —, 122d reg.
Withington, Thomas M., co. —, 72d reg.
Warren, Haddock, co. B, 116th reg.
Zuber, John M., co. B, 100th reg.

Barrett, Robert, co. G, 6th cav.
Bartges, Christian, co. F, 2d cav.
Chilsen, A. W., co. —, 45th cav.
Clayton, Noel, co. D, 4th cav.
Coats, Rufus Elisha, co. —, 2d cav.
Donaldson, Richard B., co. M, 6th cav.
Fredrick, Knodel, co. —, 3d independent cav.
Krebs, Burkhard, co. —, 3d independent cav.
Johnson, W. D., co. H, 3d cav.

Lyon L., co. B, 1st art.
Stanford, Perkins, co. A, 2d art.
Volen, Henry Leopoldi, co. K, 6th art.
Wilcox, Thomas B., company M, 4th art.

STATE OF INDIANA.

Ballinger, Robert B., co. —, 40th inf.
Burris, James M., co. F, 82d inf.
Burnes, James A., co. —, 40th inf.
Evans, Charles W., co. I, 88th inf.
Farrington, Jabes, co. —, 40th inf.
Grooms, Henry C., co. D., 13th inf.
Hawkins, Martin V., co. —, 49th inf.
Hutchinson, Joseph, co. A, 2d inf.
Kurtz, Byron, co. E or I, 75th inf.
Patter, Casimer, co. —, 20th inf.
Patter, James E., co. —, 20th inf.
Reynolds, Jeremiah, co. G, 63d inf.
Rivir, John, co. F, 30th inf.
Spicer, Buell E., co, A, 6th inf.
Spicer, William H., co. C, 6th inf.
Scorlett, J. L., co. K, 12th inf.
Shearer, Harrison, co. I, 9th inf.
West, George W., co. H, 18th inf.
Clements, Thomas J., co. B, 5th cav.
Inglish, Archibald F., co. F, 7th cav.
McCrum, James, co. —, 5th cav.
Salts, William C., co. —, 4th cav.
Wiley, Philip, co. B, 5th cav.

STATE OF ILLINOIS.

Baker, James A, co. F, 113th inf.
Belden, William P., co. B., 72d inf.
Ball, Clark J., co. I, 93d inf.
Briggs, Wills, co. G, 95th inf.
Calvert, William, co. F, 72d inf.
Carver, Edward E, co. B, 72d inf.
Cook, Archibald, co. K, 51st inf.
Caddington, Wm., co. I, 93d inf.
Dawson, Aaron, co. B, 30th inf.
Dann, Jerome B., co. K, 20th inf.
Devine, James D., co. K, 38th inf.
Gearheart, E. L., co. D, 8th inf.
Green, Samuel, co. H, 42d inf.
Henderson, John B., corp., co. G, 66th inf.
Kendall, Clinton A., co. —, 60th inf.
Maxham, H. C., co. H, 19th inf.
McCreery, John P., co. C, 119th inf.
McMurtry, John L., co. C, 116th inf.
Miller, James P., co. I, 31st inf.
Pomeroy, James Wm., co. C, 104th inf.
Ramsay, Chas. D., co. —, 14th and 15th bat.
Reid, Elwin, jr., co. K, 13th inf.
Reynolds, Dwight, co. D, 32d inf.
Rose, Lewis A., co. F, 42d inf.
Strube, Chas. H., co. D, 88th inf.
Sweetland, Chas. F., co. F, 36th inf.
Taylor, Jesse B., co. F, 112th inf.
Thomson, Robert H., co. C, 13th inf.
Whitney, Theo. F., co. G, 89th inf.
Williams, John A., co. G, 64th inf.
Ball, Eliphalet G., co. —, 9th cav.
Fairless, James A., co. G, 14th cav.
Fox, James D., co. —, 16th cav.
Jenks, Joseph P., co. I, 3d cav.
Roebuck, Russell, co. —, 16th cav.
Smith, Barney, co. G, 14th cav.
Watts, Francis, co. L, 14th cav.
Wildman, H. H., co. I, 16th cav.
Brown, George S., Bridge's bat., light art.
McRay, Wm. J., or Ja., Philip's Chicago bat.
Messick, Wm. L., co. E, 1st art.
Snow, Martin Van B., Chicago Board Trade bat.

STATE OF MICHIGAN.

Abernethy, Albert B, co. G, 11th inf.
Atwell, Levi, co. L, 1st engineers.
Brockway, Martin B., co. B, 4th inf.
Bressen, Dennis, co. A, 26th inf.
Beebe, John, co. A, 1st sharp-shooters.
Berry, Chester D., co. I, 20th inf.
Black, William, co. D, 16th inf.
Bishop, Joshua, co. —, 13th inf.
Cope, Martin, co. H, 17th inf.
Carr, Charles R., co. K, 25th inf.
Davis, Theodore T., co. D, 13th inf.
Duel, Charles E., co. D, 27th inf.
Decker, Jasper R., co. G, 1st engineers.
Ensign, James, co. A, 11th inf.
Hine, E. W., co. F, 24th inf.
Harmon, Henry, co. H, 19th inf.
Hoyt, John R., co. D, 21st inf.
Hill, Seymour R., co. B, 17th inf.
Hertsberg, William, co. G, 20th inf.
Johnson, James, co. I, 17th inf.
Johnson, Russell M., co. I, 17th inf.
Reeney, W. H. H., co. I, 1st inf.
Miller, W. H., 1st serg., co. C, 20th inf.
McLaughlin, Jas. M., co. —, 2d sharp-shooters.
Norton, Hiram, co. M, 1st engineers.
Nedean, Jacob, co. E, 17th inf.
Peer, Richard, co. H, 22d inf.
Rowley, Russell, co. I, 7th inf.
Smith, Samuel, co. H, 17th inf.
Sutherland, Mason M., co. E, 1st sharp-shooters.
Schmeid, Reuben, co. F, 21st inf.
Shepherd, Solon, co. G, 1st sharp-shooters.
Shenwood, John A., co. C, 24th inf.
Sinclair, Asa, co. F, 1st engineers.
Taylor, Isaiah, co. A, 27th inf.
Van Wert, Edwin, co. E, 3d inf.
Whelan, E. M., co. G, 14th inf.
Wakeman, Clark, co. F, 21st inf.
Willits, James B., co. A, 1st sharpshooters.
Waterbury, Aaron V., co. H, 17th inf.
Winebrenner, John, co. A, 5th inf.
Westcot, William, co. I, 7th inf.
Budd, Sebring, co. B, 1st cav.
Cummins, John W., co. L, 5th cav.
Clark, George M., co. L, 1st cav.
Duley, A. L., co. E, 7th cav.
Fitzgerald, co. C, 6th cav.
Frost, Allen M., co. G, 8th cav.
Groucher, Homer co. B, 6th cav.
Hutton, Samuel W., co. G, 9th cav.
Hathaway, Edward F., co. M, 8th cav.
Ingledue, Ebor E., co. K, 9th cav.
Marshall, George N., co. M, 4th cav.
Moore, Allen, co. M, 6th cav.
McKay, B. G., co. M, 1st cav.
Preston, Benjamin, co. K, 7th cav.
Russell, Major W., co. M, 5th cav.
Ramsdell, Solomon, co. —, 6th cav.
Sherburn, Samuel, co. D, 6th cav.
Springer, Joseph, co. A, 7th cav.
Seeley, Harvey K., co. B, 6th cav.
Vincent, Albert, co. M, 1st cav.
Wilcox, Charles, co. A, 7th cav.
Willis, Henry O., co. —, 3d cav.
Wood, Charles, co. D, 11th cav.
Williams, J. D., co. I, 6th cav.

STATE OF WISCONSIN.

Brown, Edward, co. A, 13th inf.
Coburn, William A., co. A, 10th inf.
Card, Warren D, co. H, 33d inf.
Dubois, Jacob V., co. B, 36th inf.
Estey, Amos E., co. B, 21st inf.
Griggs, John A., co. —, 36th inf.
Green, L. Abner, co. I, 19th inf.
Hall, Hiram R., co. G, 13th inf.
Hitchcock, Joseph, co. K, 10th inf.
Menzies, Frederick, co. —, 5th inf.
McDonald, Isaac H., co. C, 2d inf.
Northcott, Richard, co. H, 10th inf.
Perry, Leslie, co. —, 6th inf.
Pylo, Amos M., co. K, 36th inf.
Smith, Sanford, co. E, 19th inf.
Sleeper, Hiram H., co. C, 38th inf.
Smith, Albert M., co. G, 21st inf.
Van Vickle, Walter M., co. C, 36th inf.
Webster, Alexander C., ser., co. E, 7th inf.
Wood, Walter, cor., co. A, 10th inf.
Webster, A. C., co. E, 7th inf.

Brown, Ellis, co. C, 1st cav.
Cole, Ezra H., co. H, 1st cav.
Dent, William, co. E, 1st cav.
Pillsbury, Adoniram Judson, co. H, 1st cav.
Somerville, William, co. H, 1st cav.

MINNESOTA.

Adams, Edwin H., co. H, 9th reg.
Bond, Daniel B., co. —, 1st bat.
Harney, Joseph E., co. K, 9th reg.
Ketchum, George W., co. —, 1st reg.
Mathews, Lyman, co. E, 9th reg.

STATE OF IOWA.

Baxley, David M., co. G, 35th inf.
Buckmaster, Frederick, co. K, 15th inf.
Jacobs, Josiah B., co. H, 7th inf.
Johnson, Jackson, co. —, 17th inf.
Knight, John F., co. I, 9th inf.
Knowles, Seth, co. C, 15th inf.
Lucis, Francis M., co. C, 25th inf.
Overtwiff, George, co. H, 5th inf.
Ray, William, co. —, 7th inf.
Richey, John N., co. E, 16th inf.
Tippery, William, co. K, 5th inf.
Whitten, Josiah A., co. H, 5th inf.
Whitten, John, co. H, 5th inf.
Bishard, Daniel C., co. M, 8th cav.
Dean, Henry H., co. B, 8th cav.
Frentzke, Charles, co. F, 5th cav.
Littlejohn, Leverett Junius, co. B, 4th cav.
Macy, Cyrus F., co. C, 8th cav.
Russell, W. W., co. A, 8th cav.
Wescott, Miles D., co. L, 8th cav.
Whitford, V. B., co. —, 5th cav.

STATE OF KENTUCKY

Beatty, Wm. H., serg., co. —, 15th regiment.
Cooke, Samuel H., co. H, 4th mounted inf.
Glassman, Peter, 4th cav.
Hamilton, John D., co. D, 11th cav.
Nilest, John, co. H, 6th cav.

STATE OF MISSOURI.

Owens, Owen H., co. G, 10th cav.
Doane, J. W., co. F, 1st light artillery.

VIRGINIA.

Clutter, John L., co. I, 4th.
Broughton, William, co. F, 2d mounted inf.
Howe, Lemuel B., co. I, 5th cav.
Holmes, Norris, co. —, 1st cav.
Noble, James C., co. B, 1st cav.

STATE OF WEST VIRGINIA.

Blessing, Pius, co. C, 15th inf.
Carroll, Tunis, co. E, 1st inf.
Campbell, William B., co. I, 12th inf.
Carothers, William E., co. A, 7th inf.
Hunt, Eugenius W., co. —, 12th inf.
Hunt, Philip, co. —, 12th inf.
Richter, Oscar, co. A, 1st inf.
Shup, Nicholas L., co. H, 14th inf.
Feay, William G, battery D, 1st light art.
Loring, John E., battery D, 1st light art.
Stephens, Allen, battery D, 1st light art.
Newman, Samuel G., co. —, 6th cav.

STATE OF TENNESSEE.

Barnett, John N., co. A, 2d mounted rifles.
Kirby, James M., co. K, 2d mounted rifles.
Bayles, Leroy, co. K, 2d mounted rifles.
Edwards, Ivey, co. B, 5th inf.
Willson, William K, co. —, 6th inf.
Edwards, Harry, co. B, 5th inf.
Long, J. A., co. C, 2d mounted inf.
Long, William H. H., co. C, 2d mounted inf.
Leren, Thomas J., co. H, 2d mounted inf.
Montgomery, William T., co. —, 4th inf.
Sherman, John, construction corps.
Byerly, William E. H., co. T, 10th cav.
Godsey, Samuel, co. N, 10th cav.
Montgomery, Campbell G, co. L, 1st cav.
Tate, Frank Boyd, co. M, 9th cav.
Brown, Henry, co. M, 8th cav.

MISCELLANEOUS.

Brown, Vincent, civilian.
Bradley, John, U. S. gunboat Southfield.
Butterfield, James P., laborer.
Campbell, J. B., 18th reg., 1st bat., V. R. C.
Edwards, Leonard J., U. S. ship Granite City.
Irvine, A. M., headq'rs 3d div'n 5th army corps.
Johnson, Geo. P., U. S. gunboat Nipsic.
Mellody, Patrick, marine battalion.
Rymer, Thos. F., signal officer, Charleston harbor.
Saule, Lewis H., co. A, 1st Berdan's Sharpsh's.
Sherwood, Henry, wagonmaster.
Nicholl, Jas.S., quarterm'sdep't, 1st div. 15th A. C.
Hill, James H., civilian.
Williams, James M., U. S. gunboat Southfield.
Griffin, Thomas, alias T. Smith, steamer Clifton.
Mahoney, George, steamer Clifton.

lista 031

AS BRUXAS DE SALEM
AUTOR DESCONHECIDO
28.05.1692

De acordo com uma testemunha, em janeiro de 1692, Abigail Williams, de onze anos, residente em Salem, e sua prima Elizabeth Parris, de nove anos, passaram a se comportar ora de maneira estranha, ora normalmente. Incapaz de encontrar uma explicação médica para esse comportamento, o dr. William Griggs atribuiu-o à bruxaria — diagnóstico com o qual as meninas concordaram —, e logo outras meninas também começaram a afirmar que estavam possuídas. Todas elas começaram a acusar várias mulheres de bruxaria, e logo aconteceram os Julgamentos das Bruxas de Salem. A lista que temos aqui cita apenas algumas das acusadas (na coluna da esquerda) e de suas acusadoras. Os julgamentos se estenderam por mais de um ano, quando foram executadas vinte pessoas, a maioria "bruxas".

Queixa de várias pessoas 28 de maio de 1692

Dona Carier de Andevor ou: A mulher de Carrier	Mary Walcott Abigail William
Dona fosdick de Maldin Dona Mary Waren	Mary Walcott Mircy Lewes Abigail William Ann Putnam
Dona Read de marble head na colina perto do templo	Mary Walcott Mircy Lewes Abigail William Ann Putnam
Dona Rice de Reding	A esposa de Ed. Marshals Mary Walcott Abigall William
Dona How de Topsfield na fronteira com Ipswich	Mary Walcott Abigail Williams
A mulher do irmão do capt. Hows a saber, a mulher do auditor de guerra Hows	Duas mulheres gravemente afetadas suspeitam dela, mas não têm certeza
Capt. Alldin, do qual se queixaram há muito tempo	Mary Walcott Mircy Lewes Abigail Williams Ann Putnam Susana Sheldon
Wm. proctor	Mary Walcot Susana Shelden
A mulher e a filha de Toothakors	Mary Walcot Abig. Williams
Capt. Flood	Mary Walcot Abigail Williams e restantes

Josiah H. Benton fd.
Mar 13, 1939

Complaint of Severall May. 28th 1692

goody Carier of Andeover   mary walcot
Tho: Cariers wife ———   Abigail william

goody fosdick of maldin   mary walcot
Goody pain: mary waren   mircy lewes
    Abigail william
    Ann putnam

goody Read of marble head   mary walcot
vpon y hill by y meeth: hous   mircy lewes
    Abigail william
    Ann putnam

goody Rice of Reding   Ed: marshols wife
    mary walcot
    Abigah william

goody Stow of Topsfeild   mary walcot
or gpswich bouens   Abigail williams
Capt Hows brother wife   Two women there
his Ja: Hows wife ——   abouts much afleted
    and suspect hir but
    canot sartainly say

Capt. Alldin complain   mary walcot
of a long time by   mircy lewes
    Abigail williams
    Ann putnam
    Susana Sheldon

Wm procter ——   Mary. Walcot
    Susana. Shelden

Toothakers wife   Mary Walcot
& daufter ——   Abig. Williams

Capt flood ———   Mary Walcot
    Abigail Williams
    & yores

Arthur Abot: liuids in a by place
some thing neere Mayd Appleton: farme
and liuids betweon Jpd Topsfeild & Wenham

Abot yt liuids: Betweon Ipswitch
Topsfeile and Wenham

Complaine of by
Mary

lista 032
J'AIME, JE N'AIME PAS
ROLAND BARTHES
1977

Em *Roland Barthes* (1977), autobiografia nada convencional e que por si só é uma espécie de lista, o sociólogo, crítico e teórico francês Roland Barthes apresenta duas listas maravilhosamente perspicazes: uma de coisas das quais ele gosta e outra de coisas das quais ele não gosta. Depois, pondera que tudo isso é, na verdade, inútil.

J'aime, je n'aime pas — Gosto, não gosto

Gosto de: salada, canela, queijo, pimentão, marzipã, cheiro de feno recém-cortado (por que alguém dotado de "nariz" não faz um perfume), rosa, peônia, lavanda, champanhe, convicções políticas pouco firmes, Glenn Gould, cerveja supergelada, travesseiro baixo, torrada, havana, Handel, lentas caminhadas, pera, pêssego branco, cereja, cores, relógios, todo tipo de caneta, sobremesa, sal não refinado, romance realista, piano, café, Pollock, Twombly, música romântica, Sartre, Brecht, Verne, Fourier, Eisenstein, trem, vinho do Médoc, ter troco, *Bouvard et Pécuchet*, andar de sandália pelas estradinhas do sudoeste da França, a curva do rio Adour vista da casa do dr. L., os irmãos Marx, as montanhas às sete da manhã ao partir de Salamanca etc.

Não gosto de: lulu-da-pomerânia branco, mulher de calça comprida, gerânio, morango, clavecino, Miró, tautologia, desenho animado, Arthur Rubinstein, casa de campo, a tarde, Satie, Bartók, Vivaldi, telefonema, coro infantil, concertos de Chopin, branle da Borgonha e dança renascentista, órgão, Marc-Antoine Charpentier, seus trompetes e tímpanos, o político-sexual, cenas, iniciativas, fidelidade, espontaneidade, noitadas com gente que não conheço etc.

Gosto, não gosto: isso não tem importância para ninguém; aparentemente, nem tem sentido. E, no entanto, tudo isso significa: *meu corpo não é igual ao seu*. Portanto, dessa anárquica mistura de gostos e não gostos, uma espécie de borrão descuidado, pouco a pouco emerge a figura de um enigma corporal que requer cumplicidade ou suscita irritação. Aqui começa a intimidação do corpo, que obriga os outros a me suportarem *liberalmente*, a permanecerem calados e educados diante de prazeres ou rejeições dos quais não partilham.

(Uma mosca me incomoda, eu a mato: você mata o que o incomoda. Se eu não tivesse matado a mosca, teria sido *por puro liberalismo*: sou liberal para não ser matador.)

Huynefer: mês 2 do inverno, dia 7 (DOENTE), mês 2 do inverno, dia 8 (DOENTE), mês 3 do verão, dia 3 (COM PROBLEMA NO OLHO), mês 3 do verão, dia 5 (COM PROBLEMA NO OLHO), dia 7 (DOENTE), dia 8 (DOENTE)

Amenemwia: mês 1 do inverno, dia 15 (EMBALSAMANDO HORMOSE), mês 2 do inverno, dia 7 (AUSENTE), mês 2 do inverno, dia 8 (FAZENDO CERVEJA), mês 2 do inverno, dia 16 (REFORÇANDO A PORTA), dia 23 (DOENTE), dia 24 (DOENTE), mês 3 do inverno, dia 6 (AMORTALHANDO O CORPO DA MÃE)

Inhurkhawy: mês 4 da primavera, dia 17 (ESPOSA COM SANGRAMENTO)

Neferabu: mês 4 da primavera, dia 15 (FILHA COM SANGRAMENTO), dia 17 (ENTERRANDO O DEUS), mês 2 do verão, dia 7 (EMBALSAMANDO O IRMÃO), dia 8 (FAZENDO LIBAÇÃO POR ELE), mês 4 do verão, dia 26 (ESPOSA COM SANGRAMENTO)

Paser: mês 1 do verão, dia 25 (FAZENDO LIBAÇÃO PELO FILHO), mês 1 do verão, dia 27 (FAZENDO CERVEJA), mês 2 do verão, dia 14 (DOENTE), dia 15 (DOENTE)

Pakhuru: mês 4 do verão, dia 4, dia 5, dia 6, dia 7 (DOENTE), dia 8

Seba: mês 4 da primavera, dia 17 (MORDIDO POR ESCORPIÃO), mês 1 do inverno, dia 25 (DOENTE), mês 4 do inverno, dia 8 (ESPOSA COM SANGRAMENTO), mês 1 do verão, dia 25, 26, 27 (DOENTE), mês 2 do verão, dia 2, dia 3 (DOENTE), mês 2 do verão, dia 4, dia 5, dia 6, dia 7 (DOENTE)

Neferemsenut: mês 2 do inverno, dia 7 (DOENTE)

Simut: mês 1 do inverno, dia 18 (AUSENTE), mês 1 do inverno, dia 25 (ESPOSA ESTAVA […] E COM SANGRAMENTO), mês 4 do inverno, dia 23 (ESPOSA COM SANGRAMENTO)

Khons: mês 4 da primavera, dia 7 (DOENTE), mês 3 do inverno, dia 25 (DOENTE), mês 3 do inverno, dia 26 (DOENTE), dia 27, dia 28 (DOENTE), mês 4 do inverno, dia 8 (COM SEU DEUS), mês 4 do verão, dia 26 (DOENTE), mês 1 da primavera, dia 14 (SUA FESTA), dia 15 (SUA FESTA)

Inuy: mês 1 do inverno, dia 24 (PEGANDO PEDRA PARA QENHER-KHEPSHEF), mês 2 do inverno, dia 8 (IDEM), mês 2 do inverno, dia 17 (AUSENTE COM O ESCRIBA), mês 2 do inverno, dia 24 […]

Sunero: mês 2 do inverno, dia 8 (FAZENDO CERVEJA), mês 2 do verão, dia 2 (DOENTE), dia 3, dia 4, dia 5, dia 6, dia 7, dia 8 (DOENTE)

lista 033

FALTAS AO TRABALHO
AUTOR DESCONHECIDO
c. 1250 a.C.

Este fascinante óstraco de calcário foi descoberto durante escavações feitas em Deir el-Medina, aldeia do antigo Egito onde moravam os trabalhadores que construíram os túmulos do Vale dos Reis, e relaciona uma série de motivos para faltas ao trabalho no ano 40 do reinado de Ramsés II. Algumas desculpas parecem verdadeiras, como "BEBENDO COM KHONSU"; e outras não, como "AMORTALHANDO O CORPO DA MÃE".

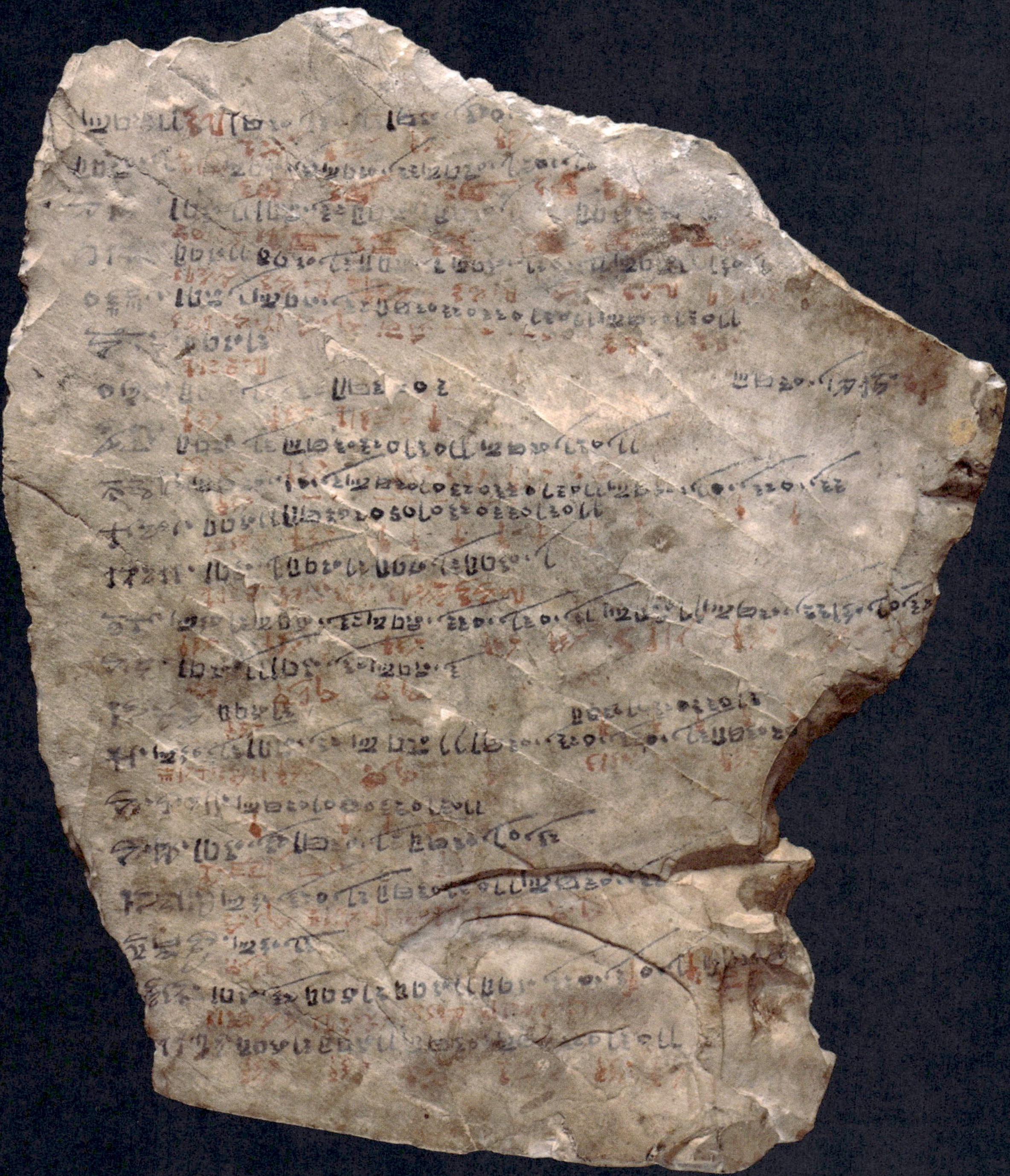

Nebenmaat: mês 3 do verão, dia 21 (DOENTE), dia 22 (IDEM), mês 4 do verão, dia 4 (IDEM), dia 5, dia 6 (IDEM), dia 7, dia 8 (IDEM), mês 4 do verão, dia 24 (DOENTE), dia 25 (DOENTE), dia 26 (DOENTE)

Merwaset: mês 2 do inverno, dia 17 (FAZENDO CERVEJA), mês 3 do verão, dia 5 (DOENTE), dia 7, dia 8 (DOENTE), mês 3 do verão, dia 17 (DOENTE), dia 18 (COM O CHEFE)

Ramose: mês 2 do inverno, dia 14 (DOENTE), dia 15 (DOENTE), mês 2 do verão, dia 2 (CHORANDO A MORTE DO FILHO), dia 3 (DOENTE)

Bakenmut: mês 2 do inverno, dia 7 (PEGANDO PEDRA PARA O ESCRIBA)

Rahotep: mês 1 do inverno, dia 14 (FAZENDO OFERENDA AO DEUS), mês 4 do inverno, dia 25 (FILHA COM SANGRAMENTO), mês 2 do verão, dia 5 (AMORTALHANDO O CORPO DO FILHO), dia 6, dia 7, dia 8 (IDEM), mês 4 do verão, dia 7 (COM O ESCRIBA), dia 8 (COM O ESCRIBA)

Iierniutef: mês 2 do inverno, dia 8 (AUSENTE), mês 2 do inverno, dia 17 (COM O ESCRIBA), mês 2 do inverno, dia 23 (DOENTE), mês 3 do inverno, dia 27 (COM O ESCRIBA), dia 28 (AUSENTE), mês 4 do inverno, dia 8 (COM O ESCRIBA), mês 1 da primavera, dia 14

Nakhtamun: mês 1 do inverno, dia 18 (FAZENDO CERVEJA), mês 1 do inverno, dia 25 (COM O CHEFE), mês 2 do inverno, dia 13 (COM O CHEFE), mês 2 do inverno, dia 14 (COM O CHEFE), mês 2 do inverno, dia 15 (COM O CHEFE), mês 2 do inverno, dia 16 (COM O CHEFE), dia 17, dia 18 (COM O CHEFE), mês 2 do inverno, dia 24 (COM O CHEFE), mês 3 do inverno, dia 25 (COM O CHEFE), mês 3 do inverno, dia 26 (COM O CHEFE), mês 3 do inverno, dia 27 (COM O CHEFE), dia 28 (COM O CHEFE), dia [...] (COM O CHEFE), mês 4 do inverno, dia 8 (COM O ESCRIBA), mês 1 do verão, dia 16 (COM PROBLEMA NO OLHO), dia 17 (COM PROBLEMA NO OLHO), mês 1 do verão, dia 25 (DOENTE), dia 26, dia 27 (DOENTE)

Penduauu: mês 1 da primavera, dia 14 (BEBENDO COM KHONSU)

Hornefer: mês 2 do inverno, dia 13 (COM O CHEFE), dia 14 (COM O CHEFE), dia 15 (COM O CHEFE), mês 2 do inverno (COM O CHEFE), dia 16 (COM O CHEFE), dia 17 (COM O CHEFE), dia 23 (COM O CHEFE), [...] mês [...] do verão, [...] [...]

Hornefer: mês 2 do verão, dia 10 (DOENTE)

Sawadjyt: mês 3 da primavera, dia 23 (COM O CHEFE), dia 24 (COM O CHEFE), mês 4 da primavera, dia 16 (FILHA COM SANGRAMENTO), mês 1 do inverno, dia 14 (FAZENDO OFERENDA AO DEUS), mês 1 do inverno, dia 15 (IDEM), mês 1 do inverno, dia 24 (FAZENDO LIBAÇÃO PARA O PAI), dia 25 (IDEM), dia 26 (?) (IDEM), dia 28 (?) (COM O CHEFE)

Sawadjyt: mês 2 do verão, dia 14 (COM O CHEFE)

Horemwia: mês 3 da primavera, dia 21 (COM O CHEFE), dia 22 (COM O CHEFE), mês 2 do inverno, dia 8 (FAZENDO CERVEJA), mês 3 do verão, dia 17 (DOENTE), dia 18 (DOENTE), dia 21 (DOENTE), dia 22, mês 2 do verão, dia 4 (COM O CHEFE), mês 2 do verão, dia [...] (COM O CHEFE)

Horemwia: mês 4 do verão, dia 4 (DOENTE), dia 5 (DOENTE), dia 6 (DOENTE), dia 7 (DOENTE)

Amennakht: mês 4 da primavera, dia 15 (COM O CHEFE), dia 16 (IDEM), dia 17 (IDEM), mês 3 do inverno, dia 18 (FAZENDO CERVEJA), mês 2 do verão, dia 4 (COM O CHEFE), mês 3 do verão, dia 7, dia 8 (COM O CHEFE), mês 3 do verão, dia 24, dia 25, dia 26 (COM O CHEFE)

Wadjmose: mês 4 do inverno, dia 23 (FILHA COM SANGRAMENTO), mês 4 do verão, dia 6 (CONSTRUINDO A CASA)

Nebamentet [ilegível]

Hehnekhu: mês 1 do verão, dia 16 (COM O CHEFE), dia 17 (COM O CHEFE), mês 2 do verão, dia 7 (AMORTALHANDO O CORPO DA MÃE), dia 8 (IDEM)

Nakhy: mês 1 da primavera, dia 14 (COM O CHEFE), dia 15 (IDEM)

Nakhtmin: mês 1 do inverno, dia 25 (FAZENDO LIBAÇÃO), mês 2 do inverno, dia 7 (PEGANDO PEDRA PARA O ESCRIBA), mês 3 do inverno, dia 27 (ESPOSA COM SANGRAMENTO)

Pennub: mês 3 da primavera, dia 21 (COM AAPEHTI), dia 22 (IDEM), dia 23 (IDEM), dia 24 (IDEM), mês 2 do inverno, dia 7 (PEGANDO PEDRA PARA O ESCRIBA), mês 2 do inverno, dia 8 (PEGANDO PEDRA PARA O ESCRIBA), dia 23 (COM O ESCRIBA), dia 24 (COM O ESCRIBA), mês 3 do inverno, dia 28 (FAZENDO CERVEJA), mês 4 do inverno, dia 24 (COM A MÃE DOENTE), dia 25 (IDEM)

Aapehti: mês 3 da primavera, dia 21 (DOENTE), dia 22 (DOENTE), dia 23 (DOENTE), dia 24 (DOENTE), mês 4 da primavera, dia 7 (DOENTE), dia 8 (DOENTE), dia 15 (DOENTE), dia 16 (DOENTE), mês 1 do inverno, dia 14 (FAZENDO OFERENDA AO DEUS), mês 1 do inverno, dia 17 (DOENTE), mês 1 do inverno, dia 18 (DOENTE), mês 1 do verão, dia 27 (DOENTE)

Khaemtir: mês 3 da primavera, dia 21 (COM O CHEFE), dia 22 (IDEM), dia 23 (IDEM), dia 24 (IDEM), mês 4 da primavera, dia 17 (ENTERRANDO O DEUS), mês 1 do inverno, dia 18 (FAZENDO CERVEJA), mês 3 do verão, dia 8 (DOENTE)

Amenmose: mês 2 do inverno, dia 8 (FAZENDO CERVEJA)

Anuy: mês 1 do inverno, dia 24 (PEGANDO PEDRA PARA O ESCRIBA), mês 3 do inverno, dia 28 (FAZENDO CERVEJA)

Wennefer: mês 1 do inverno, dia 14 (FAZENDO OFERENDA AO DEUS), mês 4 do verão, dia 4 (FAZENDO OFERENDA AO DEUS)

Buqentuf: mês 1 do inverno, dia 17 (COM O CHEFE), mês 1 do inverno, dia 18 (FAZENDO CERVEJA), mês 2 do verão, dia 6 (AMORTALHANDO O CORPO DA MÃE), dia 8 (IDEM)

Manninakhtef [ilegível]

Huy: mês 1 do inverno, dia 17 (FAZENDO CERVEJA), dia 18 (FAZENDO CERVEJA), mês 2 do inverno, dia 17 (FAZENDO CERVEJA), mês 3 do inverno, dia 27 (COM O CHEFE), dia 28 (IDEM), mês 4 do inverno, dia 3 (COM O CHEFE), mês 4 do inverno, dia 7 (COM O CHEFE), dia 8 (IDEM)

Huy: mês 4 do inverno, dia 24 (COM O CHEFE), mês 4 do verão, dia 25 (IDEM), dia 26 (IDEM)

[…]: mês 3 da primavera, dia 21 (DOENTE), dia 22 (DOENTE), dia 23 (DOENTE), dia 24 (DOENTE), mês 4 da primavera, dia 7 (DOENTE), dia 8 (DOENTE), mês 1 do inverno, dia 24 (DOENTE), mês 2 do inverno, dia 8 (FAZENDO CERVEJA), mês 2 do verão, dia 8 (FAZENDO CERVEJA)

Paherypedjet: mês 3 da primavera, dia 21 (COM AAPEHTI), dia 22 (IDEM), dia 23 (IDEM), dia 24 (IDEM), mês 4 da primavera, dia 7 (IDEM), dia 8 (IDEM), dia 15 (IDEM), dia 16 (IDEM), dia 17 (IDEM), mês 1 do inverno, dia 14 (FAZENDO OFERENDA AO DEUS), mês 2 (?) do inverno, dia 13 […], mês 3 do inverno, dia 25 (FAZENDO REMÉDIOS COM KHONS), 26 (IDEM), mês 3 do inverno, dia 27 (IDEM), mês 1 do verão, dia 25 (FAZENDO REMÉDIOS PARA A ESPOSA DO ESCRIBA), dia 26 (IDEM), dia 27 (IDEM), mês 2 do verão, dia 2 (IDEM), dia 3 (IDEM), dia 4, dia 5, dia 6, dia 7, dia 8 (IDEM), mês 3 do verão, dia 3 (FAZENDO REMÉDIOS COM KHONS), dia 17 (COM HOREMWIA), dia 18 (COM HOREMWIA), dia 21 (IDEM), dia 22, mês 4 do verão, dia 4, mês 4 do verão, dia 5, dia 6, dia 7, dia 8, dia 24 (DOENTE), dia 25, dia 26, mês 1 da primavera, dia 15 (DOENTE), dia 16 (?) (DOENTE)

lista 034
SUGESTÕES PARA TOMAR ÔNIBUS INTEGRADOS
MARTIN LUTHER KING
19.12.1956

O curso da história mudou em 1º de dezembro de 1955, quando Rosa Parks se recusou a ceder seu lugar no ônibus a um passageiro branco e foi presa por isso. No ano seguinte, até os tribunais federais considerarem inconstitucional a segregação racial, ocorreu um boicote ao transporte público, liderado por Martin Luther King. Em 19 de dezembro de 1956, às vésperas de uma vitória histórica para os opositores da segregação, King elaborou uma lista de normas para aqueles que logo voltariam a tomar ônibus.

19 de dezembro de 1956

SUGESTÕES PARA TOMAR ÔNIBUS INTEGRADOS

Esta é uma semana histórica, porque a segregação nos ônibus foi declarada inconstitucional. Dentro de alguns dias, o mandato da Suprema Corte chegará a Montgomery, e poderemos tomar ônibus integrados. Isso deposita sobre nós a tremenda responsabilidade de, face a qualquer dissabor, manter uma atitude digna, calma e gentil, adequada a bons cidadãos e membros de nossa raça. Se houver alguma violência em palavras ou atos, não deverá partir de nós.

Para sua ajuda e conveniência, apresento as seguintes sugestões. Leia-as, estude-as e memorize-as para não pôr em risco nossa determinação de não violência. Primeiro, algumas sugestões de ordem geral:

1. Nem todos os brancos se opõem aos ônibus integrados. Aceite a boa vontade da parte de muitos.
2. Agora todos podem usar o ônibus inteiro. Sente-se no lugar vago.
3. Quando entrar no ônibus, peça ajuda ao céu e honre seu compromisso com a não violência absoluta em palavras e atos.
4. Demonstre em seus atos a calma dignidade de nossa gente em Montgomery.
5. Observe, em todos os aspectos, as regras usuais de cortesia e bom comportamento.
6. Lembre-se de que essa é uma vitória não só para os negros, mas para Montgomery e o Sul. Não se gabe! Não se vanglorie!
7. Fique quieto, porém amistoso; orgulhoso, mas não arrogante; contente, mas não ruidoso.
8. Tenha amor suficiente para absorver o mal e discernimento bastante para transformar um inimigo num amigo.

Agora, algumas sugestões específicas:

1. O motorista está no comando do ônibus e recebeu instruções para obedecer à lei. Pense que ele vai ajudá-lo a ocupar qualquer lugar vago.
2. Não se sente deliberadamente ao lado de um branco, a menos que não haja outro lugar.
3. Ao sentar-se ao lado de alguém, branco ou de cor, peça licença. É uma cortesia habitual.
4. Se o xingarem, não responda. Se o empurrarem, não empurre. Se lhe derem um safanão, não revide, mas sempre demonstre amor e boa vontade.
5. Em caso de incidente, fale o mínimo possível e sempre com tranquilidade. Não saia do lugar! Informe ao motorista todo incidente grave.

December 19, 1956   INTEGRATED BUS SUGGESTIONS   *Plurishism to L.E.K*

    This is a historic week because segregation on buses has now been declared unconstitutional. Within a few days the Supreme Court Mandate will reach Montgomery and you will be re-boarding integrated buses. This places upon us all a tremendous responsibility of maintaining, in face of what could be some unpleasantness, a calm and loving dignity befitting good citizens and members of our Race. If there is violence in word or deed it must not be our people who commit it.

    For your help and convenience the following suggestions are made. Will you read, study and memorize them so that our non-violent determination may not be endangered. First, some general suggestions:

1. Not all white people are opposed to integrated buses. Accept goodwill on the part of many.
2. The whole bus is now for the use of all people. Take a vacant se
3. Pray for guidance and commit yourself to complete non-violence in word and action as you enter the bus.
4. Demonstrate the calm dignity of our Montgomery people in your actions.
5. In all things observe ordinary rules of courtesy and good behavi
6. Remember that this is not a victory for Negroes alone, but for a Montgomery and the South. Do not boast! Do not brag!
7. Be quiet but friendly; proud, but not arrogant; joyous, but no boistrous.
8. Be loving enough to absorb evil and understanding enough to tu an enemy into a friend.

Now for some specific suggestions:

1. The bus driver is in charge of the bus and has been instructed t obey the law. Assume that he will cooperate in helping you occupy any vacant seat.
2. Do not deliberately sit by a white person, unless there is no other seat.
3. In sitting down by a person, white or colored, say "May I" or "Pardon me" as you sit. This is a common courtesy.
4. If cursed, do not curse back. If pushed, do not push back. If struck, do not strike back, but evidence love and goodwill at all times.
5. In case of an incident, talk as little as possible, and always in a quiet tone. Do not get up from your seat! Report all seriou incidents to the bus driver.
6. For the first few days try to get on the bus with a friend in whose non-violence you have confidence. You can uphold one another by a glance or a prayer.
7. If another person is being molested, do not arise to go to his defense, but pray for the oppressor and use moral and spiritual force to carry on the struggle for justice.
8. According to your own ability and personality, do not be afraid to experiment with new and creative techniques for achieving reconciliation and social change.
9. If you feel you cannot take it, walk for another week or two. We have confidence in our people. GOD BLESS YOU ALL.

            THE MONTGOMERY IMPROVEMENT ASSOCIATION
              THE REV. M. L. KING, JR., PRESIDENT
              THE REV. W. J. POWELL, SECRETARY

6. Nos primeiros dias, procure tomar o ônibus com um amigo que você sabe ser partidário da não violência. Um pode ajudar o outro com um olhar ou uma oração.

7. Se outra pessoa for molestada, não se levante para defendê-la, mas reze pelo opressor e use sua força mental e espiritual para prosseguir na luta pela justiça.

8. Na medida de sua capacidade e sua personalidade, não tenha medo de experimentar novas maneiras criativas para promover reconciliação e mudança social.

9. Se achar que não consegue tomar o ônibus, caminhe por mais uma ou duas semanas. Confiamos em nossa gente. DEUS ABENÇOE A TODOS.

ASSOCIAÇÃO PARA A MELHORIA DE MONTGOMERY
REV. M. L. KING JR., PRESIDENTE
REV. W. J. POWELL, SECRETÁRIO

1. Escute com paciência (ou seja, não tenha pressa de falar, pois pode dar a conhecer seus golpes).
2. Nunca se mostre entediado.
3. Espere a outra pessoa revelar suas opiniões políticas e concorde com ela.
4. Deixe a outra pessoa revelar sua posição religiosa e concorde com ela.
5. Sugira uma conversa sobre sexo, mas só vá adiante se seu interlocutor mostrar grande interesse.
6. Nunca fale de doença, a menos que perceba especial interesse da outra parte.
7. Nunca pergunte sobre as circunstâncias pessoais dos outros (eles acabarão lhe contando tudo).
8. Nunca se gabe. Deixe sua importância se tornar evidente por si só.
9. Nunca seja desmazelado.
10. Nunca se embriague.

lista 035
OS DEZ MANDAMENTOS DO TRAPACEIRO
VICTOR LUSTIG
1936

O "conde" Victor Lustig foi um trapaceiro notável. Nascido em 1890, na década de 1930 era procurado por cerca de 45 departamentos policiais do mundo por uma infinidade de crimes. Tinha 25 cognomes conhecidos e falava cinco idiomas. Com sua esperteza, ganhou 5 mil dólares de Al Capone, um dos criminosos mais famosos e temidos da época. Mais ainda: em 1925, fazendo-se passar por alto funcionário do governo em Paris, levou cinco empresários para conhecer a torre Eiffel e depois "vendeu-a" a um deles como 7300 toneladas de sucata. Teve tanto sucesso que, pouco depois, tentou aplicar o mesmo golpe pela segunda vez. Em 1936, escreveu uma lista de mandamentos para aspirantes a trapaceiro.

O Gigante Comecarneviva

um ~~tonhão~~, uma inulidade

lista 036
GOBBLEFUNK
ROALD DAHL
COMEÇO DOS ANOS 1980

Em 1982, foi publicado *O BGA* — livro mágico para crianças que obteve imenso sucesso e no qual um Bom Gigante Amigo sopra belos sonhos pelas janelas das crianças. Ao inventar a história, o renomado escritor Roald Dahl decidiu criar um vocabulário para o enorme protagonista: uma língua com 238 palavras que ele acabou chamando de "Gobblefunk", algo como "Engolepavor". Entre elas figuravam "cacundado", "engoloroço", "amassarinho" e, a mais memorável, "pimempino". A lista que temos aqui foi elaborada quando Dahl cunhava as palavras e nos dá uma ideia do "Gobblefunk" em seu nascedouro.

pavorrível
encrespalhado
genialial

labut(eiro)
estocaço
protentoso
caçoadeiro (ah!)

~~zunido~~

~~gigante abraçadeiro~~
~~correvoar~~
~~emberruguento~~
bobalegre
~~goladona~~
~~esbarafundar~~
miserento
fantastilhoso
~~fedentineira~~
~~desimprestável~~
tagareleiro
~~revoltantejento~~
escorrentar
incorrentar
~~zunzunzeira~~
borbulhejante
desestardalhaço
pendussacar
pendurular
nó-da-problemeira
esponjeiro
~~bobageira~~
~~escalorante~~
espressurento
~~insçalope~~
cascorento

~~sespressurar~~
~~desingnificância~~
gabarolagem
encordejar
besteirada
bocoió
basbacão
~~desprestável~~
~~caçoagem~~
desquieto
~~inscobrimento~~
brincadeirice
afanação
surripiagem
~~escaldejante~~
descorregar
~~sengarranchar~~
garranchagem
sestrabicar
esberrear
~~gentalhento~~
ralejento
~~esbrasejante~~
espressurado
~~maravinífico~~
penduricar
esporcalhado
enormenso

trapilheiro
~~podredoso~~

~~delicinhoso~~
brigalhento
sujeirice
pracá-pralá-pracá

~~nevroso~~
inchaçado
~~surrupio~~
espavorante
furugal
~~pesadelonho~~
encarochamento
terripilante
~~totonho~~
~~saboricioso~~
destropiar
escorregoso

~~horrilipante~~
fantasmoso
~~pesadelonho~~
~~choramingoso~~
~~pequetitico~~
grelhoso
desinútil
ranzinzento
~~molenguento~~

~~piscadolho~~
~~sonhaço~~
estuplêndido
crinaça ou menê = criança
procovinho
vesgoso
voajar

~~inulidade~~

he skimmed towards here.

lemons + fruit cakes.

The Fleshlumpeating Giant

a rotmucher, a squeakpip.

mankyggry giant

Cronky	~~frostecrump~~	Troggy	~~jumpsy~~	
crinky	~~bottlewart~~	paggle	dropey	(for the smell)
Corky	frumplewonk	~~fittling~~	~~snipsy~~	
	~~squipiddle~~	dittling	kicksey	
	~~squiffsquiffle~~	ristling	truggler	
blivver(ling)	flushbunkling	~~blunketing~~	~~frobswitch~~	
sloshing	whopsy-waddling	prunky	crodswitch	
frotching	~~pagswozzle~~	filking	kickswitch	
mickering (away)	~~scumscrew~~	~~pit~~ pilching	~~grobby~~	
	bagbluster	~~scuddling~~	~~kickswitch~~	
	~~fizzwiggler~~	slidger	dittible	
Swish...	spitzwaggler	~~squiggting~~	sliggy	
	spitzwoggler	squibbling		
	~~buzzbuger~~	squankling	~~fuckledoodle~~	
	bizzfizz	squeckling	frob falch	
	buzzfuzz	~~squimpsy~~	~~frobswitch~~	
	baghargar	scumping	~~crimplesquiffer~~	
	boplanger	~~scuddling~~	~~snippley~~ ~~squiffer~~	
	wash-linger	swiddling	grilky	
	spongewiggler	~~squiffling~~	fronky	
	codswallop	slunging	frousy	
	~~muckfrumping~~	grobbled	cream ~~puffout~~	
	splatchwonkling	squiffly-jumpsy		
	~~crodscollop~~		~~grogwinkle~~	
	shadbelly	ragrasper	~~ringbeller~~	
	~~spotchwinkle~~	sorasper	phizz-whizz	
	~~swishjiggler~~		childer or bottle = child.	
	swogglewop	~~scrumplet~~	schweinwein	
	frunkleswipe	squiffler		squinky
	piffle muffer	sludge	squeakpip	scrid

(pong-ping-pong)

lista 037

TEMAS A INVESTIGAR
LEONARDO DA VINCI
1489

O fascínio de Leonardo da Vinci por todos os aspectos do corpo humano é evidente em grande parte de sua obra, como no famoso Homem Vitruviano — desenho, hoje icônico, de um homem cujas proporções supostamente ideais se baseiam nas descritas pelo arquiteto romano Vitrúvio. Foi mais ou menos nessa época, em 1489, que Leonardo escreveu — da direita para a esquerda, como era seu hábito — uma lista de temas a investigar para se tornar especialista em anatomia.

Que nervo produz o movimento do olho e faz o movimento de um olho suscitar o do outro

fechando as pálpebras
erguendo as pálpebras
baixando as pálpebras
cerrando os olhos
abrindo os olhos
erguendo as narinas
abrindo os lábios com os dentes cerrados
juntando os lábios em ponta
rindo
[expressando] admiração

descrever a origem do homem quando é gerado no ventre
e por que um bebê de oito meses não vive
o que é espirro
o que é bocejo
epilepsia
espasmo
paralisia
calafrio
suor
cansaço
fome
sono
sede
desejo

sobre o nervo que produz o movimento do ombro até o cotovelo
sobre o movimento do cotovelo até a mão
do pulso até o começo dos dedos
do começo até a metade dos dedos
e da metade até a última junta
sobre o nervo que produz o movimento da coxa
e do joelho até o pé e do tornozelo até os artelhos
e também até a metade dos artelhos
e da rotação da perna

lista 038

PRESENTES DE ANO-NOVO PARA SUA MAJESTADE
RAINHA ELIZABETH I
1578-9

Durante seus 44 anos de reinado, de 1559 a 1603, a rainha Elizabeth I recebia, em todo dia de Ano--Novo, centenas de presentes dos integrantes da casa real, numa tradição que se iniciou séculos antes e que ela incentivou como nenhum outro monarca. Embora fosse um gesto voluntário, praticamente todos os seus servidores a presenteavam, e era inegável o desejo de oferecer--lhe algo de que ela gostasse. A rainha retribuía alguns presentes, porém com objetos de pouco valor e geralmente enaltecedores de sua imagem. Depois de cada troca de presentes, elaborava-se uma lista de tudo que Sua Majestade ganhava, começando pelos lordes e ladies e terminando com os servidores de baixo escalão.

Presentes de Ano-Novo dados a SUA MAJESTADE *em sua propriedade de Richmond pelas pessoas cujos nomes se seguem no dia primeiro de janeiro do ano acima mencionado.*

	£	x.	p.
Por lady Margret, condessa de Derby, um vestido de cauda de veludo fulvo. Entregue a Rauff Hope, Guardião dos Trajes de Sua Majestade.			
Por sir Nicholas Bacon, cavaleiro, Guardião do Grande Selo da Inglaterra, em ouro e prata	13	6	8
Por lorde Burley, Tesoureiro-Mor da Inglaterra, em ouro	20	0	0
Pelo sr. marquês de Winchester, em ouro	20	0	0
Entregue a Henry Sackford, funcionário da casa real.			

CONDES

Pelo conde de Leycetour, Estribeiro-Mor, uma belíssima joia de ouro, a saber, um relógio todo cravejado de pequenos diamantes, com um pingente de ouro, diamantes e rubis bem pequenos, e tendo de cada lado um diamante em forma de losango e uma maçã de ouro esmaltado de verde e marrom-avermelhado. Entregue a lady Hawarde.			
Pelo conde de Arondell, em ouro	30	0	0
Pelo conde de Shrewesbury, em ouro	20	0	0
Pelo conde de Darby, em ouro	20	0	0
Pelo conde de Sussex, Camareiro-Mor, em ouro	20	0	0
Pelo conde de Lincoln, Almirante da Inglaterra, em ouro	10	0	0
Entregue ao supracitado Henry Sackford.			
Pelo conde de Warwyck, uma joia de ouro, a saber, um enorme topázio incrustado em ouro esmaltado com um pingente de oito pérolas. Entregue a lady Hawarde.			
Pelo conde de Bedforde, em ouro	20	0	0
Entregue ao supracitado Henry Sackford.			
Pelo conde de Oxforde, uma belíssima joia de ouro, na qual há um elmo de ouro cravejado de pequenos diamantes e, abaixo destes, cinco rubis, um maior que os outros, e mais um pequeno diamante; todo o resto da referida joia é cravejado de pequenos diamantes. Entregue a lady Hawarde.			
Pelo conde de Rutlande, em ouro	10	0	0
Pelo conde de Huntingdon, em ouro	10	0	0
Pelo conde de Penbroke, em ouro	20	0	0
Pelo conde de Northumberlande, em ouro	10	0	0
Pelo conde de Southampton, em ouro	20	0	0
Entregue ao supracitado Henry Sackford.			

Pelo conde de Hertford, um pequeno conjunto de suportes para escrever, todos de ouro, com a figura de um gafanhoto em esmalte, a parte de trás esmaltada de verde e um pino de ouro com uma pequena pérola na ponta.

Pelo conde de Ormonde, uma belíssima joia de ouro, com três grandes esmeraldas incrustadas em rosas brancas e vermelhas, sendo uma maior

Anno Regni Regine Elizabeth xvj

Newyeres Guiftes given to the Quenes maiestie at her highnes Manor of Richmond by thise persons whose names hereafter do ensue the ffirst of Jannary the yere abouesaid

Elizabeth R

Earles

By the Lady Margrett Countes of Darby a Trayne Gowne of Tawny sattin...
By Sir Nicholas Bacon knight Lorde keper of the greate Seale of Jnglande in golde and Siluer... lxx li
By the Lorde Burley Lorde highe Treasorer of Jnglande in golde... xx li
By the Lorde Marques of Winchester in golde... xx li
By therle of Leyts M of the horsse a very fayre Juell of golde being a Clock, garnesshed fully w Diamondes and Rubyes with aphidaut of Diamond and Rubyes and an appell of golde Emamuled grene and russet...
By therle of Arondell in golde... xxx li
By therle of Shrowsbury in golde... xx li
By therle of Darby in golde... xx li
By therle of Sussex Lorde Chamberlyn in golde... xx li
By therle of Lincoln Lorde Admirall of Jnglande in golde... xx li
By therle of Worrwyk a Juell of golde being a grate Topas set in golde Emamuled w fyer perles pendant... xx li
By therle of Bedford in golde... xx li
By therle of Oxforde a fayre Juell of golde wherein is a helmet of golde and small Diamond seuen sides and the same w rubyes one bigger then therest and all therest of the said Juell furnesshed w small Diamondes...
By therle of Rutlande in golde... xx li
By therle of Huntington in golde... xx li
By therle of Pembroke in golde... xx li
By therle of Northumberlande in golde... xx li
By therle of Southampton in golde... xx li
By therle of Hartford a small peyre of working Tabletts w Agate stopper all of golde Emamuled grene on the backsyde and a small prynt of golde having a small rekle at...

que as outras duas; todo o resto da referida joia é adornado com rosas e outras flores esmaltadas, cravejadas de pequeninos diamantes e rubis; na borda, há pequeninas pérolas; e, na base, há parte de uma flor-de-lis cravejada de pequenos diamantes, rubis e uma safira, mais um pingente de três pérolas, sendo uma média e duas pequenas; na parte de trás, há uma flor-de-lis esmaltada de verde. Pelo conde de Surr', um cinto de veludo fulvo bordado de aljôfares, com fivela e pingente de ouro.

Entregue a lady Hawarde.

VISCONDE

Pelo visconde Mountague, em ouro 10 0 0

Entregue ao supracitado Henry Sackford.

DUQUESAS, MARQUESAS E CONDESSAS

Pela duquesa de Suffolke, um vaso de lírio em ágata, com um lírio que sai do vaso, adornado com rosas de rubis e diamantes pendentes de duas pequenas correntes de ouro.

Entregue a lady Hawarde.

Pela duquesa de Somerset, em ouro e prata 18 6 8

Pela sra. marquesa de Winchester, em ouro 10 0 0

Entregue ao supracitado Henry Sackford.

Pela sra. marquesa de Northampton, um cinto de ouro com fivelas e pingentes de ouro, cravejado de minúsculos rubis e diamantes e com dez pérolas engastadas em ouro.

Entregue a lady Hawarde.

Pela condessa de Shrewesbury, um manto de cetim fulvo bordado, orlado de ouro veneziano e prata, forrado de tafetá branco e com a frente revestida de cetim branco.

Pela condessa de Warwyk, uma boina de veludo preto com treze botões de ouro, cada um dos quais tendo um rubi ou um diamante; e um ramalhete de pequenas pérolas encimado por uma jarreteira e um pássaro; e um pingente de pérola.

Entregues ao supracitado Rauf Hoope.

Pela condessa de Sussex, em ouro 10 0 0

Entregue ao supracitado Henry Sackford.

Pela condessa de Bedford, uma saia de baixo de cetim branco, tendo a parte da frente bordada com fios de seda preta e ouro e adornada com duas belas barras de ouro veneziano e aljôfares.

Entregue ao supracitado Rauf Hoope.

Pela condessa de Lincoln, um jarro de mármore guarnecido de ouro.

Ficou com John Astley, Guardião das Joias.

Pela condessa de Huntingdon, em ouro 8 0 0

Entregue ao supracitado Henry Sackford.

Pela condessa de Oxford, uma saia de baixo de cetim branco, tendo na parte da frente flores bordadas com fios de prata e duas barras de veludo preto bordado com fios de ouro e aljôfares.

Entregue ao supracitado Rauf Hoope.

Pela condessa de Penbroke, viúva do conde anterior, em ouro 12 0 0

Pela condessa de Penbroke, esposa do atual conde, em ouro	10	0	0
Pela condessa de Northumberlande, em ouro	10	0	0
Pela condessa de Southampton, em ouro	10	0	0

Entregue ao supracitado Henry Sackford.

Pela condessa de Essex, uma grande corrente de âmbar com ouro e pequenas pérolas.

Entregue a lady Hawarde.

Pela condessa de Rutlande, em ouro	10	0	0

Entregue ao supracitado Henry Sackford.

Pela condessa de Kent, viúva do conde anterior, um cachecol de veludo púrpura bordado com fios de ouro veneziano e damasquino e pérolas.

Entregue a sra. Elizabeth Knowlls.

Pela condessa de Kent, esposa do atual conde, uma saia de baixo, com a parte da frente de renda com flores de fios de ouro e tufos de seda de várias cores.

Entregue ao supracitado Rauf Hoope.

Pela viscondessa de Mountague, em ouro	10	0	0

BISPOS

Pelo arcebispo de Yorke, em ouro	30	0	0
Pelo bispo de Ely, em ouro	30	0	0
Pelo bispo de Dureham, em ouro	30	0	0
Pelo bispo de Londres, em ouro	20	0	0
Pelo bispo de Winchester, em ouro	20	0	0
Pelo bispo de Salisbury, em ouro	20	0	0
Pelo bispo de Lincoln, em ouro	20	0	0
Pelo bispo de Norwiche, em ouro	20	0	0
Pelo bispo de Worcetour, em ouro	20	0	0
Pelo bispo de Lichfelde, em ouro e prata	8	6	8
Pelo bispo de Hereford, em ouro	10	0	0
Pelo bispo de Seint David, em ouro	10	0	0
Pelo bispo de Karlyle, em ouro	10	0	0
Pelo bispo de Bathe, em ouro	10	0	0
Pelo bispo de Peterborough, em ouro	10	0	0
Pelo bispo de Glocestour, em ouro	10	0	0
Pelo bispo de Chicester, em ouro	10	0	0
Pelo bispo de Rochester, em ouro	10	0	0

LORDES

Por lorde de Burgavenny, em ouro	30	0	0

Entregue ao supracitado Henry Sackford.

Por lorde Howarde, um medalhão de ouro, esmaltado de preto, cravejado de dezesseis pequenos diamantes.

Entregue a lady Hawarde.

Por lorde Russell, uma coifa com botões de ouro esmaltados por baixo e cravejados de pérolas irregulares.

Entregue a sra. Elizabeth Knowlls.

Por lorde Riche, em ouro	10	0	0

Por lorde Darcy of Chyche, em ouro	10	0	0
Por lorde Shandowes, em ouro e prata	6	13	4
Por lorde North, em ouro	10	0	0
Por lorde Paget, em ouro	10	0	0
Por lorde Stafford, em ouro	10	0	0
Por lorde Compton, em ouro	10	0	0
Por lorde Norrys of Rycote, em ouro	10	0	0
Por lorde Lumley, em ouro	10	0	0
Por lorde Wharton, em ouro	10	0	0
Por lorde Morley, em ouro	10	0	0

Entregue ao supracitado Henry Sackford.

Por lorde Cobham, um corpete de cetim branco forrado de tafetá vermelho-escuro e branco e guarnecido de passamanaria de ouro e seda.

Entregue ao supracitado Rauf Hope.

Por lorde Henry Hawarde, uma joia de ouro na forma de uma árvore cravejada de pequeninos diamantes e rubis.

BARONESAS

Pela sra. baronesa Burleigh, 36 botões de ouro, um quebrado.

Entregues a lady Haward.

Pela sra. baronesa Howarde, viúva do barão anterior, em ouro	10	0	0

Entregue ao supracitado Henry Sackford.

Pela sra. baronesa Howard, esposa do atual barão, uma joia de ouro cravejada de rubis e diamantes e com um pingente de três pequenas pérolas.

Entregue à mesma lady Hawarde.

Pela sra. baronesa Cobham, uma anágua carmesim bordada com fios de prata.

Pela sra. baronesa Dacres, um vestido de veludo trabalhado.

Entregue ao supracitado Rauf Hope.

Pela sra. baronesa Tayleboyes, em ouro	10	0	0

Entregue ao supracitado Henry Sackford.

Pela sra. baronesa Shandowes, viúva do barão anterior, uma bela echarpe de tafetá verde com pássaros e flores de várias cores bordados com fios de seda e ouro, com franja de ouro veneziano e forro de tafetá vermelho-escuro.

Pela sra. baronesa Shandowes, esposa do atual barão, um véu de renda preta com flores de fios de prata, orlado de uma rendinha de bilro.

Entregue a sra. Elizabeth Knowlls.

Pela sra. baronesa Seint John Bletzelow, em ouro	10	0	0

Entregue ao supracitado Henry Sackford.

Pela sra. baronesa Paget, esposa de lorde Paget, uma anágua de tecido dourado, estampado de preto e branco, com renda de bilro de fios de ouro e lantejoulas colocadas de tal modo que parecem ondas do mar.

Entregue ao supracitado Rauf Hope.

Pela baronesa Paget Darce, uma pequena corrente de ouro, com um pingente de ouro em forma de corneta, tendo de um lado uma pomba branca e, do outro, um falcão esmaltado de branco.

Pela sra. baronesa Cheyny, uma gargantilha de ouro, com oito pontas, tendo pássaros e frutas esmaltados.

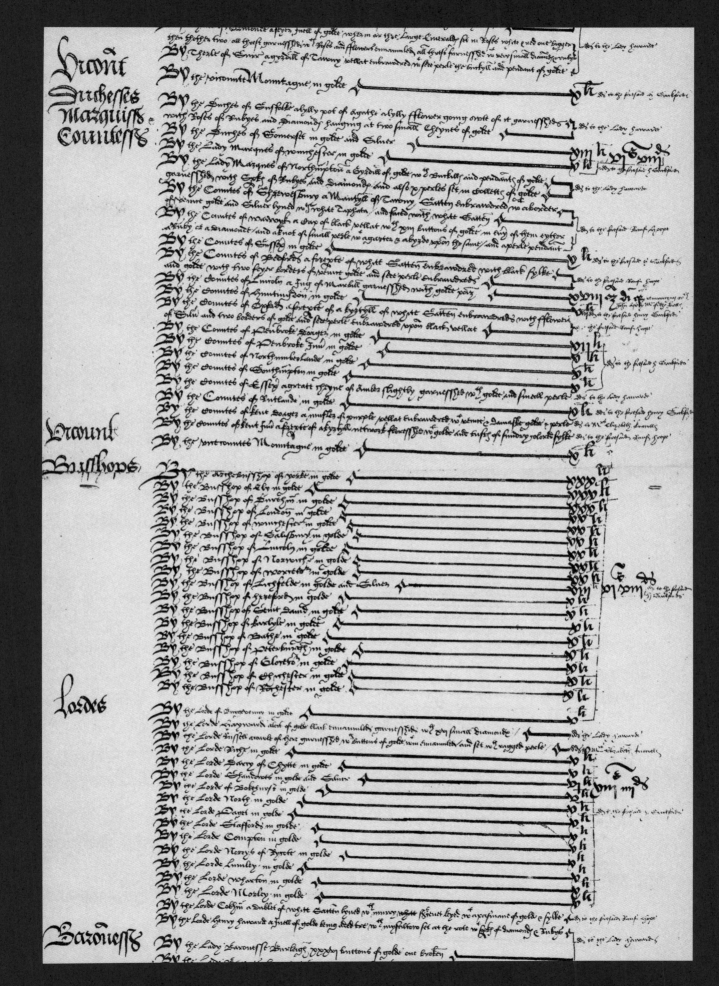

Entregue à supracitada lady Hawarde.

Pela sra. baronesa Awdeley, uma saia de baixo de cetim laranja.

Entregue ao supracitado Rauf Hope.

Pela sra. baronesa Barkeley, em ouro	10	0	0
Pela sra. baronesa Bookehurst, em ouro	5	0	0
Pela sra. baronesa Norris, em ouro	10	0	0

Entregue ao supracitado Henry Sackford.

Pela sra. baronesa Sheffelde, um vestido de cetim púrpura, sem forro, com rosas de linho branco bordadas com fios de ouro.

Entregue ao supracitado Rauf Hope.

Por lady Vere, esposa de Mr. Bartewe, um véu de renda com ouro e lantejoulas.

Entregue a sra. Elizabeth Knowlls.

Pela sra. baronesa Morley, uma anágua de cetim branco recoberta de rosas bordadas com fios de ouro; e três ligas, igualmente bordadas, forradas de cetim branco e com franjas de seda e ouro.

Entregues ao supracitado Rauf Hope.

Pela sra. baronesa Wharton, uma joia de ouro com um pingente em forma de papagaio cravejado de pequenos diamantes e um ramalhete de pérolas pendendo de um lado.

Entregue à supracitada lady Hawarde.

LADIES

Por lady Mary Sydney, uma camisa e duas fronhas de cambraia, finamente bordadas com linha de seda preta e orladas de uma larga renda de bilro de seda preta.

Entregues a sra. Skydmore.

Por lady Mary Sem', esposa de Mr. Rogers, um palito de dente em ouro, feito à moda antiga.

Entregue à supracitada lady Haward.

Por lady Elizabeth Sem', também chamada Knightlye, um vestido de cetim fulvo-alaranjado, orlado de passamanaria de prata.

Entregue ao supracitado Rauf Hope.

Por lady Stafforde, uma joia de ouro, a saber, uma ágata incrustada em ouro, sendo este cravejado de pequeninos rubis e diamantes, com um pequeno pingente de pérola.

Entregue à supracitada lady Haward.

Por lady Carowe, uma almofada de cambraia, bordada com linha de seda preta e orlada de franja de ouro veneziano.

Entregue a sra. Skydmore.

Por lady Cheeke, uma saia de baixo, com renda de fios de ouro e prata na parte da frente.

Entregue ao supracitado Rauf Hope.

Por lady Butler, em ouro	6	0	0

Entregue ao supracitado Henry Sackford.

Por lady Heniaige, um guarda-perfumes de ouro com um pingente de doze pequeninos rubis e pérolas.

Entregue à supracitada lady Haward.

Por lady Waulsingham, quatro pares de luvas com botões de ouro.

By the Lady Barons Haward hed a Juell of golde garnesshed w deruby and diamonde and thre pearles pendant

By the Lady Barons Cobh'm a petticote of crymsen velvett wrought wth Silver

By the Lady Barons Darcye a gowne of wroughte vellat

By the Lady Barons Taylboyse in golde

By the Lady Barons Chandoweto Doughter a foreslenve of greate serpent imbrawdered wt Thredy and fflowres of sylke and gold of sundry colors set wth Knottes golde, and lyned wt mynny Sartonet

By the Lady Barons Chandoweto Jun a vale of black networke flewysshe wt flowers of Sateene a small bone lace

By the Lady Barons Saintejohn Bletzlow in gold

By the Lady Barons Paget the Lord wyfe a petty cote of clotte of golde stayeth black and wght wth about lace of golde and Spangll lined lyke wascote of the Sce

By the Barons Payet Garte a small skeynt of golde no almes hanging at it on ethr syde wt posy on ethr syde a hauke wth a Button wghte ennamelled

By the Lady Barons Chyny a Carcanet of golde rount xvj peces wt berde and fenit Ennamelled

By the Lady Barons Dudley a petticote of a kyrtill of Orenge colored Satten

By the Lady Barons Barkley in golde

By the Lady Barons Scottehurst in golde

By the Lady Barons Norris in golde

By the Lady Barons Cheffeld a kyrtill of people Satten wt rofes of whote Lawne enbrawdred w golde wnknytt

By the Lady Ine Mr Butterato wyf a vale of open worke with golde and Spangll

By the Lady Barons Morley a petticote of whute Satten alon enbrawdred wth rofes of vyolet and m . . . likewyse enbrawdred lyned wt whytt Satten, and fringed wth silke and golde

By the Lady Barons Wharton wherin is a gurdel hanging garnesshed wth small diamondes and roses of pearle pendaunt having a crysett on ethr syde

Ladies

By the Lady Mary Sydney a Smock and two pillowberes of Cameryck fayr wroughts wth black worke and dyed wth a brode bone lace of black Sylke

By the Lady Mary Seen wyf to Mr Yeyers a Tomb peec of golde, made yonne sasion

By the Lady Elizabeth Seen als knyghtlys kyrtell of Oring Tawny Satten edged wt a passamaynt of Silver

By the Lady Shaffordo a Juell of golde being an Agath sett about wt sparke of Rubys diamondes with a small perle pendaunt

By the Lady Carowe a Cusshen cloths Camryck black worke and fringed wt pcime golde

By the Lady Cheeke a fore parte of golde and silver networke

By the Lady Bulleer in golde

By the Lady Hemaige a pomander geare wt golde and vj sparks of Rubies perles pendaunt pos

By the Lady Walsingham in pair of gloves sti wt buttons of golde

By the Lady Drury a fore parte of clothe of silver alon enbrauderid wt clothe of golde

By the Lady Marlet in golde

By the Lady Willoby a ffranne wyst tow pillowberes of Cameryke wronghts allon with Carnatyon silks

By the Lady Cresswm in golde

By the Lady Cromwell a Chemyes wist in golde

By the Lady Catryff a pale of white worke with spangles and a small bone lace of Silver and peece beinge of Chamysable silk wth a small bone lace of golde

By the Lady ffraymerton a large bay to put a pillowe in of morre Satten allon enbranderid wt golde sylvr silk of sondry colors wt my Tassells of grene silke and golde and a Cusshen Clothe of nett worke florysshed on wt flowers of golde silver and silk of sondry colors lyned with whute Satten

By the Lady Cromwell Lorde Cromwell wish m sutes of Ruffes of whute Cutworke edged wth a passamaynt of whute

By the Lady Wilford thre peec of Lawnt wroughte wt whytt and florysshed wt golde

By the Lady Markby a paire of Sleakes of Orings colle Satten

By the Lady Crosse a petticote of Carnacyon Satten enbrauderid wt flowers of silke of sondry colors

By the Lady Downe thre peec Cutworke florysshed wt golde

Knights

By Sr ffrances Knowles Treasor of or hors holde in Angells

By Sr James Crosse Comptroler of the same in j soveraignts

By Sr Christopher Hatton vice chamberlen a Carket and a border for the hed of golde rount wt redd rose of golde in evy of them very small Dyamonde and in the top a garnet and my Trocheos of . . . ment perles iiij in evy Trocht and vij pearles pendaunts beinge loose etc

By Sr ffranne Walsingham pryncipall Secretary knight Gowne of Tawny Satten allon enbradtid fared with Satten like heare collo

By Mr Thoms Wilson Esqure also Secretary a Cupp of Agath wth a covd and garnisshment of golde enamelled the same Agath raised in dyvrse plaets wt . . .

By Sr Raufe Sadler chaunceller of the Duchy

By Sr Walter Mildmay chaunceller of the Exchequir in Angells

By Sr Willm Cordell Mr of the Rolles in golde

By Sr Henry Sydney Lorde deputie of Irelande a fayr Juell of golde wt a Dyana it fully garnysshed wythe Dyamondes etc

By Sr Willm Damsell . . . of the courte of wardes

Entregues a sra. Elizabeth Knowlls.

Por lady Drury, uma saia de baixo com a parte da frente em tecido prateado e toda bordada com fios de ouro.

Entregue ao supracitado Rauf Hope.

Por lady Pawlet, em ouro   5   o   o

Entregue ao supracitado Henry Sackford.

Por lady Willoby, esposa de sir Francis, duas fronhas de cambraia bordadas com linha de seda cor-de-rosa.

Entregues a sra. Skydmore.

Por lady Gresham, em ouro   10   o   o

Por lady Cromwell, esposa de sir Henry, em ouro   5   o   o

Entregue ao supracitado Henry Sackford.

Por lady Ratclyf, um véu bordado de branco com lantejoulas e uma rendinha de bilro de fios de prata e uma bolsa de seda furta-cor com uma rendinha de bilro de fios de ouro.

O véu foi entregue a sra. Elizabeth Knowlls, e a bolsa a sra. Skydmore.

Por lady Frogmorton, uma fronha grande de cetim vermelho-escura, toda bordada com fios de ouro, prata e seda de várias cores, com quatro borlas de seda verde e dourada; e uma almofada de renda com flores de fios de ouro, prata e seda de várias cores, forrada de cetim branco.

Entregues a sra. Skydmore.

Por lady Cromwell, esposa de lorde Cromwell, três conjuntos de rufos de renda branca orlados de passamanaria branca.

Entregues a sra. Jane Bresett.

Por lady Wilforde, três peças de linho bordado com flores em branco e ouro.

Entregues a sra. Skydmore.

Por lady Marvey, um par de mangas de cetim laranja.

Entregue ao supracitado Rauf Hope.

Por lady Crofts, uma anágua de cetim cor-de-rosa, com flores bordadas com fios de seda de várias cores.

Entregue ao mesmo Rauf Hope.

Por lady Souche, três peças de renda com flores de fios de ouro.

Entregues a sra. Skydmore.

CAVALEIROS

Por sir Francis Knowles, Tesoureiro de nossa casa real, três moedas de ouro

       10   o   o

Por sir James Crofts, Controlador da mesma, em soberanos   10   o   o

Entregues ao supracitado Henry Sackford.

Por sir Chrystopher Hatton, Vice-Camareiro-Mor, uma gargantilha e um bracelete de ouro; a gargantilha tem sete rosas vermelhas de ouro, todas cravejadas de pequeninos diamantes e uma granada, mais oito ramalhetes de pérolas médias, quatro em cada ramalhete, e catorze pérolas pendentes; o bracelete tem 24 rosas vermelhas de ouro com um pequenino diamante e um pingente de granada e pérola em cada uma, é incrustado de aljôfares e adornado ainda com sete pingentes de ouro vazados, todos cravejados de pequeninos diamantes, com três pérolas médias e um aljôfar na ponta.

Entregues a lady Haward.

Por sir Frauncis Waulsingham, Secretário Principal, um penhoar de cetim fulvo, todo bordado, forrado de cetim da mesma cor.

Entregue ao supracitado Rauf Hope.

Por sr. Thomas Wilson, Escudeiro, também Secretário, uma taça de ágata com tampa e guarnecida de ouro esmaltado, estando a referida ágata trincada em vários pontos.

Entregue a sr. Asteley, Tesoureiro das Joias.

Por sir Rauf Sadler, Chanceler do Ducado	15	0	0
Por sir Waulter Mildmay, Chanceler do Erário, em moedas de ouro	10	0	0
Por sir William Cordell, Guardião dos Anais, em ouro	10	0	0

Entregue ao supracitado Henry Sackford.

Por sir Henry Sydney, Vice-Rei da Irlanda, uma bela joia de ouro, com uma figura de Diana, toda cravejada de diamantes, sendo um maior que os outros, três rubis e duas pérolas e com um pingente de pérola; a parte posterior mostra a figura de um navio.

Entregue a lady Hawarde.

Por sir William Damsell, Recebedor da Corte de Tutelas	10	0	0
Por sir Owine Hopton, Subdiretor da Torre	10	0	0

Entregue ao supracitado Henry Sackford.

Por sir Thomas Hennaige, Tesoureiro da Câmara, um anel de ouro esmaltado na parte de cima, com um rubi sem folheta e a figura de um galgo.

Por sir Edwarde Horsey, Governador da ilha de Wight, um palito de dente em ouro, tendo uma bela esmeralda, um diamante e um rubi, além de outros pequenos diamantes e rubis, incrustados na ponta, e um pingente de duas pérolas.

Entregue a lady Hawarde.

Por sir Guilbarte Dethicke, também chamado Garter, Principal Rei-de-Armas, um livro sobre armas.

Por sir Christopher Haydon, em ouro	10	0	0
Por sir Henry Cromwell, em ouro	10	0	0

Entregue ao supracitado Henry Sackford.

Por sir Gawine Carowe, uma camisa de cambraia, bordada com linha de seda preta e orlada de renda de bilro de fios de ouro.

Entregue a sra. Skydmore.

Por sir Thomas Gresham, em ouro	10	0	0
Por sir John Thynne, em ouro	5	0	0

Entregue ao supracitado Henry Sackford.

Por sir Henry Lee, uma joia de ouro, a saber, uma bela esmeralda em forma de losango.

Entregue a lady Hawarde.

Por sir William Drury, um par de luvas de veludo preto bordadas com fios de ouro damasquino e forradas de veludo cor-de-rosa.

Entregue a sra. Elizabeth Knowlls.

Por sir Amyas Pawlet, uma peça de 16,2 metros de tecido cor-de-rosa com fios de ouro e prata.

Entregue ao supracitado Rauf Hope.

Por sir Edwarde Clere, em ouro.

Entregue ao supracitado Henry Sackford.

DAMAS

Por sra. Blanche Parry, um par de braceletes de ouro, com pedras de cornalina e duas pequenas pérolas entre uma pedra e outra.
Entregue a lady Haward.
Por sra. Fraunces Howarde, dois conjuntos de rufos com bordados de flores, sendo um com fios de ouro e o outro com fios de prata e lantejoulas.
Entregues a sra. Jane Bressills.
Por sra. Elizabethe Knowles, uma bela boina de veludo preto com longas agulhetas de ouro esmaltado.
Entregue ao supracitado Rauf Hope.
Por sra. Edmonds, três peças de renda de fios de ouro com lantejoulas.
Entregues a sra. Skydmore.
Por sra. Skydmore, uma saia de baixo com corpete e mangas de cetim laranja--amarronzado, sendo a parte da frente da saia e do corpete forrada de tafetá vermelho-escuro e adornada com duas rendas de fios de ouro e prata e franja dourada e prateada.
Entregue ao supracitado Rauf Hope.
Por sra. Snowe, seis lenços finamente bordados e orlados de passamanaria de ouro.
Entregues a sra. Skydmore.
Por sra. Bapteste, uma renda de seda marrom-avermelhada com aljôfares.
Entregue a sra. Elizabeth Knowlls.
Por sra. Chaworthe, dois lenços de holanda, bordados com linha de seda preta e orlados de uma rendinha de bilro de fios de ouro e prata; e um asno de ouro esmaltado.
Os lenços com sra. Skydmore; e o asno com lady Haward.
Por sra. Weste, uma bela echarpe de renda verde com flores de fios de ouro e prata, forrada de tafetá vermelho-escuro, tendo em ambas as extremidades uma larga renda de bilro e, ao lado, uma estreita passamanaria de ouro e prata.
Entregue a sra. Elizabeth Knowlls.
Por sra. Katherin Newton, uma saia de baixo de cetim fulvo, tendo a parte da frente bordada com fios de ouro e prata e forrada de tafetá branco.
Entregue ao supracitado Rauf Hope.
Por sra. Marbery, seis lenços de cambraia finamente bordados com linha de seda preta e orlados de uma rendinha de bilro de fios de ouro e prata.
Por sra. Digby, seis belos lenços de cambraia bordados com linha de seda preta e orlados de uma larga renda de bilro de fios de ouro e prata.
Entregues a sra. Skydmore.
Por sra. Bissels, uma gola patelete e rufos de linho finamente bordados de branco com detalhes de gaze preta.
Entregues a sra. Jane Brissetts.
Por sra. Townesend, uma corrente de âmbar, jade e madrepérola.
Entregue a lady Hawarde.
Por sra. Cave, duas fronhas de Holanda, bordadas com linha de seda preta e orladas de passamanaria de prata preta.
Por sra. Lichefelde, um belo espelho num estojo de tafetá púrpura bordado com aljôfares e fios de ouro damasquino.
Por sra. Sackefourde, um par de mangas de linho com detalhes em tricô, listras de ouro e prata e punhos de renda de bilro de fios de ouro e prata.

By Sr Thomas Henneage Treasurer of the Chamber a prayer kynge of golde ennammuled in the
top therof an white Inbye pont a scyle wth a grahounde in it ‸ ‸ ‸ ‸ ‸ di to the Lady Hawarde
By Sr Edwarde Horsey captayne of thIsle of wyght a Tothe pike of golde the top beynge garnisshed
wth a fayre entrance a dyamond a Ruby & ossypnale Dyamond and Rubies wt ij perles pendaunt di
By Sr Gilbarte Dethicke alias Garter prinsipall kinge at Armes a booke at Armes ‸ ‸ ‸ ‸ li
By Sr Christopher Haydon in golde ‸ ‸ ‸ ‸ ‸ ‸ ‸ xxxs di to the fisshes & crulsids
By Sr Henry Cromwell in golde ‸ ‸ ‸ ‸ ‸ ‸ ‸ ‸ ‸ di to the fisshes & crulsids
By Sr Gawine Carowe a smoke of camerycke wrought wt blake worke & edged wt bone lace
of golde ‸ ‸ ‸ ‸ ‸ ‸ ‸ ‸ ‸ ‸ ‸ ‸ ‸ ‸ ‸ li di to Mrs Shelmore
By Sr Thomas Gresshn in golde ‸ ‸ ‸ ‸ ‸ ‸ ‸ xxs di to the fisshes & crulsids
By Sr John Thynn in golde ‸ ‸ ‸ ‸ ‸ ‸ ‸ ‸ xxs di to the fisshes & crulsids
By Sr Henry Lee a Juell of golde beinge a faint entrance but losanyed herrwise ‸ di to the La Hawarde
By Sr Willm Drury a payre of myttens of blake vellet enbraudered withe Damaske golde and
lyned with unsherne vellat carnation ‸ ‸ ‸ ‸ ‸ di to Mrs Elizabth Knowles
By Sr Amyas Pawlet a ptie of Tisne of carnation golde & silu wt a crpm yerd xxxs di the fisshes Jane Hope
By Sr Edwarde Clere in golde ‸ ‸ ‸ ‸ ‸ ‸ ‸ di to the fisshes & crulsids

Gentilwomen
By Mres Blaunch Parry a payre of Braslett of Cornelion heds two small perles kawyt my hed yarde inbye di to the Lady Hawarde
By Mrs Frauncs Howarde two sute of Ruffes of Stiched clothe sterisshed at the sides there
with golde thother wt silu wt spangles ‸ ‸ ‸ ‸ di to Mrs Jane Dorsett
By Mrs Elizabeth Knowles a fayre Cap of blake vellat yard so longe & sette of ennabled ‸ di to the fisshes Jane Hope
By Mrs Edmunde in pece of net worke wt spangles and thicke of golde ‸ di to Mrs Shelmore
By Mrs Shelmore aforesaid wt bodyes and sleaves of satten grayer colr wt lyned wt merte Taphala
wht ij lace of golde and silu and frenged wt like golde and silu ‸ ‸ di to the fisshes Jane Hope
By Mrs Snowe six handkerchefes faire wroughte and edged wt abrode passamaynt of golde ‸ di to Mrs Shelmore
By Mrs Baxter a lace of Russet silke and sed perle ‸ ‸ ‸ di to Mrs Elizabeth Knowles
By Mrs Chaworth two handkerchnes of holland wroughte wt blake worke and edged wt a small
bone lace of golde and silu and an Isle of golde enamiled ‸ the saide kercher wt Mrs Shelmore and the Isse wt the La Hawarde
By Mrs Weste a faire Scarfe of grene Net worke sterisshed wt yelo and silu and edged at both ende wt
a brode bone lace and at the side wt a narrowe passamane of gold and silu and lyned wt merte serecent to di to Mrs Elizabeth Knowles
By Mrs Katheryn Newton a fore pte of a kirtill of Tawny Satten enbruderid wt ij yardes of golde and
silu lyned with white serecent ‸ ‸ ‸ ‸ ‸ di to the fisshes Jane Hope
By Mrs Marten six handkerchers of camerycke faire wroughte wt blake silke edged wt a smale bone lace
of golde and silu ‸ ‸ ‸ ‸ ‸ ‸ ‸ di to Mrs Shelmore
By Mrs D . . . vj faire handkerchers of camerike of blake spanysh worke edged wt a brode bone lace of gold silu
By Mrs Jane Dippitts a yardolls and Ruffe of lawne wrought wt white worke wt blake sylvr dryed wt yard di to Mrs Jane Dorsett
worke beynges
By Mrs Townesend a cheyne of Amber Seate and mother of pearll ‸ ‸ di to the La Hawarde
By Mrs Cape two pillowberes of hollande wroughte wt blake silke & edged wt a passamane of blake silke
By Mrs Winchfelde a fare lokynge glasse set in a rase of purple Taphata allon fare enbraudered wt
sede perle and Damaske golde ‸ ‸ ‸ ‸ ‸ di to Mrs Shelmore
By Mrs Sackforde a payre of sleaves of lawne wrought wt knitworke stryped wt yolde and
silu and edged wt a bone lace of golde and silu ‸ ‸ ‸ ‸ di to Mrs Elizabeth Knowles
By Mrs Elizabeth Howarde a pale of Network sterisshed wt gold and spangles of golde a smale bone
lace of golde ‸ ‸ ‸ ‸ ‸ ‸ ‸ ‸ ‸ di to the Lady Hawarde
By Mrs Wingfeld a cheyne and a border of Beryyeds and sed perles very smale ‸ di to Mrs Shelmore
By Mrs Hermon a faire smoke the sleves wroughte wt blake silke and edged wt yold ‸ di to Mrs . . .
By Mrs Tayler a coife and a forehed clothe of blake edged wt a smale bone lace of golde & Isle of golde di to Mrs Shelmore and the Isse wt Mrs Jane Dorsett
By Mrs Twiste six comhulteyes wroughte wt blake silke and edged wt yelo and a sute of
Ruffes of lawne wroughte wt spanysh worke ‸ ‸ ‸ ‸
By Mrs Robe six handkerchers of camerike dyid wt bone lace of gold and silu ‸ di to Mrs Shelmore
By Mrs Barley six handkerchers hswyst edged wt Venet golde ‸ di to Mrs Jane Dorsett
By Mrs Mountayne a pertelet of fyne camerycke wrought wt flowers of blake silke ‸ di to Mrs Blaunch Parry
By Mrs Dane thre yerds of lawne ‸ ‸ ‸ ‸ ‸
By Mrs Croksey a wyst wyse of white Sipers sterisshed wt wt silu ‸ di to Mrs Shelmore
By Mrs Huggaynes vij handkerchers faire wroughte wt spanyshe worke ‸
By Mrs Amye Shelton six handkerchers edged wt blake worke wt a passamane of gold & silu
By Mrs Julio a dublet of crymsey Satten cut & laide wt a passamaynt of silu ‸ di to the fisshes Jane Hope
By Mrs Dale a dublet and a forehed of stoffe of yeld garnisshed wt passamaynt of golde ‸
By Mrs Astley a fayre sarcle of Damaske golde withe pypes and flowers garnisshed
wt smale sede perle ‸ ‸ ‸ ‸ ‸ ‸ ‸ di to Mrs Shelmore

Chaplyns
By Doctor Carewe in golde ‸ ‸ ‸ ‸ ‸ ‸ ‸ li di to the fisshes & crulsids
By Robert Clerc of the closet abve rended a Cloth of Tyssue garnisshed wt J silver and guilte wt a me ij Mrs Comhilsids

Gentlemen
By Mr Willm Sakvyle Cupboll cupp of wt the chamber a galey wth a serpent wethes side of corall ennammuled silu and guilt

Entregue a sra. Skydmore.

Por sra. Elizabeth Howarde, um véu de renda com flores de fios de ouro e lantejoulas de ouro e uma rendinha de bilro de fios de ouro.

Entregue a sra. Elizabeth Knowlls.

Por sra. Wingefeld, uma corrente e um bracelete de aljôfares.

Entregues a lady Haward.

Por sra. Hermon, uma bela camisa com as mangas bordadas com linha de seda preta e punhos orlados de ouro.

Por sra. Taylor, uma coifa preta, com rosas bordadas com fios de ouro e seda, orlada de uma rendinha de bilro de fios de ouro.

Entregue a sra. Skydmore.

Por sra. Twiste, seis toalhas bordadas com linha de seda preta e orladas de ouro; e um conjunto de rufos de linho bordados com linha de seda preta.

As toalhas foram entregues a sra. Skydmore, e os rufos a sra. Jane Brissetts.

Por sra. Note, seis lenços de cambraia orlados de renda de bilro de fios de ouro e prata.

Por sra. Barley, seis lenços orlados de ouro veneziano.

Entregues a sra. Skydmore.

Por sra. Mountague, uma gola patelete de fina cambraia com flores bordadas com linha de seda preta.

Entregue a sra. Jane Bressett.

Por sra. Dane, três peças de linho.

Entregues a sra. Blanche Parry.

Por sra. Crokson, uma coifa de dormir em linho branco, toda recoberta de flores bordadas com fios de prata.

Por sra. Huggaynes, quatro lenços finamente bordados com linha de seda preta.

Por sra. Amye Shelton, seis lenços orlados de bordado com linha de seda preta e passamanaria de ouro e prata.

Entregues a sra. Skydmore.

Por sra. Julio, um corpete de cetim carmesim orlado de passamanaria de prata.

Por sra. Dale, um corpete e uma saia de baixo, com a parte da frente em tecido dourado e adornada com passamanaria de ouro.

Entregue ao supracitado Rauf Hope.

Por sra. Allen, uma bela coifa de fios de ouro damasquino com flores bordadas com aljôfares.

Entregue a sra. Skydmore.

CAPELÃES

Pelo arcediago Carewe, em ouro £ 10.

Entregue ao supracitado Henry Sackford.

Por Absolyn, Clérigo da Capela Doméstica, um livro com capa de tecido guarnecido de prata e ouro.

Com Sua Majestade, entregue por sr. Sackford.

CAVALHEIROS

Por sr. Philip Sydney, um corpete de tafetá branco, acolchoado e bordado com fios de ouro, prata e seda de diversas cores, com uma passamanaria de renda de fios de ouro e prata em toda a volta.

Entregue a sra. Skydmore.

Por sr. Rauffe Bowes, uma boina de tafetá fulvo, com escorpiões bordados com fios de ouro veneziano e orlada de aljôfares.

Entregue ao supracitado Rauf Hope.

Por sr. John Harington, uma grande taça de cristal sem tampa, guarnecida de ouro esmaltado na borda e no pé.

Com sr. Asteley, Guardião das Joias

Por sr. Edward Basshe, em ouro £ 10.

Entregues a Henry Sackford.

Por sr. Dyer, uma saia de baixo de cetim branco, sem forro, tendo na parte da frente uma larga barra de cetim púrpura e bordados com fios de ouro veneziano e de prata e aljôfares.

Por sr. Stanhope, um corpete de cetim fulvo-alaranjado com uma larga passamanaria de prata e botões de prata.

Entregue ao supracitado Rauf Hope.

Por sr. Foulke Grevill, uma pequena joia, a saber, um cordeiro de madrepérola, cravejado de dois pequenos diamantes e dois pequenos rubis e com um pingente de três pérolas.

Entregue a lady Hawarde.

Por sr. Smythe Coustom', duas peças de cambraia.

Entregues a sra. Blanch Pary.

Por sr. Beinedicke Spenolle, uma saia de baixo de cetim branco e fulvo, com a parte da frente toda bordada com fios de ouro e prata; e dois leques de palha com seda de várias cores.

A saia de baixo com Rauf Hope; os leques com sra. Elizabeth Knowll.

Por sr. Wolly, um garfo de ágata guarnecido de ouro.

Entregue a lady Hawarde.

Por sr. Lychfeld, um belíssimo alaúde, com a parte de trás e o braço de madrepérola, o estojo de veludo carmesim, bordado com flores, e a parte interna de veludo verde.

Com Sua Majestade, entregue por Charles Smyth.

Por sr. Newton, um par de mangas de cetim laranja-amarronzado, forradas de tafetá branco, com punhos bordados com fios de ouro e prata.

Entregue ao supracitado Rauf Hope.

Pelo dr. Hewicke, dois potes com flores de laranjeira e balas de gengibre.

Pelo dr. Mr., dois potes idênticos.

Pelo dr. Julio, dois potes idênticos.

Por John Hemnigeway, boticário, uma compota de cidra.

Por John Ryche, boticário, duas caixas de abricós e dois vidros de peras.

Entregues a sra. Skydmore.

Por John Smythesone, também chamado Taylor, mestre-cuca, um belo marzipã.

Por John Dudley, doceiro, uma bela torta de marmelo.

Por William Huggans, uma bela e grande bolsa de tafetá bordada, contendo dezesseis saquinhos de doces.

Entregue a sra. Skydmore.

Por sr. Edwarde Stafforde, duas rendas de fios de ouro e prata.

Entregues a sra. Elizabeth Knowlls.

Por sr. Thomas Layton, Capitão da Guarnição, um vestido de veludo preto, forrado de tafetá branco e adornado com longas agulhetas de ouro esmaltado de branco.

Entregue ao supracitado Rauf Hope.

Por Marke Anthony Gaiardell, quatro copos de cristal veneziano.

Por Ambrose Lupo, uma caixa de fitas.

Por Petricho, um livro italiano com imagens da vida e das *Metamorfoses* de Ovídio.

Entregue a sr. Baptest.

Por Charles Smythe, uma pequena joia, a saber, uma salamandra cravejada de um pequeno rubi e dois pequenos diamantes e com um pingente de três pequenas pérolas.

Entregue a lady Haward.

Por Peter Wolfe, cinco livros de canções.

Com Sua Majestade, entregues por sr. Knevet.

Por Anthonias Phenotus, um livrinho em métrica italiana.

Entregue a sr. Baptest.

Por sr. Henry Bronker, uma peça de tecido com fios de ouro medindo treze metros e meio.

Entregue a Rauf Hope.

Por sr. William Russell, um par de luvas guarnecidas de ouro e aljôfares.

Entregue a sra. Elizabeth Knowlls.

Por Guylham Sketh, um vaso de cobre e ouro.

Com Sua Majestade, entregue por sra. Knevet.

Por Morrys Watkins, dezoito cotovias numa gaiola.

Entregue a sra. Blanch Parry.

Soma total de todo o dinheiro dado a Sua Majestade e entregue da maneira e forma acima declaradas

497 13 4

Silke of dyvers collors vary vppon same laire of golde and Silver rounde aboughst it

By Mr Rauffe Bowes a hat of Tawny Taphata enbranderid wt scorpions of venise golde and a border garnisshed wt seede perle

By Mr John Harington a bole of Christall wt out a covr wyer, in golde enamulid about the mouth of the same

By Mr Edwarde Basse in golde

By Mr Dyer a forepart of white Satten wt a brede yarde of purple Satten enbranderid wt venise golde silv and seede perle vnhymed

By Mr Stanhope in dublett of Orenge Tawnie Satten wt a broyde passamayne of silv and butto wts of the same

By Mr ffoulke Grevill a smale Juell a chamefett mother of perle garnisshed wt two smale dyamondes two smale Rubies and a perlid pendante

By Mr Smythe constant two boules of Camerwrke

By Mr Benedicke Spenoll a forepart of white & tawnie Satten alofaint enbranderid wt golde and silv and two fannes of Straw wrought in sicke of sondry collers

By Mr Wolly a forke of agathe garnisshed wt golde

By Mr Lychefeld a spey fayre luke the barke side and worke of mother of perle the case of crynstin vellat enbranderid wt fethers the inside grene velude

By Mr Newton a paire of Cuffes of Statten vnyer rolle enbranderid wt borders of golde & silv tued wt

By Mr Dorle Hewicke two potte of Orynge flowers and Sande Jenyer

By Dorle mr two lyke potte

By Dorle Julio two lyke potte

By John Heminge way Apotticary Citternes presentid

By John Cyrhe apotticary A bruery ij boxes & ij glasses of pleas plomes

By Jon Smythe Jens alto Taylo Mr cooke a faire mars pane wt a Castell in myddes

By John Dudley Sargeaunte of the pasty a fayre pye of Quynces

By Willm Hyggans a sote yrote meale bad of fricout enbranderid wt smale smote berryes

By Mr Edwarde Stafforde two Cares of golde and silv

By Mr Thomas Layton Captayne of gamesey a gowne of blacke vellat wt bodyees stabbes cut lined wt white fricenet Eche wt longe guyllette of golde white enamulid

By Marke Anthony yuiardell iiij benysd glasses

By Ambrose Lupe a boy of lute strynge

By Phithe a boke of Italion wt pictures of the lyfe & metemorphoses of ovyd

By Charles Smythe a smale Juell beinge a Salamaunder a smale Ruby ij smale dyamondes and iij smale perles pendente

By Peter Wolfe 2 songe booke

By Anthonas Thenolws a smale bake in Italion meter

By Mr Henry Bronker a peste of Satyes clothe wrought in golde runt

By Mr Willm Russell a paire of gloves garnisshed wt gold and seede perle

By Smythes Skete a Dyall Nor kornalla di oute of Copper and gyulte

By Morrys Watkins certn larkes in a Cage

Summa totalis of all the money given to her Maiestie and delivered in mar and furene above declared

Elizabeth R

lista 039
OBJEÇÕES PATERNAS
CHARLES DARWIN
1831

Em agosto de 1831, recém-formado em Cambridge e prestes a tornar-se clérigo, Charles Darwin, então com 22 anos, foi convidado a participar de uma expedição de dois anos do *HMS Beagle* à América do Sul como acompanhante do comandante. Essa viagem se tornou a mais importante de sua vida, pois foi estudando fósseis e a vida selvagem ao longo da costa sul-americana que ele realmente se tornou cientista; e foi ao retornar que escreveu seu pioneiro livro sobre a evolução, *A origem das espécies*. Contudo, antes mesmo de embarcar, recebeu do pai uma lista de objeções à viagem. Aqui estão algumas dessas ressalvas transcritas pelo próprio Darwin numa carta a seu tio Josiah, que logo tratou de falar com o irmão.

(1) Será uma vergonha para minha futura condição de clérigo
(2) É um projeto descabido
(3) Devem ter oferecido o posto de naturalista a muitos outros antes de oferecê-lo a mim
(4) E, como ninguém o aceitou, deve haver sérias objeções contra o navio ou a expedição
(5) Que eu nunca conseguiria levar uma vida estável depois disso
(6) Que minhas acomodações seriam muito desconfortáveis
(7) Que eu deveria ver isso como uma mudança de profissão
(8) Que seria uma empreitada inútil

Já que ela me mandou a nova lista das Resoluções de Ano-Novo dela, vou escrever uma lista das minhas:

DECISÕES DE ANO-NOVO

1. TRABALHAR MAIS E MELHOR
2. TRABALHAR COM PLANEJAMENTO
3. ESCOVAR OS DENTES, SE TIVER
4. FAZER A BARBA
5. TOMAR BANHO
6. COMER BEM — FRUTAS — VERDURAS — LEITE
7. BEBER POUCO OU NADA
8. COMPOR UMA CANÇÃO POR DIA
9. USAR ROUPA LIMPA — TER BOA APARÊNCIA
10. ENGRAXAR OS SAPATOS
11. TROCAR DE MEIAS
12. TROCAR A ROUPA DE CAMA COM FREQUÊNCIA
13. LER UM MONTE DE BONS LIVROS
14. OUVIR MUITO RÁDIO
15. CONHECER MELHOR AS PESSOAS
16. MANTER O RANCHO LIMPO
17. NÃO ME SENTIR SOLITÁRIO
18. FICAR CONTENTE
19. MANTER A MÁQUINA DA ESPERANÇA FUNCIONANDO
20. TER BONS SONHOS
21. PÔR NO BANCO TODO DINHEIRO EXTRA
22. ECONOMIZAR GRANA
23. RECEBER VISITAS MAS NÃO PERDER TEMPO
24. MANDAR DINHEIRO PARA MARY E AS CRIANÇAS
25. TOCAR E CANTAR BEM
26. DANÇAR MELHOR
27. AJUDAR A GANHARMOS A GUERRA — DERROTAR O FASCISMO
28. AMAR A MAMÃE
29. AMAR O PAPAI
30. AMAR PETE
31. AMAR TODO MUNDO
32. DECIDIR-ME
33. ACORDAR E LUTAR

BEIJOCA!

lista 040
DECISÕES DE ANO-NOVO
WOODY GUTHRIE
1943

Icônico cantor de música folclórica, o americano Woody Guthrie gravou mais de quatrocentas canções durante sua breve carreira, sendo a mais notável a superfamosa "This land is your land", de 1944. Alguns anos antes de lançar esta última, Guthrie escreveu e ilustrou em seu diário essa encantadora lista de "decisões" de Ano-Novo para o ano de 1943.

to write me her new set of new years Resolutions I'll write down a set of them my own self:

NEW   YEARS   RULIN'S

1. WORK MORE AND BETTER
2. WORK BY A SCHEDULE
3. WASH TEETH IF ANY
4. SHAVE
5. TAKE BATH
6. EAT GOOD — FRUIT — VEGETABLES — MILK
7. DRINK VERY SCANT IF ANY
8. WRITE A SONG A DAY
9. WEAR CLEAN CLOTHES — LOOK GOOD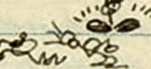
10. SHINE SHOES
11. CHANGE SOCKS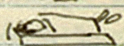
12. CHANGE BED CLOTHES OFTEN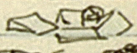
13. READ LOTS GOOD BOOKS
14. LISTEN TO RADIO A LOT

15. LEARN PEOPLE BETTER

16. KEEP RANCHO CLEAN

17. DONT GET LONESOME

18. STAY GLAD

19. KEEP HOPING MACHINE RUNNING

20. DREAM GOOD

21. BANK ALL EXTRA MONEY

22. SAVE DOUGH

23. HAVE COMPANY BUT DONT WASTE TIME

24. SEND MARY AND KIDS MONEY

25. PLAY AND SING GOOD

26. DANCE BETTER

27. HELP WIN WAR — BEAT FASCISM

28. LOVE MAMA

29. LOVE PAPA

30. LOVE PETE

31. LOVE EVERYBODY

32. MAKE UP YOUR MIND

33. WAKE UP AND FIGHT

lista 041
PRECISO ME ESFORÇAR PARA
MARILYN MONROE
FINAL DE 1955

Ao encerrar-se o ano de 1955, Marilyn Monroe escreveu, numa de suas agendas de endereços, essa motivadora lista de resoluções de Ano-Novo — que, se fossem cumpridas, levariam a mais doze meses de tanto sucesso quanto os anteriores. Monroe tinha então 29 anos e já participara de numerosos filmes, inclusive de *O pecado mora ao lado*, lançado nesse ano; além disso, fora aceita como aluna no renomado Actors Studio, de Lee Strasberg. A julgar pela lista, ela estava decidida a aproveitar ao máximo suas oportunidades.

Preciso me esforçar para

Preciso ter disciplina para o seguinte —

z — frequentar as aulas — as minhas <u>sempre</u> — sem faltar

x — assistir na medida do possível às outras aulas particulares de Strasberg

g — <u>nunca</u> perder as minhas sessões no actors studio

v — <u>trabalhar</u> na medida do possível — nas tarefas da classe — e <u>continuar trabalhando sempre nos exercícios de interpretação.</u>

u — começar a frequentar as palestras de Clurman — também as palestras dos diretores do Lee Strasberg's nos bastidores do teatro — perguntar a respeito

l — continuar olhando em torno — só que um pouco mais — <u>observando</u> — não só a mim mesma como também os outros e tudo — aceitar as coisas (a coisa) pelo que valem (vale).

y — preciso fazer um grande esforço para lidar com problemas e fobias que emergiram do passado — me esforçando muito muito muito mais mais mais mais mais na minha análise. E chegar <u>sempre</u> na hora — não tenho desculpa para estar <u>sempre</u> atrasada.

w — se possível assistir pelo menos a uma aula na universidade — de literatura —

o — seguir RCA à risca.

p — procurar alguém para me dar aulas de dança — e expressão corporal (criativas)

t — cuidar bem do meu instrumento — pessoal & corporal (exercício)

tentar me divertir quando posso — vou sofrer muito de todo jeito.

REGRAS DE CONVIVÊNCIA ENTRE ESMÉ WYNNE E NOËL COWARD

1. Um não deve provocar o outro e, se começar com isso, deve parar assim que o outro pedir.
2. Devemos nos revezar para visitar-nos, e, se um de nós for correndo duas vezes à casa do outro, o outro deve fazer a mesma coisa depois.
3. Um *nunca* deve dedar o outro, mesmo que o RELACIONAMENTO termine, e todas as confidências devem ser consideradas sagradas.
4. Devemos dividir todo lucro de qualquer transação que fizermos juntos, por menor que seja a participação do outro. O lucro não inclui despesas decorrentes da referida transação.
5. No caso de briga séria, devemos refletir a respeito durante uma semana ou duas antes de terminar O RELACIONAMENTO.
6. Se um de nós bater no outro, com raiva ou de brincadeira, deve permitir que o outro revide. Toda agressão deve ser punida.
7. Um deve defender o outro de qualquer pessoa ou coisa e apoiá-lo em toda situação de perigo.
8. Devemos contar um para o outro todos os nossos segredos, mas não as confidências alheias, que devemos considerar sagradas.
9. Não devemos falar de RELIGIÃO, a menos que seja inevitável.
10. Quando um de nós escrever para amigos comuns, deve contar para o outro e, inclusive, revelar o conteúdo da carta.
11. Devemos jurar pela "HONRA DE AMIGO" e manter esse juramento como O elo mais sagrado do mundo.
12. Cada um de nós deve dizer para o outro o que acha da aparência ou da maneira de agir do outro.
13. Se um de nós ouvir falar que o outro fez alguma coisa errada, deve procurá-lo imediatamente e não acreditar EM NADA que não seja dito pelo outro.
14. NINGUÉM, nem mesmo nossos pais, pode nos separar.
15. Se nos ocorrerem outras regras, devemos acrescentá-las (com o consentimento de ambos) no final deste documento.
16. NENHUMA OUTRA PESSOA pode participar do nosso RELACIONAMENTO ou dos nossos SEGREDOS.

ASSINATURA DE AMBOS

[Assinado]

Datado de 11 de agosto de 1915.

lista 042
REGRAS DE CONVIVÊNCIA
NOËL COWARD
AGO.1915

Em agosto de 1915, numa tentativa de minimizar as brigas que ocorriam numa íntima e, às vezes, turbulenta amizade, o futuro dramaturgo Noël Coward, então com apenas dezesseis anos de idade, e sua melhor amiga, a atriz Esmé Wynne, elaboraram uma lista de dezesseis "Regras de convivência" a ser assinada e seguida por ambos. A lista se revelou um sucesso: eles continuaram amigos por alguns anos.

✓ Radishes.
Baked apples, ~~hot~~, with cream.
Fried oysters; stewed oysters. Frogs.
American coffee, with real cream.

American butter, ~~fresh & sweet~~.
Fried chicken, southern style.
Porter-house steak, ~~with mushrooms~~.

Saratoga potatoes.
Broiled chicken, American style.
Hot biscuits, Southern style. ✱ rolls.
Hot wheat-bread, Southern style. Hot light
Hot buck wheat cakes.
American ~~cold English~~ toast.
Clear maple syrup.
Virginia bacon, broiled.
~~butter~~
Blue-points, on the half shell.
Cherry-stone clams.
San Francisco mussels, ~~stewed~~ steamed.
Oyster soup. Clam soup.
~~Shell~~ Oysters roasted in the shell — northern style. ✱
Philadelphia Terrapin soup.
Soft-shell ~~crabs~~.
(Connecticut shad.

Baltimore perch.

Brook trout, from Sierra Nevadas.

Lake trout, from Tahoe.

Sheep-head & croakers, from
          New Orleans.
Black bass from the Mississippi.

Já se passaram muitos meses, até o momento, desde minha última refeição substancial, porém logo tomarei uma — modesta, íntima, solitária. Selecionei alguns pratos e elaborei um pequeno cardápio, que vou enviar no vapor que me precede, e eles estarão quentes quando eu chegar; são os seguintes:

Rabanetes. Maçãs assadas com creme
Ostras fritas; ostras cozidas. Rãs.
Café americano com creme de verdade.
Manteiga americana.
Frango frito à moda do Sul.
Bife de lombo de vaca.
Batatas fritas.
Frango grelhado à moda americana.
Biscoitos quentes à moda do Sul.
Pão quente de trigo à moda do Sul.
Panquecas de trigo-sarraceno quentes.
Torrada americana. Xarope de bordo claro.
Porco da Virgínia grelhado.
Ostras blue points, na concha.
Amêijoas.
Mexilhões de San Francisco cozidos no vapor.
Sopa de ostra. Sopa de molusco.
Sopa de tartaruga aquática da Filadélfia.
Ostras assadas na concha à moda do Norte.
Siris-azuis. Sável de Connecticut.
Perca de Baltimore.
Truta de arroio da Sierra Nevada.
Truta de lago, do Tahoe.
Bodião-da-Califórnia e corvina de Nova Orleans.
Black bass do Mississippi.
Rosbife americano.
Peru assado à moda do Dia de Ação de Graças.

lista 043
UM PEQUENO CARDÁPIO
MARK TWAIN
DÉCADA DE 1870

Em *A Tramp Abroad*, relato da viagem que fez pela Europa no final da década de 1870, o escritor americano Mark Twain se mostra cada vez mais enfastiado com a abundância do que classificou como comida "mais ou menos". E explica:

"O número de pratos é suficiente; contudo, há uma variedade tão monótona de pratos inexpressivos [...] Três ou quatro meses dessa enfadonha mesmice acabam com o mais robusto dos apetites."

Perto do fim da viagem, ao preparar-se para seu retorno aos Estados Unidos, Twain compilou esta longa lista dos alimentos pelos quais mais ansiava e que pretendia mandar preparar e consumir quando chegasse em casa.

Molho de arando vermelho. Aipo.
Peru selvagem assado. Galinhola.
Pato selvagem de Baltimore.
Galinha das pradarias de Illinois.
Perdizes do Missouri grelhadas.
Gambá. Quati.
Porco de Boston com feijão.
Porco com verduras à moda do Sul.
Angu de milho. Cebolas cozidas. Nabos.
Abóbora. Abobrinha. Aspargos.
Feijão-de-lima. Batatas-doces.
Alface. Cozido de milho, feijão-de-lima e pimentão. Vagens.
Purê de batata. Ketchup.
Batatas cozidas com casca.
Batatas novas sem casca.
Batatas rosas temporãs, assadas nas cinzas à moda do Sul, servidas quentes.
Tomates fatiados com açúcar ou vinagre. Tomates cozidos.
Milho verde, tirado da espiga e servido com manteiga e pimenta.
Espiga de milho verde.
Pão de milho quente com miúdos de porco à moda do Sul.
Bolo de milho quente à moda do Sul.
Pão de ovos quente à moda do Sul.
Pão branco quente à moda do Sul.
Leitelho. Leite gelado doce.
Bolinhos de maçã com creme de verdade.
Torta de maçã. Filhós de maçã.
Bombas de maçã à moda do Sul.
Torta de pêssego com crosta de biscoito à moda do Sul.
Torta de pêssego. Torta de maçã, uva-passa e frutas cristalizadas.
Torta de abóbora. Torta de abobrinha.
Todo tipo de doce americano.

Frutas frescas americanas de todo tipo, inclusive morango, que não deve ser servido com parcimônia, como se fosse uma joia, mas com liberalidade.

Água gelada — não na taça, o que não funciona, mas no bom e competente refrigerador.

Antes do domingo de Pentecostes de 1662.

1. Usar a palavra (Deus) abertamente
2. Comer uma maçã na Vossa casa
3. Fazer uma pena [para escrever] no Vosso dia
4. Negar que a fiz.
5. Fazer uma ratoeira no Vosso dia
6. Fazer um carrilhão no Vosso dia
7. Esguichar água no Vosso dia
8. Fazer tortas no domingo à noite
9. Nadar no canal no Vosso dia
10. Espetar um alfinete no chapéu de John Keys no Vosso dia para provocá-lo.
11. Ouvir muitos sermões sem prestar atenção
12. Recusar-me a atender aos chamados da minha mãe.
13. Ameaçar meu pai e minha mãe Smith de queimá-los e pôr fogo na casa
14. Desejar a morte e esperar que ela venha para algumas pessoas
15. Bater em muitos
16. Ter pensamentos palavras atos e sonhos impuros.
17. Roubar cerejas de Eduard Storer
18. Negar que as roubei
19. Negar uma balestra para minha mãe e minha avó mesmo sabendo onde estava
20. Estar mais interessado no prazer de aprender a ganhar dinheiro que em Vós
21. Recaída
22. Recaída
23. Quebrar mais uma vez a promessa que renovei na Ceia do Senhor.
24. Dar um soco na minha irmã
25. Roubar a caixa de doce de ameixa da minha mãe
26. Chamar Derothy Rose de vadia
27. Comer demais quando estou mal.
28. Ficar irritado com minha mãe.
29. Com minha irmã.
30. Brigar com os empregados
31. Delegar todas as minhas obrigações
32. Tagarelar no Vosso dia e em outras ocasiões
33. Não me aproximar mais de Vós em busca de afeto
34. Não viver de acordo com minha crença
35. Não Vos amar por Vós mesmo.
36. Não Vos amar por Vossa bondade para conosco
37. Não desejar Vossas ordens
38. Não ansiar por Vós em [ilegível]
39. Ter mais medo dos homens que de Vós
40. Usar meios ilícitos para nos tirar de dificuldades
41. Ter mais apego às coisas terrenas que a Deus

lista 044

OS PECADOS DE NEWTON
SIR ISAAC NEWTON

1662

Sir Isaac Newton é, sem dúvida, um dos cientistas mais influentes da história. Em 1668, ele construiu o primeiro telescópio refletor que deu certo; depois, em 1687, publicou *Philosophiae Naturalis Principia Mathematica*, livro de fundamental importância, no qual estabelece as leis do movimento e da gravitação universal. Em 1964, trezentos anos depois que ele deixou sua marca no mundo, uma página de seu caderno de notas, escrita em código em 1662, finalmente foi decifrada: trata-se de uma lista, dirigida a Deus, dos pecados que Newton havia cometido aos dezenove anos de idade.

42. Não ansiar pela bênção de Deus em nossos esforços honestos.
43. Não ir à capela.
44. Bater em Arthur Storer.
45. Ficar irritado com Master Clarks por causa de um pedaço de pão com manteiga.
46. Fazer de tudo para trapacear com meia coroa de latão.
47. Entrançar um cordão na manhã de domingo
48. Ler a história dos campeões cristãos no domingo

Desde o domingo de Pentecostes de 1662

1. Gulodice
2. Gulodice
3. Usar a toalha de Wilfords para poupar a minha
4. Negligência na capela.
5. Sermões em Saint Marys (4)
6. Mentir com relação a um pilantra
7. Não contar para meu colega de quarto que o consideram um beberrão [ilegível].
8. Esquecer de rezar [ilegível] 3
9. Ajudar Pettit a fazer um relógio de água à meia-noite no sábado

1662.

lista 045

O LIVRO DO TRAVESSEIRO
SEI SHÔNAGON

c. 996

Nascida por volta de 966, Sei Shônagon foi uma dama da corte japonesa que escreveu *O livro do travesseiro*, uma esplêndida coletânea de centenas de anotações que nos dão um retrato vívido, divertido e, muitas vezes, comovente do Japão do final do século X e início do século XI. Grande parte do livro foi escrita em forma de lista, com títulos como "Coisas agradáveis", "Coisas exasperantes", "Coisas frustrantes e embaraçosas de se presenciar", e mais estas que aqui temos.

Coisas raras

Um genro elogiado pelo sogro. Assim como uma nora amada pela sogra.

Uma pinça de prata que realmente arranque pelos como deve.

Um criado que não fale mal do patrão.

Uma pessoa sem alguma esquisitice. Alguém superior na aparência e no caráter e absolutamente impecável em suas longas relações com o mundo.

Não sabemos de nenhum caso de duas pessoas que moram juntas, continuam se admirando mutuamente, cada qual impressionada com a excelência da outra, e sempre se tratam com extremo cuidado e respeito, de modo que esse tipo de relacionamento é, evidentemente, uma grande raridade.

Copiar uma história ou um volume de poemas sem deixar cair um pingo de tinta no livro que se está copiando. Quando é um belo livro encadernado, procura-se tomar todo o cuidado, mas sempre é possível borrá-lo.

Duas mulheres, muito menos um homem e uma mulher, que juram dedicação recíproca para sempre e conseguem manter-se em bons termos até o fim.

Coisas que deveriam ser pequenas

Linha para costurar às pressas. O cabelo das mulheres de classe baixa. A voz da filha de alguém. Suportes de luminária.

Coisas que hoje são inúteis mas lembram um passado glorioso

Uma bela toalhinha bordada que está toda puída.

Um biombo pintado no estilo chinês e que agora escureceu, perdeu a cor e está todo cheio de marcas.

Um pintor que não enxerga bem.

Uma trança de cabelo postiço com dois metros ou 2,5 metros de comprimento que está desbotando e ficando avermelhada.

Um tecido cor de uva que se tornou cinzento.

Um homem que na juventude foi um grande amante e hoje está velho e decrépito.

Uma casa elegante cujas árvores foram destruídas pelo fogo. O lago continua no jardim, mas está abandonado e cheio de espigas d'água.

Coisas repulsivas

Avesso de costura. Ratinhos sem pelo que caem do ninho. As costuras de uma capa de couro antes de ser forrada. A orelha do gato por dentro. Um lugar sujo na escuridão.

夏は夜。

月のころはさらなり。

やみもなほ、

蛍の多く飛びちがひたる。

また、ただ一つ二つなど、

ほのかにうち光りて行くもをかし。

雨など降るもをかし。

lista 046

SILÊNCIO ELOQUENTE
WALT WHITMAN
1865

Em 1865, enquanto o mundo se estarrecia com o assassinato de Abraham Lincoln, o poeta Walt Whitman, autor de *Folhas de relva*, começou a elaborar uma elegia ao presidente americano, pelo qual tinha grande admiração. Ao se preparar para escrever o poema fúnebre que acabaria recebendo o título de *A última vez que os lilases floriram no pátio*, Whitman fez uma lista de palavras relacionadas a essa perda.

dor (saxão)
sofrer
triste
lacrimar (sax)
    "   ação
    "   oso
melancolia
desolador
pesaroso
lágrimas
negro
soluço-ar tocante
suspirar
ritos fúnebres
lastimar
lamentar
dor muda
silêncio eloquente
prantear
chorar
deplorar
sentir profundamente
intenso lamento
lastimável
choro intenso
extremo pesar desalento
desalentado

angústia
ferida aberta
desolação
dor na alma
imenso pesar
mortificado
consternado
acabrunhado
deprimido
sério
condolência
compaixão
carinho
compassivo
penalizado
obscuridade
escuridão parcial ou total
(como numa floresta — como à
meia-noite)
sombrio
sombras
    "   na mente
a mente mergulhada em escuridão
a alma   "   "   "

[trevas?] da noite
pesado
cinzento — opaco
trevas soturnas
trevosidade
aflição
oprimir — opressi~~o~~vo
     "   ão
prostração
humilde — humildade
sofrimento — sofrimento em silêncio
penoso
Afligir — aflitivo
Calamidade
Tormento extremo (mental ou
físico)
Padecimento
tribulação
agoniado
arrasado
infortúnio
aflição profunda
plangente
Calamidade
desastre
alguma coisa que derruba — ~~como se~~
~~fosse mandada pelo Todo-Poderoso~~

Sorrow (eastern)
grieve
sad
mourn (sus)
   " ing
   " ful
melancholy
dismal
heavy-hearted
tears
black
sobs — ing
sighing
funeral rites
wailing
lamenting
mute grief
eloquent silence
bewail
bemoan
deplore
regret deeply
loud lament
pitiful
loud weeping
violent lamentation

anguish
wept sore
depression
pain of mind
passionate regret
afflicted with grief
cast down
downcast
gloomy
serious
sympathy
moving compassion
tenderness
tender-hearted
full of pity
obscurity
partial } Darkness
or total
(as the gloom of a
   forest — gloom
   of midnight)
Cloudy
cloudiness .
   " of mind
mind sunk in gloom
soul " " "
Dejection
dejected

robes of night
heavy
dull — sombre
sombre shades
    " ness
affliction
oppress — oppressive
        "   ion
prostration
humble — humility
Suffering — silent suffering
burdensome .
Distress — distressing
Calamity
Extreme anguish, (either of
            mind or body)
Misery   Calamity
torture   Disaster
harrassed   somety that strikes
weighed down   down — as by
trouble .   Almighty
deep affliction
plaintive

lista 047
CONSELHOS PARA MOÇAS
THE LADIES' POCKET MAGAZINE
1830

Criada em 1824, *The Ladies' Pocket Magazine* foi uma das poucas publicações voltadas às mulheres da época georgiana e continha artigos, cartas de leitoras, guias de etiqueta e moda. Na primeira edição de 1830, publicou esta lista de "Conselhos para moças", espremida entre uma matéria intitulada "Efeitos da beleza" e outra denominada "A toalete das senhoras".

CONSELHOS PARA MOÇAS.

Se você tem olhos azuis, não precisa enlanguescer.
Se tem olhos negros, não precisa lançar olhares maliciosos.
Se tem pés bonitos, não há por que não usar anáguas curtas.
Se está em dúvida com relação a isso, não faz mal nenhum usar anáguas compridas.
Se tem bons dentes, não ria só para mostrá-los.
Se tem maus dentes, não ria nem mesmo quando a ocasião justifica.
Se tem mãos e braços bonitos, nada a impede de tocar harpa, desde que toque bem.
Se eles são meio desajeitados, faça tapeçaria.
Se não tem boa voz, fale baixo.
Se dança bem, dance, mas raramente.
Se dança mal, não dance nunca.
Se canta bem, não se faça de rogada.
Se canta mais ou menos, não hesite nem por um instante, ao ser solicitada, pois pouca gente entende realmente de canto, mas todo mundo percebe quando há vontade de agradar.
Se quiser conservar a beleza, acorde cedo.
Se quiser conservar a estima, seja gentil.
Se quiser ter poder, seja condescendente.
Se quiser ser feliz, empenhe-se em contribuir para a felicidade dos outros.

Dez romances americanos favoritos

Trilogia USA John Dos Passos
As aventuras de Huckleberry Finn Mark Twain
Studs Lonigan James T. Farrell
Look Homeward, Angel Thomas Wolfe
As vinhas da ira John Steinbeck
O grande Gatsby F. Scott Fitzgerald
O sol também se levanta Ernest Hemingway
Encontro em Samarra John O'Hara
O destino bate à sua porta James M. Cain
Moby Dick Herman Melville

lista 048

DEZ ROMANCES AMERICANOS FAVORITOS
NORMAN MAILER
1988

Em janeiro de 1988, os editores do *Reader's Catalogue* — uma relação de 75 mil romances que podiam ser encontrados em qualquer livraria — pediram ao escritor americano Norman Mailer, ganhador do prêmio Pulitzer, que indicasse dez de seus romances favoritos para ser incluídos na edição seguinte. Ele respondeu com esta lista, dizendo:

"Com exceção de As aventuras de Huckleberry Finn, *que reli recentemente, devorei os outros nove em meu primeiro ano na Harvard, e eles me deram a vontade, que nunca perdi inteiramente, de ser escritor, um escritor americano."*

lista 049

LISTA DE MULHERES DA VIDA
AUTOR DESCONHECIDO
1776

A prostituição estava tão disseminada na Grã-Bretanha do século XVIII e era tão aceita pela maioria que com frequência se imprimiam guias locais para enaltecer (e, às vezes, descartar) várias moças que atuavam em determinada área. Esse exemplar foi redigido na Escócia, em 1776, e relaciona em versos as mulheres disponíveis no dia de uma corrida de cavalos extremamente popular realizada em Leith em 3 de junho.

Como assinala no final da lista seu autor anônimo, novas edições circulavam diariamente

LISTA

Das mulheres da vida que chegaram de todas as principais cidades da Grã-Bretanha e da Irlanda para deleitar-se com as corridas de Leith, na segunda-feira, 3 de junho de 1776.

Venham, senhoras, venham se aproximando.
Alugue carruagem quem não pode vir andando
Para segunda-feira nas areias de Leith estar
E, ali, poderem não só esse ar saudável respirar
Mas também seus rostos lindos nos deixar ver
E seus cavaleiros favoritos nas corridas escolher.
Este ano, tantas vieram de todas as direções
Que, espero, todas consigam acomodações.
Uma centena suas reservas já fizera;
A praia, este ano, estará repleta.
São independentes, mas, verdade seja dita,
Todas que são corretas e asseadíssimas
Por certo merecerão seu pagamento inteiro,
Quando inflamarem seus cavaleiros.
Na medida do possível, vamos descrever
Quem mantém seu canto limpo e seu nome dizer.
Pelo fim da viela Befs vamos começar
E o nome das que lá estão revelar.
Primeiro, Flowers, de Forres, uma flor tão bela
Que bem poucas existem comparáveis a ela,
Que, além de ter um corpo lindo e excelente humor,
Prima por uma honestidade do mais alto teor.
Chamava-se srta. Clerk, em seu tempo de solteira;
E quem fica com ela não gasta em vão seu dinheiro.
Há ainda as lindas srta. Maxwell e srta. Jean,
Ambas atraentes, elegantes e limpinhas,
Além de srta. Stevenson e srta. Peggy Bruce,
Sendo todas excelentes para uso público.
E há Sally Buchan, moça muito engraçada,
Tão competente quanto as outras mencionadas.

L I S T

Of the sporting LADIES who is arrived from all the principal Towns in Great Britain and Ireland, to take their Pleasure at Leith Races, on Monday the 3d of June 1776.

COme sporting Ladies now approach,
  Those cannot walk must hire a coach
On Mondey to Leith sands repair,
Where you may breath the wholesome air,
Let there be seen your pretty faces,
And chuse your riders at the races.
  So many has from all airths come,
This year, I wish you all get room;
A hundred is already booked,
This year the sands are overstocked.
  You'll own Ladies 'tis but right,
To tell of all that clean and tight,
For sure you ill deserve your hire,
When you your riders set on fire.
we will describe as far's we're able,
and tell their names who keep clean stables
  At back of Bess wynd we'll begin,
And tell their names that stay within,
  There's first the Flowers of forrest fair
There's few with her that can compare,
For handsome shape and temper free
And honest to the last degree.
Her maiden name is Miss Clerk,
who deals with her is at no loss.
There's pretty miss Maxwell & miss Jean,
Two handsome ladies neat and clean,
miss Stevenson, miss Peggy Bruce,
Are all too good for common use,
there's witty Sally Buchan too,
Each one of those above will do,

  Next lucky G-----e in Miln's square
For your own sake beware of her,
For such a dirty set she keeps,
Few clean within her house she keeps.
The commonest that walks the street,
She'll make them serve for little meat,
And when they cold and hunger feel,
what can the poor things do but steal.

  But we'll proceed to tell more names,
Of several ladies of the game,
A squad last night arriv'd in town,
Some of them black some of them brown,
It was in the evening pretty late,
And lodging being ill to get,
Unto a lady they apply'd,
Immediately she them supply'd.

The one was Kate from Inverness,
with rosy cheeks and neat plain dress.
So black her eyes and white her skin,
She wou'd almost tempt a priest to sin
In Anchor close please call upon her,
I hope the girl will act with honour.

  There's Sally, Mary, Bet, and Jean,
Are all arriv'd from Berdeen,
Expects their Chance among the rest,
But yet I dont admire their taste,
Their lodging mean few will incline,
to call at foot of Niddery's wynd. viz.

  Next Jenny Simpson from Montrose,
as fresh as buxome as a rose,
Her een like stars or diamonds bright,
wou'd light to your bed at night.
as sweet a nymph as treads the ground,
Into Gray's Close she may be found.

  Next pretty Betty from Dundee,
Jean Sim, Peg Peery all the three,
Begg'd to be listed 'mong the core,
Declares they never rode before,
who please to see them on them call,
opposite the Lawn-market well.

Joan, and Rachel, both from Perth,
From whom I dread you may get skaith,
therefore from them you'd best keep back
Least afterwards you little crack,
that you with them had ought to do,
they are not fit at all for you.
and cause I fear of your after grudging,
I will not tell you of their lodging.

there's Katie Broun a chatering Parrat,
whose tap's as red as any carrot,
Is latet from Dunfermline come,
and with Bess Jackson ta'n a room,
they both this spring's been at the grazing
their dress and looks are both amazing,
that pleaded they might be reported,
their room as yet was not resorted,
In Castle wynd they're to be found,
aud will be seen on the race grounp.

N. B. As there will be published a new List every day during the Races, Ladies who incline to be booked, will loose no time in giving in their Names.

Depois, há a afortunada G — e, na praça Miln's,
Tomem cuidado com ela, por seu próprio bem;
Pois convive de tal modo com a sujeira
Que, em casa, pouco cuida do asseio;
Aos pobres-diabos que encontra pelo caminho
Nunca deixa de servir uma boa comidinha.
E, quando frio e fome começam a padecer,
Roubar é tudo que lhes resta fazer.

Mas vamos prosseguir e os nomes revelar
De outras moças que exercem essa profissão secular.
Um grupo delas chegou à cidade, ontem à noite.
Olhos negros têm umas, castanhos têm outras.
Já era bem tarde, quando aqui se apearam,
E dificuldade para alojar-se encontraram.
Até que uma boa senhora a quem recorreram
Em sua casa imediatamente as acolheu.

Uma delas era Kate de Inverness,
De faces rosadas e vestido singelo,
De olhos tão negros e pele tão alva
Que tentaria até um padre a pecar.
Podem procurá-la na Anchor, rua sem saída,
E espero que tenham lá boa acolhida.

Há ainda Sally, Mary, Bet e Jean,
Todas as quais chegaram de Aberdeen
E esperam ter sorte, entre tantas colegas.
Mas não posso admirar o gosto delas,
Pois vejam em que lugar resolveram se hospedar:
Na viela Niddery, onde poucos hão de se arriscar.

Depois, há Jenny Simpson de Montrose,
Viçosa e robusta como uma grande rosa;
Seus olhos brilham como estrelas ou diamantes
E iluminam noite adentro sua cama.
Doce como uma ninfa pela terra caminhando,
No beco Gray's está instalada, esperando-o.

Depois, há a bela Betty de Dundee,
Jean Sim e Peg Peery; todas as três
Imploraram que dentre as outras as destacassem,
Dizendo quem nunca houve quem as prestigiasse.
Quem desejar visitá-las deve dirigir-se
Ao local que fica em frente ao mercado de tecidos.

De Joan e Rachel, ambas de Perth,
Temo que peguem alguma moléstia;
Portanto, é melhor que delas não se aproximem.
E para que nenhum desmiolado ainda cisme
A tamanho perigo em se expor mesmo assim,
Informo que não prestam nem para vocês nem para mim.
E porque receio que alguém depois se lamente
Não vou dizer onde estão as peçonhentas.

E há Katie Brown, uma grande palradora,
Com uma cabeleira da cor de cenoura,
Que de Dunfermline acabou de chegar
E com Bess Jackson foi no hotel se instalar.
No campo estiveram ambas na primavera
E pela elegância e pela beleza imperam,
De modo que a todos muito hão de agradar,
Se bem que até agora não as foram procurar
Na viela Castle, onde estão acomodadas,
Mas na corrida serão vistas e admiradas.

N. B. como será publicada uma nova Lista todos os dias durante as corridas, as moças que quiserem se inscrever devem dar seus nomes sem perda de tempo.

lista 050

**REGINALD, A RENA
DE NARIZ VERMELHO**
ROBERT MAY

1939

Robert May tinha 35 anos e trabalhava
como redator de publicidade numa loja
de departamentos quando recebeu a
incumbência, no começo de 1939, de
escrever um livro "alegre" para ser dado
aos clientes naquele ano. Meses depois,
May concluiu *Rudolph, a rena de nariz
vermelho*, que, só no primeiro ano de
existência, foi distribuído gratuitamente
a 2,5 milhões de fregueses. Em 1946,
para sorte de May, seu chefe transferiu
para ele todos os direitos autorais.
A lista ao lado, que nos dá uma ideia do
que pode ter sido esse livro, foi escrita
pelo próprio May e relaciona os nomes
cogitados para a rena. Os favoritos,
inicialmente, eram Rollo, Reginald
e Rudolph, que acabou ganhando.

lista 051
AFAZERES DE LEONARDO
LEONARDO DA VINCI
1510

Além de ser um dos mais notáveis polímatas da história — um gênio que se destacou como escultor, pintor, engenheiro, inventor, músico, matemático, cartógrafo, escritor, arquiteto, cientista e geólogo —, Leonardo da Vinci ainda era um grande anatomista e, por volta de 1510, foi à faculdade de medicina da Universidade de Pádua dissecar e desenhar alguns cadáveres. Pouco antes de partir, numa página de seu caderno repleto de anotações e esboços do cérebro, dos nervos e das veias, escreveu uma lista de coisas que tinha de fazer e adquirir.

Traduzir Avicena. "Sobre as utilidades".

Óculos com estojo, palito inflamável, garfo, bisturi, carvão, madeira, papel, giz, [pigmento] branco, cera, fórceps, chapa de vidro, serra para ossos com dentes finos, escalpelo, tinteiro de chifre, canivete.

Zerbi, e Angnolo Benedetti. Conseguir um crânio. Noz-moscada.

Observar os buracos na substância do cérebro, onde há mais ou menos desses buracos.

Descrever a língua do pica-pau e a mandíbula do crocodilo.

Medir um morto a partir do dedo dele.

O livro "Sobre a ciência mecânica" precede "Sobre as utilidades".

Mandar encadernar os livros de anatomia. Botas, meias, pente, toalha, camisas, cadarços, sapatos, canivete, penas de escrever, um peitilho de couro, luvas, papel de embrulho, carvão.

As questões mentais que não passaram pelo *senso comune* são ocas e só levam a conclusões preconceituosas. E, como tais discursos se devem à pobreza de espírito, seus criadores são sempre pobres e, se nasceram ricos, vão morrer pobres na velhice, porque parece que a natureza se vinga dos que desejam realizar milagres, de modo que eles têm menos que homens mais calados. E quem deseja enriquecer num dia vive muito tempo em grande pobreza, como acontece e vai acontecer até a eternidade — os alquimistas, os que buscam criar ouro e prata e os engenheiros que querem que a água parada se mova num moto-perpétuo, e o supremo tolo, o necromante e o mago.

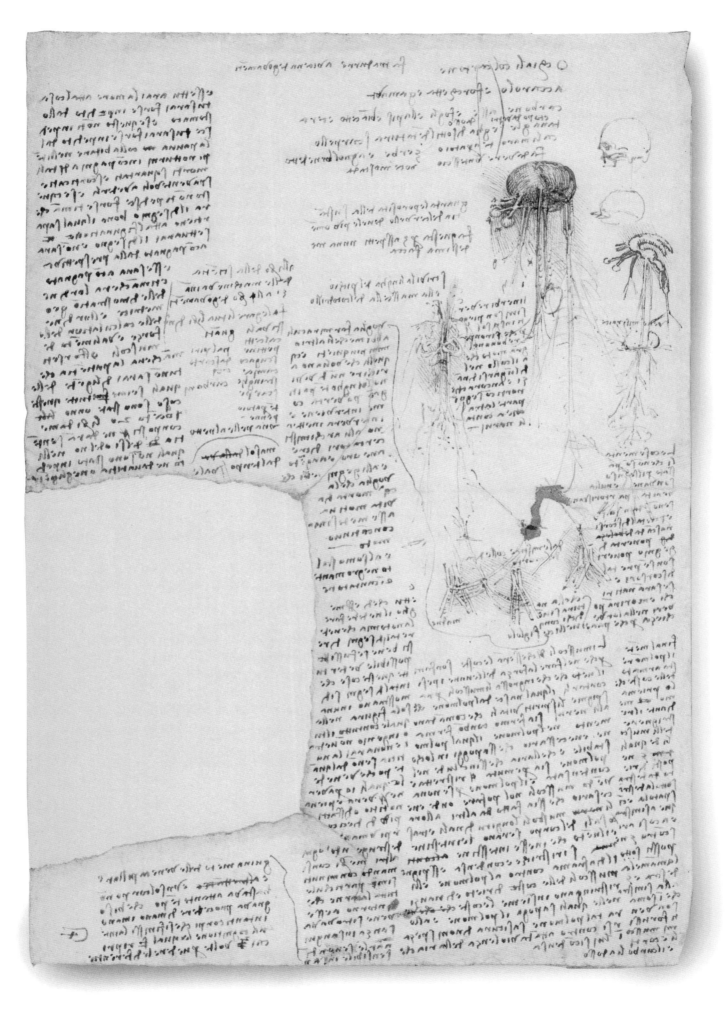

lista 052

COMO A MINHA VIDA MUDOU
HILARY NORTH
2001

Na manhã de 11 de setembro de 2001, tendo resolvido parar no caminho para votar, Hilary North se atrasou para o trabalho. Se tivesse chegado na hora, é quase certo que teria morrido com 176 colegas, pois trabalhava com eles no 103º andar da Torre Sul do World Trade Center — mais ou menos vinte andares acima do lugar por onde entrou o avião sequestrado. Hilary escreveu esta lista depois da tragédia; uma gravação da lista, lida em voz alta, está no Sonic Memorial Project, um arquivo sonoro das reações ao desastre em todo o mundo.

Como a minha vida mudou
Hilary North

Não posso mais flertar com o Lou.
Não posso mais dançar com a Mayra.
Não posso mais comer brownies com a Suzanne Y.
Não posso mais cumprir o prazo com o Mark.
Não posso mais conversar com o George sobre a filha dele.
Não posso mais tomar café com o Rich.
Não posso mais causar boa impressão na Chris.
Não posso mais sorrir para o Paul.
Não posso mais deixar a porta aberta para o Tony.
Não posso mais fazer confidências para a Lisa.
Não posso mais reclamar do Gary.
Não posso mais trabalhar num projeto com a Donna R.
Não posso mais conhecer a Yolanda.
Não posso mais visitar o cliente com o Nick.
Não posso mais contribuir para a campanha do livro organizada
                                    pela Karen.
Não posso mais sair com a Millie.
Não posso mais dar conselhos profissionais para a Suzanne P.
Não posso mais rir com a Donna G.
Não posso mais ver a Mary Ellen contando besteiras.
Não posso mais tomar cerveja com o Paul.
Não posso mais me reunir com o Dave W.
Não posso mais deixar recado com a Andrea.
Não posso mais fofocar com a Anna.
Não posso mais encontrar o Dave P. na máquina de petiscos.
Não posso mais ligar para o Steve para falar sobre meu computador.
Não posso mais cumprimentar o Lorenzo.
Não posso mais ouvir a voz do Herman.
Não posso mais trocar mensagens de voz com o Norman.
Não posso mais tomar o elevador com a Barbara.
Não posso mais ficar feliz com a gravidez da Jennifer.
Não posso mais caminhar com o Adam.
Não posso mais dizer oi para o Steven, todo dia de manhã.
Não posso mais admirar a vista incrível que se tinha do 103º andar
                                    da Torre Sul.
Não posso mais achar que vou viver para sempre.

How My Life Has Changed
Hilary North

I can no longer flirt with Lou.
I can no longer dance with Mayra.
I can no longer eat brownies with Suzanne Y.
I can no longer meet the deadline with Mark.
I can no longer talk to George about his daughter.
I can no longer drink coffee with Rich.
I can no longer make a good impression on Chris.
I can no longer smile at Paul.
I can no longer hold the door open for Tony.
I can no longer confide in Lisa.
I can no longer complain about Gary.
I can no longer work on a project with Donna R.
I can no longer get to know Yolanda.
I can no longer call the client with Nick.
I can no longer contribute to the book drive organized by Karen.
I can no longer hang out with Millie.
I can no longer give career advice to Suzanne P.
I can no longer laugh with Donna G.
I can no longer watch Mary Ellen cut through the bull shit.
I can no longer drink beer with Paul.
I can no longer have a meeting with Dave W.
I can no longer leave a message with Andrea.
I can no longer gossip with Anna.
I can no longer run into Dave P. at the vending machine.
I can no longer call Steve about my computer.
I can no longer compliment Lorenzo.
I can no longer hear Herman's voice.
I can no longer trade voice mails with Norman.
I can no longer ride the elevator with Barbara.
I can no longer be happy about Jennifer's pregnancy.
I can no longer walk with Adam.
I can no longer say hello to Steven every morning.
I can no longer see the incredible view from the 103rd Floor of the South Tower.
I can no longer take my life for granted.

lista 053

MATERIAL PARA UMA EXCURSÃO
HENRY DAVID THOREAU
1857

Em 1854, Henry David Thoreau publicou *Walden*, relato de sua estadia de dois anos numa cabana que ele mesmo construiu num bosque de Massachusetts em meados da década de 1840 — e na qual teve a experiência de uma vida simples, de independência e sobrevivência. Depois disso, foi três vezes ao Maine; na última delas, em 1857, ficou doze dias por lá com um companheiro de viagem, uma canoa e um guia indígena. Mais tarde, descreveu sua bagagem — que, como vemos, não foi nada simples.

O que se segue será um bom material para quem desejar fazer uma excursão de *doze* dias aos bosques do Maine em julho, com um companheiro de viagem, um índio e os mesmos objetivos que eu.

O que usar — camisa xadrez, sapatos velhos e resistentes, meias grossas, lenço de pescoço, colete grosso, calças grossas, chapéu velho de aba mole, paletó de linho.

O que levar — numa mochila de borracha com aba grande: duas camisas (xadrez), um par de meias grossas, duas ceroulas, uma camisa de flanela, dois lenços, uma capa leve de borracha ou um casaco de lã grossa, dois peitilhos e colarinhos para ir e vir, um guardanapo, alfinetes, agulhas, linha, um cobertor (de preferência cinzento e com 2,1 metros de comprimento).

Barraca — 1,8 por 2,1 e 1,2 metro de altura no centro; véu, luvas, solução para espantar insetos ou, melhor, mosquiteiros para cobrir o espaço todo; o melhor mapa de bolso e, talvez, uma descrição do itinerário; bússola; livro de plantas e mata-borrão; papel e selos, luneta de bolso para observar os pássaros, microscópio pequeno, trena, caixas para insetos.

Machado (grande, se possível), canivete grande, linhas de pescar (duas para cada um) já com anzóis e boias de cortiça, e um pacote de carne de porco preparada para servir de isca; fósforos (alguns também num recipiente pequeno, no bolso do colete); duas barras de sabão; uma faca grande e uma colher de ferro (para todos); três ou quatro jornais velhos, muito barbante reforçado e vários trapos para lavar pratos; seis metros de corda resistente, um balde de lata com capacidade para quatro litros que servirá de caldeirão, dois púcaros de lata, três pratos de lata, uma frigideira.

Provisões — 12,5 quilos de pão macio com casca; sete quilos de carne de porco; 5,5 quilos de açúcar; meio quilo de chá preto ou um quilo de café; uma caixa ou meio litro de sal; um litro de fubá para fritar peixe; seis limões para limpar a carne de porco e melhorar a água morna; mais ou menos um quilo de arroz, para variar. Provavelmente, vocês vão pegar também umas frutas vermelhas, peixe etc.

Não vale a pena levar arma de fogo, a menos que pretendam caçar. A carne de porco deve ser cortada para caber num pequeno barril aberto; o açúcar, o chá ou o café, o fubá, o sal etc., devem ser acondicionados em vários sacos de borracha impermeáveis e amarrados com uma tira de couro; e todas as provisões, bem como parte do restante da bagagem, devem ser colocadas em duas grandes sacolas de borracha comprovadamente impermeáveis e resistentes. A despesa com o material mencionado é de 24 dólares.

Pode-se contratar um índio por 1,50 dólar por dia e alugar uma canoa por, talvez, cinquenta centavos por semana (depende da procura). A canoa deve ser resistente e estanque. Essa despesa será de dezenove dólares.

Essa excursão não precisa custar mais que 25 dólares para cada um, começando junto ao [lago] Moosehead, desde que vocês já tenham ou possam pedir emprestado uma parte razoável do material. Se contratarem um índio e alugarem uma canoa em Oldtown, gastarão mais sete ou oito dólares para chegar ao lago.

***** CRENÇA E TÉCNICA PARA A PROSA MODERNA *****
Lista de Itens Essenciais
****

1. Rabisque anotações em cadernos secretos e datilografe loucamente para o seu próprio prazer
2. Esteja submisso a tudo, aberto, escutando
3. Procure não beber fora da sua própria casa
4. Seja apaixonado pela sua vida
5. O que você sente vai encontrar a própria forma
6. Seja um doido santoburro da mente
7. Sopre tão fundo quanto quiser soprar
8. Escreva desde o fundo da mente o que você quer que seja insondável
9. As indizíveis visões do indivíduo
10. Hora de poesia é exatamente a hora que é
11. Tiques visionários tremendo no peito
12. Mergulhado em transe sonhe com o objeto diante de você
13. Livre-se de inibições literárias, gramaticais e sintáticas
14. Como Proust seja um velho viciado em tempo
15. Conte a verdadeira história do mundo num monólogo interior
16. O grande centro de interesse é o olho dentro do olho
17. Escreva para lembrança e estupefação de si mesmo
18. Trabalhe a partir do vigoroso olho médio, nadando no mar da linguagem
19. Aceite a perda para sempre
20. Acredite no santo contorno da vida
21. Esforce-se para registrar o fluxo que já existe intato na mente
22. Não pense em palavras quando você para mas em ver o quadro melhor
23. Fique atento a cada dia proclamado na sua manhã
24. Não tenha medo ou vergonha da dignidade da sua experiência, linguagem & conhecimento
25. Escreva para o mundo ler e ver exatamente como você o retrata
26. Livrofilme é o filme em palavras, a forma visual americana
27. Em louvor da Personagem na Desolada Solidão inumana
28. Componha loucamente, sem disciplina, puramente, saindo de dentro, quanto mais louco melhor
29. Você é um Gênio o tempo todo
30. Roterista-Diretor de filmes Terrestres Patrocinados & Angelizados no Céu

lista 054
CRENÇA E TÉCNICA PARA A PROSA MODERNA
JACK KEROUAC
1958

Em 1958, um ano depois da publicação de sua grande obra — o irregular e inconstante *On the Road* —, o poeta e romancista americano Jack Kerouac, da geração beat, enviou a seu amigo e editor Donald Allen uma carta que incluía esta "lista de itens essenciais" para autores de prosa moderna. No ano seguinte, com a bênção de Kerouac, a lista, redigida em seu estilo inimitável, foi publicada na *Evergreen Review*, revista literária editada por Allen na época.

lista 055

DE VOLTA AOS MANDAMENTOS ESCOLARES
SYLVIA PLATH
JAN.1953

Em dezembro de 1952, quando tinha vinte anos de idade, a poeta e escritora Sylvia Plath, futura ganhadora do prêmio Pulitzer, quebrou a perna esquiando em Nova York – acidente que resultou numa breve estadia no hospital e, o mais frustrante, numa bota de gesso que ela teve de aguentar por dois meses. Enquanto se preparava para retomar seu curso no Smith College, deprimida, mas ansiosa para voltar às aulas e ver seu novo amor, Myron Lotz, Plath elaborou duas listas: a primeira, de três lembretes para demonstrar calma na presença de Myron; e a segunda, intitulada "De volta aos mandamentos escolares", para manter a concentração.

Não vou sobrecarregá-lo com um entusiasmo exagerado.
Não vou me jogar em cima dele.
<u>Vou</u> ser comedida, porém intensa e interessada.

———————————

De volta aos mandamentos escolares

1. Mantenha continuamente um AR DE ALEGRIA.
2. <u>Ciência</u> — não se aflija. Você precisa de um A e, portanto, tem de estudar. Você <u>consegue</u>: já provou isso com 2 notas boas.
3. <u>Redação</u> — Não se apavore. Peça mais tempo, se precisar. Escreva uma alegoria no fim de semana. Você passou uma semana na enfermaria, caso ele queira alguma justificativa.
4. <u>Davis</u>[n] — peça mais tempo, se precisar. De qualquer modo, você escreveu palavras suficientes, teoricamente. Escreva uma dissertação para ele nas provas.
5. Procure o Schnieders. Fique calma, ainda que seja uma questão de vida ou morte.
6. Assine <u>Mlle</u>.
7. EXERCITE-SE
8. Durma muito: cochile à tarde, se necessário
9. Lembre-se: 5 meses não são uma eternidade. 2 meses não são uma eternidade. Apesar de agora parecer que são.
10. Atitude é tudo: portanto, ANIME-SE, mesmo que você não passe em ciência e redação e receba do Myron um silêncio odioso, nenhum convite para sair, nenhum elogio, nenhuma demonstração de amor, nada. Há uma certa satisfação clínica em ver como as coisas podem piorar.

P. S. Lembre-se — você é muito melhor que 9/10 do mundo, afinal de contas!
Com amor,
Syl

Quando eu envelhecer. 1699.

Não casar com mulher jovem.
Não andar na companhia de jovens, a menos que eles realmente me queiram.
Não ser rabugento, casmurro ou desconfiado.
Não desdenhar costumes, humor, moda, homens, guerra etc., do presente
Não gostar de crianças, ~~nem deixar que cheguem perto de mim~~.
Não contar a mesma história várias vezes para as mesmas pessoas.
Não ser cobiçoso.
Não ser negligente com decência ou asseio para não cair na imundície.
Não ser severo demais com os jovens, mas ser tolerante com as loucuras e fraquezas juvenis.
Não ser influenciado por criados desonestos e mexeriqueiros ou por outras pessoas desse tipo, nem lhes dar ouvidos.
Não ser pródigo demais em conselhos, nem incomodar com isso quem não está interessado.
Querer que bons amigos me digam qual dessas resoluções eu descumpri ou negligenciei e em que circunstâncias; e corrigir-me.
Não falar muito, nem de mim mesmo.
Não me gabar de minha antiga beleza, nem de minha antiga força, nem do sucesso que eu tinha com as mulheres etc.
Não acreditar em lisonjas, nem pensar que uma jovem possa me amar, et eos qui hereditatem captant, odisse ac vitare.*
Não ser taxativo ou opinioso.
Não esperar cumprir todas essas regras para acabar não cumprindo nenhuma.

* "E odiar e evitar quem busca uma herança." [N. T.]

lista 056
QUANDO EU ENVELHECER
JONATHAN SWIFT
1699

O escritor e clérigo irlandês Jonathan Swift é mais conhecido por *Viagens de Gulliver*, romance satírico que, publicado em 1726, já vendeu milhões de exemplares. Foi só depois da morte de Swift, em 1745, que se encontrou entre seus papéis pessoais uma lista de resoluções redigida em 1699, quando ele tinha 32 anos de idade, com conselhos para seu eu futuro.

When I come to be old   1699

Not to marry a young Woman.

Not to keep young Company unless they realy desire it.

Not to be peevish or morose, or suspicious

Not to scorn present Ways, or Witt, or Fashions, or Men, or War, &c

Not to be fond of Children, ~~or lett them come near me hardly~~

—Not to tell the same Story over & over to the same People.

—Not to be covetous.

Not to neglect decency, or cleanlyness, for fear of falling into Nastyness.

Not to be <over> severe with young People, but give Allowances for their youthfull follyes, and Weaknesses.

—Not to be influenced by, or give ear to knavish tatling servants, or others.

Not to be too free of advise, nor trouble any but those that desire it.

To <desire> ~~beggar~~ some good Friend to inform me wch of these Resolutions I break, or neglect, & wherein; and reform accordingly.

Not to talk much, nor of my self.

Not to boast of my former beauty, or strength, or favor with Ladyes, &c

—Not to hearken to Flatteryes, nor conceive I can be beloved by a young woman. et eos qui hereditatem captent ~~nisi~~ odisse ac vitare.

—Not to be positive or opiniatre.

Not to sett up for observing all these Rules; for fear I should observe none.

lista 057

LISTA DE ACESSÓRIOS DE CENA DE HOUDINI
HARRY HOUDINI
c. 1900

O grande Harry Houdini foi um mestre na arte do escape e deixava a plateia boquiaberta ao se livrar de dificuldades inacreditáveis. Em 1912, ele apresentou ao público o que viria a ser seu ato mais famoso, "Houdini de Ponta-Cabeça!", no qual ficava pendurado e submerso, nessa posição, dentro de um recipiente chamado Câmara de Tortura Chinesa pela Água, e conseguia se libertar, contrariando todas as probabilidades. Houdini realizou a façanha durante catorze anos, até sua morte, em 1926. Antes de cada espetáculo, enviava essa lista ao local onde ia se apresentar.

Lista de acessórios de cena

——————

De Houdini

——————

Exposto e fechado inteiramente no palco. (Palace.)

Duração do ato — Cerca de 25 minutos.

Quando sair do palco, em traje de banho e encharcado, preciso de dois camarins bem perto do palco (6 no grupo). Sofá no camarim.

Preciso de um pequeno alçapão no meio do palco, um quadrado com 20 centímetros no mínimo (20 x 20 centímetros), a 60 centímetros da cortina.

Preciso de uma mangueira de incêndio colocada no lado do palco a uns 90 centímetros do centro do palco. A mangueira é usada diante do público.

Por favor, verifiquem se realmente sai água da mangueira. A água deve ser limpa, para que o público veja através dela.

100 galões de água fervendo (precisa ser fervendo).

Levamos quatro banheiras de metal para conter essa água, e elas devem estar cheias, no palco, **antes** de cada apresentação.

Providenciem uma calha inclinada, ou escoadouro, para 250 galões de água, saindo do pequeno alçapão de 20 x 20 centímetros para o lugar mais adequado, embaixo do palco. A saída para a água em nosso encerado tem 15 centímetros de diâmetro.

Nosso oleado deve ser erguido depois de cada espetáculo, o que requer uma barra de metal resistente.

Duas mesinhas suplementares (douradas, se possível, e 4 cadeiras douradas) e 18 cadeiras de linhas curvas.

Uma rampa ou escada para que um grupo da plateia possa passar por cima da ribalta e subir ao palco.

Uma escadinha de mão, limpa (cor de mogno, se possível), com cerca de 1 metro de altura.

Duas tábuas com 6 metros de comprimento e duas com 4,8 metros de comprimento e 10 centímetros por 5 centímetros (10 × 5 centímetros) ou barras de metal com 10 centímetros de largura.

POR FAVOR, NÃO COMPREM NADA ÀS MINHAS CUSTAS

Houdini's

SCENE AND PROP. LIST

Open and close in full stage. (Palace.)

Time of act—About 25 minutes.

As I leave stage soaking wet in bathing suit, require two dressing rooms nearest stage (6 in company). Couch in dressing room.

Require a small trap in center of stage, not less than 8 inches square (8x8 inches) two feet in rear of front cloth.

Must have use of Fire Hose to reach from side of stage, about 3 feet past center of stage. Hose is used in view of audience.

Please see to it that the water in Hose is run off. It must be clear, so that audience can see through same.

100 gallons of Boiling water (must be boiling).

We carry four brass tubs to hold this water, which must be filled ready on stage **before** each performance.

Prepare a chute, or get-away, for 250 gallons of water, from the small 8x8-inch trap to most convenient spot underneath stage. The outlet in our Water Cloth is 6 inches in Diameter.

Our Water Carpet must be flied after each show back of stage, for which we require a strong batten.

Two small occasional tables (gold if possible, and 4 gold chairs) and 18 Bent-wood Chairs.

A run or stair case, so that committee from audience can come over footlights onto stage.

A small, clean looking (mahogany colored if possible) step ladder about 3 feet 6 inches high.

Two 20 feet and two 16 feet lengths of Lumber 4 inches by 2 inches (4x2 inches), or battens would do, which must be 4 inches wide.

PLEASE DO NOT PURCHASE ANYTHING AT MY EXPENSE

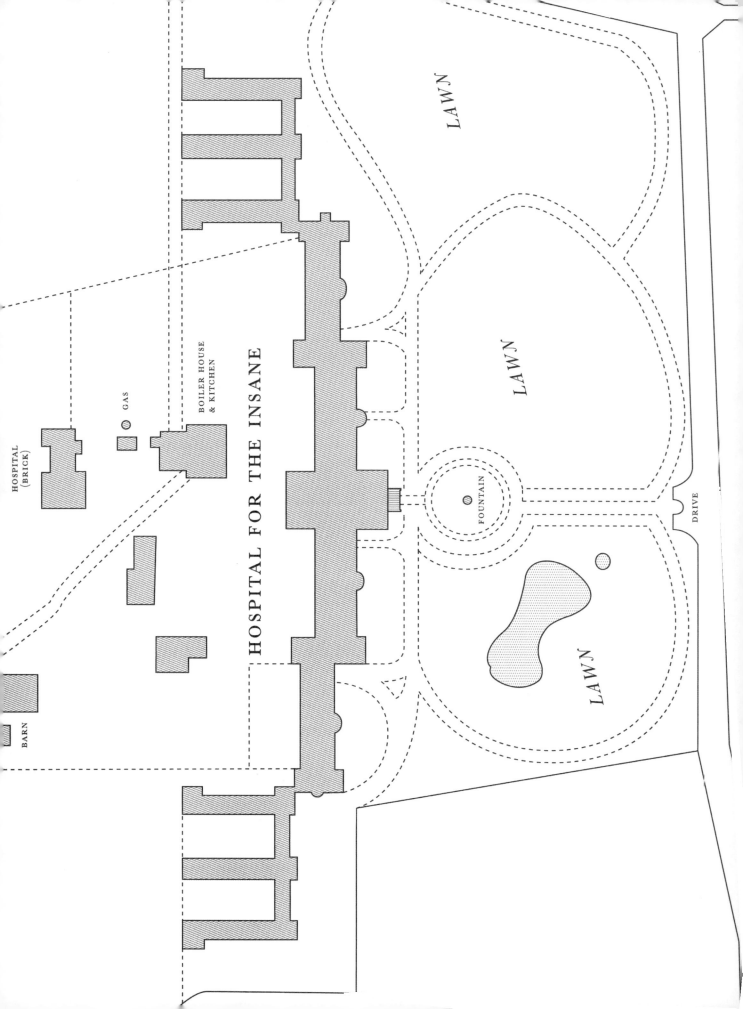

lista 058

MOTIVOS PARA INTERNAÇÃO
HOSPITAL PARA INSANOS
DA VIRGÍNIA OCIDENTAL

1864-89

Em 1858, iniciou-se a construção do que acabaria sendo o Hospital para Insanos da Virgínia Ocidental, um hospital psiquiátrico com capacidade para 250 pacientes, situado num terreno de 269 acres, na cidade de Weston, Virgínia Ocidental. A construção foi interrompida pela Guerra Civil Americana, e só seis anos depois o hospital finalmente abriu as portas e recebeu o primeiro lote de pacientes. A lista que vemos aqui foi publicada em 1993 e especifica os "motivos para internação" oficiais dos pacientes entre 1864 e 1889, como aparecem nos registros do hospital.

MOTIVOS PARA INTERNAÇÃO

HOSPITAL PARA INSANOS DA VIRGÍNIA OCIDENTAL (WESTON)

22 DE OUTUBRO DE 1864 A 12 DE DEZEMBRO DE 1889

Abandonada pelo marido
Abandono na infância e charlatanice
Abandono na infância e hereditariedade
Aflição doméstica
Agitação mental
Amenorreia
Amolecimento cerebral
Amolecimento do cérebro
Asma
Ataques e abandono pelo marido
Ataques epilépticos
Ataques periódicos, tabaco & masturbação
Atividade sexual excessiva
Avidez
Boato sobre assassinato do marido
Caiu do cavalo na guerra
Carbúnculo
Casamento de filho
Ciúme e religião
Coice de cavalo
Coice de cavalo na cabeça

Combate a incêndio
Comeu rapé durante dois anos
Congestão cerebral
Decepção
Decepção afetiva
Decepção amorosa
Derrame cerebral
Desregramento sexual
Difteria
Disenteria
Distúrbio nervoso
Distúrbio uterino
Doença constitucional
Doença feminina
Doença hepática e venérea
Dúvida sobre os ancestrais da mãe
Egotismo
Empolgação política
Encarceramento
Entusiasmo religioso
Escarlatina

Estudo excessivo da religião
Estudo intenso
Estupro e estimulantes
Excessos sexuais
Exército da Salvação
Explosão de bomba nas proximidades
Exposição ao perigo no exército
Falso confinamento
Febre do leite
Febre e ciúme
Febre e nervosismo
Febre e perda de ação judicial
Ferimento por arma de fogo
Fervor religioso
Filha baleada
Fraqueza intelectual
Furúnculo na cabeça
Gás carbônico
Gastrite
Guerra
Hábitos dissolutos
Hidropisia
Histeria
Indigestão
Induzido a entrar para o exército
Insolação
Intemperança
Intemperança e problema nos negócios
Interferência
Irritação espinhal
Leitura de romance
Más companhias
Masturbação
Masturbação & sífilis
Masturbação durante trinta anos
Masturbação insana
Masturbação suprimida
Maus hábitos & empolgação política
Maus-tratos por parte do marido
Maus vícios cedo na vida
Medicamento para evitar concepção
Meningite
Mordida de cachorro
Mordida de cascavel
Morte de filhos na guerra
Mulheres

Nervosismo com os negócios
Ninfomania
Pais eram primos
Perda de um braço
Perdas pecuniárias
Perturbação profissional
Política
Predisposição hereditária
Preguiça
Preocupação
Problema com mulheres
Problema doméstico
Problemas menstruais
Puerperal
Queda de cavalo
Remorso
Resfriado
Sanidade moral
Sedução
Sedução e desilusão
Sobrecarga da capacidade mental
Superatividade mental
Superexaltação
Superstição
Suspensão da menstruação
Tempo de vida
Trabalho intenso
Transtorno feminino imaginário
Tristeza
Uísque estragado
Uso habitual de ópio
Varíola
Vida imoral

Ape Drunke

OS OITO TIPOS DE BÊBADO

O primeiro é o bêbado macaco: aquele que pula, canta, grita e dança sem parar; o segundo é o bêbado leão: aquele que joga coisas para todo lado, chama a taberneira de meretriz, quebra as vidraças com a adaga e está pronto para brigar com qualquer homem que fale com ele; o terceiro é o bêbado porco: lerdo, desengonçado, sonolento, que pede mais bebida e mais roupa; o quarto é o bêbado carneiro: aquele que se acha sábio, mas não consegue pronunciar uma palavra certa; o quinto é o bêbado piegas: aquele que, no meio da cerveja, implora atenção e beija você, dizendo: "Por Deus, chefe, eu te amo. Segue o teu caminho; não penses em mim tanto quanto eu penso em ti; eu te amaria mais (se Deus quisesse), mas não posso"; e, depois, mete o dedo no olho e chora; o sexto é o bêbado martinete: aquele que já está embriagado, continua bebendo e não para de se mexer; o sétimo é o bêbado bode: aquele que, na sua embriaguez, só pensa em libidinagem; o oitavo é o bêbado raposa — aquele que fica esperto, como muitos holandeses, que só barganham quando estão embriagados.

lista 059
OS OITO TIPOS DE BÊBADO
THOMAS NASHE
1592

Nascido em 1567, Thomas Nashe foi um famoso satirista da era elizabetana, autor de peças, poesias, romances e panfletos — livros pequenos, de produção barata, que, apesar de geralmente serem considerados dispensáveis, empolgaram os leitores londrinos no final da década de 1600. Um de seus panfletos mais conhecidos era *Pierce Penniless, His Supplication to the Divell*, um olhar mordaz sobre a sociedade da época — e do qual foi extraída essa divertida lista: "Os oito tipos de bêbado".

lista 060
COMO ARRUMAR UM NAMORADO
AUTOR DESCONHECIDO
FINAL DO SÉCULO XIX

Em 1890, publicou-se um panfleto intitulado "Como arrumar um namorado" para servir de guia para as moças vitorianas. O panfleto continha uma série de listas, a maioria das quais revelava o significado oculto de diversos movimentos feitos por aquelas que portavam luvas, leques, guarda-sóis, lenços — um código secreto que aparentemente não obteve sucesso. Continha também um pequeno guia sobre a "Linguagem das flores".

FLERTE COM LENÇO

Passá-lo pelos lábios — Desejosa de travar conhecimento.
Passá-lo pelos olhos — Desculpa.
Pegá-lo pelo meio — Estás ansioso demais.
Derrubá-lo — Seremos amigos.
Girá-lo entre as mãos — Indiferença.
Passá-lo pela face — Eu te amo.
Passá-lo pelas mãos — Eu te odeio.
Pousá-lo na face direita — Sim.
Pousá-lo na face esquerda — Não.
Enrolá-lo na mão esquerda — Quero me livrar de ti.
Enrolá-lo na mão direita — Amo outro.
Dobrá-lo — Quero falar contigo.
Colocá-lo no ombro — Segue-me.
Segurá-lo pelas pontas com ambas as mãos — Espera-me.
Passá-lo pela testa — Estamos sendo observados.
Encostá-lo na orelha direita — Mudaste.
Colocá-lo sobre os olhos — És cruel.
Enrolá-lo no dedo indicador — Estou noiva.
Enrolá-lo no dedo anular — Sou casada.
Guardá-lo no bolso — Basta por ora.

PARA AQUELE QUE EU AMO

"HÁ muito tempo que te amo demais,
Porém a dizê-lo não me atrevi jamais;
Escuta-me agora com toda a clareza,
Não me deixes mais suspirar na incerteza,
Eu te amo!

Oh, meu coração, quando nos encontrarmos,
Na alegria ou na tristeza, terá sua parte;
Procurarei teus olhos e neles verei
Se posso esperar, ou, em desespero,
Devo te amar!"

Tua apaixonada,

O CORAÇÃO APAIXONADO
"Deixa-me sussurrar-te no ouvido,
Como o orvalho caindo, sem ruído,
Palavras que só tu podes ouvir,
'Meu querido, só amo a ti'
EU TE AMO
TU ME AMAS?
Tais palavras no coração deves trancar,
Para que nunca elas possam escapar;
Leva-as contigo, aonde quer que vás,
E deixa-me, querido, a chave guardar."

COMO ARRUMAR

———————————————————

UM NAMORADO

———————————————————

——— CONTÉM ———

Flerte com lenço; Para aquele que eu amo; O coração apaixonado;
Flerte com luvas; Flerte com guarda-sol; Flerte com leque; Linguagem das flores.

FLERTE COM LUVAS
Morder as pontas — Quero me livrar de ti.
Apertá-las, enroladas na mão direita — Não.
Levá-las a meio caminho da mão esquerda — Indiferença.
Derrubar as duas — Eu te amo.
Derrubar uma — Sim.
Dobrá-las cuidadosamente — Quero ficar livre da tua companhia.
Segurá-las com as pontas para baixo — Desejo travar conhecimento.
Segurá-las frouxamente na mão direita — Fica contente.
Segurá-las frouxamente na mão esquerda — Estou satisfeita.
Na mão esquerda, com o polegar exposto — Tu me amas?
Guardá-las — Estou irritada.
Na mão direita, com o polegar exposto — Beija-me.
Alisá-las delicadamente — Eu gostaria de estar contigo.
Batê-las na mão — Estou aborrecida.
Batê-las no ombro — Segue-me.
Batê-las de leve no queixo — Amo outro.
Balançá-las para cima e para baixo delicadamente — Estou noiva.
Virá-las pelo avesso — Eu te odeio.
Girá-las entre os dedos — Cuidado, estamos sendo observados.
Abanar-se com elas — Apresenta-te.

The Loving Heart.

"Let me whisper in your ear,
Noiseless as the falling dew,
Words I'd have you only hear,
"Darling one, I love but you!"

I LOVE YOU!   DO YOU LOVE ME?

Look these words within your heart,
That they never may be free;
Keep them wheresoe'er thou art,
And let me, dearest, hold the key.

HANDKERCHIEF FLIRTATIONS.

Drawing across the lips—Desirous of an acquaintance.
Drawing across the eyes—I am sorry.
Taking it by the center—You are too willing.
Dropping—We will be friends.
Twirling in both hands—Indifference.
Drawing across the cheek—I love you.
Drawing through the hands—I hate you.
Letting it rest on the right cheek—Yes.
Letting it rest on the left cheek—No.
Twisting in the left hand—I wish to be rid of you.
Twisting in the right hand—I love another.
Folding it—I wish to speak with you.
Over the shoulder—Follow me.
Opposite corners in both hands—Wait for me.
Drawing across the forehead—We are watched.
Placing on right ear—You have changed.
Letting it remain on the eyes—You are cruel.
Winding around the fore-finger—I am engaged.
Winding around the third finger—I am married.
Putting in the pocket—No more at present.

To One I Love

"I HAVE loved thee long and well,
Yet never dared my love to tell;—
Hear it now in language plain,
Let me cease to sigh in vain,
    I love thee !

Oh ! when next we meet, my heart,
In joy or woe, will take its part;
I'll seek thine eyes, and I'll see there,
If I may hope, or in despair
    Must love thee !"

Your Lover,

....

THE STANDARD

BEAU CATCHER.

——CONTAINS——

The Loving Heart; To one I' Love;
Flirtation of the Handkerchief, Fan
Parasol, Glove; and Language
of Flowers.

FAN FLIRTATIONS.

Carrying in right hand—You are too willing.
Carrying in right hand, in front of face—Follow me.
Carrying in left hand—Desirous of an acquaintance.
Closing it—I wish to speak with you.
Drawing across the forehead—We are watched.
Drawing across the cheek—I love you.
Drawing through the hand—I hate you.
Drawing across the eyes—I am sorry.
Dropping—We will be friends.
Fanning fast—I am engaged.
Fanning slow—I am married.
Letting it rest on the right cheek—Yes.
Letting it rest on the left cheek—No.
Open and shut—You are cruel.
Open wide—Wait for me.
Shut—I have changed.
Placing on right ear—You have changed.
Twirling in left hand—I wish to get rid of you.
Twirling in right hand—I love another.
With handle to lips—Kiss me.

GLOVE FLIRTATIONS.

Biting the lips—I wish to be rid of you.
Clenching them, rolled in right hand—No.
Drawing half way on left hand—Indifference.
Dropping both of them—I love you.
Dropping one of them—Yes.
Folding up carefully—Get rid of your company.
Holding with tips downward—I wish to be acquainted.
Holding loose in right hand—Be contented.
Holding loose in left hand—I am satisfied.
Left hand, naked thumb exposed—Do you love me?
Putting them away—I am vexed.
Right hand, naked thumb exposed—Kiss me.
Smoothing out gently—I wish I were with you.
Striking over the hand—I am displeased.
Striking over the shoulder—Follow me.
Tapping the chin—I love another.
Tossing them up gently—I am engaged.
Turning them inside out—I hate you.
Twirling around the fingers—Be careful, we are watched.
Using them as a fan—Introduce me your company.

PARASOL FLIRTATIONS.

Carrying it elevated in left hand, — Desiring acquaintance.
Carrying it elevated in right hand, — You are too willing.
Carrying it closed in left hand, — Meet on the first crossing.
Carrying it closed in right hand by side, — Follow me.
Carrying it in front of you, — No more at present.
Carrying it over the right shoulder, — You can speak to me.
Carrying it over the left shoulder, — You are too cruel.
Closing it,—I wish to speak to you.
Dropping it.—I love you.
End of tip to lips,—Do you love me?
Folding it up,—Get rid of your company.
Letting it rest on right cheek,—Yes.
Letting it rest on left cheek.—No.
Striking it on the hand, — I am very much displeased.
Swinging by handle on left side, — I am engaged.
Swinging by handle on right side, — I am married.
Tapping the chin gently, — I am in love with another.
Twirling it around, — Be careful, we are watched.
Using it as a fan. — Introduce me to your company.
With handle to lips,—Kiss me.

LANGUAGE OF FLOWERS.

Arbor Vitæ,—Unchanging Friendship.
Apple Blossom,—My Preference.
Alyssum,—Worth above Beauty.
Aspen Tree,—Sorrow.
Blue Canterberry Bell,—Fidelity.
China Pink,—Hate.
Coreopsis,—Love at first sight.
Dead Leaves,—Heavy Heart.
Forget-me-not,—True Love.
Geranium,—Lost Hope.
Hazel,—Let us bury the Hatchet.
Hawthorne,—Hope.
Heliotrope,—You are Loved.
Ivy,—Frienship.
Lily of the Valley,—Happy again.
Linden Tree,—Marriage.
Marigold,—I'm Jealous.
Myrtle,—Unalloyed Affection.
Pansy,—Think of Me.
Pea,—Meet me by Moonlight.
Peach Blossom,—My heart is thine.
Phlox,—Our Souls are United.
Pink, red,—Woman's Love.
Rose,—Perfect Beauty.
Rose Bud,—My Heart knows no Love.
Rose Geranium,—You are preferred.
Sweet William,—Let this be our last.
Tulip,—Declare your Love.
Wall Flower,—You will find me true.
Yellow Lily,—You are a Coquette.

FLERTE COM GUARDA-SOL

Levá-lo bem alto na mão esquerda. Desejosa de travar conhecimento.
Levá-lo bem alto na mão direita. Estás ansioso demais.
Levá-lo fechado na mão esquerda. Encontra-me na próxima esquina.
Levá-lo fechado na mão direita e do lado. Segue-me.
Levá-lo na sua frente. Basta por ora.
Levá-lo sobre o ombro direito. Podes falar comigo.
Levá-lo sobre o ombro esquerdo. És cruel demais.
Fechá-lo — Quero falar contigo.
Derrubá-lo — Eu te amo.
Levar aos lábios a ponta do cabo — Tu me amas?
Segurá-lo pelas dobras — Quero ficar livre da tua companhia.
Pousá-lo na face direita — Sim.
Pousá-lo na face esquerda — Não.
Batê-lo na mão. Estou muito aborrecida.
Balançá-lo pelo cabo no lado esquerdo. Estou noiva.
Balançá-lo pelo cabo no lado direito. Sou casada.
Batê-lo de leve no queixo. Estou apaixonada por outro.
Girá-lo. Cuidado, estamos sendo observados.
Abanar-se com ele. Apresenta-te.
Com o cabo no lábio — Beija-me.

FLERTE COM LEQUE

Levá-lo na mão direita — Estás ansioso demais.
Levá-lo na mão direita, diante do rosto — Segue-me.
Levá-lo na mão esquerda — Desejosa de travar conhecimento.
Fechá-lo — Quero falar contigo.
Passá-lo pela testa — Estamos sendo observados.
Passá-lo pela face — Eu te amo.
Passá-lo pelos olhos — Desculpa.
Passá-lo pela mão — Eu te odeio.
Derrubá-lo — Seremos amigos.
Abanar-se rapidamente — Estou noiva.
Abanar-se lentamente — Sou casada.
Pousá-lo na face direita — Sim.
Pousá-lo na face esquerda — Não.
Abri-lo e fechá-lo — És cruel.
Abri-lo inteiramente — Espera-me.
Fechá-lo — Mudei.
Encostá-lo na orelha direita — Mudaste.
Girá-lo na mão esquerda — Quero me livrar de ti.
Girá-lo na mão direita — Amo outro.
Com o cabo nos lábios — Beija-me.

LINGUAGEM DAS FLORES

Açafate-de-ouro. Caráter vale mais que beleza.
Amor-perfeito — Pensa em mim.
Aveleira — Vamos fazer as pazes.
Botão de rosa — Meu coração não conhece o amor.
Campânula azul — Fidelidade.
Choupo tremedor — Tristeza.
Coreópsis — Amor à primeira vista.
Cravo chinês — Ódio.
Cravo vermelho — Amor de mulher.
Cravo-de-defunto — Estou com ciúme.
Ervilha — Encontra-me ao luar.
Flor de macieira — Minha preferência.
Flor de pessegueiro — Meu coração te pertence.
Flox — Nossas almas estão unidas.
Folhas mortas — Coração partido.
Gerânio — Esperança perdida.
Gerânio-rosa — És preferido.
Goivo — Verás que sou sincera.
Heliotrópio — És amado.
Hera — Amizade.
Lírio amarelo — Namoradeira
Lírio-do-vale — Felizes novamente.
Mauritânia — Vamos nos despedir para sempre.
Miosótis — Amor verdadeiro.
Mirto — Afeto puro.
Pilriteiro — Esperança.
Rosa — Beleza perfeita.
Tília — Casamento.
Tuia — Amizade imutável.
Tulipa — Declara teu amor.

lista 061
VOCÊ TEM DE SACAR PARA CURTIR, SACOU?
THELONIOUS MONK
1960

Não é exagero afirmar que, na década de 1940, o lendário pianista e compositor de jazz Thelonious Monk foi um pioneiro no mundo do *bebop* — um gênio da música, diriam alguns, cuja influência se sente até hoje. Em 1960, alguns anos antes de lançar seu álbum de maior sucesso, *Monk's Dream*, ele relacionou uma série de sugestões especialmente pitorescas e entregou-as a seu amigo, o saxofonista Steve Lacy, que transcreveu suas palavras na lista de conselhos vista aqui.

CONSELHOS DE T. MONK (1960)

SÓ PORQUE VOCÊ NÃO É BATERISTA, NÃO QUER DIZER QUE NÃO PRECISA MANTER O RITMO.

BATA O PÉ + CANTE A MELODIA NA CABEÇA, QUANDO ESTIVER TOCANDO.

PARE DE TOCAR (ESSA PORCARIA) ESSAS NOTAS ESQUISITAS, TOQUE A MELODIA!

FAÇA O BATERISTA TOCAR BEM.

DISCERNIMENTO É IMPORTANTE.

VOCÊ TEM DE SACAR PARA CURTIR, SACOU?

TUDO BEEEM!

VOCÊ SEMPRE SABE... (MONK)

DEVE SER SEMPRE DE NOITE, SE NÃO, NÃO IAM PRECISAR DE LÂMPADAS.

VAMOS LEVANTAR A BANDA!!

QUERO DISTÂNCIA DOS CHATOS.

NÃO TOQUE A PARTE DO PIANO, SOU EU QUE TOCO ESSA PARTE. NÃO ME ESCUTE. O QUE EU TENHO DE FAZER É ACOMPANHAR VOCÊ!

O INTERIOR DA MELODIA (A PONTE) É A PARTE QUE FAZ O EXTERIOR SOAR BEM.

NÃO TOQUE TUDO (OU O TEMPO TODO); DEIXE ALGUMAS COISAS DE LADO. ALGUMA MÚSICA SÓ IMAGINADA. O QUE VOCÊ NÃO TOCA PODE SER MAIS IMPORTANTE DO QUE O QUE VOCÊ TOCA.

SEMPRE DEIXE O PESSOAL QUERENDO MAIS.

UMA NOTA PODE SER PEQUENA COMO UM ALFINETE OU GRANDE COMO O MUNDO, DEPENDE DA SUA IMAGINAÇÃO.

MANTENHA A FORMA! ÀS VEZES UM MÚSICO ESPERA UMA CHANCE + QUANDO ELA APARECE, ELE ESTÁ FORA DE FORMA + NÃO PODE SE APRESENTAR.

QUANDO SE TRATA DE SWING, PONHA MAIS SWING AINDA! (O QUE VAMOS VESTIR HOJE À NOITE? A ROUPA MAIS BACANA POSSÍVEL!)

NÃO CORRA ATRÁS DE NINGUÉM PARA CONSEGUIR UMA APRESENTAÇÃO, SÓ FIQUE EM CENA. ESSAS MÚSICAS FORAM ESCRITAS PARA A GENTE TER O QUE TOCAR + FAZER O PESSOAL FICAR INTERESSADO BASTANTE PARA VIR AO ENSAIO.

VOCÊ CONSEGUIU! SE NÃO QUER TOCAR, CONTE UMA PIADA OU DANCE, MAS, DE QUALQUER MODO, VOCÊ CONSEGUIU! (PARA UM BATERISTA QUE NÃO QUERIA SOLAR).

O QUE VOCÊ ACHA QUE NÃO PODE SER FEITO ALGUÉM VAI FAZER. GÊNIO É QUEM SE PARECE MAIS CONSIGO MESMO.

TENTARAM ME FAZER ODIAR OS BRANCOS, MAS SEMPRE APARECIA ALGUÉM PARA ESTRAGAR TUDO.

7. MONK'S ADVICE (1960)

JUST BECAUSE YOU'RE NOT A DRUMMER, DOESN'T MEAN THAT YOU DON'T HAVE TO KEEP TIME.

PAT YOUR FOOT & SING THE MELODY IN YOUR HEAD, WHEN YOU PLAY.

STOP PLAYING ALL (THAT BULLSHIT) THOSE WIERD NOTES, PLAY THE MELODY!

MAKE THE DRUMMER SOUND GOOD.

DISCRIMINATION IS IMPORTANT.

YOU'VE GOT TO DIG IT TO DIG IT, YOU DIG?

ALL REET!

ALWAYS KNOW... (MONK)

IT MUST BE ALWAYS NIGHT, OTHERWISE THEY WOULDN'T NEED THE LIGHTS.

LET'S LIFT (I WANT) THE BANDSTAND!!

AVOID THE HECKLERS.

DON'T PLAY THE PIANO PART, I'M PLAYING THAT. DON'T LISTEN TO ME, I'M SUPPOSED TO BE ACCOMPANING YOU!

THE INSIDE OF THE TUNE (THE BRIDGE) IS THE PART THAT MAKES THE OUTSIDE SOUND GOOD.

DON'T PLAY EVERYTHING (OR EVERYTIME); LET SOME THINGS GO BY. SOME MUSIC JUST IMAGINED. WHAT YOU DON'T PLAY CAN BE MORE IMPORTANT THAN WHAT YOU DO PLAY.

A NOTE CAN BE SMALL AS A PIN OR BIG AS THE WORLD, IT DEPENDS ON YOUR IMAGINATION.

STAY IN SHAPE! SOMETIMES A MUSICIAN WAITS FOR A GIG, & WHEN IT COMES, HE'S OUT OF SHAPE & CAN'T MAKE IT.

WHEN YOU'RE SWINGING, SWING SOME MORE! (WHAT SHOULD WE WEAR TONIGHT? SHARP AS POSSIBLE!)

ALWAYS LEAVE THEM WANTING MORE.

DON'T SOUND ANYBODY FOR A GIG, JUST BE ON THE SCENE.

THOSE PIECES WERE WRITTEN SO AS TO HAVE SOMETHING TO PLAY, & TO GET CATS INTERESTED ENOUGH TO COME TO REHEARSAL.

YOU'VE GOT IT! IF YOU DON'T WANT TO PLAY, TELL A JOKE OR DANCE, BUT IN ANY CASE. YOU GOT IT! (TO A DRUMMER WHO DIDN'T WANT TO SOLO).

WHATEVER YOU THINK CAN'T BE DONE, SOMEBODY WILL COME ALONG & DO IT. A GENIUS IS THE ONE MOST LIKE HIMSELF.

THEY TRIED TO GET ME TO HATE WHITE PEOPLE, BUT SOMEONE WOULD ALWAYS COME ALONG & SPOIL IT.

lista 062

LISTA DE COMPRAS DE GALILEU
GALILEU GALILEI
1609

Em agosto de 1609, Galileu Galilei apresentou ao público seu telescópio — um instrumento construído com lentes de óculos já prontas e capaz de ampliar um objeto cerca de oito vezes. Embora o telescópio funcionasse bem, Galileu quis aperfeiçoá-lo; porém, só o conseguiria se fizesse suas próprias lentes. A lista de compras que vemos aqui, escrita no verso de uma carta datada de 23 de novembro de 1609, mostra, entre outros itens, o material necessário para essa empreitada. Em janeiro de 1610, Galileu escreveu uma carta anunciando a descoberta das luas de Júpiter, que avistou graças às melhorias em seu telescópio.

Scarfarotti e cappelletto per Vinc.o.
La cassa delle robe di Mar[in]a.
Lente, ceci bianchi, risi, uva passa, farro.
Zucchero, pepe, garofani, cannella, spezie, confetture.
Sapone, aranci.
Pettine d'avorio nº 2.
Malvagia da i S. i. Sagredi.
Palle d'artiglieria nº 2.
Canna d'organo di stagno.
Vetri todeschi spianati.
Spianar cristallo di monte.
Pezzi di specchio.
Tripolo, ~~spantia~~
Lo specchiaro all'insegna del Re.
In calle delle aqque si fanno sgubie.
Trattare in materia di scodelle di ferro, o di gettarle in pietre, o vero come le palle d'artiglieria.
Privilegio per il vocabolario.
Ferro da spianare.
Pece greca.
Feltro, specchio per fregare.
Follo.
Pareggiarsi col S. Manucci, et rendergli l'Edilio.

[TRADUÇÃO]
Sapatos e chapéu para o Vincenzo.
A caixa para as coisas da Marina.
Lentilha, grão-de-bico, arroz, uva-passa, espelta.
Açúcar, pimenta, cravo, canela, especiarias, geleias.
Sabão, laranja.
Dois pentes de marfim.
Malvasia dos srs. Sagredi.
Duas balas de artilharia.
Tubo de estanho para órgão.
Lentes alemãs polidas.
Polir cristal de rocha.
Pedaços de espelho.
Trípole, ~~"spantia"~~
O fabricante de espelhos com a insígnia do rei.
Pequenos goivetes de ferro feitos na *Calle delle Acque*.
Arrumar tigelinhas de ferro ou fazê-las de pedra ou como balas de artilharia.
Privilégio sobre o vocabulário.
Plaina de ferro.
Pez grego.
Feltro, espelho para esfregar.
Lã.
Pagar ao sr. Mannucci e devolver-lhe o Edilio.

Scarparoti a affellettes ù uio
La Cassa delle robe di Mar:
Lente. Ceci bianchi, Risi. Uua
rossa. Farro.

Zucchero. pepe. garofani, Cannella
Spezie, confetture.

Sapori, aranci

Pettine d'auorio n.° 2.
Malvagia da i S.ri Sagredj
Palle d'Artiglieria n.° 2
Canna d'Organo di Stagno
Vetri Todeschi spianati.
Spianar Cristallo di Slate
Pezzi di specchio
Tripolo, ~~Spazza~~

Co Specchiaro all'insegna
del Re.

Calle delle ogque ù fúno
Sgubie —

Trattore è materia di ced delle di ferro, ò di Gettarle
in pietre, ò uero come le
Palle d'Artiglieria.
Priuilegio p il Vocabolario
Ferro da spianare.
Pece greca —
filtro. specchio & tregare —
follo —
pareggiare col S. Manucci; et
rendergli l'Editio

lista 063

REGRAS PARA O DEPARTAMENTO DE ARTE DO IMMACULATE HEART COLLEGE

CORITA KENT

c. 1967

Durante trinta anos, até 1968, a irmã Mary Corita dirigiu o departamento de arte do Immaculate Heart College, uma faculdade católica de Los Angeles, que logo se tornou famosa pela concepção progressista de suas aulas de arte. Na verdade, a própria irmã Mary foi uma figura de proa no movimento pop art, graças a suas originais e ousadas serigrafias, e também foi amiga de gente como Alfred Hitchcock, Saul Bass e John Cage. Enquanto lecionou na faculdade, escreveu uma lista de regras para o departamento.

REGRAS PARA O DEPARTAMENTO DE ARTE DO IMMACULATE HEART COLLEGE

REGRA UM: Procure um lugar que considere confiável e tente manter essa confiança por algum tempo.

REGRA DOIS: Deveres gerais da estudante: tire tudo de sua professora. Tire tudo de suas colegas.

REGRA TRÊS: Deveres gerais da professora: tire tudo de suas alunas.

REGRA QUATRO: Veja tudo como um experimento.

REGRA CINCO: Seja autodisciplinada. Isso significa encontrar alguém bem informado ou inteligente e decidir segui-lo. Ser disciplinada é seguir um bom caminho. Ser autodisciplinada é seguir um caminho melhor.

REGRA SEIS: Nada é um erro. Não existe vencer nem falhar. Só existe fazer.

REGRA SETE: A única regra é o trabalho. Se você trabalha, vai chegar a algum resultado. É quem trabalha o tempo todo que acaba conseguindo alguma coisa.

REGRA OITO: Não tente criar e analisar ao mesmo tempo. Trata-se de processos distintos.

REGRA NOVE: Alegre-se sempre que puder. Divirta-se. É mais fácil do que você pensa.

REGRA DEZ: "Estamos infringindo todas as regras. Até nossas próprias regras. E como fazemos isso? Deixando muito espaço para x quantidades". John Cage

SUGESTÕES ÚTEIS: Circule sempre. Vá a todo lugar. Sempre vá à aula. Leia qualquer coisa que lhe cair nas mãos. Assista a filmes atentamente, com frequência. Guarde tudo — pode ser útil mais tarde.

lista 064

**A LISTA DE AMOR
DE HARRY S. TRUMAN**
HARRY S. TRUMAN
28.JUN.1957

Durante 53 anos, o 33º presidente dos Estados Unidos, Harry Truman, foi casado com Bess, a quem conheceu no ensino médio. Em cada aniversário de casamento — 28 de junho —, escrevia-lhe uma carta; mas, no 38º aniversário, fez algo um pouco diferente: deu-lhe uma lista dos aniversários anteriores com um breve resumo do ano correspondente.

28 de junho de 1920 Um ano feliz.

28 de junho de 1921 Tudo muito bem.

28 de junho de 1922 Falido e em grave necessidade.

28 de junho de 1923 Juiz do Leste. Comendo.

28 de junho de 1924 Filha com quatro meses de idade.

28 de junho de 1925 Desempregado.

28 de junho de 1926 Ainda desempregado.

28 de junho de 1927 Juiz presidente — comendo de novo.

28 de junho de 1928 Tudo bem. Piano. Al Smith.

28 de junho de 1929 Pânico em outubro.

28 de junho de 1930 Depressão. Vamos indo.

28 de junho de 1931 Filha com seis anos de idade.

28 de junho de 1932 Estradas concluídas.

28 de junho de 1933 Diretor de emprego.

28 de junho de 1934 Prédios concluídos. Candidato ao Senado.

28 de junho de 1935 Senador dos Estados Unidos Gunston.

28 de junho de 1936 Resoluções da Filadélfia. Roosevelt reeleito.

28 de junho de 1937 Tudo muito bem em Washington.

28 de junho de 1938 Muita felicidade. Margie com catorze anos.

28 de junho de 1939 Legislação proposta.

28 de junho de 1940 Vai começar a luta pelo Senado.

28 de junho de 1941 Comitê Especial do Senado. Margie quer cantar.

28 de junho de 1942 Felicidade.

28 de junho de 1943 Muito trabalho.

28 de junho de 1944 Fala-se em V. P. Nada bom.

28 de junho de 1945 V. P. & presidente. Acaba a guerra.

28 de junho de 1946 Margie formada & cantora. 80º Congresso.

28 de junho de 1947 Plano Marshall & Grécia & Turquia.
Ótimo 28º aniversário.

28 de junho de 1948 Campanha terrível. Dia feliz.

28 de junho de 1949 Presidente de novo. Mais um dia feliz.

28 de junho de 1950 Coreia — época terrível.

28 de junho de 1951 Key West — um dia muito feliz.

28 de junho de 1952 Felicidade. Acabou, 20 de jan. de 1953.

28 de junho de 1953 De volta para casa. Muitas *rosas*.

28 de junho de 1954 Feliz 35º.

28 de junho de 1955 Todo arrebentado, mas feliz.

28 de junho de 1956 Grande dia — mais alegria.

28 de junho de 1957 Bom, cá estamos de novo, como diria Harry Jobes.

Faltam só 37 para chegar às bodas de brilhante!

HARRY S. TRUMAN
FEDERAL RESERVE BANK BUILDING
KANSAS CITY 6, MISSOURI

June 28, 1937 Grand time in Washington.

June 28, 1938 Very happy time. Margie 14.

June 28, 1939 Named legislation.

June 28, 1940 Senate fight coming.

June 28, 1941 Special Senate Committee
Margie wants to sing.

June 28, 1942 Also a happy time

June 28, 1943 Lots of work.

June 28, 1944 Talk of V.P. Bad business

June 28, 1945 V.P. + President. War End

June 28, 1946 Margie graduate + singer
80th Congress.

June 28, 1947 Marshall Plan + Greece + Turkey
a grand time 28th Anni

June 28, 1948 A terrible campaign. Happy day.

June 28, 1949 President again. Another happy day.

June 28, 1950 Korea - a terrible time.

June 28, 1951 Key West - a very happy day.

June 28, 1952 All happy. Finish Jan 20, 1953

June 28, 1953 Back home Lots of Roses.

June 28, 1954 A happy 35th

HARRY S. TRUMAN
FEDERAL RESERVE BANK BUILDING
KANSAS CITY 6, MISSOURI

June 28, 1920	One happy year.
June 28, 1921	Going very well.
June 28, 1922	Broke and in a bad way.
June 28, 1923	Eastern Judge. Eating
June 28, 1924	Daughter 4 mo. old.
June 28, 1925	Out of a job.
June 28, 1926	Still out of a job.
June 28, 1927	Presiding Judge - eating again
June 28, 1928	All going well. Piano.
June 28, 1929	Panic in October. Al Smith
June 28, 1930	Depression. Still going.
June 28, 1931	Six year old daughter
June 28, 1932	Roads finished
June 28, 1933	Employment Director.
June 28, 1934	Buildings finished. Ran for the Senate
June 28, 1935	U.S. Senator. Gaston.
June 28, 1936	Resolutions Philadelphia. Roosevelt reelected.

HARRY S. TRUMAN
FEDERAL RESERVE BANK BUILDING
KANSAS CITY 6, MISSOURI

June 28, 1955 All cut up but still happy.

June 28, 1956 A great day — more election.

June 28, 1957 Well here we are again
as Harry Jobes would say.

Only 37 to go for the
diamond jubilee!

H.S.T.

lista 065
COMO ESCREVER
DAVID OGILVY
7.SET.1982

Nascido na Inglaterra, David Ogilvy foi um dos primeiros "homens da publicidade". Em 1948, criou a agência que acabaria se tornando conhecida como Ogilvy & Mather e, que, sediada em Manhattan, tem sido desde então responsável por algumas das mais icônicas campanhas publicitárias. Em 1963, escreveu *Confissões de um publicitário*, best-seller ainda hoje considerado leitura obrigatória para todos os que ingressam nesse ramo. No início da década de 1960, a revista *Time* o chamou de "o mais requisitado mago da atual indústria da publicidade". Seu nome e o de sua agência foram mencionados mais de uma vez, e por boa razão, na série televisiva *Mad Men*.

Em 7 de setembro de 1982, Ogilvy enviou a todos os funcionários da Ogilvy & Mather um memorando intitulado "Como escrever", que consistia numa lista de conselhos.

Quanto melhor se escreve, mais se progride na Ogilvy & Mather. Quem *pensa* bem, *escreve* bem.

Gente confusa escreve memorandos confusos, cartas confusas e discursos confusos.

Saber escrever não é um dom natural. É preciso *aprender* a escrever bem. Aqui vão dez sugestões:

1. Leia o livro de Roman-Raphaelson sobre redação. Leia-o três vezes.
2. Escreva como você fala. Com naturalidade.
3. Use palavras curtas, frases curtas, parágrafos curtos.
4. Nunca use jargão, como *reconceituar*, *desmassificação*, *atitudinalmente*, *judicativamente*. Isso indica que você é um babaca pretensioso.
5. Nunca escreva mais de duas páginas sobre qualquer assunto.
6. Verifique suas citações.
7. Nunca envie uma carta ou memorando no dia em que o escreveu. Leia-o em voz alta na manhã seguinte — e revise-o.
8. Se o assunto for importante, peça a um colega que melhore seu texto.
9. Antes de enviar sua carta ou memorando, certifique-se de que deixou bem claro o que deseja que o destinatário faça.
10. Se você quer AÇÃO, *não escreva*. Procure a pessoa e *diga* o que quer.

1 —	Asher — Harper & Row — Não
2 —	Cannon — Dutton? — Não
3 —	Talese — HM Co — Não —
4 —	Silberman — Summit — Brilhante/Classudo — Não
5 —	Strachan — FSG — Brilhante demais/não sabe quem — Não
6 —	Sifton — Viking — Admira, não ama — ritmo — Não
7 —	Knopf — Lish quer — não consegue fazer passar — Não (Lee Goerner disse não)
8 —	Entrekin — S&S — bonita carta — Não
9 —	Phillips — Little Brown — não "ama" o bastante — Não
10 —	Sale — Putnam — não o tipo de voz que penetra — Não
11 —	Landis — Morrow — Não —
12 —	Ann Patty — Poseidon — Não
13 —	Tom Engelhart — Pantheon — Não
14 —	Freedgood — Random — Admira estilo — não ama — Não
15 —	Stewart — Atheneum — Não se aprofunda — Não
16 —	Peter Davison — Atlantic Monthly Press — Brilhante — Murmurado — Não
17 —	Tom Wallace — Norton — Não
18 —	Barbara Grossman — Crown — Brilhante — 25 anos à frente do seu tempo — Não
19 —	Godine — Não
20 —	Catherine Court — Penguin — Não entendeu — Não
21 —	Lish — Knopf — pediu de volta — Não
22 —	Fred Jordan — Grove — Não
23 —	Irene Skolnick — HBJ — ama — não conseguiu 2º leitor — Não
24 —	Karen Brazillar — Persea — Brilhante — Não pode — Não
25 —	Bob Wyatt — Ballantine — Não
26 —	Shoemaker — North Point — Brilhante criativo — Não
27 —	Roger Angell — NY'er — Sem concessões — Difícil — Não
28 —	Pantheon — 2a ed (via Lish) — Brilhante — Não
29 —	Fran McCullough — Dial — Não
30 —	St. Martins — Brilhante — Beattie 100% certo — Não
31 —	Delacorte — Não
32 —	Braziller — Não
33 —	Sam Vaughan — Doubleday — Não
34 —	Vanguard — Não
35 —	Donald I. Fine — Não
36 —	Congdon — Congdon & Weed — Não
37 —	Cork Smith — Ticknor & Fields — Não
38 —	Fisketjon — Random House — Não
39 —	Raebuth — Horizon 7/5/84 — falou 3/85 — problemas pessoais — não pode mas gostaria — talvez mais tarde
40 —	Carrol — Carroll & Geoff — Não
41 —	Lish — Knopf — Pediu — Não
42 —	Scribner's — Não
43 —	Pushcart Press — Não

lista 066

REJEITANDO *WITTGENSTEIN'S MISTRESS*
DAVID MARKSON

data desconhecida

Wittgenstein's Mistress, de David Markson, não é um romance comum. Escrito basicamente em parágrafos de uma única frase, conta a história de uma mulher convencida de que está sozinha no mundo — de que não existe outro ser humano. Publicado em 1988, recebeu críticas ardorosas e hoje é tido como a obra-prima de Markson; em 1999, o romancista David Foster Wallace considerou o livro "o ponto alto da ficção experimental neste país". Apesar da chuva de elogios depois da publicação, nem tudo foram flores. A lista que vemos aqui, manuscrita pelo autor exasperado, detalha cada uma das rejeições que enfrentou, até conseguir publicar *Wittgenstein's Mistress* pela Dalkey Archive Press. São 54.

SUBMISSIONS
"WITTGENSTEIN'S
MISTRESS"
(as "Keeper of the
Ghosts")

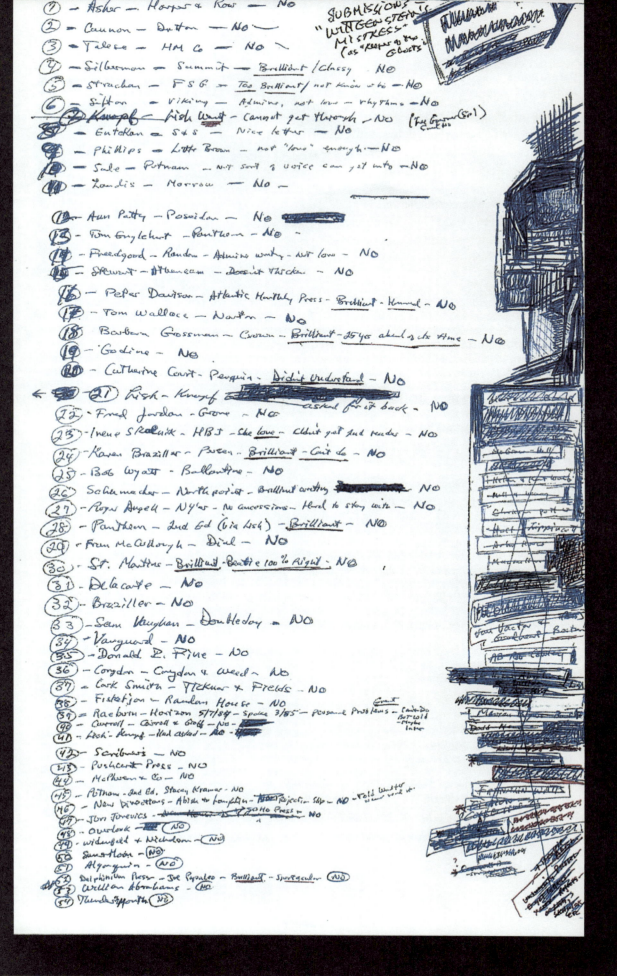

1. Asher — Harper & Row — NO
2. Cannon — Dutton — NO
3. Talese — HM Co — NO
4. Silberman — Summit — Brilliant/Classy — NO
5. Strachan — FSG — Too Brilliant/not know who — NO
6. Sifton — Viking — Admire, not love — rhythms — NO
7. ~~Knopf~~ Lish Wants — Cannot get through — NO (Ted Grover (Sr.))
8. Entrekin — S&S — Nice letter — NO
9. Phillips — Little Brown — not "love" enough — NO
10. Sale — Putnam — Not sort of voice can get into — NO
11. Landis — Morrow — NO

12. Ann Patty — Poseidon — NO
13. Tom Engelhardt — Pantheon — NO
14. Freedgood — Random — Admire w/ — not love — NO
15. Stewart — Atheneum — Doesn't thicken — NO
16. Peter Davison — Atlantic Monthly Press — Brilliant — Kennel — NO
17. Tom Wallace — Norton — NO
18. Barbara Grossman — Crown — Brilliant — 25 yrs ahead of its time — NO
19. Godine — NO
20. Catherine Court — Penguin — Didn't understand — NO
← 21. Lish — Knopf — asked for it back — NO
22. Fred Jordan — Grove — NO
23. Irene Skolnick — HBJ — She love — couldn't get 2nd reader — NO
24. Karen Braziller — Persea — Brilliant — Can't do — NO
25. Bob Wyatt — Ballantine — NO
26. Schumacher — Northpoint — Brilliant writing — NO
27. Roger Angell — NY'er — No concessions — Hard to stay with — NO
28. Pantheon — 2nd Ed (via Lish) — Brilliant — NO
29. Fran McCullough — Dial — NO
30. St. Martins — Brilliant — Beattie 100% Right — NO
31. Delacorte — NO
32. Braziller — NO
33. Sam Vaughan — Doubleday — NO
34. Vanguard — NO
35. Donald P. Fine — NO
36. Congdon — Congdon & Weed — NO
37. Cork Smith — Ticknor & Fields — NO
38. Fisketjon — Random House — NO
39. Raeburn — Horizon 5/7/84 — Spoke 3/85 — personal problems — Can't do — Great but told maybe later
40. Carroll — Carroll & Graf — NO
41. Lish — Knopf — Had asked — NO

42. Scribners — NO
43. Pushcart Press — NO
44. McPheron & Co — NO
45. Putnam — 2nd Ed, Stacey Kramer — NO
46. New Directions — Abish to Laughlin — Rejection Slip — NO — Told Wurlitz new work it
47. Jon Jurevics — Soho Press — NO
48. Overlook — NO
49. Weidenfeld + Nicholson — NO
50. Sun & Moon — NO
51. Algonquin — NO
52. Delphinium Press — Joe Papaleo — Brilliant — Spectacular — NO
53. William Abrahams — NO
54. Thunder's Mouth — NO

44 — McPherson & Co — Não
45 — Putnam — 2ª ed. Stacy Kramer — Não
46 — New Directions — Abish & Laughlin — bilhete recusando
— Não — disse que Walter não leu
47 — Juri Jurevis — SoHo Press — Não
48 — Overlook — Não
49 — Weidenfield & Nicholson — Não
50 — Sun & moon — Não
51 — Algonquin — Não
52 — Delphinium Press — Joe Papaleo — Brilhante — espetacular
— Não
53 — William Abraham — Não
54 — Thunder's Mouth — Não

lista 067
ESTRANHAS IDEIAS DE LOVECRAFT
H. P. LOVECRAFT
c. 1930

Numa carta datada de janeiro de 1920, o aclamado autor de livros de terror H. P. Lovecraft contou para Reinhardt Kleiner que tinha começado a elaborar uma lista de "ideias e imagens para uso posterior na ficção". E acrescentou: "Pela primeira vez na vida, vou ficar com um 'livro comum' — se é que se pode aplicar o termo a um repositório de ideias horripilantes e fantásticas". Catorze anos depois, entregou a lista, agora ampliada, a um amigo curioso, acrescentando um bilhete em que explicava:

"Este livro consiste de ideias, imagens & citações anotadas às pressas para possível utilização em relatos fantásticos. Bem poucas chegam a constituir um enredo — pois a maioria não passa de meras sugestões ou impressões fortuitas só para fazer a memória ou a imaginação trabalhar. As fontes variam — sonhos, coisas que li, incidentes banais, concepções sem sentido, & assim por diante."

1. *Demofonte* estremeceu quando o sol brilhou sobre ele. (Amante das trevas = ignorância.)
2. Os habitantes de *Zinge*, sobre os quais a estrela Canopo se levanta todas as noites, vivem alegres, sem sofrimento.
3. As praias da Ática respondem com cantos às ondas do mar Egeu.
4. História de Terror — Homem sonha que está caindo — e se arrebata no chão como se tivesse caído de grande altura.
5. Narrador caminha por estrada rural desconhecida — chega à estranha região do irreal.
6. Em "Idle Days on the Yann", de Lorde Dunsany: os habitantes da antiga Astahahn, às margens do Yann, fazem tudo de acordo com antiga cerimônia. Não criam nada novo. "Aqui prendemos os pés e as mãos do Tempo para ele não matar os Deuses."
7. *História de Terror*: A mão esculpida — ou outra mão artificial — que estrangula seu criador.
8. Hist. de Ter.: Homem marca encontro com velho inimigo. Morre — corpo vai ao encontro.
9. Trama do dr. Eben Spencer.
10. Sonhar que sobrevoa cidade ["Celephaïs"]
11. Estranho ritual noturno. Feras dançam e marcham ao som de música.
12. Acontecimentos no intervalo entre som preliminar e batida do relógio — final: "Foram as três badaladas do relógio".
13. Casa e jardim — velhas — associações. Lugar adquire aspecto estranho.
14. Ruído pavoroso na escuridão.
15. Ponte e águas negras lodosas. ["Os fungos de Yuggoth" — O canal.]
16. Os mortos que andam — aparentemente vivos, mas —
17. Portas misteriosamente abertas e fechadas etc. — provocam terror.
18. Calamandra — madeira muito valiosa do Ceilão e S. da Índia usada em marcenaria, semelhante ao pau-rosa.
19. Rever conto de 1907 — quadro de extremo terror.
20. Homem viaja ao passado — ou mundo da imaginação — deixando corpo físico para trás.
21. Um colosso muito antigo num deserto muito antigo. Sem rosto — ninguém o viu.

22. Lenda da sereia — *Encyc. Britt.* XVI — 40.
23. O homem que não dormia — não ousa dormir — toma drogas para se manter acordado. Finalmente cai no sono — e *alguma coisa* acontece — Máxima de Baudelaire p. 214 ["Hypnos"].
24. Dunsany — "Go-By Street" : Homem vai parar no mundo dos sonhos — retorna à Terra — procura voltar — consegue, mas acha o mundo dos sonhos antigo e deteriorado, como se milhares de anos tivessem se passado.

1919

25. Homem visita museu de antiguidades — pergunta se aceitam um baixo-relevo que *ele acabou de fazer* — *velho* e douto curador ri e diz que não pode aceitar algo tão moderno. O homem argumenta que 'os sonhos são mais velhos que o sorumbático Egito ou a contemplativa Esfinge ou a Babilônia rodeada de jardins' e afirma que produzira a escultura em seus sonhos. O curador o manda mostrar sua obra; fica horrorizado ao vê-la e pergunta-lhe quem é ele. O homem diz seu nome atual. "Não — o *nome anterior*", o curador replica. O homem só lembra esse nome em sonho. Então o curador lhe oferece um preço alto, mas o homem teme que ele pretenda destruir a escultura. Pede um preço fabuloso — o curador consultará os diretores.

Desenvolva e descreva a natureza do baixo-relevo. ["O chamado de Cthulhu"]

26. Sonho com escadaria de castelo antigo — guardas dormindo — janela estreita — batalha na planície entre homens da Inglaterra e homens de uniforme amarelo com dragão vermelho. O chefe dos ingleses desafia o chefe inimigo para combate entre ambos. Lutam. O inimigo perde o elmo, *mas nenhuma cabeça aparece.* Todo o exército inimigo se esvaece na neblina, e o observador descobre que ele é o cavaleiro inglês montado na planície. Olha para o castelo e vê estranha concentração de nuvens fantásticas sobre as ameias mais altas.
27. *Vida e Morte*: Morte — sua desolação e horror — espaços lúgubres — fundo do mar — cidades mortas. Mas a Vida — o maior horror! Grandes répteis desconhecidos e leviatãs — feras hediondas de selva pré-histórica — vegetação abundante e viscosa — maus instintos de homem primitivo — a Vida é mais horrível que a morte.
28. *Os Gatos de Ulthar*: O gato é a alma do antigo Egito e portador de histórias das cidades esquecidas de Meroé e Ofir. É parente dos senhores da selva e herdeiro dos segredos da antiga e sinistra África. É primo da Esfinge e fala sua língua, porém é anterior à Esfinge e se lembra do que ela já esqueceu. [usado]
29. Sonho com Seekonk — maré vazante — relâmpago — êxodo de Providence — queda da cúpula da Congregação.
30. Estranha visita a um lugar à noite — luar — castelo de grande magnificência etc. Luz do dia revela abandono ou ruínas irreconhecíveis — talvez de muita antiguidade.
31. Homem pré-histórico preservado no gelo da Sibéria. (Ver Winchell — *Walks and Talks in the Geological Field* — p. 156 et seq.)
32. Assim como os dinossauros foram superados pelos mamíferos, o homem-mamífero também será superado por insetos ou aves — queda do homem antes da próxima raça.
33. Determinismo e profecia.
34. Afastar-se da Terra mais rápido que a luz — passado gradativamente exposto — revelação horrenda.
35. Seres especiais com sentidos especiais de universos distantes. Surgimento de um universo externo e visível.
36. Desintegração de toda a matéria em elétrons e finalmente se assegura o espaço vazio, assim como se sabe da passagem de energia a calor radiante. Caso de *aceleração* — homem se torna espaço.
37. Cheiro característico de livro de infância induz repetição de fantasia de infância.
38. Sensações de afogamento — submersão no mar — cidades — navios — almas dos mortos. Morrer afogado é horrível.
39. *Sons* — possivelmente musicais — de outros mundos ou de outras esferas de existência ouvidos na noite.
40. Aviso de que determinado solo é sagrado ou

amaldiçoado; que ali não se deve construir casa ou cidade — ou, se for construída, deve ser abandonada ou destruída sob pena de catástrofe.

41. Os italianos chamam o *Medo* de La Figlia della Morte — a filha da Morte.

42. Medo de *espelhos* — lembrança de sonho em que o lugar se modifica e o clímax é a horrível surpresa de ver-se refletido na água ou no espelho. ["Identity"?] ["O forasteiro"?]

43. Monstros nascem — vivem em tocas subterrâneas e se multiplicam, formando uma raça de demônios insuspeitados.

44. Castelo na beira de lago ou de rio — reflexo fixado durante séculos — castelo destruído, reflexo vive para executar estranha vingança contra destruidores.

45. Raça de faraós imortais mora sob pirâmides em vastos salões subterrâneos aos quais dão acesso negras escadarias.

46. Hawthorne — enredo não escrito: Visitante saído do túmulo — um estranho em local público volta para o cemitério à meia-noite e vai para dentro da terra.

47. De "Arábia" *Encyc. Britan.* II — 255: Fabulosas tribos pré-históricas de Ad no sul, Thamood no norte, e Tasm e Jadis no centro da península. "Belíssimas descrições de Irem, a Cidade dos Pilares (como a chama o Alcorão), que teria sido erguida por Shedad, o último déspota de Ad, nas regiões de Hadramawt, e que ainda, depois da aniquilação de seus habitantes, permanece inteira, segundo dizem os árabes, invisível aos olhos comuns, porém, em raras ocasiões, mostra-se a um viajante favorecido pelos céus." Escavações de rochas no N. O. do Hedjaz atribuídas à tribo Thamood.

48. Cidades exterminadas por ira sobrenatural.

49. AZATHOTH — nome hediondo.

50. *Fleg*'e-tonte — rio de fogo líquido no Hades.

51. Jardim encantado onde a Lua forma sombra de objeto ou fantasma invisível ao olho humano.

52. Invocar os mortos — voz ou som conhecido na sala adjacente.

53. Mão de homem morto escreve.

54. Transposição de identidade.

55. Homem seguido por *coisa* invisível.

56. Livro ou manuscr. horrendo demais para se ler — advertência contra sua leitura — alguém o lê e é encontrado morto. Incidente em Haverhill.

57. Velejar ou remar em lago ao luar — navegar para a invisibilidade.

58. Uma aldeia esquisita — num vale, à qual dá acesso uma longa estrada visível desde o alto da colina onde começa — ou perto de uma floresta densa e antiga.

59. Homem em estranha câmara subterrânea — procura forçar porta de bronze — submerso por influxo de água.

60. Pescador lança rede no mar ao luar — o que ele encontra.

61. Uma terrível peregrinação para buscar o trono noturno do longínquo demônio-sultão *Azathoth*.

62. Homem vive enterrado em construção de ponte segundo superstição — ou gato preto.

63. Nomes sinistros — Nasht — Kaman-Thah.

64. Identidade — reconstrução de personalidade — homem faz duplicata de si mesmo.

65. Riley tem medo de agentes funerários — porta trancada por dentro depois da morte.

66. Catacumbas descobertas sob uma cidade (na América?).

67. Uma impressão — cidade em perigo — cidade morta — estátua equestre — homens em quarto fechado — barulho de patas de cavalo no exterior — prodígio revelado ao olharem para fora — final *duvidoso*.

68. Assassinato descoberto — corpo localizado — por detetive psicologista que alega ter tornado as paredes da sala transparentes. Trabalha com medo do assassino.

69. Homem com rosto inatural — fala de modo estranho — descobre-se que é uma *máscara* — Revelação.

70. *Tom de extrema fantasia*: Homem transformado em ilha ou montanha.

71. Homem vende a alma ao diabo — volta de viagem — a vida depois disso — medo — máximo horror — extensão de romance.

72. Incidente no Hallowe'en — espelho no porão — rosto visto no espelho — morte (marca de garra?).

73. Ratos se multiplicam e exterminam primeiro uma cidade e depois a humanidade inteira. Aumentados em tamanho e inteligência.

74. Vingança italiana — matar-se na cela com inimigo — em subterrâneo de castelo. [usado por FBL Jr.]

75. Missa negra em subsolo de igreja antiga.

76. Catedral antiga — gárgula medonha — homem procura roubar — encontrado morto — mandíbula da gárgula ensanguentada.

77. Inenarrável dança das gárgulas — pela manhã constata-se que várias gárgulas da velha catedral trocaram de lugar.

78. Vagando pelo labirinto de ruas estreitas de um bairro miserável — surge uma luz distante — ritos inéditos de um bando de mendigos — parece o Pátio dos Milagres, em *O corcunda de Notre Dame*.

79. Horrível segredo em cripta de castelo antigo — descoberto por morador.

80. *Coisa* viva e amorfa forma núcleo de edifício antigo.

81. Cabeça de mármore — sonho — cemitério na colina — noite — irrealidade. ["O festival"?]

82. Poder de mago para influenciar sonhos alheios.

1920

83. Citação: "[...] pesadelo com defunto que morreu na iniquidade e deixou seu corpo flácido no peito do atormentado para livrar-se como puder". — Hawthorne

84. Pavorosas dissonâncias nos tons graves de órgão (arruinado) em abadia ou catedral (abandonada). ["O horror em Red Hook"]

85. "Pois a Natureza também não tem suas coisas grotescas — as rochas gretadas, as luzes deturpadoras da noite nas estradas solitárias, a estrutura exposta do homem em embrião, ou o esqueleto?" Pater — *Renascimento* (da Vinci)

86. Encontrar uma coisa horrível num livro (talvez conhecido) e não conseguir reencontrá-la.

87. *Borellus* disse que "os Sais Essenciais dos animais podem ser preparados e preservados de tal modo que um homem engenhoso pode ter toda a arca de Noé em seu Gabinete e criar como bem entender a bela forma de um animal com o que dele restou; e que, pelo método semelhante dos Sais Essenciais de restos humanos, um Filósofo pode, sem cometer crime de necromancia, invocar qualquer ancestral morto a partir de suas

cinzas no lugar onde seu corpo foi cremado". [*O caso de Charles Dexter Ward*]

88. Filósofo solitário gosta de gato. Hipnotiza-o — por assim dizer —falando com ele e olhando para ele repetidas vezes. Depois de sua morte, o gato apresenta sinais evidentes de possuir a personalidade do dono. NB: O filósofo treinou o gato e deixa-o para um amigo, com instruções para prender uma caneta na pata dianteira direita do animal. Depois o gato escreve com a letra do falecido.

89. Lagunas e pântanos solitários da Louisiana — demônio da morte —casa antiga e jardins — árvores cobertas de musgo — festões de barba-de-velho.

1922?

90. Monstro *anencéfalo,* ou sem cérebro, que sobrevive e alcança tamanho prodigioso.

91. Dia perdido de inverno — passou dormindo — vinte anos depois. Dorme na cadeira em noite de verão — falso amanhecer — cenário e sensações antigos — frio — pessoas velhas agora mortas — horror — congelado?

92. Corpo de homem morre — mas cadáver conserva vida. Caminha sorrateiramente — tenta ocultar cheiro de decomposição — detido em algum lugar — clímax terrível. ["Ar frio"]

93. Um lugar onde se esteve — uma bela vista de uma aldeia ou de um vale repleto de fazendas ao entardecer — e não se consegue encontrar novamente ou localizar na memória.

94. Mudança ocorre no sol — faz objetos adquirirem forma estranha, talvez restaurando paisagem do passado.

95. Horrível casa de fazenda colonial e jardim coberto de mato em ladeira de cidade — tomada por mato. Poema "The House" como base da história. ["A casa abandonada"]

96. Fogos desconhecidos vistos nas colinas à noite.

97. Medo cego de uma floresta onde cursos d'água serpenteiam entre raízes tortas e onde ocorreram sacrifícios terríveis num altar enterrado — Fosforescência de árvores mortas. Chão borbulha.

98. Casa velha e medonha em ladeira íngreme de cidade — Bowen St. — acenos à noite — janelas escuras — horror inominado — toque frio e voz fria — as boas-vindas dos mortos.

1923

99. História de Salem — a casa de uma bruxa velha — onde depois de sua morte são encontradas coisas terríveis.

100. Região subterrânea abaixo de plácido vilarejo da Nova Inglaterra, habitada por estranhas criaturas (vivas ou extintas) de antiguidade pré-histórica.

101. Hedionda sociedade secreta — muito difundida — ritos pavorosos em cavernas de lugares conhecidos — à qual o próprio vizinho pode pertencer.

102. Cadáver na sala faz alguma coisa — levado pela discussão em sua presença. Rasga ou esconde testamento etc.

103. Quarto lacrado — ou pelo menos sem luz. Sombra na parede.

104. Velha taverna à beira-mar agora está no interior longe da praia. Estranhos acontecimentos — ouve-se marulhar de ondas —

105. Vampiro visita homem em morada ancestral — é seu próprio pai.

106. Uma *coisa* pousa no peito de alguém que está dormindo. Desaparece pela manhã, mas deixa algo.

107. Papel de parede se rompe com forma sinistra — homem morre de medo. ["Os ratos nas paredes"]

108. Mulato instruído procura remover personalidade de homem branco e ocupar seu corpo.

109. Velho feiticeiro negro pratica vodu em cabana do pântano — possui homem branco.

110. Antediluviano — Ruínas ciclópicas em ilha solitária do Pacífico. Centro de culto subterrâneo às bruxas difundido por toda a Terra.

111. Ruína antiga em pântano do Alabama — vodu.

112. Homem vive perto de cemitério — como ele vive? Não come comida.

113. Lembranças biológicas hereditárias de outros mundos e universos. Butler — *God Known and Unk.* p. 59 [Belknap]

114. Luzes da morte dançando sobre um pântano salgado.

115. Castelo antigo dentro de estranha cachoeira — o barulho da água cessa por um tempo em curiosas circunstâncias.

116. À noite rondando um castelo às escuras em estranho cenário.

117. Uma coisa viva secreta guardada e alimentada numa casa velha.

1924

118. Algo visto na janela de aposento proibido de antigo solar.

119. Nota de arte — demônios fantásticos de Salvator Rosa ou Fuseli (tromba — probóscide).

120. Pássaro falante de grande longevidade — conta segredo muito tempo depois.

121. Fócio menciona um autor (cuja obra se perdeu) chamado Damáscio, que escreveu *Ficções incríveis*, *Histórias de demônios*, *Histórias maravilhosas de aparições de mortos*.

122. Coisas horríveis sussurradas nos versos de Gauthier de Metz (séc. XIII) *Image du Monde*.

123. Homem seco vive há séculos em estado cataléptico em tumba antiga.

124. Hedionda assembleia secreta e noturna em beco antigo — participantes se dispersam furtivamente um a um — um deles deixa cair uma coisa — uma mão humana —

125. Homem abandonado por navio — nada no mar — recolhido horas depois com estranha história de região submarina que visitou — louco??

126. Náufragos numa ilha comem vegetação desconhecida e sofrem estranha transformação.

127. Ruínas antigas e desconhecidas — pássaro estranho e imortal que *fala* numa língua horripilante e reveladora para os exploradores.

128. Por estranho processo, indivíduo refaz o caminho da evolução e torna-se anfíbio. ∴ Dr. declara que o anfíbio específico do qual o *homem* descende não se parece com nenhum que a paleontologia conhece. Para prová-lo, realiza (ou relata) estranho experimento.

1925

129. *O fauno de mármore* p. 346 — estranha e pré-histórica cidade italiana de pedra.

130. Região N. E. chamada "Vale das Bruxas" — ao longo de um rio. Rumores de sabás e cerimoniais de magia indígena num largo monte que se ergue do local onde velhas cicutas e faias formaram um bosque escuro ou templo do demônio. Lendas difíceis de explicar. Holmes —*Guardian Angel*.

131. Fosforescência de madeira em decomposição — chamada na Nova Inglaterra de "fogo-podre".

132. Artista louco em casa velha e sinistra desenha *coisas*. Quais foram seus modelos? Vislumbre. ["O modelo de Pickman"]

133. Homem tem irmãos siameses pequeninos e disformes — exib. em circo — irmãos separados cirurgicamente — desaparecem — fazem coisas hediondas com vida maligna própria. [HSW — Cassius]

134. Romance Vale das Bruxas? Homem contratado como professor em escola particular erra o caminho na primeira viagem — encontra um vale escuro com árvores anormalmente inchadas e pequena casa (luz na janela?). Chega à escola e descobre que os meninos são proibidos de visitar o vale. Um menino é estranho — o professor o vê visitar o vale — fatos bizarros — desaparecimento misterioso ou destino terrível.

135. Mundo hediondo sobreposto ao mundo visível — portão — algo poderoso guia narrador até livro antigo e proibido com instruções sobre acesso.

136. Uma língua secreta falada por poucos velhos num lugar ermo leva a prodígios e terrores ocultos ainda sobreviventes.

137. Homem estranho é visto em montanha solitária falando com grande criatura alada que voa para longe quando outras se aproximam.

138. Alguém ou alguma coisa grita de medo ao ver a lua surgir, como se fosse algo estranho.

139. DELRIO pergunta "An sint unquam daemones incubi et succubae, et an ex tali congressu proles nasci queat?"* ["O horror em Red Hook"]

140. Explorador entra em terra estranha, onde alguma coisa na atmosfera escurece o céu até torná-lo praticamente negro — ali há prodígios.

1926

141. Nota de rodapé de Haggard ou Lang em *The World's Desire*: "Provavelmente os misteriosos e indecifráveis livros antigos, escavados no antigo Egito, foram escritos nessa língua morta de um povo mais antigo e hoje esquecido. É o caso do livro escrito por um sacerdote da Deusa e descoberto no antigo santuário de Coptos. 'Toda a Terra estava escura, mas a Lua brilhava sobre o Livro.' Um escriba da época das dinastias ramessidas menciona outro texto antigo indecifrável. 'Dizes que não compreendes uma palavra dele, boa ou má. É como se houvesse em torno dele um muro que ninguém consegue escalar. És instruído, porém não o entendes; isso me dá medo.'" Birch, *Zeitschrift*, 1871 pp. 61-64. *Papyrus Anastasi* I, pl. X, 1. 8, pl. X 1. 4. Maspero, *Hist. Anc.*, pp. 66-7.

142. Membros de um culto às bruxas foram enterrados de bruços. Homem investiga ancestral no túmulo da família e descobre algo inquietante.

143. Poço curioso em Arkham — água acaba (ou nunca foi encontrada — buraco tampado com pedra desde que foi aberto) — sem fundo — evitado e temido — o que há lá embaixo (templo profano ou outra coisa muito antiga ou grande mundo de cavernas). ["Os fungos de Yuggoth" — O poço.]

144. Livro medonho vislumbrado em loja antiga — nunca mais visto.

145. Pensão horrenda — porta fechada que nunca se abriu.

146. Lâmpada antiga encontrada em tumba — abastecida e utilizada, sua luz revela um mundo estranho. ["Os fungos de Yuggoth"]

147. Qualquer objeto muito antigo, desconhecido ou pré-histórico — seu poder de sugestão — lembranças proibidas.

148. *Cão* vampiro.

149. Beco maligno ou tribunal fechado em cidade antiga — Union ou Milligan Pl. ["Os fungos de Yuggoth"]

150. Visita a alguém em casa estranha e distante — viagem à noite desde a estação — pelas colinas assombradas — casa perto de floresta ou água — seres terríveis moram lá.

---

*"Haverá existido espíritos tais que íncubos e súcubos? E terá surgido prole de uma tal união?" [N. T.]

151. Homem forçado a se abrigar em casa estranha. Anfitrião de barba densa e óculos escuros. Vai dormir. À noite o hóspede se levanta e vê roupas do anfitrião por toda parte — também *máscara* que era o rosto aparente do *que quer que fosse* o anfitrião. Foge.

152. Sistema nervoso autônomo e mente subconsciente *não estão na cabeça*. Médico louco decapita um homem mas o mantém vivo e subconscientemente controlado. Evitar copiar conto de W. C. Morrow.

1928

153. Gato preto em colina perto de fossa escura no pátio de antiga pousada. Solta miados roucos — convida artista para mistérios noturnos. Finalmente morre em idade avançada. Assombra sonhos do artista — atrai-o para segui-lo — desfecho estranho (nunca acorda? ou faz bizarra descoberta de um mundo mais velho fora do espaço tridimensional?). [usado por Dwyer]

154. Trofônio — caverna de. Ver Class. Dict. e artigo no *Atlantic*.

155. Cidade com torre vista de longe ao entardecer — *não se ilumina à noite*. Veleiro é visto saindo para o mar. ["Os fungos de Yuggoth"]

156. Aventuras de um espírito desencarnado — por cidades escuras, meio conhecidas, e estranhas charnecas — por espaço e tempo — outros planetas e universos no final.

157. Luzes vagas, figuras geométricas etc., vistas na retina, quando os olhos estão fechados. Devem-se a raios de *outras dimensões* atuando sobre o nervo óptico? De *outros planetas*? Têm relação com uma vida ou fase da existência em que a pessoa poderia viver se soubesse chegar lá? *Homem tem medo de fechar os olhos* — ele foi a um lugar numa peregrinação terrível e conserva essa assustadora capacidade de ver.

158. Homem é amigo de terrível feiticeiro que ganha influência sobre ele. Mata-o em defesa de sua alma — empareda o corpo num velho porão — MAS — o feiticeiro morto (que havia dito coisas estranhas sobre a permanência da alma no corpo) *troca de corpo com ele*... deixando-o como um cadáver consciente no porão. ["A coisa na soleira da porta"]

159. Certo tipo de música grave e imponente no estilo das décadas de 1870 ou 1880 lembra certas visões dessa época — salões de velório à luz de gás, luar em pisos velhos, ruas comerciais decadentes com lampiões de gás etc. — em circunstâncias terríveis.

160. Livro cuja leitura induz ao sono — não pode ser lido — determinado homem o lê — enlouquece — velho iniciado que sabe disso toma precauções — proteção (de autor e tradutor) por magia.

161. Tempo e espaço — fato ocorrido — 150 anos atrás — inexplicado. Época moderna — pessoa com saudade intensa do passado diz ou faz algo que psiquicamente é transmitido ao passado e *realmente causa* o fato ocorrido.

162. Extremo horror — avô retorna de estranha viagem — mistério em casa — vento e escuridão — avô e mãe tragados — perguntas proibidas — sonolência — investigação — cataclismo — ouvem-se gritos.

163. Homem perde dinheiro obtido *de modo obscuro*. Diz à família que precisa *voltar* ao LUGAR (horrível e sinistro e extradimensional) onde pegou o dinheiro. Alusão a possíveis perseguidores — ou à possibilidade de ele não regressar. Homem vai — registro do que acontece com ele — ou do que acontece em sua casa depois do seu retorno. Talvez relacionar com tema anterior. Dar tratamento fantástico, quase dunsaniano.

164. Homem observado num local público tem feições (ou anel ou joia) identificadas com as de um homem enterrado há muito tempo (talvez há gerações).

165. Viagem terrível a uma tumba antiga e esquecida.

166. Família medonha mora em castelo antigo na borda de um bosque e perto de penhascos negros e cachoeira monstruosa.

167. Jovem criado em atmosfera de grande mistério. Acredita que o pai morreu. De repente lhe informam que o pai está prestes a retornar. Estranhos preparativos — consequências.

168. Ilhas solitárias e lúgubres na costa N. E. Abrigam horrores — posto avançado de influências cósmicas.

169. O que nasce do ovo primordial.

170. Homem estranho em bairro sombrio de cidade antiga possui algo de imemorial terror arcaico.

171. Hediondo livro velho é descoberto — instruções para evocação chocante.

1930

172. Ídolo pré-humano encontrado em deserto.
173. Ídolo em museu *move-se* de certo modo.
174. Migração de lemingues — Atlântida.
175. Figurinhas verdes célticas retiradas de um velho pântano irlandês.
176. Homem vendado e levado em carro fechado para lugar muito antigo e secreto.
177. Os *sonhos* de um homem efetivamente *criam* em *outra dimensão* um mundo estranho meio louco de substância quase material. *Outro homem*, também sonhador, entra nesse mundo em sonho. O que ele encontra. Inteligência de habitantes. A dependência desses habitantes em relação ao primeiro sonhador. O que acontece quando ele morre.
178. Um túmulo muito antigo na densa floresta perto de onde ficava um solar do século XVII na Virgínia. A coisa inchada e incorrupta encontrada lá dentro.
179. Aparição de um deus antigo num lugar solitário e arcaico — prov. ruína de templo. Atmosfera de beleza e não de terror. Abordagem sutil — presença revelada por leve ruído ou sombra. Mudança de paisagem? Vista por criança? Impossível retornar ao local ou identificá-lo?
180. Uma casa de horror — crime inominado — ruídos — últimos moradores — (Flammarion) (extensão de romance?).
181. Habitante de outro mundo — rosto disfarçado, talvez revestido de pele humana ou dotado de forma humana mediante cirurgia, mas corpo de alienígena sob a roupa. Uma vez na Terra, tenta misturar-se com a humanidade. Revelação hedionda [sugerido por CAS]
182. Em antiga cidade soterrada, um homem encontra um documento pré-histórico quase pulverizado escrito *em inglês e com sua própria letra*, contando uma história incrível. Viagem do presente ao passado implícita. Possível realização dessa viagem.
183. Referência em papiro egípcio ao segredo dos segredos sob o túmulo do sumo sacerdote Ka-Nefer. Tumba finalmente encontrada e identificada — alçapão em piso de pedra — escadaria e o ilimitável abismo negro.
184. Expedição perdida na Antártida ou outro lugar estranho. Esqueletos e pertences encontrados anos depois. Filmes usados mas não revelados.

Descobridores revelam — e deparam com estranho horror.
185. Cena de um horror urbano — Rues Sous le Cap ou Champlain — Quebec — face escarpada de rochedo — musgo, mofo, umidade — casas semiescavadas em penhasco.
186. Coisa do mar — em casa escura, homem encontra maçanetas etc. *molhadas* como se *algo* as tivesse tocado. Ele havia sido comandante de navio e encontrara um estranho templo numa ilha resultante de erupção vulcânica.

1931

187. Sonhar que desperta em vasto salão de estranha arquitetura, com vultos cobertos por lençóis [deitados] sobre lajes — em posições semelhantes à do sonhador. Sugestões de contornos perturbadoramente não humanos sob os lençóis. Um dos vultos se move e descobre-se — não é um ser terrestre. Sugest. de que *o sonhador* também não é um ser terrestre — a mente se transferiu para o corpo em outro planeta.
188. Deserto de pedra — porta pré-histórica em penhasco, no vale rodeado por ossos de incontáveis bilhões de animais modernos e pré-históricos — alguns deles intrigantemente corroídos.
189. Necrópole antiga — porta de bronze na encosta se abre à luz da lua — enfocada pela lente antiga no pilono oposto?

1932

190. Múmia primitiva em museu — desperta e troca de lugar com visitante.
191. Uma ferida estranha aparece na mão de um homem subitamente e sem causa aparente. Espalha-se. Consequências.

1933

192. ROLANG tibetano — Feiticeiro (ou NGAGSPA) reanima um cadáver segurando-o num quarto escuro — deitando-se sobre ele boca a boca e repetindo uma fórmula mágica, banindo da mente tudo mais. O cadáver lentamente volta à vida e se levanta. Tenta escapar — salta, pula e

luta — mas o feiticeiro o segura. Continua com a fórmula mágica. O cadáver põe a língua para fora e o feiticeiro a arranca com uma mordida. O cadáver cai. A língua se torna valioso talismã. Se o cadáver escapa — consequências horrendas e morte para o feiticeiro.

193. Estranho livro de terror encontrado em biblioteca antiga. Parágrafos de significado terrível. Mais tarde não se consegue localizar e verificar texto. Talvez se descubra corpo ou imagem ou amuleto sob o piso, em armário secreto ou em outro lugar. Ideia de que livro não passou de ilusão hipnótica induzida por cérebro morto ou magia antiga.

194. Homem entra (supostamente) na própria casa escura como breu. Vai para o quarto às apalpadelas e fecha a porta. Estranhos horrores — ou acende luzes e depara com lugar ou presença desconhecidos. Ou encontra passado restaurado ou futuro indicado.

195. Curiosa vidraça de um mosteiro arruinado com reputação de ter cultuado o demônio é colocada em casa moderna perto de um ermo. Paisagem vista através dela parece vagamente *errada* e fora de lugar. Tem uma estranha capacidade de deturpar o tempo e provém de uma primitiva civilização perdida. Finalmente, coisas hediondas de outro mundo são vistas através dela.

196. Quando desejam assumir forma humana para propósitos malignos, demônios se apoderam dos corpos de enforcados.

197. Perda de memória e entrada num mundo nebuloso de estranhas visões e experiências depois de choque, acidente, leitura de livro estranho, participação em rito estranho, consumo de cerveja estranha etc. Coisas parecem vaga e inquietantemente conhecidas. Emergência. Incapacidade de refazer caminho.

1934

198. Torre distante visível de janela na encosta. Morcegos se amontoam em torno dela à noite. Observador fascinado. Uma noite acorda em escadaria circular negra desconhecida. Na torre? Hedionda finalidade.

199. Criatura preta alada voa para uma casa à noite.

Não se consegue encontrá-la ou identificá-la — mas seguem-se fatos sutis.

200. Coisa invisível percebida — ou deixa rastro visível — em cume de montanha ou outro lugar alto e inacessível.

201. Planetas formados por matéria invisível.

202. Monstruoso navio abandonado — um proscrito ou sobrevivente de naufrágio o encontra e nele se abriga.

203. Regresso a um lugar em circunstâncias oníricas, terríveis e vagamente compreendidas. Morte e decadência imperam — cidade não se ilumina à noite — Revelação.

204. Perturbadora convicção de que toda vida é apenas um sonho enganoso com algum horror ou algo sinistro à espreita.

205. Pessoa olha pela janela e vê a cidade e o mundo escuros e mortos (ou estranhamente modificados).

206. Tentar identificar e visitar os lugares distantes vistos vagamente da janela — consequências bizarras.

207. Uma coisa é arrancada de alguém na escuridão — num local solitário, antigo e geralmente evitado.

208. (Sonho com) um veículo — trem, carruagem etc. — no qual o sonhador embarca em estado de estupor ou febre, e que é um fragmento de um mundo passado ou ultradimensional — leva o passageiro para fora da realidade — para regiões vagas, destruídas pelo tempo ou para lugares de prodígios inacreditáveis.

209. Correspondência especial do *N. Y. Times* — 3 de março de 1935: "Halifax, N. E. — Gravado profundamente na superfície de uma ilha que se ergue por entre os vagalhões do Atlântico na costa S. da Nova Escócia a 32 km. de Halifax está o fenômeno rupestre mais estranho do Canadá. Tempestade, mar e gelo gravaram no sólido penhasco da que seria chamada Ilha da Virgem uma figura quase perfeita da Madona com o Menino Jesus nos braços.

"A ilha é batida pelas ondas, constitui um perigo para os navios e é totalmente desabitada. *Pelo que se sabe, nenhum ser humano nunca pisou em suas praias.*"

210. Uma casa antiga tem quadros enegrecidos nas paredes — tão escuros que seus temas são indecifráveis. Limpeza — e revelação. Cf. Hawthorne — "Edw. Rand. Port.

211. Começa história com presença de narrador — inexplicável para ele mesmo — em lugares totalmente estranhos e aterrorizantes (sonho?).

212. Estranho ser humano (ou seres humanos) mora em casa antiga ou ruínas longe de bairro populoso (ou na velha Nova Inglaterra ou em país exótico distante). Suspeita (baseada em forma e hábitos) de que não é *inteiramente* humano.

213. Velha floresta no inverno — musgo — grandes troncos — galhos retorcidos — escuridão — raízes com nervuras — sempre pingando...

214. Pedra que fala na África — oráculo de tempos imemoriais em ruínas de selva desolada que *fala* através dos éons.

215. Homem que perdeu a memória em ambiente estranho, parcialmente compreendido. Teme recuperar a memória — um *vislumbre*...

216. Homem ocioso cria uma imagem estranha — algum poder o impele a torná-la mais estranha do que ele entende. Joga-a fora com repugnância — mas há algo circulando pela noite.

217. Antiga ponte de pedra (romana? pré-histórica?) destruída por uma (repentina e curiosa?) tempestade. *Algo* que ficara preso na ponte desde a construção se liberta. Coisas acontecem.

218. Miragem no *tempo* — imagem de cidade pré-humana há muito desaparecida.

219. Cerração ou fumaça — assume forma por encantamentos.

220. Sino de igreja ou castelo antigo tocado por mão desconhecida — uma coisa... ou uma Presença invisível.

221. Insetos ou outras entidades do espaço atacam e penetram a cabeça de um homem e o fazem *lembrar* coisas alienígenas e exóticas — possível substituição de personalidade.

222. Citado como lema por John Buchan: "O efeito da noite, de qualquer água corrente, de cidades iluminadas, do amanhecer, de navios, do mar aberto traz à mente uma infinidade de desejos e prazeres anônimos. Sentimos que alguma coisa deve acontecer; não sabemos o quê, porém continuamos buscando". — R. L. Stevenson.

lista 068
REGRAS ESTAPAFÚRDIAS
WILLIAM SAFIRE
FINAL DE 1979

William Safire, comentarista de política do *New York Times* e redator de discursos presidenciais, compilou, no final de 1979, uma lista de 36 "Regras estapafúrdias" — normas de redação, todas humoristicamente contraditórias — e publicou-as em "Sobre a língua", sua popular coluna na *New York Times Magazine*. Dez anos depois, dedicou um livro ao mesmo assunto. Temos aqui essas 36 regras e ainda outras dezoito que mais tarde saíram no livro de Safire, *Fumblerules: A Lighthearted Guide to Grammar and Good Usage*.

1. Lembre-se de que um verbo no infinitivo, como "split" [separar], por exemplo, nunca deve ficar separado da partícula "to".
2. Preposição é uma coisa que nunca se deve acabar a frase com.
3. A voz passiva nunca deveria ser usada.
4. Evite frases soltas são difíceis de ler.
5. Não use nunca negativas duplas.
6. Use o ponto e vírgula corretamente, sempre onde é adequado; e nunca onde não é.
7. Reserve o apóstrofo p'ra quando é apropriado e omita-o quando não o é.
8. Não escreva afirmações na forma negativa.
9. Os verbos precisa concordar com os sujeitos.
10. Nada de pedaço de frase.
11. Leia as provas de impressão com cuidado para ver se deixou alguma palavra.
12. Evite vírgulas, não são necessárias.

13. Se você reler o seu texto, vai ver ao reler que pode evitar um monte de repetições relendo e revisando.

14. Não deixe nenhum autor mudar o seu ponto de vista.

15. Evite escrever errado, descorreto.

16. E não comece frase com conjunção.

17. Não abuse do ponto de exclamação!!!

18. Coloque os pronomes o mais perto possível, principalmente em frases longas, de dez ou mais palavras, dos termos a que se referem.

19. Use hífen para separar sí-labas e evite usá-lo des-necessariamente.

20. Escreva correto todas as formas adverbiais.

21. Não use abrev. na escrita formal.

22. Escrevendo com cuidado, orações reduzidas de gerúndio em que o sujeito não é o mesmo da oração principal devem ser evitadas.

23. É mister para nós evitar arcaísmos.

24. Se alguma palavra é imprópria no final da frase, um verbo de ligação é.

25. Fuja de formas verbais incorretas que se entroduzeram na língua.

26. Agarre o touro à unha e não misture metáforas.

27. Evite locuções que estão na moda e parecem sem noção.

28. Nunca, jamais, use redundâncias repetitivas.

29. Todo mundo deve ter o cuidado de usar o possessivo — pronome ou forma equivalente — adequado à pessoa à qual se referem os subs-tantivos singulares no texto deles.

30. Já falei uma vez, já falei mil vezes: resista à hipérbole.

31. Aliás, abandone aliterações absurdas ou afetadas.

32. Não ponha um monte de preposições na mesma frase a menos que você esteja caminhando pelo vale da sombra da morte.

33. Sempre escolha a espressão serta.

34. "Não use e 'abuse de "aspas"'".

35. Nas frases em ordem direta antes do verbo vem o sujeito.

36. Por fim, porém não menos importante, fuja dos clichês como o diabo da cruz; procure alternativas viáveis.

37. Nunca use palavra longa quando pode usar uma pequenininha.

38. Valha-se do linguajar informal do cotidiano.

39. Evite o símbolo gráfico do "e" comercial & abreviações etc.

40. Comentários entre parênteses (mesmo que relevantes) são desnecessários.

41. Não fique usando ponto. A torto. E a direito.

42. Palavras e expressões estrangeiras não têm o menor à-propos.

43. Nunca se deve generalizar.

44. Elimine citações. Como disse Ralph Waldo Emmerson: "Odeio citação. Diga-me o que você sabe".

45. Comparação é tão ruim quanto clichê.

46. Não seja redundante; não use mais palavras que as necessárias; é altamente supérfluo.

47. Seja mais ou menos específico.

48. Moderação é sempre melhor.

49. Frases de uma palavra só? Elimine.

50. Analogias num texto são como pena em ovo.

51. É uma boa fazer rodeios para evitar coloquialismos.

52. Quem é que precisa de pergunta retórica?

53. Exagero é um bilhão de vezes pior que moderação.

54. comece toda frase com maiúscula e sempre se lembre de encerrá--la com ponto

Não condene ninguém baseado em etnia ou *cor*.

Nunca use as pessoas como sua propriedade particular.

Despreze quem recorre à violência ou à ameaça de usar violência nas relações sexuais.

Esconda o rosto e chore se fizer mal a uma criança.

Não condene ninguém por causa de sua *natureza* congênita — Deus iria criar tantos homossexuais só para torturá-los e destruí-los?

Tenha em mente que você também é um animal e depende da natureza; portanto, pense e aja de acordo com sua condição.

Não imagine que possa escapar do julgamento, se roubar alguém com um prospecto enganoso e não com uma faca.

Desligue esse maldito celular — você não tem ideia de como sua chamada é *des*importante para nós.

Denuncie todos os jihadistas e cruzados pelo que eles são: criminosos psicopatas com delírios horrendos.

Esteja pronto para renunciar a qualquer deus ou qualquer religião, se algum de seus santos mandamentos contradisser algum dos mandamentos acima.

lista 069
OS MANDAMENTOS DE CHRISTOPHER HITCHENS
CHRISTOPHER HITCHENS
2010

O jornalista, escritor e crítico Christopher Hitchens sempre foi provocador e nunca teve papas na língua ao discutir religião, assunto pelo qual tinha especial interesse e que debateu com frequência e com paixão. Em 2010, num artigo intitulado "Os novos mandamentos", que escreveu para a revista *Vanity Fair* sobre os Dez Mandamentos, argumentou, com alguma ironia, que eles deveriam ser revistos e atualizados. E concluiu o texto sugerindo essas substituições.

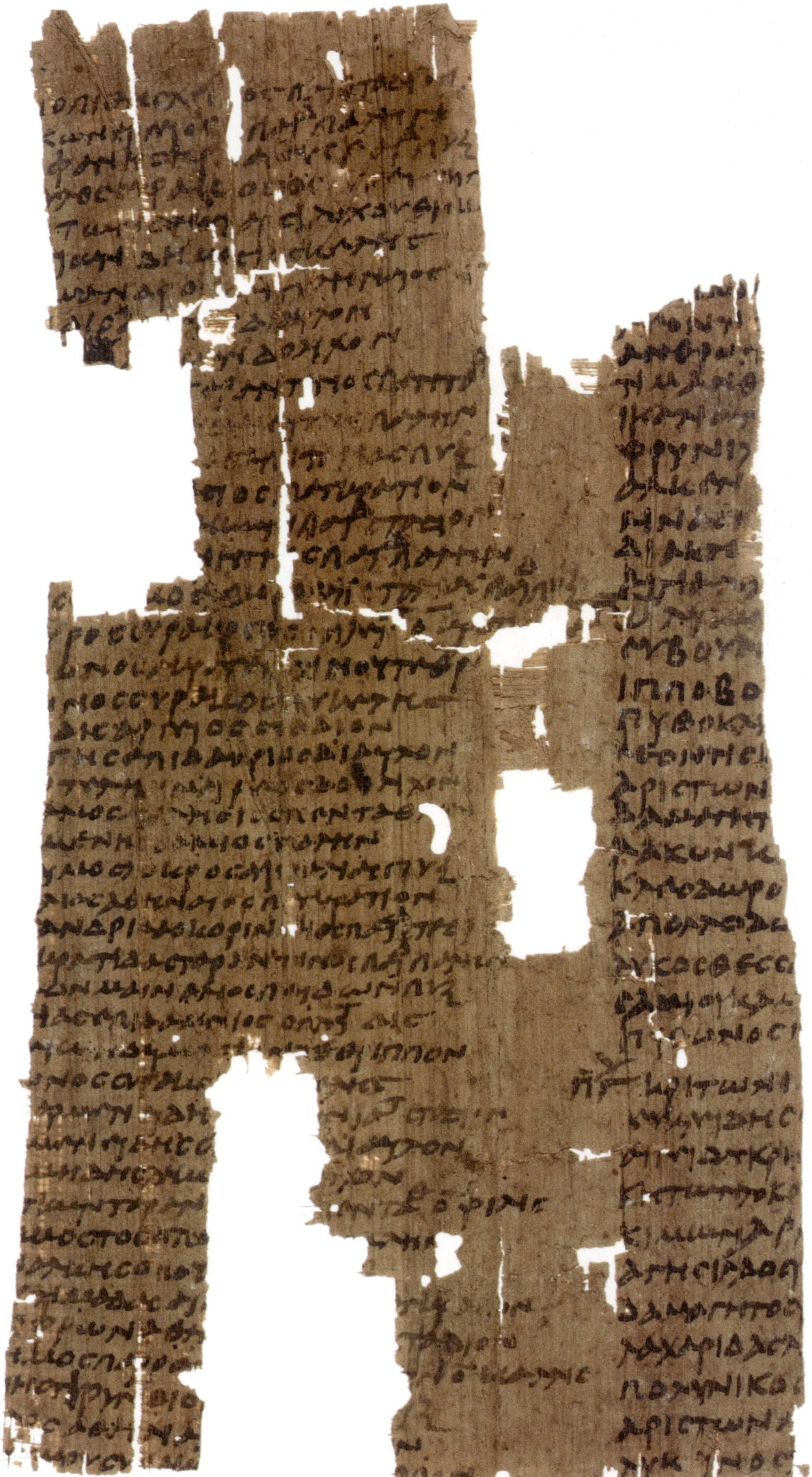

στάδιον	corrida simples no estádio (192,27 metros)
δίαυλος	corrida dupla no estádio
δόλιχος	dolichos (corrida de 2 mil metros no estádio)
πένταθλον	pentatlo
πάλη	luta
πύξ	pugilato
παγκράτιον	pancrácio (mistura de luta e pugilato)
παίδων στάδιον	corrida juvenil no estádio
παίδων πάλη	luta juvenil
παίδων πύξ	pugilato juvenil
ὁπλίτης	hoplitódromo (corrida de homens armados)
τέθριππον	corrida de quadrigas
κέλης	corrida a cavalo

lista 070

LISTA DE VENCEDORES OLÍMPICOS
AUTOR DESCONHECIDO
SÉC. III d.C.

Em 1897, arqueólogos encontraram, na cidade egípcia de Oxirrinco, esse fragmento de papiro com inscrições em grego e, mais tarde, concluíram que datava de meados do século III d.C. Por causa de sua condição precária, é impossível transcrevê-lo na íntegra; contudo, uma coisa é certa: ele contém uma lista de vencedores — conhecida como "lista de vitoriosos" — de vários Jogos Olímpicos da Antiguidade, começando com a 75ª edição dos jogos, em 480 a.C., e terminando com a 83ª, em 448 a.C.; os vencedores incluem Damagetos de Rodes (pugilato), Astilo de Crotona (corrida de pista) e Leontisco de Messena (luta); as treze provas de cada ano são listadas na ordem que se segue.

lista 071
COMO SE TORNAR ELEGANTE
EDNA WOOLMAN CHASE
1954

Em 1914, depois de galgar posições a partir da sala de correspondência da *Vogue*, Edna Woolman Chase tornou-se editora-chefe da revista, cargo que ocupou até se aposentar, 38 anos mais tarde. Dois anos depois, escreveu sua autobiografia, *Always in Vogue*, em que apresenta uma lista de conselhos para mulheres sobre "como se tornar elegante".

Talvez este seja um lugar tão bom quanto outro qualquer para registrar, da maneira mais concisa possível, [o] código de elegância que, ao longo da vida e de muitos anos de trabalho com uma arte caprichosa, acabei considerando o mais eficaz. Boa parte desse código é óbvia, mas, a cada estação, novos olhos se abrem para a questão do estilo, e acho que por isso vale a pena repeti-lo.

Ponto #1: Estude a si mesma sob o olhar implacável do seu pior inimigo. Esse pescoço, que para o seu namorado parece de cisne, poderia, talvez, ser considerado por alguém que não gosta tanto de você muito comprido, fino demais, curvo e inclinado para a frente como o de um grou? Ou esse pescoço curto e esse queixinho dócil, que a tornam tão adorável, poderiam, com os anos, juntar-se numa coisa grossa e indefinida, com aquela corcova da meia-idade na nuca? Você tem pernas e braços magros demais ou gordos demais? Tem mãos e unhas suficientemente bonitas para poder fazer gestos atraentes e usar joias ou bijuterias ou elas são grandes e eficientes e convém mantê-las num decoroso anonimato? E o seu cabelo? É sexy ou funcional? Eu poderia continuar com esse questionário indefinidamente, mas acho que o meu propósito já está claro. A sua pessoa é o material com que você deve trabalhar.

Estude a si mesma com olhos imparciais *e* um espelho de três faces. É duro, mas vale a pena. Lembre-se da sua inimiga, da rival que sempre vê você em 3-D. Procure estar ao menos tão bem informada quanto ela.

Ponto #2: Este item não tem a ver com roupas, mas com maquiagem e penteado, uma parte vital da moda, e considero-o válido. Instale a sua penteadeira diante de uma janela, para que a luz implacável do dia incida por igual sobre todo o seu rosto, quando você estiver se maquiando. Se, por razões arquitetônicas, isso for impossível, coloque-a de tal modo que receba luz, do dia ou artificial, em ambos os lados do rosto. Isso vai ajudá-la a fazer uma maquiagem harmoniosa e um belo penteado. Tenha sempre por perto o seu espelho de mão, para poder se ver também de lado e de costas.

Ponto #3: Escolha roupas que ressaltem os seus pontos fortes e disfarcem os fracos. Você tem pernas bonitas, mas cintura grossa? Talvez não esteja contente com os seus quadris, mas da cintura para cima seja uma verdadeira tânagra? Ou tem as ilhargas esguias e graciosas de uma Diana e a parte de cima muito grande? Para essa silhueta os franceses têm uma expressão adequada — *"Beaucoup de monde au balcon"* — muita gente na sacada. Esses são os diferenciais e os defeitos que você precisa levar em conta.

"Conhece-te a ti mesma e veste-te de acordo com esse conhecimento" é o grande edito da moda. Alguns conselhos populares não deixam de ser sensatos; se você é roliça como uma perdiz, uma estampa de rosas gigantes pode não lhe cair bem. Por outro lado, se você é baixinha e magra, a regra de que só pode usar joias ou bijuterias "delicadas" não tem fundamento. Se gosta de enfeites grandes, vá em frente. Uma pulseira enorme torna um pulso fino ainda mais delicado. Há momentos em que uma mulher realmente elegante cria o próprio estilo e afirma a sua individualidade rompendo com a tradição, mas lembre-se! Revolução exige experiência. Pode exigir dinheiro, também, o que nos leva ao...

Ponto #4: Em termos de moda, *não* tente justificar os seus erros. Como você é humana, vai cometê-los, mas, se quiser conquistar uma reputação de elegância, esconda-os. Eles custam caro, e essa é uma das razões para ler a *Vogue*, para errar menos, porém tenha coragem. Se fizer uma tremenda burrada, se o vestido ou o chapéu que a encantou na loja lhe parecer um desastre em casa, livre-se dele. Dê-o a uma parente ou mande-o para um brechó: mas não o use. Para ser considerada bem vestida, você precisa estar sempre bem vestida. E não de vez em quando.

Ponto #5: Escolha roupas adequadas à vida que você leva. Roupas impróprias são, em geral, um erro da juventude, que ainda não teve tempo para adquirir bom gosto e aprender a controlar o orçamento. Embora, mesmo na maturidade, possa ocorrer uma forte tentação de comprar um vestido que causaria impacto numa ocasião especial e depois ficaria para sempre no cabide, resista bravamente, a menos que você seja rica. Uma concessão: se achar que esse traje deslumbrante vai fazer com que ele a peça em casamento, não seja boba. Compre-o.

Ponto #6: Questão de orçamento. Há certas peças que você não só pode como deve comprar, ainda que sejam muito caras. Com bom senso, é claro. Lembre-se de que aqui fala uma quaker. Um bom suéter de cashmere durará anos. O seu casaco de inverno deve ser o melhor que você puder comprar. Ele precisa sobreviver a várias estações, mantê-la aquecida e ser usado diariamente. A mesma regra se aplica ao seu tailleur sob medida: deve ser de bom tecido e ter um bom corte. Seus sapatos do dia a dia devem ser de ótima qualidade. Elegantes, confortáveis e de salto médio. Como vão percorrer as ruas da cidade, não devem ter abertura nos dedos nem nos calcanhares. Já falei muito sobre essa moda equivocada. Mantenha os sapatos em boas condições para que durem indefinidamente.

Economize nas sapatilhas. Elas são frágeis, e, se você não é uma debutante, provavelmente não vai usá-las muito. Se você é uma debutante, vai querer ter várias, mas elas não precisam ser caras.

Ponto #7: Não compre demais. Não há nada que abale tanto o moral e comprometa a aparência quanto um armário abarrotado de roupas meio gastas e que já passaram do auge. Com exceção das peças já mencionadas — casacos, tailleurs e sapatos para o dia a dia, que devem durar anos —, compre apenas o que você vai precisar no momento, faça bom uso dele e descarte-o.

Ponto #8: Escolha com cuidado as cores do seu guarda-roupa. Se optar pela moderação, vai ganhar tanto em elegância quanto em economia. Isso não significa um visual apagado e monótono; com roupas intercambiáveis, sapatos e acessórios que combinam com vários vestidos e tailleurs e não só com um, você terá maior variedade a menor custo. Não compre um chapéu azul e uma bolsa vermelha, um casaco marrom e sapatos pretos; todas essas peças são boas individualmente, porém incompatíveis entre si como uísque e vinho. Planeje seu guarda-roupa como um todo. Não o compre simplesmente: forme-o.

Ponto #9: Pense nas cores. Não crie regras espartanas sobre as cores que você pode ou não pode usar. Não faz sentido ser inflexível em relação a preto ou marrom, rosa-maravilha ou verde-oliva. É bastante possível usá-las com os tons adequados de ruge, batom e pó de arroz.

Outra coisa a lembrar é que, com a idade, podemos mudar a nossa gama de cores com resultados positivos.

Ponto #10:

A: Vista-se de acordo com a sua idade. Um chapéu condizente com um rosto maduro e sério é muito mais favorável e, aliás, de mais bom gosto que um gorro engraçadinho. Paradoxalmente, roupas juvenis demais fazem a pessoa que usa parecer mais velha. Lembre que os homens interessantes deste mundo *gostam de mulheres que parecem jovens, mas não são cópias patéticas das garotas que foram no passado.* Por outro lado, roupas sofisticadas demais não proporcionam à jovem o visual de femme fatale que ela tanto deseja, mas, ao contrário, tendem a dar-lhe uma aparência ridiculamente infantil.

B: Com o passar dos anos, cubra-se cada vez mais. Corpo velho não é nem um pouco atraente. Se um biquíni num belo corpo jovem é decente ou indecente é uma questão de moda, de moral local ou de bom gosto; não tem nada a ver com estética. Porém, mostrar demais um corpo muito magro, muito gordo ou muito velho pode ser lamentável.

Para as mulheres mais velhas, usar, à noite, nebulosas echarpes de tule, casaquinhos ou estolas são soluções engenhosas e decorativas.

Ponto #11

A: Fique de pé ao comprar um chapéu. Pode parecer uma bobagem, mas é uma questão de sabedoria. Acreditamos que poucas mulheres fariam a tolice de comprar um chapéu sem observá-lo de perfil, na posição intermediária entre a frente e o lado, bem como de frente, porém muitas não entendem que o chapéu deve integrar-se a todo o visual, deve ser proporcional ao corpo. Se achar encantador o que vir no espelho do chapeleiro, contenha-se por um instante. Fique de pé, afaste-se alguns passos e olhe-se no espelho de corpo inteiro. Você é baixinha e com um chapéu de abas largas parece um gnomo embaixo de um cogumelo? Você é alta, e o chapéu muito pequeno parece um dedal num cabo de vassoura? O que você acha bonito numa dimensão, quando está sentada, pode ser muito diferente quando se levam em conta todos os detalhes.

B: Assim como deve ficar de pé ao comprar um chapéu, você deve sentar-se ao comprar um vestido. Você pode achá-lo perfeito enquanto está de pé, mas e quando se senta? A saia é tão rodada que se espalha pelo chão como uma poça d'água? Ou é do tipo envelope e se abre? Ou é tão justa que sobe para cima dos joelhos? Sente-se diante do espelho, depois levante-se e ande o suficiente para verificar se ela não está lhe impedindo os movimentos. Não há nada pior que uma saia muito justa para quem gosta de caminhar a passos largos.

Ponto #12: Reduza o que não for essencial. Isso não significa deixar de lado joias, bijuterias, flores, echarpes, laços e enfeites de cabelo; significa usá-los com discernimento, integrá-los ao traje como detalhes planejados, como os perfeitos retoques finais. O observador e você devem perceber que, qualquer que tenha sido a sua escolha, o seu visual está completo. Sem esses detalhes, estaria faltando alguma coisa. Esse raciocínio é infinitamente mais eficaz do que se cobrir de bugigangas só porque estão lá, esquecidas, na gaveta da cômoda.

Ponto #13: Vamos imaginar que o seu guarda-roupa tenha sido admiravelmente bem formado sob todos os pontos de vista e que, mesmo se você é rica, tenha adotado o slogan que eu criei para a *Vogue* há muito tempo: "Mais bom gosto que dinheiro". Tanto é essa a nossa filosofia do bem vestir-se que todo ano lançamos uma edição com esse título, provando a nossa premissa em páginas e páginas de modas admiráveis e não dispendiosas.

O mesmo ponto de vista resultou na nossa matéria mais recente e muito popular, intitulada "Jovem Nilionária"* Bom gosto vale mais que dinheiro em qualquer idade, mas, se você é jovem, tem um corpo bonito e está bem informada sobre moda, graças à indústria de confecção e às orientações da *Vogue*, pode se vestir bem, gastando surpreendentemente pouco.

No entanto, mesmo quando todas as peças são escolhidas com cuidado e bom gosto, ainda é preciso ter em mente uma grande lei da moda. Assim como na culinária ou na coquetelaria, na moda o segredo também está na mistura. Nunca se recrimine por usar sapatos caríssimos com roupa esporte, um chapéu rebuscado com um tailleur simples. Não coloque brincos compridos para viajar, nem ande de pasta de couro quando está com um vestido leve de verão. Pergunte sempre a si mesma: estou harmoniosamente arrumada, estou vestida de acordo com a ocasião, estou livre do que não é essencial? Se puder responder sim honestamente, você é uma mulher bem vestida.

---

*Palavra provavelmente formada a partir do inglês arcaico "nill": relutar. Portanto, algo como "milionária relutante" — no contexto, "relutante em gastar". [N. T.]

A lista de James Agee

Desprezo ou odeio:
a tristeza anglo-saxã
o otimismo anglo-saxão
os homens anglo-saxões em relação a suas mulheres
as mulheres anglo-saxãs
as moças inglesas
atletas mulheres
mulheres intelectuais
a maioria das mulheres que dizem foda, merda, peido etc.
a maioria das mulheres que não dizem nada disso
todas as mulheres que gostam de piadas sujas
a maioria das mulheres que não gostam
o gosto por piadas sujas
edições limitadas, especialmente quando autografadas
pornografia literária
livros bonitos
livros finos
entusiasmo
prazer
rabelaisianismo
críticos literários

lista 072
DESPREZO:
WALKER EVANS E JAMES AGEE
26.DEZ.1937

Em 1936, o famoso fotógrafo Walker Evans colaborou com seu amigo e escritor James Agee na produção do que, cinco anos mais tarde, se tornaria *Elogiemos os homens ilustres* — um livro poderoso, bem recebido pela crítica, que documenta a vida de três famílias de lavradores durante a Depressão americana. A intenção original, contudo, era escrever um artigo e ilustrá-lo com fotos para a *Fortune*. A revista tinha outras ideias e, em 1937, rejeitou o árduo trabalho de Evans e Agee. Sem nada além de um artigo indesejado para apresentar depois de um ano de trabalho, ambos estavam cansados e furiosos. Em 26 de dezembro, sentaram-se e escreveram listas das coisas que mais detestavam.

educação sexual
literatura
filmes baseados em Shakespeare, em romances famosos e na vida de
    pessoas famosas
pessoas famosas
fama
gíria inglesa
os americanismos dos ingleses
os anglicismos dos americanos
os anglicismos dos ingleses
o profissional americano
mulheres "espertas"
gente "esperta"
gente que mora no Barbizon Plaza
médicos
peças teatrais sobre médicos
o Group Theatre
a iluminação de Orson Welles
a coragem de Archibald MacLeish
o que quer que tenha sido responsável pela minha avó materna, por
    Mrs. Saunders, pela minha mãe, pelo meu padrasto, pelo proble-
    ma da minha irmã, pela dor sexual, pela dor do amor sexual.
toda concepção das funções da maternidade
quem gera e cria filhos
quem os despreza
quem diz que as coisas estão melhorando pouco a pouco
tudo sobre Shakespeare, menos Shakespeare e o que ele escreveu
    "   "   Cristo, menos ele como eu o imagino, Dostoiévski, Blake
    e Kafka
quem diz "ah, se todos se amassem uns aos outros"
a exposição de Van Gogh no Museu de Arte Moderna
a exposição de surrealistas no mesmo museu
quem foi a essas exposições
tudo que se refere a Salvador Dalí, exceto alguns dos seus quadros
Tchelitchev
Julien Levy
Grupos, Guildas, Sociétés etc. de cinema
cinemas que apresentam os melhores filmes estrangeiros
a palavra filme
a palavra filmar
as palavras cinema, swing, coisa, reacionário, bacana, modesto, conta-
    to, relação sexual, coito, objetivo histórico clássico, ato de gentile-
    za, convencional, não convencional, poeta, arte, culto, inteligência,
    integridade, amor, Deus, aconchegante, esperteza, doce etc. etc.;
    tal como, ângulo.
Walter Winchell
boêmios

Lucius Beebe

pedantismo intelectual

quem não faz o menor esforço para impedir que os próprios sentimentos governem sua vida e seu pensamento

quem não é cético em relação às próprias premissas

todos que se dizem místicos e mahatmas e até admitem um discípulo

rapazes sensíveis

quem não percebe que trai a si mesmo na linguagem oral

arte popular fora do contexto popular

móveis antigos

interiores de época

as distorções que tudo que é falso inflige a toda verdade

a maioria dos que são feridos em seus sentimentos

quem encara incidentes desagradáveis com bom humor

cachimbos e fumantes de cachimbo

bibliotecas de clérigos

Alice no País das Maravilhas

quem gosta de cachorro

as palavras cachorro e vira-lata

as palavras quenga, bordel etc.

os juramentos complicados dos alunos das escolas preparatórias

dicionários de gírias

a Nova República

Josef Stálin

Leon Trótski

Karl Marx

Jane Austen

Paul Rotha

todos os livros sobre cinema

as mulheres que, quando juntam os joelhos, deixam ver a luz do dia
pelo meio das coxas

qualquer dobra debaixo dos seios

quem é adepto da teoria do Crédito Social

as crianças americanas que falam francês

toda confusão entre amizade e negócios

a cara do Max Eastman

os seres humanos de Walt Disney

a maior parte do público de Disney e de Clair

editores

jornalistas que gostam do que fazem

    "   que dizem que não gostam, mas gostam

A lista de Walker Evans

26 12 37 NYC

desprezo:
os homens que procuram fascinar as mulheres com sua inteligência;
gourmets, liberais, mulheres cultas;
escritores;
artistas de sucesso que usam a esquerda para reforçar sua posição;
a vida sexual dos americanos;
edições limitadas, "atmosfera", Bennington College, política;
os homens da minha geração que se tornaram fotógrafos durante a
    Depressão;
jornalismo, adeptos do New Deal, leitores da revista *New Yorker*;
a esquina da Madison Avenue com a Rua 56;
o público;
Richard Wagner, anunciantes de rádio;
hobbies e seus praticantes;
a alma de Josef von Sternberg;
setentões, oitentões, noventões ou centenários alegres;
a arte americana, o artista americano, os amantes da arte america-
    nos, os mecenas americanos, os museus de arte americanos, os
    diretores de arte americanos, as esposas, manteúdas e amantes de
    artistas americanos; as gravuras em metal e os cartões de Natal
    e as xilogravuras e pinturas e cartas e lembranças e conversas e
    caras barbudas ou barbeadas dos artistas americanos;
os intelectuais comunistas que frequentam a faculdade e têm renda
    pessoal;
experimentação segura na vida ou na expressão;
a alegre Inglaterra;
críticos;
falecer, finar-se, ir-se, deixar-nos; ao invés de morrer;
o espírito de escola, o espírito do Natal, o espírito galante e seja lá o
    que for que significa O Espírito Americano;

12 26 37 NYC

contempt for:

men who try to fascinate women with their minds;

gourmets, liberals, cultivated women;

writers;

successful artists who use the left to buttress their standing;

the sex life of America;

limited editions, "atmosphere", Bennington College, politics;

men of my generation who became photographers during the
    depression;

journalism, new dealers, readers of the New Yorker;

the corner of Madison Avenue and 56th Street;

the public;

Richard Wagner, radio announcers;

hobbies and hobbyists;

the soul of Josef von Sternberg;

the gay seventies', eighties, nineties, or hundreds;

art in America, the artist of America, the art lovers of
    America, the art patrons of America, the art museums of
    America, the art directors of America, the wivwes and
    mistresses and paramours of the artists of America; the
    etchings and the christmas cards and the woodcuts and the
    paintings and the letters and the memoirs and the talk
    and the beards or the cleanshaven faces of the artists
    of America;

for college bred intellectual communists with private incomes;

for safe experimentation in living or in expression;

for merrie England;

for critics;

for passing away, passing on, going on, leaving us; instead of
    dying;

for school spirit, Christmas spirit, gallant spirit, and
    whatever is meant by The American Spirit;

The Bohemian Dinner.

The ride down town.
The Washington Square district.
The "bohemian" restaurant.
The descending steps.
The narrow hall-way.
The semi darkness.
The checking the hat.
The head waiter.
The effusive greeting.
The corner table.
The candle light.
The brick walls.
The "artistic atmosphere".
The man who plays the piano.
The wailing sounds.
The boy fiddler.
The doleful discords.
The other diners.
The curious types.
The long hair.
The low collar.
The flowing tie.
The loose clothes.
The appearance of food.
The groan.
The messy waiter.
The thumb in the soup.
The grated cheese.
The twisted bread.
The veal paté.
The minced macaroni.
The cayenne pepper.
The coughing fit.
The chemical wine.
The garlic salad.
The rum omelette.
The black coffee.
The bénédictine.
The Russian cigarette.
The "boatman's song".
The mock applause.
The 'tempermental' selection.
The drowsy feeling.
The snooze.
The sudden awakening.
The appearance of the check.
The dropped jaw.
The emptied pockets.
The last penny.
The bolt for the door.
The hat.
The street.
The lack of car fares.
The long walk up town.
The limping home.
The Bed.

O jantar do boêmio.

A ida ao centro da cidade.
A região da Washington Square.
O restaurante "boêmio".
A descida da escada.
O corredor estreito.
A penumbra.
A entrega do chapéu.
O maître.
A acolhida efusiva.
A mesa de canto.
A luz da vela.
As paredes de tijolos à vista.
A "atmosfera artística".
O homem que toca piano.
A música chorosa.
O jovem violinista.
As dissonâncias lamentáveis.
Os outros comensais.
Os tipos curiosos.
O cabelo comprido.
A gola baixa.
A gravata comprida.
As roupas largas.
A aparência da comida.
O rangido.
O garçom desleixado.
O dedo na sopa.
O queijo ralado.
O pão em forma de trança.
O patê de vitela.
O macarrão com carne moída.
A pimenta caiena.
O acesso de tosse.
O vinho químico.
A salada de alho.
A omelete ao rum.
O café preto.
O *bénédictine*.
O cigarro russo.
A "canção do barqueiro".
O aplauso fingido.
A seleção 'temperamental'.
A sonolência.
A soneca.
O despertar repentino.

A apresentação da conta.
O queixo caído.
Os bolsos vazios.
O último centavo.
A corrida até a porta.
O chapéu.
A rua.
A falta de dinheiro para o táxi.
A longa caminhada pela cidade.
A lenta volta para casa.
A Cama.

lista 073

O JANTAR DO BOÊMIO
CHARLES GREEN SHAW
c. 1930

Nascido em Nova York em 1892, Charles Green Shaw foi um pintor abstrato cujas obras ainda hoje são admiradas em diversos museus de prestígio. Em vários momentos da vida, ele também foi escritor, poeta, ilustrador e jornalista. O mais interessante, porém, ao menos para o propósito deste livro, é que Shaw adorava elaborar listas. O delicioso exemplo que vemos aqui, com a descrição, em forma de lista, de uma visita a um restaurante "boêmio", em Manhattan, é especialmente divertido.

lista 074

**OS DEZ COMPOSITORES
QUE EU GOSTO MAIS**
LUCAS AMORY

JAN.2011

Em janeiro de 2011, o principal crítico musical do *New York Times*, Anthony Tommasini, concluiu um projeto de duas semanas em que discorria sobre os melhores compositores do mundo e apresentava a lista dos que considerava "Os dez maiores compositores". Como era de esperar, essa lista gerou muita discussão, mas o que realmente chamou a atenção foi a resposta enviada por Lucas Amory, um menino de oito anos, filho dos renomados violistas Misha Amory e Hsin-Yun Huang.

Os dez maiores compositores, segundo Anthony Tommasini

1. Bach
2. Beethoven
3. Mozart
4. Schubert
5. Debussy
6. Stravinsky
7. Brahms
8. Verdi
9. Wagner
10. Bartók

———————————————————

Oi Mr Tommasini,
Eu li sobre o senhor no jornal. Eu também adoro música, que nem o senhor. Daí escrevi duas listas: Os dez maioris compositores e: Os Compositores que eu gosto mais. Vou começar pelos dez maioris:

1, 2, 3: O senhor tem razão sobre esses: Bach, Beethoven e Mozart.

4: Não concordo com esse; eu fico com Haydn. Haydn é tão bom quanto Mozart, mas é o 4.

4A: Desculpe se deixei o senhor chateado.

5: Esse foi o meu pai que escolheu: Schubert. E eu concordo. Não sei por que, mas concordo.

6: Esse é difícil. Eu fico com Brahms. Ele devia ir mais para baixo mas quando eu descobri que ele queimou a música dele...

7: Tchaikóvski. Com abissoluta certeza. Ele foi um tremendo compositor.

8, 9: Chopin é 8. Schumann nove.

10: Lizst?

VIRE A PÁGINA PARA VER OS DEZ COMPOSITORES QUE EU GOSTO MAIS

33. 1749.

Zwei Seiten: Letzte Aufzeichnungen zur „Kunst der Fuge".
Ist in der Ausgabe von B. W. 25¹ in vorliegender Notirung nicht mitgetheilt.

Nr. 33b. B. W. 25¹. In doppelt langen Notenwerthen: Seite 73 Takt 4 — Seite 74 Takt 28. Blatt 139.

1. Apesar de que a minha música favorita é o Concerto para Violino de Tchaikóvski, tem outro compositor do lado dele: Schumann. Schumann ganha.

[desenho]

1A: Hã-hã o senhor entendeu!
2:   Tchaikóvski.
3:   Rachmaninoff.
4:   Lizst
5:   Chopin
6:   Schubert
7:   O senhor não vai acreditar: Paganini
8:   Rossini
9:   Prokoviev
10:   Grieg

Bom, é isso aí.

Atenciosamente,
Lucas Amory
P. S. Eu estudo na Escola Lucy Moses. Tenho oito anos.

lista 075
AS REGRAS DE THURBER
JAMES THURBER
1949

Escritor, cartunista e satirista de sucesso e muito querido, cujo trabalho sempre achava lugar nas páginas da revista *The New Yorker*, James Thurber frequentemente recebia manuscritos indesejados de aspirantes a escritor. E recebia tantos que, em seu livro *Thurber Country*, de 1949, publicou a lista que aqui vemos, com a seguinte introdução: "Depois de receber, ao longo de vinte anos, dezenas de ensaios e narrativas humorísticos escritos por desconhecidos, estabeleci algumas regras sobre humor".

1. O leitor deve perceber do que se trata.
2. As primeiras quinhentas palavras devem conter alguma indicação da ideia geral.
3. Se o autor decidiu mudar o nome do protagonista de Ketcham para McTavish, Ketcham não deve aparecer de repente nas cinco páginas finais. Uma boa forma de evitar essa confusão é ler todo o texto antes de enviá-lo e eliminar Ketcham. Ele é uma chatice.
4. Em inglês, formas abreviadas como "*I'll*" não devem ser separadas em "*I*" numa linha e "*'ll*" na seguinte. Depois disso, nunca mais se recupera totalmente a atenção do leitor.
5. Também não se vai recuperá-la nunca com nomes como Ann S. Thetic, Maud Lynn, Sally Forth, Bertha Twins* e similares.
6. Evite histórias engraçadas sobre encanadores que são tomados por cirurgiões, xerifes que têm pavor de armas de fogo, psiquiatras que se apaixonam pelas pacientes, médicos que desmaiam ao ver sangue, mocinhas adolescentes que sabem mais sobre sexo que o próprio pai e baixinhos que têm como filho um peso pesado da luta livre.

Sou muito cauteloso com gente que escreve algumas frases iniciais sem ter nada em mente e depois tenta criar uma história a partir delas. Tais frases, que em geral reconhecemos facilmente, são como estas: "Sra. Ponsonby nunca havia colocado o cachorro no forno até então"; "'Eu tenho uma árvore de vinho; se você quiser ver', disse sr. Dillingworth"; e "De repente, sem o menor motivo, Jackson decidiu comprar um triciclo para a mulher dele". Eu nunca fui além da frase inicial para acompanhar o destino de personagens como essas nas histórias que recebo, mas, como você, tenho uma boa noção do que acontece ou deixa de acontecer em "O forno que late", "A árvore de borgonha" e "Um triciclo para mamãe".

* Os nomes citados sugerem outras palavras em inglês: Ann S. Thetic: *unaesthetic*, inestético; Maud Lynn: *maudlin*, piegas; Sally Forth: *sally forth*, partir; e Bertha Twins: *bear twins*, dar à luz gêmeos. [N. T.]

ELENCO

Don Corleone:	Marlon Brando
John Marley	Laurence Olivier
Carlo Ponti*	*Frank Dekova
Michael Corleone:	*Al Pacino
	*Scott Marlowe
Robert di Niro	Mike Margota
Art Genovese	(Richard Romanos)
Dustin Hoffman	Jimmy Caan
Mike Parks	~~Martin Sheen~~

SONNY CORLEONE:	
	*Jimmy Caan
Tony Lo Bianco	Carmine Caridi
~~Peter Falk~~	*Scott Marlowe
Al Letteiri	*Don Gordon
	*(Tony Zerbe)
	*Lou Antonio
	(Paul Banteo)
	Robert Viharo
	(Rudy Solari)
	John Saxon
	John Brascia
	Johnny Sette (7)
	Adam Roake
Harry Guardino	Ben Gazzara

TOM HAGEN:	Ben Piazza
	*Robert Duvall
	Tony Zerbe
	*Peter Donat

lista 076

O PODEROSO CHEFÃO
FRANCIS FORD COPPOLA
c. 1970

Poucos filmes na história do cinema receberam tantos elogios como *O poderoso chefão*, a saga de crime ambientada na Nova York da década de 1940 e dirigida, de modo sublime, por Francis Ford Coppola. O filme beira a perfeição em todos os aspectos, começando pelo elenco admirável, que inclui talentos como Marlon Brando, Al Pacino, James Caan e Robert Duvall. Mas poderia ter sido muito diferente. Aqui temos uma lista de atores que Coppola cogitou para a produção e cujos nomes registrou num bloco de anotações, antes de dar início às filmagens.

lista 077
MISTÉRIOS DO ÓPIO REVELADOS
DR. JOHN JONES
1700

Em 1700, o médico inglês John Jones escreveu *Mysteries of Opium Reveal'd*, possivelmente o primeiro tratado sobre ópio numa época em que, apesar dos numerosos e perigosos efeitos colaterais, a droga era adquirida e usada livremente por muitas pessoas para tratar todo tipo de enfermidade. Grande parte do livro compõe-se de listas, das quais temos duas aqui: "Os efeitos do ópio tomado em quantidade excessiva" e "As aparentes contradições dos efeitos do ópio".

Os efeitos do ópio tomado em quantidade excessiva.

1. Ardência no estômago.
2. Sensação de peso no estômago (às vezes).
3. Alegria e bom humor a princípio.
4. Riso sardônico depois.
5. Lassidão e debilidade de todas as partes.
6. Alienação da mente.
7. Perda de memória.
8. Escurecimento da visão.
9. Distensão da córnea.
10. Aparição de várias cores.
11. Insensibilidade visual.
12. Travamento da língua.
13. Sopor.
14. Pulso forte e rápido.
15. Cor viva.
16. Moleza da mandíbula e dos lábios.
17. Intumescência dos lábios.
18. Dificuldade para respirar.
19. Fúria e loucura.
20. Furor venéreo.
21. Priapismos.
22. Comichões violentos.
23. Náuseas.
24. Sensação de que a cabeça está girando.
25. Vertigens.
26. Vômitos.
27. Soluços.
28. Pulso turbulento.
29. Convulsões e suores frios.
30. Desmaios e lipotimias.
31. Respiração fria.
32. Morte.

Além desses efeitos, geralmente ocorrem também:

33. Evacuação abundante.
34. Suores cheirando a ópio.
35. Comichões violentos.

As aparentes contradições dos efeitos do ópio.

1. Provoca sonolência e insônia.
2. Provoca e evita suor.
3. Amolenta e acaba com a lassidão.
4. Detém secreções e provoca suor etc.
5. Embota a sensibilidade, mas aguça o apetite sexual.
6. Provoca parvoíce e prontidão para os negócios; turvação e serenidade mental.
7. Exalta o ânimo e o acalma.
8. É muito quente, mas esfria nas febres.
9. É quente e amargo; mas diminui o apetite, até em estômagos inflamados.
10. Retém a urina e estimula a urinação.
11. Amolenta e enfraquece; mas nos capacita a empreender trabalhos pesados, viagens etc.
12. Provoca e evita aborto.
13. Detém o vômito antes de mais nada; mas provoca vômitos muito violentos, cansativos e perigosos.
14. Detém a evacuação excessiva da maneira mais notável; porém, às vezes, provoca-a.
15. Leva à acrimônia, mas a atenua (assim dizem todos); e alivia males decorrentes da acrimônia.
16. Provoca loucura furiosa; mas tranquiliza o ânimo acima de tudo.
17. Provoca hidropisia; mas, às vezes, cura-a (assim diz Willis).
18. Provoca paralisia; mas eu soube que cura paralisia.
19. Provoca secura na boca; mas elimina a sede nas febres.
20. Cura e provoca soluços.
21. Estanca o sangue; mas o faz aflorar (como nas erupções cutâneas ou na vermelhidão da pele causadas pelo afloramento) e provoca menstruação e lóquios.
22. Sabemos de muitos casos em que estimula e impede movimentos cruciais.
23. Fortalece pessoas muito fracas (quando nada mais consegue fazê-lo), porém mata outras pessoas fracas.
24. Provoca e cura convulsões.
25. Provoca distensão e contração das mesmas partes.
26. Amolece; mas provoca rigidez, tensão, ereção do pênis, priapismos etc.

NOMES VIÁVEIS

Títulos para livros

O QUARTO DE DESPEJO.
A BAGAGEM DE ALGUÉM.
FICAR PARA TRÁS ATÉ SER CHAMADO.
ALGO DESEJADO.
OS EXTREMOS SE ENCONTRAM.
NÃO É CULPA DE NINGUÉM.
A MÓ.
A FORJA DE ROKESMITH.
NOSSO AMIGO EM COMUM.
O MONTE DE CINZAS.

DUAS GERAÇÕES.
CERÂMICA QUEBRADA.
POEIRA.
O DEPARTAMENTO DE MORADIA.
A PESSOA JOVEM.
AGORA OU NUNCA.
MEUS VIZINHOS.
OS FILHOS DOS PAIS.
PASSAGEM PROIBIDA.

Meninas das listas do Conselho Privado de Educação.

LELIA.
MENELLA.
RUBINA.
IRIS.
REBECCA.

ETTY.
REBINAH.
SEBA.
PERSIA.
ARAMANDA.

DORIS.
BALZINA.
PLEASANT.
GENTILLA.

Meninos das listas do Conselho Privado de Educação.

DOCTOR.
HOMER.
ODEN.
BRADLEY.

ZERUBBABEL.
MAXIMILIAN.
URBIN.
SAMILIAS.

PICKLES.
ORANGE.
FEATHER.

Meninas e meninos das listas citadas.

AMANDA, ETHLYNIDA; BOETIUS, BOLTIUS.

Mais meninos.

ROBERT LADLE.
JOLY STICK.
BILL MARIGOLD.
STEPHEN MARQUICK.
JONATHAN KNOTWELL.
PHILIP BROWNDRESS.
HENRY GHOST.

GEORGE MUZZLE.
WALTER ASHES.
ZEPHANIAH FERRY (OU FURY).
WILLIAM WHY.
ROBERT GOSPEL.
THOMAS FATHERLY.
ROBIN SCRUBBAN.

Mais meninas.

SARAH GOLDSACKS.
ROSETTA DUST.
SUSAN GOLORING.
CATHERINE TWO.
MATILDA RAINBIRD.
MIRIAM DENIAL.
SOPHIA DOOMSDAY.

ALICE THORNEYWORE.
SALLY GIMBLET.
VERITY MAWKYARD.
BIRDIE NASH.
AMBROSINA EVENTS.
APAULINA VERNON.
NELTIE ASHFORD.

---

lista 078
NOMES VIÁVEIS
CHARLES DICKENS
1855-65

Ao longo de sua brilhante carreira, Charles Dickens criou centenas de personagens para seus numerosos romances, contos e peças. Naturalmente, dava muito trabalho pensar em nomes para essas personagens e em títulos para essas obras; assim, Dickens os anotava para possível uso no futuro. A lista que vemos aqui foi transcrita num caderno de anotações que ele chamou de *Memoranda* e usou entre 1855 e 1865, o qual também continha ideias para histórias, trechos de diálogo e brainstorming em geral.

TOWNDLING.
MOOD.
GUFF.
TREBLE.
CHILBY.
SPESSIFER.
WODDER.
WHELPFORD.
FENNERCK.
GANNERSON.
CHINKERBLE.
BINTREY.
FLEDSON.
HIRLL.
BRAYLE.
MULLENDER.
TRESLINGHAM.
BRANKLE.
SITTERN.
DOSTONE.
CAY-LON.
SNOWELL.
LOTTRUM.
LAMMLE.
FROSER.
HOLBLACK.
MULLEY.
REDWORTH.
REDFOOT.
TARBOX(B).
TINKLING.
DUDDLE.
JEBUS.
POWDERHILL.
GRIMMER.
SKUSE.
TITCOOMBE.
CRABBLE.
SWANNOCK.
TUZZEN.
TWEMLOW.
SQUAB.
JACKMAN.
SUGG.

BREMMIDGE.
SILAS BLODGET.
MELVIN BEAL.
BUTTRICK.
EDSON.
SANLORN.
LIGHTWORD.
TITBULL.
BANGHAM.
KYLE——NYLE.
PEMBLE.
MAXEY.
ROKESMITH.
CHIVERY.
SLYANT.
QUEEDY.
BESSELTHUR.
MUSTY.
GROUT.
TERTIUS JOBBER.
AMON HEADSTON.
STRAYSHOTT.
HIGDEN.
MORFIT.
GOLDSTRAW.
BARREL.
INGE.
JUMP.
JIGGINS.
BONES.
COY.
DAWN.
TATKIN.
DROWVEY.
PUDSEY.
WABBLER.
PEEX——SPEEX.
GANNAWAY.
MRS. FLINKS.
FLINX.
JEE.
HARDEN.
MERDLE.
MURDEN.

TOPWASH.
PORDAGE.
DORRET——DORRIT.
CARTON.
MINIFIE.
SLINGO.
JOAD.
KINCH.
MAG.
CHELLYSON.
BLENNAM——CL.
BARDOCK.
SNIGSWORTH.
SWENTON.
CASBY——BEACH.
LOWLEIGH——LOWELY.
PIGRIN.
YERBURY.
PLORNISH.
MAROON.
BANDY-NANDY.
STONEBURY.
MAGWITCH.
MEAGLES.
PANCKS.
HAGGAGE.
PROVIS.
STILTINGTON.
PEDSEY.
DUNCALF.
TRICKLEBANK.
SAPSEA.
READYHUFF.
DUFTY.
FOGGY.
TWINN.
BROWNSWORD.
PEARTREE.
SUDDS.
SILVERMAN.
KIMBERETSER.
LAUGHLEY.
LESSOCK.
TIPPINS.

MINNITT.
RADLOWE.
PRATCHET.
MAWDETT.
WOZENHAM.
STILTWALK.
STILTINGSTALK.
STILTSTALKING.
RAVENDER.
PODSNAP.
CLARRIKER.
COMPERY.
STRIVER——STRYVER.
PUMBLECHOOK.
WANGLER.
BOFFIN.
BANTINCK.
DIBTON.
WILFER.
GLIBBERY.
MULVEY.
HORLICK.
DOOLGE.
GANNERY.
GARGERY.
WILLSHARD.
RIDERHOOD.
PRATTERSTONE.
CHINKIBLE.
WOPSELL.
WOPSLE.
WHELPINGTON.
WHELPFORD.
GAYVERY.
WEGG.
HUBBLE.
URRY.
KIBBLE.
SKIFFINS.
WODDER.

AKERSHEM.

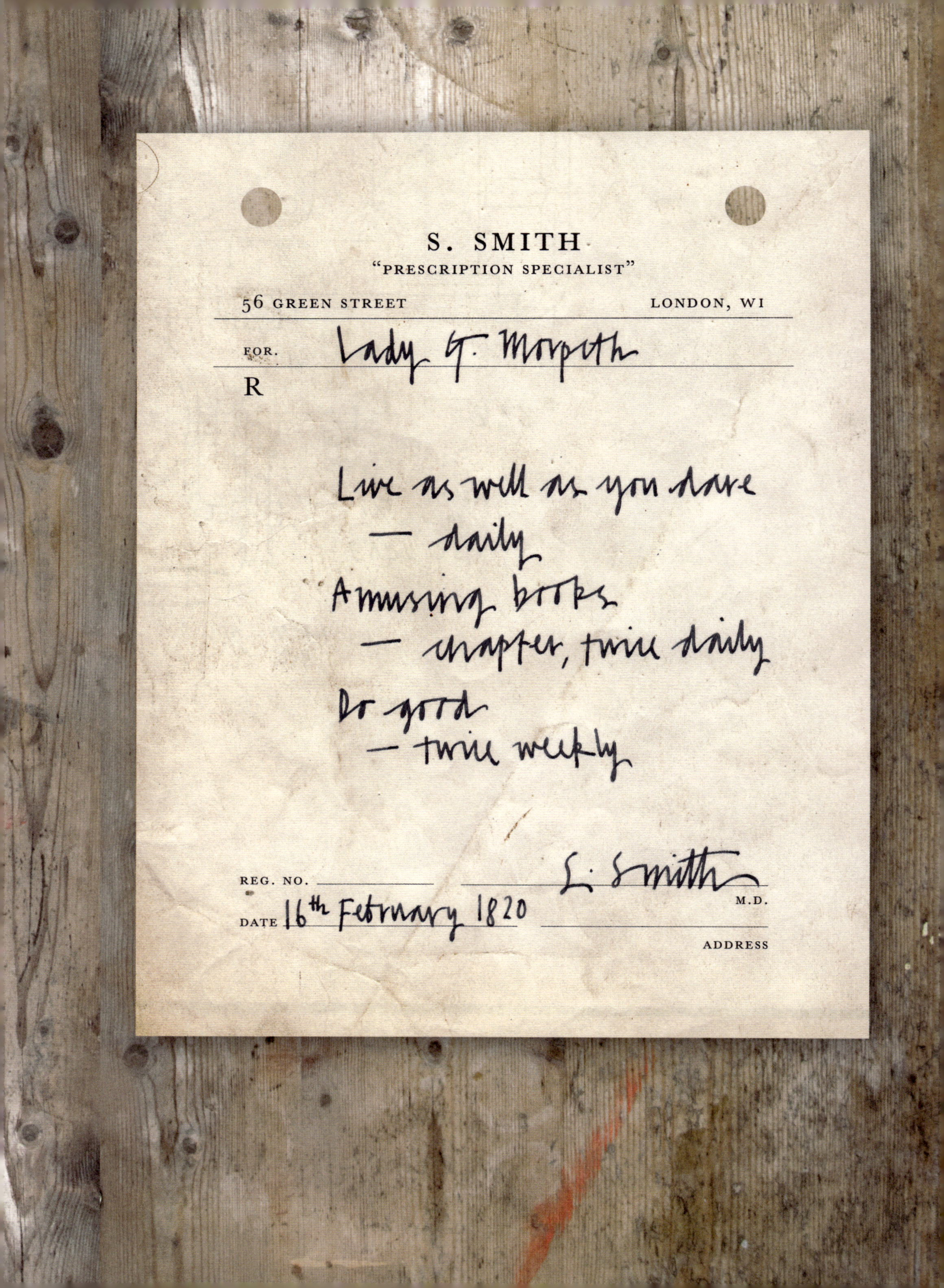

S. SMITH.
"PRESCRIPTION SPECIALIST"

56 GREEN STREET   LONDON, WI

FOR. Lady G. Morpeth

R

Live as well as you dare
— daily
Amusing books
— chapter, twice daily
Do good
— twice weekly

REG. NO. _____

DATE 16th February 1820

S. Smith
M.D.

ADDRESS

Foston, 16 de fev. de 1820

Querida Georgiana,

Ninguém sofreu mais de depressão do que eu — portanto, sinto muito por você. Eis aqui minhas prescrições.

1º   Viva o melhor que puder.

2º   Tome banho com pouca água e numa temperatura suficientemente baixa para ter uma leve sensação de frio.

3º   Livros divertidos.

4º   Pequenos contatos com a vida humana — nada além de um almoço, jantar ou chá.

5º   Ocupe-se ao máximo.

6º   Procure, tanto quanto possível, a companhia de amigos que a respeitam e lhe querem bem.

7º   E daqueles conhecidos que a divertem.

8º   Não faça segredo sobre sua depressão para os amigos, mas fale abertamente sobre ela — escondê-la é sempre pior.

9º   Preste atenção nos efeitos do chá e do café em você.

10º   Compare sua situação com a de outras pessoas.

11º   Não espere demais da vida humana — uma história triste, quando muito.

12º   Evite poesia, representações teatrais (exceto comédias), música, romances sérios, gente melancólica e sentimental e tudo que possa lhe suscitar sentimento ou emoção que não lhe seja benéfico.

13º   Faça o bem e esforce-se para agradar a todos, em todos os níveis.

14º   Fique ao ar livre o máximo que puder sem se cansar.

15º   Torne alegre e agradável o lugar da casa onde você costuma ficar.

16º   Lute, pouco a pouco, contra o ócio.

17º   Não seja severa demais consigo mesma nem se subestime, porém aja de acordo com sua capacidade.

18º   Mantenha um bom fogo aceso.

19º   Seja firme e constante na prática da religião racional.

20º   Acredite em mim, querida Georgiana, seu dedicado servo, Sydney Smith.

lista 079

VIVA O MELHOR QUE PUDER
SYDNEY SMITH
16.FEV.1820

Ao saber que sua grande amiga, Lady Georgiana Morpeth, estava passando por uma crise de depressão, o famoso ensaísta e clérigo inglês Sydney Smith mandou-lhe, em fevereiro de 1820, uma carta preciosa, dando-lhe bons conselhos para ajudá-la a superar o "desânimo". E colocou suas sábias palavras em forma de lista.

I – FIRST I RECOGNIZED THAT YOU WERE
VERY CLEVER

II – THAT YOU WERE VERY HANSOME

III – THAT YOU WERE PERCEPTIVE

IV – THAT YOU WERE ENTHUSIASIC.

V – THAT YOU WERE GENEROUS.

VI – THAT YOU WERE BEAUTIFUL

VII – THAT YOU WERE TERRIBLY WELL ORGANIZED

VIII – THAT YOU WERE FANTASTICALLY EFFICIENT

IX – THAT YOU WILL DRESS VERY VERY WELL

IIIA – THAT YOU HAVE A MARVELOUS SENSE
OF HUMOR

X THAT YOU HAVE A VERY VERY BEAUTIFUL
BODY.

XI THAT YOU ARE UNBELIEVABLY GENEROUS
TO ME.

XII THAT THE MORE ONE DIGS THE
FOUNDATIONS THE MORE AND MORE
ONE FINDS THE SOLIDEST OF
GRANIT FOR YOU AND I TO BUILD
A LIFE TOGETHER UPON ← I KNOW THIS IS NOT
A GOOD SENTENCE

I —	PRIMEIRO RECONHECI QUE VOCÊ É MUITO INTELIGENTE
II —	QUE VOCÊ É MUITO ATRENTE
III —	QUE VOCÊ É PERSPICAZ
IV —	QUE VOCÊ É ENTUSIÁSICA.
V —	QUE VOCÊ É GENEROSA.
VI —	QUE VOCÊ É LINDA
VII —	QUE VOCÊ É TERRIVELMENTE BEM ORGANIZADA
VIII —	QUE VOCÊ É FANTASTICAMENTE EFICIENTE
IX —	QUE VOCÊ SE VESTE MUITO MUITO BEM
IIIA —	QUE VOCÊ TEM UM SENSO DE HUMOR MARAVILHOSO
X —	QUE VOCÊ TEM UM CORPO MUITO MUITO BONITO.
XI —	QUE VOCÊ É INCRIVELMENTE GENEROSA COMIGO.
XII —	QUE QUANTO MAIS A GENTE CAVA OS ALICERCES MAIS E MAIS A GENTE ENCONTRA O MAIS SÓLIDO DOS GRANITOS PARA VOCÊ E EU CONSTRUIRMOS SOBRE ELE UMA VIDA JUNTOS (SEI QUE ESSA NÃO É UMA BOA FRASE)

lista 080

LISTA DE AMOR
EERO SAARINEN

1954

O arquiteto fino-americano Eero Saarinen foi responsável por projetar, entre outros edifícios e estruturas admiráveis, o Gateway Arch de St. Louis, Missouri — um arco que parece desafiar a gravidade e é o maior do mundo no gênero. Em 1954, Saarinen casou com a crítica de arte Aline Bernstein Louchheim e, logo depois do casamento, escreveu uma lista para ela.

Presente	Eu tomo coquetel	Nós tomamos coquetel
	Tu tomas coquetel	Vós tomais coquetel
	Ele toma coquetel	Eles tomam coquetel
Imperfeito	Eu tomava coquetel	
Perfeito (passado definado)	Eu tomei coquetel	
Mais-que-perfeito simples	Eu tomara coquetel	
Condicional	Eu podia ter tomado coquetel	
Mais-que-perfeito composto	Eu tinha tomado coquetel	
Subjuntivo	Eu teria tomado coquetel	
Sub. Voluntário	Eu devia ter tomado coquetel	
Pretérito	Eu tomei coquetel mesmo	
Imperativo	Tome coquetel!	
Interrogativo (ou Tomarás coquetel?)	Tu tomas coquetel? (Tomas tu coquetel?)	
Subjuntivo condicional	Eu teria tido de ter tomado coquetel	
Condicional subjuntivo	Eu podia ter tido de tomar coquetel	
Gerúndio	Tomando coquetel	

lista 081
TOME COQUETEL!
F. SCOTT FITZGERALD
JAN.1928

F. Scott Fitzgerald foi um dos romancistas mais famosos do século XX, autor de clássicos como *O grande Gatsby* e *Suave é a noite*. Também foi notório por beber demais nos "intrépidos anos 20" e passou grande parte da década embriagado, em detrimento de sua saúde. Portanto, não surpreende encontrar, numa carta escrita para Blanche W. Knopf, uma lista em que ele conjuga "*tomar coquetel*".

7-2013

°%Guaranty Trust
, Rue des Italiennes

Dear Blanche:

I hate like hell to have to decline all these invitations but as this is three days too late I've no choice. As "cocktail", so I gather, has become a verb, it ought to be be conjugated at least once, so 'ere goes

Present   I cocktail   We cocktail
          Thou You cocktail   You cocktail
          It cocktails   They cocktail

Imperfect   I was cocktailing
Perfect   I cocktailed
(Past definate)

Past perfect   I have cocktailed
Conditional   I might have cocktailed
Pluperfect   I had cocktailed
Subjunctive   I would have cocktailed
Voluntary Sub.   I should have cocktailed
Preterite   I did cocktail
Imperative   Cocktail!
Interrogtive   Cocktailest thou? (Dost Cocktail)
                   (or Wilt cocktail?)

Subjunctive Conditional   I would have had to have cocktailed
Conditional Subjunctive   I might have had to have
                                   cocktailed

Participle   Cocktailing

I find this getting dull, and would much

RECEIVED
19 JAN. 1928
Ansd.............................

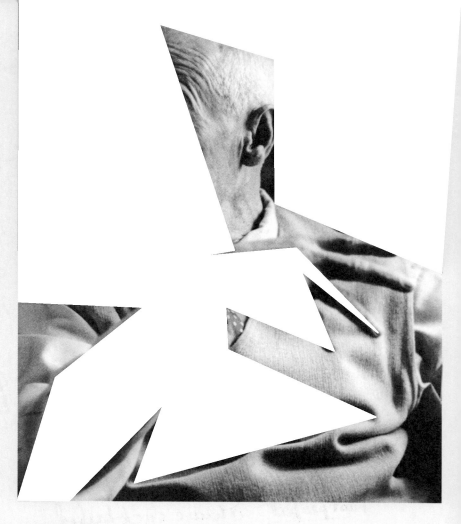

lista 082
OS ONZE MANDAMENTOS DE HENRY MILLER
HENRY MILLER
c. 1932

Embora fosse um escritor inovador que rompeu com as regras e viu seus romances, hoje considerados clássicos, proibidos nos Estados Unidos até a Suprema Corte decidir que não eram obscenos, Henry Miller estabeleceu seus próprios limites. No início da década de 1930, enquanto trabalhava no que seria seu primeiro romance publicado — o influente *Trópico de câncer* —, redigiu uma lista de onze mandamentos que ele mesmo deveria cumprir.

MANDAMENTOS

1. Trabalhe numa coisa de cada vez até concluí-la.
2. Não comece a escrever outros livros, não acrescente mais nada a *Primavera negra*.
3. Não fique nervoso. Trabalhe com calma, com alegria, com despreocupação no que quer que seja.
4. Trabalhe de acordo com a programação e não de acordo com o humor. Pare na hora estabelecida!
5. Quando não consegue *criar*, você pode *trabalhar*.
6. Consolide um pouco todo dia, ao invés de pôr novos fertilizantes.
7. Seja humano! Procure as pessoas, frequente os lugares, beba, se tiver vontade.
8. Não seja um burro de carga! Trabalhe só com prazer.
9. Abandone a programação, quando quiser — mas retome-a no dia seguinte. *Concentre. Restrinja. Exclua.*
10. Esqueça os livros que você quer escrever. Pense só no livro que você *está* escrevendo.
11. Escreva primeiro e sempre. Pintura, música, amigos, cinema, tudo isso vem depois.

Cérebro.

Uma Regra para saber o que é bom e saudável para o Cérebro.

Cheirar Camomila ou Almíscar, + Comer Salva, mas não em excesso, + Tomar Vinho com moderação, + Manter a Cabeça aquecida, + Lavar as Mãos com frequência, + Caminhar com moderação, + Dormir com moderação, + Ouvir pouco barulho ou Música ou cantores, + Comer Mostarda & Pimenta, + Cheirar Rosas vermelhas, & lavar as Têmporas frequentemente com Água de Rosas.

Estas Coisas são ruins para o Cérebro.

Todo tipo de Miolo, + Gula, + Bebedeira, + Jantar Tarde, + Dormir muito depois de comer, + Raiva, + Tristeza, + Ficar muito tempo com a cabeça descoberta, + Ares Poluídos, + Comer demais ou às pressas, + Trabalhar arduamente sob calor Excessivo, + Vigília Excessiva, + Frio Excessivo, + Banhos Excessivos, + Leite, + Queijo, + Alho, + Cebola, + Batida ou Barulho excessivos, & cheirar Rosa branca.

lista 083
CÉREBRO
A. T. (PROFISSIONAL DE MEDICINA E CIRURGIA)
1596

Do livro de autoajuda médica concisamente intitulado *Uma rica fonte ou repositório de informações para os enfermos onde se encontram muitos remédios aprovados para várias moléstias que permaneceram escondidos por muito tempo e não vieram à luz até o presente momento. Agora são apresentados para grande benefício e conforto das pessoas mais pobres que não têm condições de ir ao médico* provêm duas listas: a primeira, de coisas que, em 1596, eram consideradas "boas" para o cérebro; a segunda, de coisas consideradas "ruins" para o cérebro.

Braines.

Cap. 144.

¶ A Rule to knowe what thinges are good and holosome for the Braine.

To smell to Camamill or Muske, ✝ To eate Sage, but not ouermuch, ✝ To drinke Wine measurablie, ✝ To keepe the Head warme, ✝ To washe your Hands often, ✝ To walke measurablie, ✝ To sleepe measurablie, ✝ To heare litle noise of Musicke or singers, ✝ To eate Mustarde & Pepper, ✝ To smell the sauour of Red-roses, & to washe the Temples of your Heade often with Rose-Water.

Cap. 145.

¶ These Thinges are ill for the Braine.

✝ All maner of Braines, ✝ Gluttony, ✝ Drunkennes, ✝ Late Suppers, ✝ To sleepe much after meate, ✝ Anger, ✝ Heauines of minde, ✝ To stande much bare-headed, ✝ Corrupt Aires, ✝ To eate ouermuch or hastely, ✝ Ouermuch heate in Trauaylinge or Labouringe, ✝ Ouermuch Watching, ✝ Ouermuch Colde, ✝ Ouermuch Bathing, ✝ Milke, ✝ Cheese, ✝ Garlicke, ✝ Oynions ✝ Ouermuch Knocking or Noise, & to smell to a white Rose.

Querida mocinha,
[...]
Envio-lhe algumas regras simples para viver em Londres.
1. Lave-se cedo e frequentemente com sabonete e água quente.
2. Não role na grama dos parques. Vai sujar o vestido.
3. Nunca coma pãezinhos, ostras, caramujos ou balas de hortelã no ônibus. Irritaria os passageiros.
4. Seja gentil com os policiais. Você nunca sabe quando eles podem levá-la.
5. Nunca pare um ônibus com o pé. Ele não é uma bola de croqué.
6. Não tente tirar quadros das paredes da National Gallery nem caixas de borboletas do Museu de História Natural. Você vai ser advertida, se fizer isso.
7. Evite a cidade à noite, salmão em conserva, aglomerações, cruzamentos muito movimentados, sarjetas, carroças de aguadeiro, comilanças.

Eternamente seu

Papai

lista 084
REGRAS SIMPLES PARA VIVER EM LONDRES
RUDYARD KIPLING
9.JUN.1908

Um dos escritores mais famosos da história moderna, Rudyard Kipling é autor de uma coletânea de contos intitulada *Os livros da selva*, obra que, desde sua publicação, em 1894, tem entretido milhões de leitores, mas é apenas uma de suas incontáveis criações, que incluem poemas, narrativas de ficção e ensaios. Em 9 de junho de 1908, ele escreveu um texto especialmente importante: uma carta para sua filha caçula, Elsie, que tinha então doze anos e logo iria para Londres, a muitos quilômetros de distância. A carta continha esta lista de "regras para viver em Londres".

lista 085

OS LIVROS FALSOS DE CHARLES DICKENS
CHARLES DICKENS
OUT.1851

Em 1851, Charles Dickens se mudou com a família para Tavistock House, a casa em Londres onde escreveria *Um conto de duas cidades*, *A casa soturna* e *A pequena Dorrit*. Tudo estaria perfeito, não fosse um pequeno problema: não havia livros suficientes para encher as muitas estantes da nova residência. Em vez de comprar mais livros, Dickens recorreu à criatividade: preencheu os vazios com livros falsos, cujos títulos espirituosos inventou e depois enviou, por carta, a um encadernador chamado Thomas Robert Eeles. A lista é a que se segue.

História de um breve processo judicial

Catálogo das estátuas do duque de Wellington

Cinco minutos na China. 3 vols.

Uma soneca nas pirâmides. 2 vols.

Abernethy sobre a compleição. 2 vols.

O correio por terra de sr. Green. 2 vols.

A vida de selvagem do capitão Cook. 2 vols.

O banco de bispos de um carpinteiro. 2 vols.

O secretário universal de Toots. 2 vols.

A arte da etiqueta de Orson.

A calculadora completa de Downeaster.

História da Idade Mediana. 6 vols.

Relato de Jonas sobre a baleia.

As virtudes do alcatrão frio do capitão Parry.

As antigas trapalhices de Kant. 10 vols.

Latidaria. Um poema.

A Revista ao quadrado. 4 vols.

O paiol de pólvora. 4 vols.

Steele. Pelo autor de "Íon".

A arte da primeira dentição.

As cantigas infantis de Mateus. 2 vols.

As plantas florescentes de Paxton. 5 vols.

Sobre o uso do mercúrio pelos poetas antigos.

Lembranças de nada de um sonolento. 3 vols.

Conversas de Heavyside com ninguém. 3 vols.

Livro de citações e comentários do habitante mais antigo. 2 vols.

Rispidologia do rezingão com apêndice. 4 vols.

Os livros de Moisés e filhos. 2 vols.

Burke (de Edimburgo) sobre o sublime e o belo. 2 vols.

Comentários do quizilento.

Evidências do cristianismo do rei Henrique VIII. 5 vols.

Miss Biffin sobre postura.

O progresso das pílulas de Morrison. 2 vols.

Lady Godiva no cavalo.

Os milagres modernos de Munchausen. 4 vols.

Apresentação da literatura dramática de Richardson. 12 vols.

O guia de Hansard para um sono repousante. O maior número possível de volumes.

lista 086

O QUE É PROIBIDO E O QUE REQUER CUIDADO

MOTION PICTURE PRODUCERS AND
DISTRIBUTORS OF AMERICA

1927

Em 1927, a Motion Picture Producers and Distributors of America elaborou e publicou uma lista intitulada "O que é proibido e o que requer cuidado" na tentativa de eliminar produções cada vez mais controversas e ajudar os estúdios de Hollywood a evitarem novos conflitos com os departamentos de censura regionais do país. A lista consistia em onze itens a ser totalmente evitados em futuros filmes ("O que é proibido") e 25 que demandavam cuidadosa ponderação antes de incluí-los ("O que requer cuidado"). Para grande irritação da Associação, a lista se revelou improdutiva e, até certo ponto, foi ignorada. Em 1930, foi substituída por um código, o Motion Picture Production Code, que por sua vez cedeu lugar ao sistema de classificação etária da Motion Picture Association of America existente até hoje.

"O que é proibido e o que requer cuidado"

Motion Picture Producers and Distributors of America, 1927

Decidiu-se que as coisas relacionadas a seguir não devem aparecer nos filmes produzidos pelos membros desta Associação, independentemente do tratamento que recebam.

1. Profanação evidente — no título ou nas falas —, o que inclui as palavras "Deus", "Senhor", "Jesus", "Cristo" (a menos que sejam utilizadas com reverência e em cenas de cerimônias religiosas), "inferno", "maldição" e toda expressão profana e vulgar;
2. Toda nudez licenciosa ou sugestiva — claramente visível ou em forma de silhueta; e todo comentário imoral ou licencioso feito por outras personagens do filme a respeito de nudez;
3. O tráfico ilegal de drogas;
4. Qualquer insinuação de perversão sexual;
5. Escravização de pessoas brancas;
6. Miscigenação (relações sexuais entre brancos e negros);
7. Higiene sexual e doenças venéreas;
8. Cenas de parto — claramente visíveis ou em forma de silhueta;
9. Órgãos sexuais de crianças;
10. Ridicularização do clero;
11. Ofensa intencional a qualquer nação, raça ou credo;

E decidiu-se também que se deve tomar especial cuidado com o tratamento dado aos temas seguintes para que se eliminem a vulgaridade e a insinuação e se possa enfatizar o bom gosto:

1. O uso da bandeira;
2. Relações internacionais (evitar mostrar de modo desfavorável a religião, a história, as instituições, as pessoas proeminentes e os cidadãos de outro país);
3. Incêndio criminoso;
4. O uso de armas de fogo;
5. Roubo, assalto, arrombamento de cofre, explosão de trens, minas, edifícios etc. (considerando o efeito que uma descrição muito detalhada desses crimes possa ter sobre os mentecaptos);
6. Brutalidade e atos hediondos;
7. Técnicas de assassinato por qualquer meio;
8. Métodos de contrabando;
9. Métodos de interrogatórios violentos;
10. Enforcamentos ou eletrocussões como punição legal de crimes;
11. Compaixão por criminosos;
12. Atitude em relação a personalidades e instituições públicas;
13. Sedição;
14. Crueldade aparente com crianças e animais;
15. Marcação de pessoas ou animais com ferro em brasa;
16. Venda de mulheres ou mulher vendendo a própria virtude;
17. Estupro ou tentativa de estupro;
18. Cenas de primeira noite de núpcias;
19. Homem e mulher juntos na cama;
20. Sedução deliberada de meninas;
21. A instituição do casamento;
22. Cirurgias;
23. Uso de drogas;
24. Títulos ou cenas relacionados com o cumprimento da lei ou com autoridades incumbidas de zelar pelo cumprimento da lei;
25. Beijo prolongado ou muito sensual, principalmente quando uma das personagens é uma figura muito importante.

Eis a questão

Casar

Filhos — (se Deus quiser) — Companhia constante, (& amiga na velhice) interessada em mim, — um objeto para ser amado & para brincar. — melhor que um cachorro, de qualquer modo. — Um lar, & alguém para cuidar da casa — Os encantos da música & da tagarelice feminina. — Coisas que fazem bem à saúde — Ter de visitar & receber parentes, uma tremenda perda de tempo. —

Ah, meu Deus, é insuportável pensar em passar a vida inteira como uma abelha operária, trabalhando, trabalhando, & nada mais. — Não, não farei isso. — Imagine viver todos os dias na solidão de uma casa londrina enfumaçada & suja. — Imagine uma bela & meiga esposa no sofá, um bom fogo na lareira, livros &, talvez, música — Compare esse quadro com a sombria realidade da Grt. Marlbro' St.

Não casar

Nada de filhos, (nada de segunda vida), ninguém para cuidar de mim na velhice. — De que vale o esforço sem a compaixão de amigos próximos & queridos — quem são amigos próximos & queridos dos velhos, a não ser os parentes

Liberdade para ir aonde quiser — escolha de companhia & que seja pouca. — Conversas com homens inteligentes nos clubes. — Não ter de visitar parentes, & de ceder em todo tipo de ninharia. — ter despesa & ansiedade com filhos — talvez brigas — Perda de tempo. — não poder ler à noite — gordura & ócio — Ansiedade & responsabilidade — menos dinheiro para livros etc. — se tiver muitos filhos, ser obrigado a ganhar o pão. — (Mas faz muito mal à saúde trabalhar demais)

Talvez minha esposa não goste de Londres; então, a pena é o exílio & a degradação num idiota indolente, ocioso —

Casar, Casar, Casar C. Q. D.

lista 087
CASAR/NÃO CASAR
CHARLES DARWIN
JUL.1838

Em julho de 1838, 21 anos antes de publicar *A origem das espécies*, sua obra pioneira, o naturalista Charles Darwin, então com 29 anos de idade, teve de tomar uma difícil decisão: pedir ou não pedir em casamento o amor de sua vida, Emma Wedgwood. Sua solução foi escrever uma lista de prós e contras, que inclui pérolas como "melhor que um cachorro, de qualquer modo", e "não ter de visitar parentes". No fim, havia tantos prós que era impossível ignorá-los, e, seis meses depois, o casamento aconteceu. O casal permaneceu unido até a morte de Darwin, em 1882. E teve dez filhos.

Marry

[This is the

Children — (if it please God) — Constant companion, (& friend in old age) who will feel interested in one, — object to be beloved & played with. — better than a dog anyhow. — Home, & someone to take care of house — Charms of music & female chit-chat — These things good for one's health. — but terrible loss of time. —

My God, it is intolerable to think of spending one's whole life, like a neuter bee, working, working, & nothing after all. — No no won't do. — Imagine living all one's day solitarily in smoky dirty London House. — Only picture to yourself a nice soft wife on a sofa with good fire, & books & music perhaps — Compare this vision with the dingy reality of Gt Marlbro' St.

Marry — Marry — Marry Q.E.D.

Not Marry

o children, (no second life) no one to care for
one in old age. — What is the use of working
in without sympathy from near & dear friends —
who are near & dear friends to the old. except
relatives — Freedom to go where one liked —
choice of Society & little of it. — Conversation
of clever men at clubs — Not forced to
visit relatives, & to bend in every trifle. —
to have the expense & anxiety of children —
perhaps quarelling — Loss of time. — cannot
read in the Evenings — fatness & idleness —
Anxiety & responsibility — less money for books &c
if many children forced to gain one's bread. —
(But then it is very bad for one's health to work too much)
    Perhaps my wife won't like London; then
the sentence is banishment & degradation
into indolent, idle fool —

lista 088

OS COMPROMISSOS DE VONNEGUT
KURT VONNEGUT
26.JAN.1947

Em janeiro de 1947, menos de dois anos depois de deixar o cativeiro, na Segunda Guerra Mundial, e alguns anos antes de ver sua carreira literária decolar, fazia dezesseis meses que Kurt Vonnegut casara com Jane, sua primeira esposa. Ela estava grávida de seu primeiro filho, o que levou o escritor a redigir um contrato em que estabeleceu uma série de compromissos para si mesmo — inclusive uma engraçada promessa de cuidar de algumas tarefas domésticas. O casal teve três filhos e ainda adotou os três filhos da irmã de Kurt, morta tragicamente em 1957.

Eu, Kurt Vonnegut Jr., juro que serei fiel aos compromissos especificados a seguir:

I. Com a condição de que minha mulher não me repreenda, não me apoquente nem me perturbe por causa disso, prometo lavar o chão do banheiro e da cozinha uma vez por semana, no dia e na hora que eu decidir. E vou fazer um trabalho completo e de boa qualidade, o que significa limpar *embaixo* da banheira, *atrás* da latrina, *embaixo* da pia, *embaixo* da geladeira, *nos* cantos; e vou recolher e colocar em algum lugar quaisquer objetos móveis que por acaso encontre nos mencionados pisos, o que implica limpar também debaixo deles, e não só em volta deles. Ao mesmo tempo, enquanto estiver fazendo isso, vou me esforçar para não dizer vulgaridades como "Merda", "Filho da puta desgraçado", já que esse tipo de linguajar é irritante, quando não está acontecendo na casa nada mais sério que encarar uma Necessidade. *Se eu não cumprir esse acordo*, minha mulher terá toda a liberdade de me repreender, me apoquentar e me perturbar até eu lavar o chão — *por mais ocupado que eu esteja.*

II. Também juro observar as seguintes civilidades:

a. Guardar no armário as roupas e os sapatos que não estiver usando;

b. Não sujar o chão desnecessariamente, porque não limpei os pés no capacho, fui de chinelo levar o lixo lá fora e outras coisas;

c. Jogar no cesto de lixo coisas como caixas de fósforo e maços de cigarro vazios, a cartolina que acompanha os colarinhos de camisa etc., ao invés de largá-los pelas cadeiras ou pelo chão;

d. Depois de fazer a barba, guardar o equipamento de barbear no armário do banheiro;

e. Se sujar a banheira depois do banho, remover a sujeira com a ajuda do limpador Swift e de uma escova, *não* da bucha;

f. Com a condição de que minha mulher recolha a roupa suja, coloque-a no cesto de roupa suja e deixe o cesto de roupa suja bem à vista, no saguão, levar a referida roupa à Lavanderia dentro de, no máximo, três dias depois que a mencionada roupa foi posta no saguão; além disso, buscar a roupa *limpa* na lavanderia dentro de duas semanas depois de a ter levado suja;

g. Quando fumar, fazer todo esforço para manter o cinzeiro que estiver usando numa superfície que não se incline, seja firme, não amasse, não desabe nem ceda à menor provocação; tais superfícies incluem pilhas de livros na beira da cadeira, braços de poltrona e meus joelhos;

h. Não apagar o cigarro nos lados do cesto de papéis de couro vermelho ou do cesto de papéis com desenhos que minha amorosa mulher fez para mim no Natal de 1945, nem jogar cinza nos cestos mencionados;

i. No caso de minha mulher me pedir alguma coisa e tal pedido ser razoável e condizente com as obrigações do homem (quando a esposa está grávida, por exemplo), atender ao mencionado pedido dentro de três dias depois que ela o apresentou: fica entendido que minha mulher não fará referência ao assunto, além de dizer obrigada, claro, *dentro desses três dias*; se, no entanto, eu não cumprir o mencionado pedido depois de um espaço de tempo maior, ela terá absoluta razão para me repreender, me apoquentar e me perturbar até eu fazer o que devia ter feito;

j. Uma exceção ao limite de três dias é levar o lixo para fora, o que, como qualquer boboca sabe, não pode esperar tanto; levar o lixo para fora dentro de três *horas* depois que minha mulher me lembrar disso. Seria bom, contudo, que, depois de ver com meus próprios olhos a necessidade de levar o lixo para fora, eu fizesse isso por iniciativa própria, sem que minha mulher precisasse tocar num assunto meio desagradável para ela;

k. Fica entendido que, se eu achar que esses compromissos não são razoáveis ou restringem demais minha liberdade, tomarei providências para reformulá-los com contrapropostas, apresentadas de maneira adequada e discutidas com educação, ao invés de indevidamente terminar minhas obrigações com uma explosão de obscenidades ou algo parecido e continuar negligenciando as mencionadas obrigações;

l. Fica entendido que os termos deste contrato são válidos até o momento (a ser especificado pelo médico) posterior à chegada de nosso filho em que minha mulher novamente esteja de plena posse de suas faculdades e em condições de realizar atividades mais árduas do que seriam aconselháveis no presente.

ASSINATURA

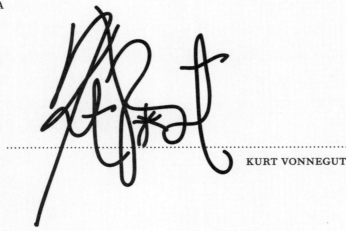

KURT VONNEGUT

lista 089

DECÁLOGO PARA SEGUIR NO DIA A DIA
THOMAS JEFFERSON
1825

Em 1825, um homem pediu a Thomas Jefferson — o terceiro presidente americano e um dos Pais Fundadores dos Estados Unidos, que morreria no ano seguinte — que dissesse algumas palavras sábias a seu filho, Thomas Jefferson Smith, assim chamado em homenagem ao governante. Jefferson gentilmente respondeu com uma carta manuscrita, que terminava com uma lista de dez conselhos para o menino intitulada "Decálogo para seguir no dia a dia".

Decálogo para seguir no dia a dia.

1. Nunca deixe para amanhã o que você pode fazer hoje.
2. Nunca incomode ninguém para fazer o que você mesmo pode fazer.
3. Nunca gaste um dinheiro que você ainda não tem.
4. Nunca compre o que você não quer só porque está barato; vai lhe sair caro.
5. O orgulho nos custa mais que a fome, a sede e o frio.
6. Nunca nos arrependemos de ter comido pouco.
7. O que fazemos de bom grado nunca é maçante.
8. Quanto sofrimento nos têm custado os males que nunca aconteceram!
9. Sempre veja o lado bom das coisas.
10. Quando estiver com raiva, conte até dez, antes de abrir a boca; se estiver com muita raiva, conte até cem.

A Decalogue of Canons for observation in practical life.

1. Never put off till tomorrow what you can do to-day.
2. Never trouble another for what you can do yourself.
3. Never spend your money before you have it.
4. Never buy a thing you do not want, because it is cheap; it will be dear to you.
5. Pride costs us more than hunger, thirst and cold.
6. We never repent of having eaten too little.
7. Nothing is troublesome that we do willingly.
8. How much pain have cost us the evils which have never happened!
9. Take things always by their smooth handle.
10. When angry, count ten, before you speak; if very angry, an hundred.

lista 090

OS DEZ MANDAMENTOS DO GUITARRISTA

CAPTAIN BEEFHEART

FINAL DA DÉCADA DE 1970

Apesar do pouco sucesso comercial, o músico e cantor Captain Beefheart conquistou o coração de muita gente e influenciou uma quantidade enorme de artistas. Seu álbum *Trout Mask Replica*, de 1969, é considerado por muitos uma obra-prima e tem lugar cativo em numerosas listas dos "Maiores álbuns". Em 1976, o guitarrista Moris Tepper entrou na Magic Band de Beefheart — e nela ficou até 1982, quando Captain se aposentou. Foi nesse período que Tepper recebeu a lista com "Os dez mandamentos do guitarrista", escrita pelo próprio Beefheart.

1. Ouça os passarinhos.

É deles que vem toda a música. Os passarinhos sabem como produzir o som e de onde o som deve vir. E observe os beija-flores. Eles voam rápido, mas muitas vezes não estão indo para lugar nenhum.

2. A sua guitarra não é realmente uma guitarra.

A sua guitarra é uma varinha de condão. Use-a para encontrar espíritos no outro mundo e trazê-los para cá. A guitarra também é uma vara de pescar. Se você é bom, vai pegar um peixão.

3. Pratique diante de um arbusto.

Espere a lua aparecer, vá lá fora, coma um pão multigrãos e toque para o arbusto. Se ele não se mexer, coma mais um pedaço de pão.

4. Ande com o diabo.

Os blueseiros Old Delta chamavam o amplificador de guitarra de "caixa do diabo". E tinham toda a razão. Você não pode ser discriminatório em termos de quem vai trazer do lado de lá. A eletricidade atrai demônios. Outros instrumentos atraem outros espíritos. A guitarra acústica atrai Gasparzinho. O bandolim atrai Wendy. Mas a guitarra elétrica atrai Belzebu.

5. Se você pensa, está fora.

Se o seu cérebro faz parte do processo, você está perdendo. Você deve tocar como quem está se afogando, lutando para chegar à margem. Se você consegue ter essa sensação, você tem algo precioso.

6. Nunca aponte a guitarra para ninguém.
O seu instrumento tem mais força que um raio. Só toque um acorde e saia correndo para ouvi-lo. Mas não fique em campo aberto.

7. Leve sempre com você um abridor.
Essa é a cláusula-chave. Como One String Sam. Ele é um abridor. Era um músico de rua de Detroit que, nos anos 50, tocava um instrumento de fabricação caseira. Ele tem uma canção, "I Need a Hundred Dollars", que é demais. Outro abridor é Hubert Sumlin, guitarrista de Howlin' Wolf. Ele só fica lá, parado, que nem a Estátua da Liberdade — e você só quer ficar olhando para ele o tempo todo para ver como é que ele faz isso.

8. Não enxugue o suor do seu instrumento.
Você precisa desse cheiro. Depois, tem de pôr esse cheiro na sua música.

9. Guarde a sua guitarra num lugar escuro.
Quando não estiver tocando, cubra sua guitarra e guarde-a num lugar escuro. Se ficar mais de um dia sem tocar, coloque um pires de água perto dela.

10. Você precisa de um capô para o seu motor.
Fique de chapéu. Chapéu é uma panela de pressão. O ar quente não escapa da casa que tem telhado. Até um feijão-de-lima precisa ser embrulhado em papel molhado para poder crescer.

lista 091

COISAS EM ANDAMENTO E POR FAZER
THOMAS EDISON
3.JAN.1888

Nascido em 1847, Thomas Edison continua sendo até hoje um dos inventores mais prolíficos da história, com uma lista impressionante de 1093 patentes registradas em seu nome apenas nos Estados Unidos. Algumas de suas maiores façanhas incluem a invenção do fonógrafo, o desenvolvimento da primeira lâmpada incandescente realmente prática e o projeto do cinetógrafo, um precursor da câmera cinematográfica. Não surpreende, portanto, que ele escrevesse listas de coisas por fazer que levariam até a mais ocupada das criaturas a se sentir preguiçosa. Este exemplo de cinco páginas data de janeiro de 1888 e contém, entre outros itens notáveis, "piano elétrico", "marfim artificial" e "tinta para cegos".

TAE 3 de janeiro de 1888
Coisas em andamento e por fazer

Colheitadeira de algodão
Novo fonógrafo padrão
Fonógrafo movido à mão.
Novo dínamo barato de baixa velocidade.
Novo dínamo de expansão piromagnética.
Aparelho para surdos
Piano elétrico
Transmissor telefônico padrão para longa distância que utiliza dispositivos da gravação por fonógr[afo]
Fio telefônico espiralado de Fe [ferro?] tt [tratado] com parafina ou outro isolante
Trans[missor] com ponta de platina usando novos dispositivos de gravação fono[gráfica]
Rede de baterias para telefones
    "   "   "   "   a longa distância
    "   "   "   "   Phonoplex
    "   "   "   "   telégrafo
    "   "   "   "   voltímetro,
Ponte magnética aprimorada para aplicação prática
Espelho com Motografo
Relé   "   "
Telefone prático " ".
Cabo artificial.
Telefone com motor para trabalhar com ckts [circuitos] de 100 volts
Duplicação de cilindros fono[gráficos]
Depósito a vácuo sobre renda, ouro + prata também algodão de composto químico fundido de superfícies lustrosas para imitar seda — também req[uer] sistema de galvanização
Máquina grande para triturar minério a vácuo,
" grande para separar magnetita
Material contentor de limalha de ferro.

Seda artificial
Filimentos artificiais
Novo [ilegível] —
Material isolante não inflamável
Cera boa para fonógrafo
Relógio fonográfico
Fonógrafo grande para romances etc.
Expmts [experimentos] de ferro-gusa com eletricidade + magnetismo
Maleabilização a vácuo de ferro fundido
Trefilação de arame fino.
Fonógrafo para [colocar em] bonecas
Motografo a cabo

Moto[gra]fo prático Telefone com motografo de volume alto, com motor fonográfico com 1/3 do tamanho.

Telefone com magneto praticamente em contato com o compressor magnético de uma peça de borracha ajustável como nos novos fonó[-grafos]

Compressor de neve

Separador de minério com chapa de vidro e água

Revestimento de estanho na fabricação de fogão

Refinamento elétrico de cobre

Relé de quad[rante] neutro

Material isolante barato de cobre de baixa indução para cabo de chumbo ——

Molde constante para fundição de ferro

Lâmpada de 200 volts 20 vl [velas]

Indicador de pressão barato

Indicador de volt[agem] com gravação

Sistema de pesagem de caixa

Máquina alternadora + transformador

Interruptores com superfície de prata

Vulcanização da [ilegível] borracha africana [ilegível]

Fio de platina para máquina de cortar gelo,

Fio de prata para sistema de corte de madeira

Prateadura ou cobreação a vácuo para durabilidade da tela usada na fabricação de peruca

Alteração do motor S com novos dispositivos para velocidade c [constante]

Espelho de aumento com fio de plat[ina]-iríd[io] a vácuo

Foto[gra]fia através de telas opacas;

Foto[gra]fia pelo calor [ilegível] pontos críticos

Fil[amento] de boro.

Hg [mercúrio?] para lâmpada

Repetidor de Phonoplex

Tubo de folha de vidro etc. para uso em moldagem de níquel

Madrepérola artificial.

Lápis de mínio. Igual ao de grafite

Tinta nanquim

Tecido para decalque

Tinta para cegos

Queimador de gás leve e incandescente

Queimador de querosene regenerativo

Arco centralizado na lâmpada de arco

[ilegível] teste da lâmpada de arco de Tesla

Reforço de [ilegível] alternado por meio de dínamo [ilegível]

Redutores contínuos ERR

Máquinas de galvanoplastia para Schenectady

Transformador do condensador
Redes de difração de prata com 5000 [ilegível] em pq [pé quadrado?]
para torno de precisão especial para fins ornamentais ———
Análise através de foto
Plano barato para produzir superfícies de mimeógrafo
Bateria + lâmpada para mineiros
Classificação do carvão da máquina de [trabalhar] ardósia
Manteiga diretamente do leite
Queima de rolos de asfalto por chaminé alta
Sinais de ímãs RR
Dissolver tinta de livros e transferir para placa + placa de cobre para
obter a matriz
Repetidor de telefone
Substituto para a ebonite
Marfim artificial
Amolecer as sementes da jarina para transformá-las em folhas
Várias baterias do tipo Lalande
Aquecedor giratório

Indicador de que alguém deseja se comunicar pelo telégr[afo]
Telegrafia marinha
Tubo para falar a longa distância cheio de H_2O sob pressão [ilegível].
Bateria de placa de chumbo para modificar a corrente alternada
Duas faixas giratórias numa bateria de chumbo são pressionadas por
um líquido juntas + fora em compartimentos separados para peroxi-
dar e reduzir a outra por meio de gás ———
Sirene fonogr[áfica] ———
Mag[neto] perm[anente] como um eletromagneto de discos de aço
duro bem polido magnetizados separadamente + reunidos à força
[ilegível] ———————
Telefone que funciona molecularmente
Tubos acústicos formados [riscado] arame trefilado crescente
Longa tira de carbono de 50 cp sob pressão [ilegível]
Voltímetro barato.
Bateria de greda.
As extremidades superior e inferior do longo tubo de um dínamo ou
motor num longo campo magnético entram em contato, forçando a
água a passar por uma corrente geradora [ilegível];
Naftaleno [ilegível] benzeno em copos de óleo para lubrificante,
Tubo capilar de diamagnetômetro com líquido subindo repelido por
ímã poderoso, também [ilegível] soluções para bombear ———
O cobre de uma termobateria é oxidado e revestido com uma su-
perfície de óxido [ilegível] para fazer bom contato. Ferro se possível
———
Disco fonogr[áfico]

T A E   Jany 3 1888 ———

Things doing and to be done.

Cotton Picker
New Standard Phonograph
Hand turning phonograph.
New Slow Speed cheap Dynamo.
New Expansion Pyromagnetic Dynamo.
Deaf Apparatus
Electrical Piano
Long distance standard Telephone transmitter
which employs devices of recording phonogh
Telephone Coil of Fe by H in Parafine or other insulator
Platina Point Trans using new phono Recorder devices'
Grd Battery for Telephones'
    "   "   "   Long distance
    "   "   "   — Phonoplex
    "   "   "   Jump telegraph
    "   "   "   Volt motor,
    "   "   "

Improved Magnetic Bridge for practical work
Motograph Mirror
    "   Relay
    "   Telephone practical,

Artificial Cable.
Phono motor to work on 100 volt ckts
Duplicating Phono Cylinders
Deposit in Vacuo on Lace gold & silver
also on Cotton Molten Chemical compound of lustrous
surface to imitate silk – also reg plating system
Vacuous Oro milling Large Machine'
Magnetite Seperator Large   "
Licking Material for Iron sand.

Artificial Silk
Artificial filiments
New 17' –
Uninflammable Insulating Material
Good wax for phonograms
Phonographic Clock
Large Phonograph for Novels etc
Pig Iron Experts with Electricity & Magnetism
Malleableizing Cast iron in Vacuo
Drawing fine wire.
Toy phonograph for Dolls
Cable Motograph
Very Loud Motograph Telephone, with
1/3 s13 phonogh motor.
Magneto Telephone nearly actual contact and magnet
Compression of an adjustable rubber piece as in new phono
Snow Compressor
Glass plate water Ore Seperator
Tuinned faced iron for Stove Castings
Refining Copper Electrically

Quad neutral relay
Cheap low induct Cap insulating material
for Lead Cable people —
Constant mould for iron foundry

practical
Motograph

200 Volt 20 cp lamp

Cheap pressure Indicator

Recording Volt Indicator

Box balancing System

Alternating Machine & Transformer

Silver Surface Switches

Vulcanizing the 7¢ African Rubber adulterant.

Platinum wire Ice cutting Machine,

Silver wire wood Cutting system

Silvering or Coppering bolting Cloth in Vac for durability

S Water altered over with new devices for C speed

Expansion Mirror Plat-Irid. wire in Vacuo

Photoghy through Opaque Screens;

Photoghy by causing heat after Critical points -

Boron foil.

Hg out of lamp

Phonoplex Repeater.

Squirting glass sheet tube etc Nickel moulds

Artificial Mother Pearl.

Red lead pencils Equal to Graphite

India Ink

Tracing Cloth

Ink for Blind

Fluffy Incandescent Burner for gas
Regenerative Kerosene burner
Centralized arc in Arc Lamp
Cairn Tesla Arc Lamp test
Straightening alternating Cts by stout Dynamo
ERR Continuous reducers
Electroplating Machine for Schenectady
Condenser Transformer
Sqr ft diffraction gratings on silver by 5000 inch dia tool
Special precision lathe for ornamental purposes —
Photo Scentitations,
Cheap plan produce Mimeograph surfaces
Miners battery & Lamp
Sorting Coal from Slate Machine
Butter direct from Milk
Burning asphalt Candles by high chimney
Magnets RR signals.
Soften ink of books transfer to Cop plate & plate
to obtain Matrix

Telephone Repeater
Substitute for Hard rubber
Artificial Ivory
Soften Vegatable Ivory to press in sheets
Various battery on Lalande Type
Revolving Thermo

Call or Indicator for Jump telegh

Marine telegraphy

Long distance speaking tube filled H_2O 2 dia pressure.

Lead plate battery for modifying alternating Current

Two revolving bands in battery lead faced pass in liquid close together & out into seperate chamber to peroxidize one & reduce by gas the other —

Siren phonogh —

Perm mag like an Electromag of discs hard steel high polish seperately magnetized & forced together powerfully .005" thick ——

Telephone working molecularly

Ear tubes formed more crescent drawn wire

Long strip 50 cp carbon under stress & index for Cheap Voltmeter.

Chalk Battery.

Dynamo or motor long tube in long magnetic field top & bottom contacts forcing water through generates current by its passage.

Naphthalene in Benzol in oil cups for Lubricant.

Diamagnetometer. Capilliarity tube liquid rising repelled by powerful magnet, also iron solution to pump ——

(Thermo battery slide Copper oxidized then plated over surface oxide a metal to make good contact. Iron if possible ——

Disk phono

lista 092
ONZE REGRAS PARA ATRAIR O PÚBLICO
PRESTON STURGES
1941

Em 1940, o cineasta americano Preston Sturges, "pai da comédia maluca", estreou como diretor com *O homem que se vendeu*, sátira política recebida calorosamente pela crítica. A Academy of Motion Picture Arts and Sciences também gostou do filme, especialmente do roteiro, escrito por Sturges e, mais tarde, premiado com um Oscar. Nos anos seguintes, Sturges produziu suas melhores obras. Em 1941, quando começava sua ascensão, elaborou uma lista de "onze regras para atrair o público".

1. Moça bonita é melhor que moça feia.
2. Perna é melhor que braço.
3. Quarto de dormir é melhor que sala de estar.
4. Chegada é melhor que partida.
5. Nascimento é melhor que morte.
6. Perseguição é melhor que conversa.
7. Cachorro é melhor que paisagem.
8. Gatinho é melhor que cachorro.
9. Bebê é melhor que gatinho.
10. Beijo é melhor que bebê.
11. Cair sentado é melhor que qualquer coisa.

Os vários distúrbios e graus entre nossos ociosos vagabundos:

1. Desordeiros [mendigos ladrões, aprendizes de falso pedinte]
2. Falsos pedintes [chefes de quadrilhas de ladrões]
3. Ganchadores ou pescadores [ladrões que usam gancho para roubar pela janela aberta]
4. Erradios [vagabundos comuns]
5. Erradios selvagens [nascidos de erradios]
6. Apropriadores de empinadores [ladrões de cavalo]
7. Parelhas [mendigos e mendigas que andam em dupla]
8. Frades [falsos cobradores de dízimo que fingem pedir para hospitais etc.]
9. Malucos [falsos lunáticos]
10. Marinheiros de água doce ou marujos falsamente necessitados [mendigos que se fazem passar por sobreviventes de naufrágio]
11. Atoleimados [falsos surdos-mudos]
12. Latoeiros bêbados [ladrões que usam o ofício como disfarce]
13. Bufarinheiros ou mascates [ladrões que se fazem passar por vendedores]
14. Licenciadores [falsificadores de licença] ou padrecos [padres fraudulentos].

Entre mulheres

1. Falsas sobreviventes de incêndio [mendigas que contam ter perdido tudo num incêndio]
2. Cestas de porcarias [adeleiras]
3. Mortas [prostitutas e ladras]
4. Mortas de igreja [erradias casadas]
5. Mortas ambulantes [não casadas]
6. Amásias acompanhadas [prostitutas que começam com falsos pedintes]
7. Bonecas [jovens, amásias acompanhadas incipientes]
8. Mortas pequenas [meninas mendigas]
9. Mortos pequenos [meninos mendigos].

lista 093
GRAUS DE VAGABUNDO
THOMAS HARMAN
1566

Em 1566, Thomas Harman publicou *A Caveat or Warning for Common Cursitors, Vulgarly called Vagabonds*, livro que visava apontar o que ele acreditava ser os tortuosos trapaceiros da sociedade. Além de relatar histórias de roubo, detalhando as técnicas de tais criminosos, e fornecer um dicionário da "linguagem secreta" ["A hipocrisia dos ladrões"], cada um dos 23 capítulos tinha como título o nome de uma categoria diferente de vagabundo, conforme o autor a identificava. Esses títulos logo se tornaram a lista seguinte, incluída, onze anos depois, na *Description of England*, de William Harrison.

lista 094
UM CORPO QUE CAI
PARAMOUNT
24.OUT.1957

Enquanto se começava a rodar a adaptação cinematográfica do romance *D'entre les morts*, em 1957, uma disputa acontecia nos bastidores entre o diretor do filme, Alfred Hitchcock, e o estúdio, Paramount — tudo por causa do título. Hitchcock queria *Vertigo* [*Vertigem*, lançado no Brasil como *Um corpo que cai*]. O estúdio não queria e propunha uma série de alternativas, como *A noite é nossa* e *Carlota, a louca*. Mas Hitchcock não arredava pé. Semanas depois, em 24 de outubro de 1957, Sam Frey, executivo da Paramount, tentou, pela última vez, convencer Hitchcock e mandou--lhe essa lista de sugestões.

Hitchcock se manteve firme. E a Paramount jogou a toalha.

Agora e sempre
A aparição
Carlotta
Consciência
A desconhecida
Dois tipos de mulher
Engano
Falácia
Falaz
O fantasma
~~Um fato concreto~~
Grito no telhado
A ilusão da máscara
O investigador
A isca
Maldade
A máscara e o rosto
Medo de amar
Minha Madeleine
Nada é para sempre
Não me abandone
Nas sombras
A noite é nossa
Nunca me deixe
Passado, presente e futuro
Passos
Passos na escada do terror
Pela última vez
Por trás da máscara
Procura-se
A segunda chance
Sem vestígio
A sombra
Sombra na escada do espanto
Sombra e substância
Sombra da noite
Sonho sem fim
Sozinho no escuro
Tarde demais, meu amor
A testemunha
A torre escura
Variações de um rosto
Uma vida é para sempre
A vida oculta
Viver de novo
Xeque-mate

lista 095
SETE PECADOS SOCIAIS
MOHANDAS GANDHI
OUT.1947

Em outubro de 1947, Mohandas Gandhi entregou a seu neto, Arun Gandhi, uma lista do que chamou "os sete erros que a sociedade humana comete e que causam toda a violência". No dia seguinte, Arun, que tinha ido visitá-lo, voltou para a África do Sul com a lista e nunca mais viu o avô, que foi assassinado três meses depois. Gandhi já havia publicado essa lista em 1925, em seu jornal, *Young India*, com o título "Sete pecados sociais".

Riqueza sem trabalho.

Prazer sem consciência.

Conhecimento sem caráter.

Comércio sem moralidade.

Ciência sem humanidade.

Adoração sem sacrifício.

Política sem princípios.

Em algum momento, no planeta Terra, uma mulher está comprando um produto para corrigir as seguintes "deficiências":

- poros dilatados
- zona T oleosa
- tornozelos grossos
- testona
- braço gordo e flácido
- mamilos muito grandes
- mamilos muito pequenos
- seios muito grandes
- seios muito pequenos
- um seio maior que o outro
- um seio menor que o outro (Qual é a diferença entre essas duas coisas? Não sei.)
- "bigode chinês"
- "as minhas sobrancelhas não formam arco!"
- APSA [Área Pélvica Superior Adiposa] (acrônimo deliciosamente rude para barriga grande)
- pneu
- teia de varizes finas
- culote
- biscoitos entre as pernas (é assim que eu chamo os triângulos que ficam balançando no lado interno das coxas)
- cílios finos
- joelhos ossudos
- testa curta
- panturrilhas muito grandes
- "sem panturrilhas!"
- "pele meio esverdeada"
- e a minha favorita: "unhas péssimas"

[...]

Se você não tem um corpo bacana, trate de fazê-lo passar fome até chegar a uma forma neutra, ponha silicone, substitua os dentes, pinte a pele de laranja, faça preenchimento nos lábios, coloque uns apliques no cabelo e dê a si mesma o título de Playmate do Ano.

Como sobrevivemos a isso? Como ensinamos às nossas filhas e aos nossos filhos gays que eles são bons do jeito que são?

Precisamos dar o exemplo. Ao invés de buscar um ideal impossível, fiz uma lista de todas as partes saudáveis do meu corpo pelas quais sou grata:

lista 096
PARTES DO CORPO PELAS QUAIS SOU GRATA
TINA FEY
2011

A comediante americana Tina Fey tornou-se famosa na década de 1990 como roteirista e participante do programa *Saturday Night Live*. Mas foi graças a seu programa *30 Rock*, que criou em 2006, que conquistou milhões de corações e incontáveis prêmios. Essas duas listas — uma das supostas deficiências femininas e a outra das partes do corpo pelas quais ela é grata — constam de sua autobiografia *A poderosa chefona*, lançada em 2011.

Sobrancelhas grossas. Elas começam nas têmporas, perto do cabelo, e, se eu deixar, vão se espalhar pela minha cara toda e pela sua também.

Um bumbum em forma de coração. Infelizmente, o coração está de cabeça para cima; a ponta está embaixo.

Olhos castanhos e caídos feitos para levar os predadores a pensarem que estou prestes a pegar no sono e devem voltar amanhã para me comer.

Ombros permanentemente caídos depois de tantos anos trabalhando no computador.

Barriga redonda e saltada por causa da minha postura curva, por mais abdominais que eu faça. Ou seja, basicamente nenhuma.

Cintura alta e fina.

Um rolo de gordura na parte de trás que nunca sumiu depois que perdi o meu "peso de bebê". Um dia, nos próximos dez anos, esse rolo vai se encontrar com a bolsa da frente, escondendo para sempre a minha cintura alta e fina, e, oficialmente, serei a minha mãe.

Peitos bem afastados um do outro e não muito grandes, mas que podem ser levantados uma ou duas vezes por ano para se exibir.

Pernas boas e fortes com panturrilhas grandes, de professora de ginástica, que adquiri andando com os pés voltados para dentro a vida inteira.

Quadris largos que parecem que alguém envolveu uma caixa de soda numa massa Pillsbury.

Os pés do meu pai. Chatos. Ossudos. Pálidos. Não sei como ele anda por aí, já que os pés dele estão nos meus sapatos.

Eu não trocaria nenhuma dessas partes pelas de ninguém. Não trocaria a boca pequena e fina que me torna parecida com o meu sobrinho. Não trocaria a marca de acne na minha face direita, porque aquela espinha recorrente passou mais tempo comigo na faculdade do que qualquer namorado que eu tive.

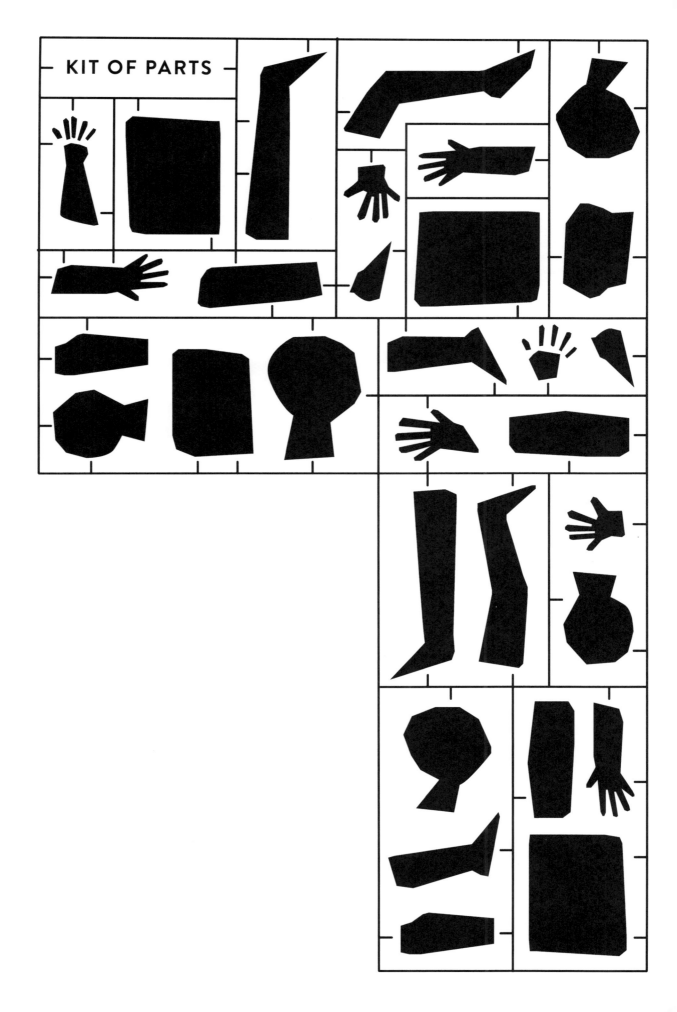

lista 097

LISTA DE COMPRAS DE MICHELANGELO
MICHELANGELO
1518

Quando o papa Leão X lhe encomendou o projeto e a construção da fachada de San Lorenzo, o artista italiano mais conhecido como Michelangelo viajou várias vezes à cidade toscana de Pietrasanta a fim de adquirir mármore para uma obra que acabou não se concretizando. Foi nessa época frustrante que ele anotou uma lista de alimentos no verso de uma carta datada de 18 de março de 1518 — alguns acham que se trata de uma lista de compras para três refeições, ilustrada por graciosos desenhos para que seu empregado analfabeto compreendesse; outros imaginam que se trata apenas de uma recordação de refeições passadas; mas também pode ser nada mais que garatujas de um artista faminto. Nunca vamos saber ao certo.

pani dua
un bochal di vino
una aringa
tortegli

_____

una insalata
quatro pani
un bochal di tondo
un quartuccio di bruscho
un piatello di spinaci
quatro alice
tortelli

_____

sei pani
dua minestre di finochio
una aringa
un bochal di tondo

[TRADUÇÃO]

dois pães
uma jarra de vinho
um arenque
tortelli

_____

uma salada
quatro pães
uma jarra de vinho encorpado
um quarto de litro de vinho seco
um prato de espinafre
quatro anchovas
tortelli

_____

seis pães
dois pratos de funcho
um arenque
uma jarra de vinho encorpado

pani dua
u bochal di vi no
una ariga
tortegli

una salata
quatro pani
bo dial di ro so
ua quar tuccio di bruscho
pentollo di spinaci
quatro a la ca
ortolli

i pani
mi nestre di finochio
aringa
bochall di tondo

lista 098
SÍMILES E COMPARAÇÕES
RAYMOND CHANDLER
data desconhecida

Aclamado autor de romances policiais como *O sono eterno* e *Adeus, minha querida*, o escritor americano Raymond Chandler era famoso por entremear suas narrativas com frases memoráveis, comentários breves e engraçados e símiles líricos — o que fazia com aparente facilidade. No caso dos símiles, ele anotava num caderno todos que lhe ocorriam, para usá-los no futuro. Eis aqui apenas um exemplo dessas anotações.

Silencioso como um dedo numa luva

Mais baixo que as bolas de um texugo (!!) (Vulgar — barriga)

Sistemático como uma caftina contando os ganhos

Tão francês quanto um *doughnut* (ou seja, sem nada de francês)

O rosto dele era tão comprido que podia dar duas voltas em torno do pescoço

Sexy como uma tartaruga

Um nariz que mais parecia o cotovelo de um passageiro de pé num ônibus lotado

Limpo como o pescoço de um anjo

Esperto como um buraco no meio do nada

Um rosto parecido com um pulmão sem ar

Tão apertado que a cabeça dele grita quando ele tira o chapéu

Frio como o calção de uma freira

Alto bastante para ficar nevado

Brilhante como o nariz de uma ativista social

Ele bebia aos goles como um beija-flor tomando orvalho numa folha ondulada

Vistoso como o gráfico de um quiroprático

Uma boca que mais parecia uma alface murcha

Ele tinha um sorriso largo, com cerca de dois centímetros

Um fiapo de sorriso

Frio como os pés de Finnegan

Raro como um carteiro gordo (Cissy)

O olho triangular de um esquilo

Mais longo que uma viagem de ida e volta ao Sião

Bonita como uma tina de lavar roupa

Solitário como o último dos cinquenta vagões de um trem de carga

Um grande e longo enforcamento de um homem com o rosto devastado e o olhar furioso

Um albatroz mareado

lista 099
RECEITAS DE PERU DE SCOTT
F. SCOTT FITZGERALD
data desconhecida

Quando não estava escrevendo clássicos como *O grande Gatsby* e *Suave é a noite*, o romancista americano F. Scott Fitzgerald se dedicava frequentemente a encher seus numerosos cadernos de anotações com historietas, piadas, letras de músicas, observações sobre a vida e ideias para futuros livros. Na verdade, a julgar pelas que foram registradas desde 1932 até sua morte, oito anos depois, e publicadas postumamente, parece que ele adorava documentar, o máximo possível, sua linha de raciocínio. Como podemos ver aqui, ele também escreveu uma série de listas, um exemplo das quais é este resumo jocoso de treze maneiras de aproveitar sobras de peru.

RESTOS DE PERU E COMO ENTERRÁ-LOS COM NUMEROSAS RECEITAS RARAS

Passadas as festas, as geladeiras do país estão abarrotadas de uma quantidade tão grande de peru que é capaz de deixar tonto qualquer adulto que a veja. Parece, portanto, uma boa ocasião para pôr à disposição dos seus proprietários a minha experiência de velho gourmet, oferecendo-lhes estas sugestões. Algumas receitas estão na família há gerações. (Isso geralmente ocorre ao sobrevir a rigidez cadavérica.) Elas foram colecionadas durante anos, extraídas de livros antigos de culinária, de amarelados diários dos primeiros colonos ingleses, de catálogos adquiridos pelo correio, de sacos de golfe e latas de lixo. Não há uma que não tenha sido testada — lápides em todo o país atestam isso.

Pois muito bem: aqui vai:

1. *Coquetel de peru*: Para um peru grande, acrescente um galão de vermute e um garrafão de angustura. Agite.

2. *Peru à la Française*: Pegue um peru grande e maduro, recheie-o com velhos relógios de correntes e carne de macaco e costure. Regue-o com molho, como se estivesse cobrindo um bolo com creme.

3. *Peru e água*: Pegue um peru e uma panela de água. Ferva a água e ponha-a na geladeira. Quando estiver gelatinosa, mergulhe o peru nela. Coma. Ao preparar esta receita, é bom ter à mão uns sanduíches de presunto, para o caso de não dar certo.

4. *Peru mongol*: Pegue três pontas de salame e um esqueleto grande de peru, do qual foram removidos as penas e o recheio natural. Ponha tudo na mesa e ligue para algum mongol das redondezas para perguntar o que deve fazer a partir daí.

5. *Musse de peru*: Pegue um peru grande, deite-o de bruços, esparramado, e não deixe de tirar-lhe os ossos, a carne, as patas, o suco da carne etc. Encha-o de ar com uma bomba de bicicleta. Monte-o de modo atraente e pendure-o na entrada da casa.

6. *Peru roubado*: Saia rapidamente do mercado e, se for abordado, ria e comente que o peru voou para os seus braços e você nem percebeu. Então, largue o peru com uma clara de ovo — bom, bata-a, de qualquer forma.

7. *Peru à la crême*: Prepare o creme com um dia de antecedência. Cubra bem o peru com ele e cozinhe durante seis dias num alto-forno. Embrulhe em papel mata-moscas e sirva.

8. *Picadinho de peru*: Este é o deleite de todos que conhecem bem o animal das festas, mas poucos sabem realmente prepará-lo. Como uma

lagosta, ele deve ser mergulhado vivo em água fervente, até ficar bem vermelho, roxo ou algo assim; então, antes que a cor desbote, é preciso colocá-lo rapidamente na máquina de lavar e deixá-lo cozinhar no próprio sangue, enquanto gira. Só então está pronto para ser picado. Para isso, pegue uma grande ferramenta afiada, como uma lixa de unha, ou, se não tiver nenhuma por perto, uma baioneta serve — e mãos à obra! Pique-o bem! Amarre os restos com fio dental e sirva.

9. *Peru com penas*: Para esse prato você precisa de um peru e de um canhão com balas de meio quilo para obrigar alguém a comê-lo. Grelhe as penas e recheie-as com artemísia, roupas velhas, praticamente tudo que conseguir desencavar. Então, sente-se e aguarde. As penas devem ser comidas como alcachofras (não confundir com o velho costume romano de fazer cócegas na garganta.)

10. *Peru à la Maryland*: Leve um peru gordo ao barbeiro para raspá-lo, ou, se for uma fêmea, leve-a ao salão de beleza para fazer uma limpeza de pele e ondular as penas. Então, antes de matá-lo, recheie-o com jornais velhos e coloque-o no poleiro. Pode servi-lo quente ou cru, normalmente com um molho grosso de óleo mineral e álcool de limpeza. (Nota: esta receita foi-me dada por uma velha mãezinha preta.)

11. *Peru remanescente*: Esta é uma das receitas mais úteis, pois, embora não seja "chique", diz-nos o que fazer com o peru depois das festas e como aproveitá-lo ao máximo. Pegue os restos, ou, se foram consumidos, reúna os vários pratos diversos em que o peru ou as suas partes ficaram e cozinhe-os durante duas horas em leite de magnésia. Recheie com bolas de naftalina.

12. *Peru com molho de uísque*: Esta receita é para quatro pessoas. Adquira um galão de uísque e deixe-o envelhecer por várias horas. Então, reserve um quarto do galão para cada convidado. No dia seguinte, acrescente o peru, pouco a pouco, mexendo e regando constantemente.

13. *Para casamentos ou funerais*: Arrume uma grosa de caixinhas brancas, como as que são usadas para bolo de noiva. Corte o peru em quadradinhos, grelhe, recheie, mate, ferva, asse e ponha no espeto. Agora estamos prontos para começar. Encha cada caixa com uma quantidade de caldo de sopa e empilhe as caixas num lugar acessível. Enquanto o líquido escoa, acrescente o peru preparado até os convidados chegarem. Então, coloque as caixas, delicadamente amarradas com fitas brancas, nas bolsas das senhoras ou nos bolsos dos homens.

Pronto. Chega de falar em peru. Espero não ver peru nem ouvir falar em peru até — bom, até o ano que vem.

9. Today, how do you associate to the following, described in one word?

New York: great

Elvis: ~~fat~~

Ringo: friend

Yoko: love

Howard Cosell: hum

George: lost

Bootlegs: good

Elton: nice

Paul: extraordinary

Bowie: thin

M.B.E: shit

JOHN: great

10. Is there any advise that you can give to the teenagers of today?

grow up!

— read Sugar Blues by

it was a pleasure, hope ya dig it.

Thank you very much for your time and consideration.

9. Hoje, como você qualificaria, numa palavra, os seguintes?

Nova York:
bacana

Elvis:
[riscado] gordo [riscado]

Ringo:
amigo

Yoko:
amor

Howard Cosell:
durão

George:
perdido

Pirataria:
bom

Elton:
legal

Paul:
extraordinário

Bowie:
magro

M. B. E.*
merda

JOHN:
grande

10. Você tem algum conselho para dar para os adolescentes de hoje?
cresçam!
— leiam *Sugar Blues*, de
[riscado]

Foi um prazer,
Espero que você entenda.

Muito obrigado pelo seu tempo e pela sua consideração.

lista 100
ELVIS: GORDO
JOHN LENNON
1976

Em 1976, um jovem chamado Stuart resolveu tentar a sorte e mandou seis páginas de perguntas para John Lennon, uma das pessoas mais famosas do planeta. Para sua enorme surpresa, logo recebeu a resposta. Aqui temos a Pergunta 9, com uma lista de dez itens para Lennon qualificar com uma só palavra. O interessante é que, quatro anos depois, Howard "Durão" Cosell noticiaria a morte de Lennon durante um jogo de futebol americano que estava sendo transmitido pela televisão para milhões de espectadores nos Estados Unidos.

*Member of the Order of the British Empire: distinção dada a alguém que fez algo especial, que se destacou. [N. T.]

lista 101

LIVROS QUE VOCÊ DEVE LER
ERNEST HEMINGWAY
1935

Na primavera de 1934, um aspirante a romancista chamado Arnold Samuelson, então com 22 anos de idade, viajou de carona de Minnesota até Key West, na Flórida, para conhecer seu ídolo, Ernest Hemingway. Como esperava, se tivesse sorte, passar dez minutos na companhia do "maior escritor vivo", ficou perplexo quando o romancista o tomou sob sua proteção e ainda o levou para navegar em seu barco, *Pilar*, onde Samuelson atuou como taifeiro durante grande parte do ano seguinte. Mas foi no primeiro dia que Hemingway lhe deu o primeiro conselho: ao saber que o jovem visitante ainda não tinha lido *Guerra e paz*, disse-lhe: "É um livro danado de bom. Você precisa ler. Vamos até a minha sala, que vou lhe fazer uma lista do que você deve ler".

Stephen Crane ——

O hotel azul

O barco aberto.

Madame Bovary —— Gustave Flaubert

Os dublinenses —— James Joyce ——

O vermelho e o negro —— de Stendhal ——

(*Servidão humana* —— Somerset Maugham) ——

Anna Kariênina —— Tolstói ——

Guerra e paz —— Tolstói ——

Os Buddenbrook —— Thomas Mann ——

Hail and Farewell —— George Moore ——

Os irmãos Karamázov —— Dostoiévski ——

The Oxford Book of English Verse ——

The Enormous Room —— E.E. Cummings.

O morro dos ventos uivantes —— Emily Bronte

Longe, e há muito tempo —— W. H. Hudson ——

The American —— Henry James.

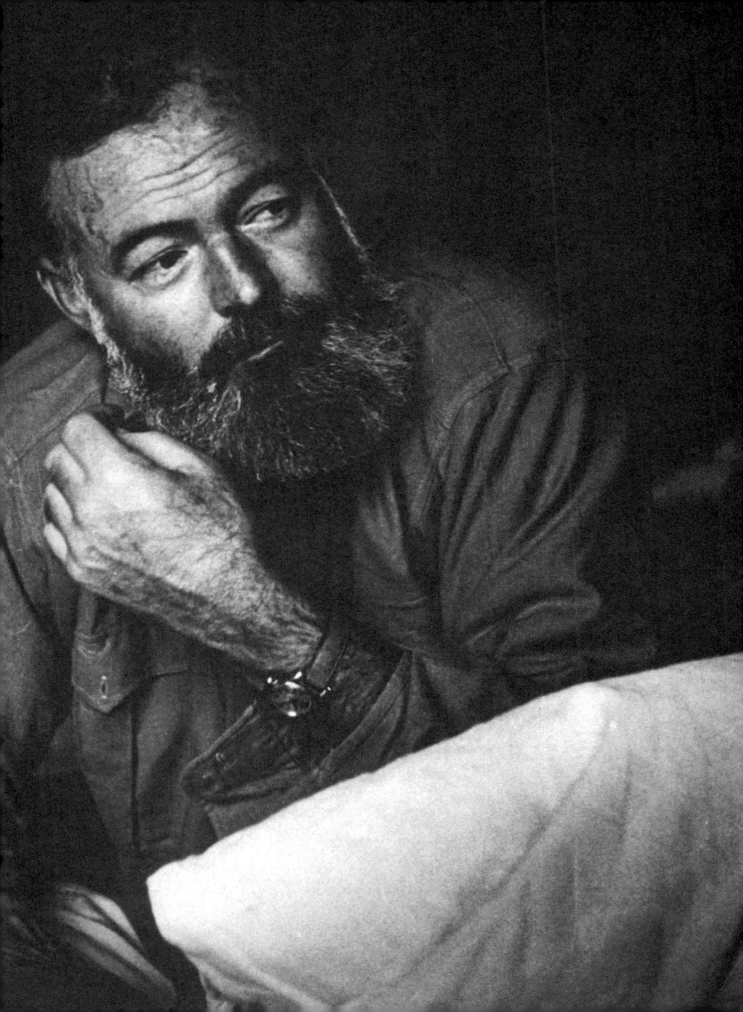

lista 102

BASKET. BALL.
JAMES NAISMITH
6.DEZ.1891

Em dezembro de 1891, convidado a inventar um novo jogo em local fechado para seus alunos jogarem durante o inverno, um professor canadense chamado James Naismith escreveu essa lista de treze regras e fixou-a na parede de um ginásio da Escola Técnica da ACM em Springfield, Massachusetts. O que ele acabara de inventar era o basquetebol. Ao longo dos anos, a lista cresceu, incluindo regras para coisas como drible e arremesso. Atualmente, as regras oficiais do basquete, aprovadas pela Federação Internacional de Basquetebol, têm oitenta páginas. O esboço original dessa lista foi leiloado pela Sotheby's em 2012 por 4,3 milhões de dólares.

Basket. Ball.

A bola pode ser uma bola comum de futebol.

1. A bola pode ser jogada em qualquer direção com uma das mãos ou ambas as mãos.

2. A bola pode ser rebatida em qualquer direção com uma das mãos ou ambas as mãos (nunca com o punho).

3. O jogador não pode correr com a bola, mas deve jogá-la do lugar onde a pegou, a não ser que a tenha pegado quando estava correndo em alta velocidade.

4. O jogador deve segurar a bola com as mãos, não sendo permitido usar os braços ou o corpo para isso.

5. Não será permitido empurrar com o ombro ou de qualquer outra forma, agarrar, passar rasteira ou bater no jogador da equipe adversária. A primeira infração a essa regra será considerada falta, a segunda implicará a suspensão do infrator até que se marque o ponto seguinte ou, se houve intenção evidente de machucar o adversário, até o final da partida, sem direito a substituição.

6. Considera-se falta bater na bola com o punho, violar as regras 3 e 4 e fazer o que a regra 5 explicita.

7. Três faltas consecutivas cometidas por um dos lados resultarão num ponto para o adversário (consecutivo significa que, nesse meio-tempo, o adversário não cometeu nenhuma falta).

8. Será marcado um ponto quando a bola for arremessada da quadra para a cesta e permanecer lá dentro, desde que os que estão defendendo a cesta não toquem nela nem atrapalhem o lance. Se a bola ficar na beirada e o adversário mover a cesta, ganhará um ponto.

9. Quando a bola sair da quadra, deverá ser jogada para dentro da quadra e arremessada pelo primeiro que tocar nela. Em caso de disputa, o auxiliar do árbitro a jogará diretamente na quadra. Quem a pegar terá cinco segundos para arremessá-la; se a segurar por mais tempo, a bola irá para o adversário. Se um dos lados presistir em atrasar o jogo, o auxiliar do árbitro lhe imputará uma falta.

10. O auxiliar do árbitro será o juiz dos jogadores, anotará as faltas e informará o árbitro, quando forem cometidas três faltas consecutivas. Terá poder para suspender um jogador em conformidade com a Regra 5.

11. O árbitro será o juiz da bola — decidirá quando ela está em jogo, dentro da quadra e a que lado pertence — e marcará o tempo. Decidirá quando foi feito um ponto e anotará os pontos, além de cumprir outras tarefas comumente realizadas por um árbitro.

12. A partida será de dois tempos de quinze minutos cada, com cinco minutos de descanso entre ambos.

13. O lado que marcar mais pontos durante esse tempo será declarado vencedor. Em caso de empate, o jogo pode, com a concordância dos capitães das equipes, prosseguir até que se marque mais um ponto.

Primeiro esboço das regras do basquetebol.
Pendurado no ginásio para que os rapazes possam ler as regras — Dez. 1891 James Naismith

6-28-31

Basket Ball

The ball to be an ordinary <u>Association</u> foot ball.

1. The ball may be thrown in any direction with one or both hands.

2. The ball may be batted in any direction with one or both hands (never with the fist).

3. A player cannot run with the ball, the player must throw it from the spot on which he catches it, allowance to be made for a man who catches the ball when running at a good speed.

4. The ball must be held in or between the hands, the arms or body must not be used for holding it.

5. No shouldering, holding, pushing, tripping or striking, in any way the person of an opponent shall be allowed. The first infringement of this rule by any person shall count as a foul, the second shall disqualify him until the next goal is made, or if there was evident intent to injure the person, for the whole of the game , no substitute allowed.

6. A foul is striking at the ball with the fist, violation of rules 3 and 4, and such as described in rule 5.

7. If either side makes three consecutive fouls it shall count a goal for the opponents (consecutive means without the opponents in the meantime making a foul).

8. A goal shall be made when the ball is thrown or batted from the grounds *into the basket* and stays there, providing those defending the goal do not touch or disturbe the goal. If the ball rests on the edge and the opponent moves the basket it shall count as a

#2.

goal.

9. When the ball goes out of bounds it shall be thrown into the field, and played by the person first touching it. In case of a dispute the umpire shall throw it straight into the field. The thrower in is allowed five seconds, if he holds it longer it shall go to the opponent. If any side presists in delaying the game, the umpire shall call a foul on them.

10. The umpire shall be judge of the men, and shall note the fouls, and notify the referee when three consecutive fouls have been made. He shall have power to disqualify men according to Rule 5.

11. The referee shall be judge of the ball and shall decide when the ball is in play, in bounds, and to which side it belongs, and shall keep the time. He shall decide when a goal has been made, and keep account of the goals with any other duties that are usually performed by a referee.

12. The time shall be two fifteen minutes halves, with five minutes rest between.

13. The side making the most goals in that time shall be declared the winners. In case of a draw the game may, by agreement of the captains, be continued until another goal is made.

First draft of Basket Ball rules.
Hung in the gym that the boys might
learn the rules — Dec. 1891 James Naismith
6-28-31.

O QUE MULHERES CICLISTAS NÃO DEVEM FAZER

Não se exponha ao ridículo

Não desmaie no caminho.

Não use chapéu masculino.

Não use ligas apertadas.

Não esqueça a caixa de ferramentas

Não tente percorrer uma "centena" [de quilômetros].

Não desça ladeira sem usar os pedais. É perigoso.

Não critique as "pernas" das outras.

Não se gabe dos longos trajetos que consegue percorrer

Não use perneiras de cores berrantes

Não cultive "cara de bicicleta".

Não recuse ajuda ao subir uma ladeira.

Não use roupa inadequada.

Não "fale de bicicleta" à mesa.

Não negligencie um grito de "apagaram-se as luzes".

Não use joias ao pedalar.

Não corra. Deixe isso para quem adora velocidade.

Não imagine que todo mundo está olhando para você.

Não vá à igreja com seu traje de ciclista.

Não use botas com cadarços. São cansativas.

Não fique de boca aberta em caminhos poeirentos.

Não converse quando estiver pedalando com o corpo inclinado.

Não saia à noite sem companhia masculina.

Não discuta a preferencial dos bondes.

Não use chapéu de festa com calção.

Não use luvas brancas de pelica. Seda é melhor.

Não masque chiclete. Exercite as mandíbulas em lugar privado.

Não se arrisque, pedalando muito perto do meio-fio.

Não pergunte: "O que você acha do meu calção?".

Não use jargão de ciclista. Deixe isso para os rapazes.

Não fale sobre calção com todo homem que você conhece.

Não pense que você está tão bonita como se tivesse saído das páginas de um figurino.

Não saia sem levar agulha, linha e dedal.

Não deixe seu querido Totó acompanhá-la.

Não risque fósforo no selim.

Não tente "combinar" todas as peças de sua indumentária

Não deixe seu cabelo dourado solto nas costas.

Não apareça em público enquanto não souber pedalar bem.

Não tente pedalar com a roupa de seu irmão "só para ver como é".

Não se esfalfe. Pedalar é diversão, não é trabalho.

Não ignore as leis do trânsito só porque é mulher.

Não ponha as pernas no guidão para descer ladeira sem usar os pedais.

Não grite se encontrar uma vaca. Se ela a vir primeiro, vai sair correndo.

Não cultive tudo que está na moda só porque você sabe andar de bicicleta.

Não imite seu irmão, se ele pedala com o corpo paralelo ao chão.

Não se arrisque num trajeto longo, se não tem certeza de poder percorrê-lo com facilidade.

Não se dê ares de que está "lá em cima" nos anais do ciclismo e quebrando "recordes". É só um esporte.

lista 103

O QUE MULHERES CICLISTAS NÃO DEVEM FAZER

UNIQUE CYCLING CLUB OF CHICAGO

21.JUN.1895

No dia 21 de junho de 1895, o jornal *Newark Sunday Advocate* veiculou uma matéria alarmante, cedida pelo *New York World*, sobre um evento do Unique Cycling Club of Chicago em que duas ciclistas foram humilhadas em público por terem tido a audácia de usar saia curta sobre o calção. Para melhor orientar as ciclistas depois do vexame, o jornal acrescentou à matéria uma lista intitulada "O que mulheres ciclistas não devem fazer".

lista 104

AS TREZE VIRTUDES DE FRANKLIN
BENJAMIN FRANKLIN

1726

Benjamin Franklin foi um grande empreendedor, para dizer o mínimo: em vários momentos da vida, foi cientista, músico, tipógrafo, escritor, empresário e político — uma diversidade de papéis desempenhados, com maestria, por um único homem. Como se não bastasse, ele ainda participou da formação dos Estados Unidos da América. Tudo isso mostra que, para quem está procurando se aprimorar, vale a pena estudar sua postura diante da vida e do trabalho, e um ótimo começo é a lista que temos aqui: uma relação de treze virtudes escrita por Franklin em 1726, quando tinha vinte anos de idade, para tentar "viver sem cometer nenhuma falta em nenhum momento". E ele a seguiu até morrer, aos 84 anos, sempre registrando seu progresso.

1. TEMPERANÇA. Não comer até fartar-se; não beber até exaltar-se.

2. SILÊNCIO. Falar só o que pode ser benéfico para os outros ou para si mesmo; evitar conversas frívolas.

3. ORDEM. Colocar todas as coisas nos devidos lugares; fazer cada coisa no devido tempo.

4. RESOLUÇÃO. Resolver fazer o que deve; fazer, sem falta, o que resolver.

5. FRUGALIDADE. Gastar só com o que pode ser bom para os outros ou para si mesmo; ou seja, não desperdiçar nada.

6. DILIGÊNCIA. Não perder tempo; estar sempre fazendo algo útil; eliminar todas as ações desnecessárias.

7. SINCERIDADE. Não recorrer a artifícios danosos; pensar com inocência e justiça, e, se falar, falar de acordo com esse princípio.

8. JUSTIÇA. Não ser injusto com ninguém, prejudicando-o ou omitindo os benefícios que são sua obrigação.

9. MODERAÇÃO. Evitar extremos; suportar ofensas que causam ressentimento tanto quanto achar que merecem.

10. LIMPEZA. Não admitir sujeira no corpo, nas roupas ou na casa.

11. TRANQUILIDADE. Não se aborrecer com ninharias ou com acidentes comuns ou inevitáveis.

12. CASTIDADE. Ter relações sexuais raramente, apenas pelo bem da saúde ou da prole, nunca até fartar-se, debilitar-se ou prejudicar a paz ou a reputação próprias ou de outrem.

13. HUMILDADE. Imitar Jesus e Sócrates.

TEMPERANÇA.
Não comer até fartar-se; não beber até exaltar-se.

	DOM	SEG	TER	QUA	QUI	SEX	SÁB
TEMP.							
SIL.							
ORD.	*	*		*		*	
RES.	*	*	*		*	*	*
FRUG.		*				*	
DIL.		*				*	
SINC.			*				
JUS.							
MOD.							
LIMP.							
TRANQ.							
CAST.							
HUM.							

lista 105
ETIQUETA DE SALVAMENTO
MARK TWAIN
1962

Em 1962, 52 anos depois da morte do humorista Mark Twain, textos inéditos do escritor foram publicados numa coletânea intitulada *Cartas da Terra*. Além de numerosos textos sobre assuntos como religião e moralidade, o livro inclui um excerto de uma "paródia inacabada de livros de etiqueta", no qual Twain lista, por ordem de importância, 27 tipos de pessoas e móveis que devem ser salvos de uma pensão em chamas.

Ao ver uma pensão em chamas, o legítimo cavalheiro sempre salvará, primeiro, as moças — sem distinção de atrativos pessoais, importância social ou predominância pecuniária —, carregando-as do jeito que estiverem e largando-as no lado de fora com a celeridade condizente com o decoro. Naturalmente, há exceções a todas as regras; as exceções a essa são:

Preferência, em questão de salvamento, por:

1. Noivas.
2. Pessoas pelas quais o salvador sente afeição, porém ainda não se declarou.
3. Irmãs.
4. Filhas da madrasta ou do padrasto.
5. Sobrinhas.
6. Primas em primeiro grau.
7. Aleijadas.
8. Primas em segundo grau.
9. Inválidas.
10. Parentes por afinidade de jovem casada.
11. Primas em terceiro grau e jovens amigas da família.
12. As não especificadas.

O conteúdo restante da pensão deve ser salvo na seguinte ordem:

13. Bebês.
14. Crianças com menos de dez anos de idade.
15. Jovens viúvas.
16. Jovens casadas.
17. Velhas casadas.
18. Velhas viúvas.
19. Clérigos.
20. Pensionistas em geral.
21. Empregadas.
22. Empregados.
23. Proprietária.
24. Proprietário.
25. Bombeiros.
26. Móveis.
27. Sogras.

Meus livros favoritos, 1909

Fausto; Goethe
Shakespeare
A divina comédia; Dante Alighieri
Sêneca, o Moço
Giacomo Leopardi, John Keats
Blaise Pascal: *Pensamentos & Les Provinciales*
Schopenhauer
A origem das espécies; Charles Darwin
Walt Whitman: *Folhas de relva*
Nietzsche: *Além do bem e do mal; Genealogia da moral; A vontade de poder*
Cartas de Flaubert
Conversações com Goethe
O vermelho e o negro; Stendhal
A cartuxa de Parma; Stendhal
Madame Bovary; Gustave Flaubert
O egoísta; George Meredith
Anna Kariênina; Liev Tolstói
Harry Richmond; George Meredith
Retrato de uma senhora; Henry James
Adolfo; Benjamin Constant
Manon Lescaut; Abbé Prévost
Ensaios de Tyndall

lista 106
MEUS LIVROS FAVORITOS
EDITH WHARTON
1909

A romancista Edith Wharton nasceu em 1862 em Nova York, onde viveu até a virada do século, dedicando-se à literatura. Só em 1920, quando já estava morando na França, escreveu *A época da inocência*, seu 12º romance, que lhe valeu um prêmio Pulitzer de ficção — o primeiro concedido a uma mulher. Ela também foi indicada ao Nobel de literatura em três ocasiões. Em 1909, escreveu uma lista de seus livros favoritos.

lista 107

EMPÓRIO CELESTIAL DE CONHECIMENTOS BENÉVOLOS
JORGE LUIS BORGES
1942

Em 1942, o escritor argentino Jorge Luis Borges elaborou *O idioma analítico de John Wilkins*, um ensaio em que discorre sobre as dificuldades relacionadas às repetidas tentativas humanas de classificar tudo que existe. Primeiro, concentrou-se numa língua universal, proposta por John Wilkins, filósofo do século XVII, que dividiu o conteúdo do universo em quarenta *gêneros*, cada um dos quais fornecia as duas primeiras letras de um objeto; depois, separou essas categorias em 241 *diferenças* que forneciam mais uma letra e dividiu essas diferenças em 2030 *espécies* para acrescentar a quarta e última letra — por exemplo, Salmão se torna Zana: Za identifica "peixe" (o gênero), Zan identifica "peixe escamoso de rio" (a diferença) e Zana identifica "o maior tipo de carne vermelha" (a espécie). Borges não gostou e ridicularizou a ideia, comparando as "ambiguidades, redundâncias e deficiências" do sistema a essa deliciosa e hoje notória taxonomia do reino animal encontrada no *Empório celestial de conhecimentos benévolos*, uma antiga enciclopédia chinesa que, desconhecida para as incontáveis pessoas que se deixaram influenciar por ela, só existiu realmente na imaginação de Borges.

Pertencentes ao imperador

Embalsamados

Amestrados

Leitões

Sereias

Fabulosos

Cachorros soltos

Incluídos nesta classificação

Que se agitam feito loucos

Inumeráveis

Desenhados com um pincel finíssimo de pelo de camelo

Et cetera

Que acabam de quebrar o jarrão

Que de longe parecem moscas

lista 108

UM DECÁLOGO LIBERAL
BERTRAND RUSSELL
16.DEZ.1951

Eminente filósofo e autor de "Da denotação", ensaio seminal, considerado "paradigma de filosofia", Bertrand Russell também foi, em vários momentos da vida, matemático, crítico social e professor. Em 1951, escreveu um artigo sobre liberalismo para a *New York Times Magazine*, encerrando-o com uma série de mandamentos que deveriam ser transmitidos pelos professores. Mais tarde, a lista foi incluída em sua autobiografia com o título "Um decálogo liberal".

Talvez se possa resumir a essência da posição liberal num novo decálogo, que não pretende substituir o velho, mas apenas suplementá-lo. Os Dez Mandamentos que, como professor, eu gostaria de divulgar, poderiam ser redigidos nos seguintes termos:

1. Não tenha certeza absoluta de nada.
2. Não pense que vale a pena esconder provas, pois elas certamente virão à luz.
3. Nunca tente desencorajar um pensamento, pois você com certeza vai conseguir.
4. Quando encontrar oposição, ainda que seja de seu cônjuge ou de seus filhos, esforce-se para vencê-la com argumentos, e não com autoridade, pois a vitória que depende de autoridade é irreal e ilusória.
5. Não respeite a autoridade dos outros, pois sempre vai encontrar autoridades contrárias.
6. Não use o poder para calar opiniões que considera perniciosas, pois, se fizer isso, as opiniões vão calar você.
7. Não tenha medo de ser excêntrico em suas opiniões, pois toda opinião que hoje é aceita já foi excêntrica no passado.
8. Tenha mais prazer com uma dissidência inteligente do que com uma concordância passiva, pois, se você valoriza a inteligência como deve, a primeira implica uma concordância mais profunda que a segunda.
9. Seja escrupulosamente verdadeiro, ainda que a verdade seja inconveniente, pois ela é mais inconveniente quando você tenta escondê-la.
10. Não tenha inveja da felicidade de quem vive num paraíso dos tolos, pois só um tolo achará que isso é felicidade.

Inventário de todos os acessórios para meus Lord Admiral's Men em 10 de março de 1598

Item: 1 rocha, 1 gaiola, 1 tumba, 1 boca do inferno.
Item: 1 tumba de Guido, 1 tumba de Dido, 1 estrado de cama.
Item: 8 lanças, 1 par de escadas para *Phaeton*.
Item: 2 torres de igreja e 1 carrilhão e 1 farol.
Item: 1 cavalo para a peça sobre Faetonte, com os membros inertes.
Item: 1 globo e 1 cetro de outro; 3 bastões.
Item: 2 massapães, e a cidade de Roma.
Item: 1 velocino de ouro; 2 raquetes; 1 loureiro.
Item: 1 machadinha de madeira; 1 machadinha de couro.
Item: 1 dossel de madeira; a cabeça do velho Maomé.
Item: 1 pele de leão; 1 pele de urso; e os membros de Faetonte, e a carruagem de Faetonte; e a cabeça de Argo.
Item: o tridente e a guirlanda de Netuno.
Item: 1 báculo; a perna de madeira de Kent.
Item: a cabeça de Íris, e o arco-íris; um pequeno altar.
Item: 8 viseiras; a brida de Tamburlaine; 1 picareta de madeira.
Item: o arco de Cupido, e a aljava; o pano do sol e da lua.
Item: 1 cabeça de javali e 3 cabeças de Cérbero.
Item: 1 caduceu; 2 barrancas com musgo e 1 serpente.
Item: 2 leques de penas; o estábulo de Belin Dun; 1 árvore com maçãs de ouro; a árvore de Tântalo; 9 alvos de ferro.
Item: 1 alvo de cobre e 17 floretes.
Item: 4 alvos de madeira; 1 par de grevas.
Item: 1 placa da Mother Redcap; 1 broquel.
Item: as asas de Mercúrio; retrato de Tasso; 1 elmo com dragão; 1 escudo com 3 leões; 1 tigela de olmo.
Item: 1 corrente de dragões; 1 lança dourada.
Item: 2 caixões; 1 cabeça de touro; e 1 abutre.
Item: 3 carroças, 1 dragão em *Faustus*.
Item: 1 leão; 2 cabeças de leão; 1 cavalo grande com pernas; 1 sacabuxa.
Item: 1 roda e 1 carro em *Siege of London*.
Item: 1 par de luvas trabalhadas.
Item: 1 mitra papal.
Item: 3 coroas imperiais; 1 coroa simples.
Item: 1 coroa de fantasma; 1 coroa com um sol.
Item: 1 moldura para o cartaz em *Black John*.
Item: 1 cachorro preto.
Item: 1 caldeirão para o judeu.

lista 109
O INVENTÁRIO DE HENSLOWE
PHILIP HENSLOWE
10.MAR.1598

Nascido na década de 1550, Philip Henslowe foi um famoso proprietário de teatros que, em especial o The Rose, competiam diretamente com o Globe Theatre, de William Shakespeare. Entre 1592 e 1603 ele registrou todas as suas transações financeiras, receitas etc., no que hoje é conhecido como *Henslowe's Diary* — um documento historicamente valioso que, mais que qualquer outro, ajuda a conhecer melhor a indústria do entretenimento da época. O diário inclui ainda um maravilhoso inventário de acessórios de cena utilizados pela Admiral's Men, a companhia de atores que Henslowe manteve durante muitos anos.

$£130$ Ho Jthan's

"He'd like for you
to call him"

`97

Midwesternisms
                                                                    theayter
- Prouncing `theater" like it had a y in it - theayter
- Pronouncing `vehicle" with an h - pronouncing the h in `vehicle"
- Solecism: `Itty-tiny." `An itty-tiny little man
- `Because you know why?"
- Preceding a question with `Question." : `Question. Why isn't
office supplies a revenue expenditure instead of an operating expense."
     Malaprops
- `The office encouraged them that whoever had a
problem should..."
- `This stuff's all been mulling around in my head."
- `The more I keep coming, I realize how little I know"
- `That irks my feelings."
- `He would have made short work of me in a hurry." -
- `The thing is that I'm serious."
- `It just got all scrambled up in my head." -
- `Involved" for `evolved." `And it involved into a bad situation."
- `I had a circumstance happen."
- `whatnot." `and whatnot." -
- `Set" for `sit" `~~Sit~~ Set down. Go on and set yourself down here.
- Academic stutter (not a true stutter; the stutter of
- ~~de~~ compression and density, the plosive a bottleneck -
   `The the the the radical discontent of ~~taxpayers~~ business
   under the New Deal."
- `Just let them get it under their belt and chew on it
a while."

— Pronunciar "teatro" como se tivesse um "i" depois do "e" — teia-tro teiatro

— Pronunciar "veículo" como se tivesse um "h" aspirado antes do "i".

— Solecismo: "pequetitiquinho". "Um homenzinho pequetitiquinho

— "Porque você sabe por quê?"

— Dizer "Pergunta" antes de fazer uma pergunta: "Pergunta. Por que a manutenção do escritório não é um gasto de receita ao invés de um custo operacional".

Impropriedades

— "O escritório os encorajou que quem quer que tinha um problema devia…"

— "Essa história toda anda andando esquentando a minha cabeça."

— "Quanto mais eu guardo (?), percebo o pouco que sei."

— "Isso irrita os meus sentimentos."

— "Ele devia ter acabado logo comigo bem rapidinho."

— "O negócio é que eu estou falando sério."

— "Isso simplesmente ficou todo remexido na minha cabeça."

— "Envolver" por "evolver". "E isso envolveu para uma situação ruim."

— "Eu fiz uma circunstância acontecer."

— "Sei lá o que mais." "e sei lá o que mais."

— "Sentir-se" por "sentar-se". "Sinta-se. Vá em frente e sinta-se ali."

— Gagueira acadêmica (não gagueira autêntica; a gagueira da com-pressão e da densidade, a oclusiva no gargalo — "O o o o descon-tentamento radical dos negócios com o New Deal."

— "Só deixe eles passarem pela experiência e matutarem nela por algum tempo."

lista 110
COISAS DO MEIO-OESTE
DAVID FOSTER WALLACE
1997

Em abril de 2011, quase três anos depois do suicídio de David Foster Wallace, publicou-se seu romance inacabado, *O rei pálido* — obra irregular, brilhante e difícil, ambientada, em grande parte, nos escritórios do Internal Revenue Service [Receita Federal] do Meio-Oeste americano. A pesquisa para a elaboração do livro se iniciara muito antes, em 1997, ano seguinte à publicação de *Graça infinita*, quando ainda tinha o título provisório de *Sir John Feelgood* ("SJF"). Uma das primeiras providências que Wallace tomou foi anotar, em seu caderno espiral, essa lista de "Coisas do Meio-Oeste".

lista 111
NOMES PARA O FONÓGRAFO
THOMAS EDISON
NOV.1877

Em novembro de 1877, o prolífico inventor americano Thomas Edison apresentou seu projeto mais recente, o "fonógrafo", aparelho pioneiro capaz não só de registrar sons, como de reproduzi-los, e que inspirou diretamente a criação do gramofone, anos depois. Antes de batizar sua nova invenção, Edison e seus colegas elaboraram esta lista com dezenas de nomes — a maioria com prefixos gregos ou latinos.

T. A. Edison.

Autoeletrógrafo = Pena elétrica
Telautógrafo
Telautofone
Polifone = Emissor de sons múltiplos
Autofone = Autoemissor
Cosmofone = Emissor de som universal
Acustofone = Ouvinte de som = Falante audível
Otofone = Emissor de som no ouvido = falante
Anitfone = Respondão
Ligufone = Falante claro
Minutofone = Emissor de som por minuto
Meistofone = Emissor de som mínimo
Anquifone = Emissor de som ou falante próximo
Palmatofone = Emissor de som vibrante
Cronofone = Anunciador da hora = Relógio falante
Didascofone = Falante que ensina = Professor portátil
Glotofone = Emissor ou falante de língua
Climatofone = Anunciador do tempo
Atmofone = Emissor de som a neblina ou Falante a vapor
Palmofone = Emissor de som a pêndulo ou Pêndulo sonante
Pinacofone = Gravador falante
Hemerologofone = Almanaque falante
Calendofone = Calendário falante
Esfigmofone = Falante de pulso
Halmofone = Emissor-de-som-de-pulsação
Sismofone = Emissor de som de terremoto
Eletrofone = Falante elétrico
Brontofone = Emissor de som de trovão
Clangofone = Emissor de grito de pássaro
Surigmofone = Emissor de assobio
Bremofone = Emissor de som de vento
Bitacofone = Falante de papagaio
Crogmofone = Emissor de grasnido ou crocito
Hulagmofone = Emissor de latido
Trematofone = Emissor de som de perfurador
Telefemista telefemia telefeme
Eletrofemista eletrofemia eletrofeme
Femégrafo = registrador de discurso
Onfegrafo-grama = registrador ou gravador de voz
Melodógrafo Melógrafo Melpografo-grama = registrador de canção
Epógrafo = registrador de discurso, palestra ou sermão
Retógrafo = registrador de discurso
Cinemógrafo = registrador de movimento
Atmofone = som de vapor
Aerofone = som-de-ar
Sinfraxômetro = medidor de pressão
Sinotêmetro = medidor de pressão
Orqueógrafo = gravador de vibração
Orqueômetro

T. A. EDISON.

Menlo Park, N. J., ———————— '87

Auto - Electrograph = Electric Pen
Tel - autograph
Tel - autophone -
Polyphone = Manifold Sounder
Autophone = Self sounder
Kosmophone = Universal Sounder
Acoustophone = Sound hearer. = Audible speaker
Otophone = Ear - sounder = speaker.
Antiphone = Back - talker
Liquphone = Clear speaker
Minutophone = minute - sounder
Meistophone = smallest sounder
Anchiphone = Near sounder or speaker
Palmatophone = Vibration sounder
Chronophone = Time - announcer = Speaking Clock
Didaskophone = Teaching speaker = Portable teacher
Glottophone = Language sounder or speaker
Climatophone = Weather announcer.
Atmophone = Fog sounder. or Vapor - speaker.

Palmophone = Pendulum sounder. or Sounding Pendulum
Pinakophone = Speaking Register.
Hemerologophone = Speaking almanac.
Kalendophone = Speaking Calendar
Sphygmophone = Pulse speaker
Halmophone = Heart-beat-sounder
~~Tentrophone~~ =
Seismophone = Earthquake sounder
Electrophone = Electric Speaker.
Brontophone = Thunder sounder
Klangophone = Bird-cry sounder
Swrigmophone = Whistling sounder
Bremophone = Wind sounder
Bittako-phone = Parrot speaker
Krogmophone = Croaking or Cawing sounder
Hulagmophone = Barking sounder
Trematophone = Sound borer.

Telephemist. telephemy. telepheme.
Electrophemist. electrophemy electropheme.

Phemegraph. - speech writer.
Omphegraph. gram. - voice writer or recorder.

Melodograph. Melograph. Melpograph. - gram. song writer.

Epograph - speech writer lecture or sermon
Rhetograph =   "   " .

Kinemograph = motion writer.

Atmophone ~~aeophone~~ = vapor or steam sound.
aerophone = air - sound.

Symphroxometer = pressure measurer.
Synothemeter - = pressure measurer.
  Orcheograph = vibration record
  Orcheometer

(PHONOGRAPH)
(1877?)

lista 112
COISAS COM QUE VOCÊ DEVE SE PREOCUPAR
F. SCOTT FITZGERALD
1933

Scottie tinha apenas onze anos de idade e estava acampando a quilômetros de distância da família, quando, em agosto de 1933, recebeu esta carta animadora, contendo conselhos. Foi escrita por seu pai, F. Scott Fitzgerald, autor de alguns dos romances mais aclamados dos tempos modernos e de muitas cartas, que, evidentemente, não tinha a menor dificuldade em escrever. Esta, em especial, incluía uma lista encantadora e atemporal de coisas com que a menina devia/não devia se preocupar.

Coisas com que você deve se preocupar:

Preocupe-se com coragem
Preocupe-se com limpeza
Preocupe-se com eficiência
Preocupe-se com equitação
Preocupe-se com...

Coisas com que você não deve se preocupar:

Não se preocupe com a opinião dos outros
Não se preocupe com bonecas
Não se preocupe com o passado
Não se preocupe com o futuro
Não se preocupe com crescer
Não se preocupe com alguém passar na sua frente
Não se preocupe com o triunfo
Não se preocupe com o fracasso, a menos que a culpa seja sua
Não se preocupe com mosquitos
Não se preocupe com moscas
Não se preocupe com insetos em geral
Não se preocupe com pais
Não se preocupe com meninos
Não se preocupe com decepções
Não se preocupe com prazeres
Não se preocupe com satisfações

Coisas em que você deve pensar:

O que eu desejo realmente?
Até que ponto sou realmente boa em comparação aos meus contemporâneos nos seguintes pontos:
(A) Estudo
(B) Será que eu realmente entendo as pessoas e sou capaz de me dar bem com elas?
(C) Será que estou tentando fazer do meu corpo um instrumento útil ou será que estou me descuidando dele?

Com todo o amor,

lista 113

AMANTES DOS SONHOS DE MARILYN MONROE
MARILYN MONROE
1951

Em 1951, enquanto folheava um exemplar do *Academy Players Directory* e falava sobre os atores do momento, a estrela em ascensão Marilyn Monroe, então com 25 anos, virou-se para sua companheira de quarto e colega, a atriz Shelley Winters, e perguntou: "Não seria bacana ser como os homens e fazer um monte de conquistas e dormir com os homens mais atraentes e não se envolver emocionalmente?". Pouco depois, ambas estavam, de caneta em punho, anotando os nomes dos homens com os quais iriam para a cama em tais circunstâncias. A lista de desejos de Monroe é a que vemos ao lado.

Zero Mostel

Eli Wallach

Charles Boyer

Jean Renoir

Lee Strasberg

Nick Ray

John Huston

Elia Kazan

Harry Belafonte

Yves Montand

Charles Bickford

Ernest Hemingway

Charles Laughton

Clifford Odets

Dean Jagger

Arthur Miller

Albert Einstein

lista 114

**QUALIDADES DE GENTE
CIVILIZADA**
ANTON TCHÉKHOV
MAR.1886

O aclamado escritor e médico russo Anton Tchékhov tinha 26 anos, em março de 1886, quando escreveu uma carta franca com conselhos ao perturbado irmão mais velho, Nikolai, talentoso pintor e escritor que, apesar de ter apenas 28 anos, há muito tempo sofria com o alcoolismo, chegando ao ponto de dormir na rua e passar os dias envolto numa espécie de névoa, sem utilizar grande parte de suas notáveis qualidades artísticas. A carta transcrita aqui continha uma lista com oito qualidades apresentadas por gente "civilizada" e era, essencialmente, uma tentativa de Anton de colocar um pouco de juízo na cabeça do irmão que ele estava perdendo aos poucos.

Infelizmente, seus esforços foram inúteis. Nikolai faleceu três anos depois.

A meu ver, pessoas bem-educadas devem satisfazer às seguintes condições:

1. Elas respeitam o indivíduo e, portanto, sempre são indulgentes, delicadas, corteses e cordatas. Não ficam furiosas porque não encontram um martelo ou uma borracha. Quando vão morar com alguém, não se portam como se estivessem lhe fazendo um favor e, quando vão embora, não dizem "Como é que alguém consegue morar com você!". Desculpam barulho, carne fria e cozida demais, chistes e a presença de outras pessoas em sua casa.

2. Sua compaixão vai além de mendigos e gatos. Elas sofrem até com coisas invisíveis a olho nu. Se, por exemplo, souber que seus pais estão ficando de cabelo branco e perdendo o sono porque o veem raramente (e sempre bêbado), Piotr vai correr para a casa deles e mandar sua vodca para o inferno. Essas pessoas não dormem à noite para melhor ajudar os Polevayev, para ajudar a pagar o estudo dos irmãos e para manter a mãe bem vestida.

3. Elas respeitam a propriedade alheia e, portanto, pagam suas dívidas.

4. Elas são sinceras e têm tanto medo de mentira quanto da peste. Não mentem nem mesmo sobre as questões mais triviais. A mentira ofende o ouvinte e o rebaixa aos olhos do mentiroso. As pessoas bem-educadas não se dão ares de importantes, agem na rua como agem em casa e não tentam impressionar seus inferiores. Sabem ficar de boca fechada e não despejam suas confidências em cima de ninguém. Por respeito aos ouvidos alheios, geralmente ficam em silêncio.

5. Elas não se depreciam só para despertar piedade. Não tocam o coração dos outros para que se entristeçam e se preocupem com elas. Não dizem: "Ninguém me entende!" ou "Desperdicei meu talento com ninharias! Eu sou [...]", porque isso é barato e vulgar, falso e antiquado.

6. Elas não se preocupam com futilidades. Não se deixam enganar por joias falsas como amizades com celebridades, apertos de mão com o bêbado Plevako, encantamento com a primeira pessoa que encontram no Salon de Variétés, popularidade entre os fregueses da taberna. Elas riem quando ouvem a frase "Eu represento a imprensa", adequada apenas aos Rodzeviche e aos Levenberg. Quando fazem um trabalho que vale um centavo, não tentam ganhar cem rublos por ele; e não se gabam de poder entrar em lugares vedados aos outros. Os verdadeiros talentos sempre buscam a obscuridade. Procuram misturar-se com a multidão e fugir de toda ostentação. O próprio Krylov falou que um barril vazio tem mais chance de ser ouvido que um cheio.

7. Se têm talento, elas respeitam isso. Por ele sacrificam conforto, mulheres, vinho e vaidade. Orgulham-se de seu talento e, portanto, não vão farrear com funcionários da escola profissionalizante ou com os frequentadores do Skvortsov, percebendo que as chamam para animá-los, não para conviver com eles. E, além do mais, são fastidiosos.

8. Elas cultivam a própria sensibilidade estética. Não dormem com a roupa de sair, não suportam ver uma fenda na parede cheia de percevejos, respirar ar poluído, andar num chão coberto de cusparadas ou pegar a comida no fogão de querosene. Esforçam-se ao máximo para domar e enobrecer seu instinto sexual [...] [...] aceitar a lógica feminina e nunca se afastar dela. Qual é o sentido de tudo isso? Pessoas bem-educadas não são tão grosseiras. O que procuram numa mulher não é uma parceira de cama ou um suor cavalar, [...] não é o tipo de inteligência que se expressa na capacidade de simular uma gravidez e repetir, incansavelmente, uma série de mentiras. Essas pessoas — e, em especial, os artistas — querem espontaneidade, elegância, compaixão, uma mulher que será mãe, não uma [...] Essas pessoas não se encharcam de vodca em nenhuma ocasião, nem saem por aí farejando armários, porque sabem que não são porcos. Bebem somente quando estão de folga e surge oportunidade. Pois querem uma *mens sana in corpore sano*.

E assim por diante. É dessa maneira que agem as pessoas bem-educadas. Se você quer ser bem-educado e manter-se no nível do meio a que pertence, não basta ler *As aventuras do sr. Pickwick* e memorizar um solilóquio do *Fausto*. Não basta parar um táxi e ir até a rua Yakimanka, se tudo que você vai fazer é afastar-se uma semana depois.

Você precisa trabalhar nisso constantemente, noite e dia. Nunca deve parar de ler, de estudar seriamente, de exercitar sua vontade. Cada hora é preciosa.

GORAZ. Cinco passaram o inverno de 1907 nos brejos situados uns oitocentos metros a oeste do monumento a Washington.

ROLA-CARPIDEIRA.

CODORNA.

TETRAZ-DE-COLAR. Um visto em Rock Creek.

GAVIÃO-MIÚDO.

BÚTIO-RUIVO.

*QUIRIQUIRI. Dois deles passaram os dois últimos invernos no terreno da Casa Branca e em seus arredores, alimentando-se de pardais — ainda bem que de pardais ingleses, em geral.

*BUFO-PEQUENO. Residente habitual do terreno da Casa Branca.

*CORUJA-SERRA-AFIADA. Duas delas passaram várias semanas perto do pórtico sul da Casa Branca, 1905.

MARTIM-PESCADOR.

*PAPA-LAGARTA-NORTE-AMERICANO.

PICA-PAU CABELUDO.

*PICA-PAU PENUGENTO.

*CHUPA-SEIVA.

*PICA-PAU-DE-CABEÇA-VERMELHA. Ninhos (dois) no terreno da Casa Branca.

*PICA-PAU-MOSQUEADO. Ninhos (vários) no terreno da Casa Branca.

BACURAU.

BACURAU NORTE-AMERICANO.

*ANDORINHÃO-MIGRANTE.

*BEIJA-FLOR.

TESOURINHA.

PAPA-MOSCAS-GRANDE-DE-CRISTA.

PIUÍ.

PIUÍ-VERDADEIRO.

CALHANDRA-CORNUDA.

*CORVO.

*CORVO-PESCADOR.

*PAPA-FIGOS. Dois deles aninharam no terreno da Casa Branca.

TRISTE-PIA.

TORDO-SARGENTO.

*CORRUPIÃO-DE-BALTIMORE.

PEDRO-CEROULO.

*QUÍSCALO. Ninhos no terreno da Casa Branca. Muito abundantes no começo da primavera.

*PINTARROXO-RÓSEO.

*PINTASSILGO-AMERICANO.

PARDAL-DE-VESPER.

*PARDAL-DE-GARGANTA-BRANCA. Canta. Este ano, cantou agora e durante todo o inverno.

*PARDAL-DE-ÁRVORE-AMERICANO.

*PARDAL-DE-CRISTA-VERMELHA. Ninhos.

PARDAL-DO-CAMPO.

*EMBERIZA-DAS-NEVES.

*PARDAL-CANORO. Ninhos.

*PARDAL-RAPOSA.

lista 115
A LISTA DE PÁSSAROS DO PRESIDENTE ROOSEVELT
THEODORE ROOSEVELT
1908

Em 1908, a historiadora americana Lucy Maynard estava trabalhando numa nova edição de seu livro, *Birds of Washington and Vicinity*, e resolveu perguntar ao então presidente Theodore Roosevelt se podia mencionar alguns pássaros que ele tinha visto perto da Casa Branca. Ávido observador de pássaros, Roosevelt respondeu: "Vou fazer mais que isso. Vou listar todos os pássaros que vi desde que estou aqui — os que eu conseguir lembrar". E aqui está a lista. São 93 pássaros que Roosevelt viu em Washington durante seus sete anos e meio no poder.

*CARDEAL.

PIPILO.

*PÁSSARO-ÍNDIGO. Ninhos.

SAÍRA-SETE-CORES.

ANDORINHA-DE-CASA.

*ANDORINHA-DAS-CHAMINÉS.

ANDORINHA-DA-ÁRVORE.

ANDORINHA-DO-BARRANCO.

*PICOTEIRO-AMERICANO.

PICANÇO-AMERICANO.

*JURUVIARA. Ninhos.

*JURUVIARA-GORJEADORA. Ninhos.

*MARIQUITA-ALVINEGRA. Ninhos.

*MARIQUITA-AZUL

*MARIQUITA-DO-CABO-MAY.

*MARIQUITA-AMARELA. Ninhos.

*MARIQUITA-AZUL-DE-GARGANTA-PRETA.

*MARIQUITA-VERDE-DE-GARGANTA-PRETA.

*MARIQUITA-COROADA.

*MARIQUITA-DA-MAGNÓLIA.

*MARIQUITA-DE-FLANCOS-CASTANHOS.

*MARIQUITA-DE-PEITO-CASTANHO.

*MARIQUITA-DE-PERNA-CLARA.

*MARIQUITA-PAPO-DE-FOGO.

MARIQUITA-DAS-PRADARIAS.

MARIQUITA-DE-COROA-RUIVA.

MARIQUITA-BOREAL.

MARIQUITA-DO-KENTUCKY.

*MARIQUITA-DE-MASCARILHA.

MARIQUITA-DE-PEITO-AMARELO.

*MARIQUITA-DE-ASAS-AZUIS.

* MARIQUITA-DO-CANADÁ.

*MARIQUITA-DE-RABO-VERMELHO. Ninhos no terreno da Casa Branca.

PETINHA-FULVA.

TORDO-DOS-REMÉDIOS.

*PÁSSARO-GATO. Ninhos no terreno da Casa Branca.

DEBULHADOR.

CORRUÍRA-DE-CASA.

*CORRUÍRA-DA-CAROLINA.

CORRUÍRA-DOS-PAUÍS.

*TREPADEIRA-AMERICANA.

*TREPADEIRA-DE-PEITO-BRANCO.

*CHAPIM-DE-CRISTA-BICOLOR. Ninhos no terreno da Casa Branca.

*CHAPIM-DE-CABEÇA-PRETA.

*ESTRELINHA-DE-COROA-DOURADA.

*ESTRELINHA-DE-FOGO.

PAPA-MOSCAS-AZUL-CINZENTO.

*TORDO-DOS-BOSQUES. Ninhos no terreno da Casa Branca.

*PÁSSARO AZUL.

*TORDO-AMERICANO. Ninhos no terreno da Casa Branca.

PRESIDENT ROOSEVELT'S
LIST OF BIRDS

———

SEEN IN THE WHITE HOUSE GROUNDS AND ABOUT WASHINGTON DURING HIS ADMINISTRATION

———

(*Denotes a species seen on White House grounds)

NIGHT HERON. Five spent winter of 1907 in swampy country about one-half mile west of Washington Monument.

MOURNING DOVE.

QUAIL.

RUFFED GROUSE. One seen on Rock Creek.

SHARP-SHINNED HAWK.

RED-SHOULDERED HAWK.

*SPARROW HAWK. A pair spent the last two winters on and around the White House grounds, feeding on the sparrows—largely, thank Heaven, on English sparrows.

*SCREECH OWL. Steady resident on White House grounds.

*SAW-WHET OWL. A pair spent several weeks by the south portico of the White House in June, 1905.

KINGFISHER.

*YELLOW-BILLED CUCKOO.

HAIRY WOODPECKER.

*DOWNY WOODPECKER.

*SAPSUCKER.

*RED-HEADED WOODPECKER. Nests (one pair) on White House grounds.

*FLICKER. Nests (several pair) on White House grounds.

WHIP-POOR-WILL.

NIGHTHAWK.

*CHIMNEY SWIFT.

*HUMMINGBIRD.

KINGBIRD.

lista 116
REQUISITOS DO BOM ESTUDANTE
FRANK LLOYD WRIGHT
1943

Um dos maiores arquitetos de todos os tempos, Frank Lloyd Wright abriu, em 1932, a Frank Lloyd Wright School of Architecture ("Taliesin") e acolheu 23 aprendizes. Nos 27 anos seguintes, até sua morte, lecionou e conviveu com numerosos grupos de alunos, alguns dos quais passaram a trabalhar para sua empresa depois de formados. Até hoje, Taliesin recebe aprendizes. Em *Frank Lloyd Wright: An Autobiography* (1943), o célebre arquiteto incluiu essa lista do que considerava as qualidades ideais de um estudante da Taliesin.

REQUISITOS DO BOM ESTUDANTE

I. UM EGO HONESTO NUM CORPO SADIO —— BOA CORRELAÇÃO

II. AMOR À VERDADE E À NATUREZA

III. SINCERIDADE E CORAGEM

IV. CAPACIDADE DE AÇÃO

V. SENSO ESTÉTICO

VI. APRECIAÇÃO DA OBRA COMO IDEIA E DA IDEIA COMO OBRA

VII. IMAGINAÇÃO FÉRTIL

VIII. CAPACIDADE DE CRER E REBELAR-SE

IX. DESPREZO PELA ELEGÂNCIA BANAL (INORGÂNICA)

X. COOPERAÇÃO INSTINTIVA

lista 117
A LIVRARIA
ITALO CALVINO
1979

No delicioso *Se um viajante numa noite de inverno* (1979), você, o leitor, está tentando comprar e ler esse romance de Italo Calvino. Uma passagem do primeiro capítulo relaciona os seguintes livros, enquanto você navega por uma livraria abarrotada, ansioso para encontrar *Se um viajante numa noite de inverno*.

Livros que Você Não Leu;

os Livros Cuja Leitura É Dispensável;

os Livros Para Outros Usos Que Não A Leitura;

Livros Já Lidos Sem Que Seja Necessário Abri-los, pertencentes que são à categoria dos Livros Já Lidos Antes Mesmo De Terem Sido Escritos;

os Livros Que, Se Você Tivesse Mais Vidas Para Viver, Certamente Leria De Boa Vontade, Mas Infelizmente Os Dias Que Lhe Restam Para Viver Não São Tantos Assim;

os Livros Que Tem a Intenção De Ler Mas Antes Deve Ler Outros;

os Livros Demasiado Caros Que Podem Esperar Para Ser Comprados Quando Forem Revendidos Pela Metade Do Preço;

os Livros Idem Quando Forem Reeditados Em Coleções De Bolso;

Livros Que Poderia Pedir Emprestado A Alguém;

Livros Que Todo Mundo Leu E É Como Se Você Também Os Tivesse Lido;

os Livros Que Há Tempos Você Pretende Ler;

os Livros Que Procurou Durante Vários Anos Sem Ter Encontrado;

os Livros Que Dizem Respeito A Algo Que O Ocupa Neste Momento;

os Livros Que Deseja Adquirir Para Ter Por Perto Em Qualquer Circunstância;

os Livros Que Gostaria De Separar Para Ler Neste Verão;

os Livros Que Lhe Faltam Para Colocar Ao Lado De Outros Em Sua Estante;

os Livros Que De Repente Lhe Inspiram Uma Curiosidade Frenética E Não Claramente Justificada;

os Livros Que Você Leu Há Muito Tempo E Que Já Seria Hora De Reler;

os Livros Que Você Sempre Fingiu Ter Lido E Que Já Seria Hora De Decidir-se A Lê-los Realmente;

os Novidades Em Que O Autor Ou O Tema São Atraentes;

os Novidades De Autores Ou Temas Já Conhecidos (para você ou em geral);

Novidades De Autores Ou Temas Completamente Desconhecidos (ao menos por você)

rolar	curvar
enrugar	levantar
dobrar	incrustar
armazenar	imprimir
vergar	queimar
encurtar	inundar
torcer	untar
mosquear	rodar
amassar	girar
aparar	apoiar
rasgar	enganchar
lascar	suspender
separar	estender
cortar	pendurar
partir	juntar
gotejar	de tensão
remover	de gravidade
simplificar	de entropia
diferenciar	de natureza
desorganizar	de agrupamento
abrir	de camadas
misturar	de feltragem
molhar	agarrar
amarrar	apertar
despejar	enfeixar
inclinar	amontoar
escorrer	reunir

lista 118

**LISTA DE VERBOS:
AÇÕES PARA TER EM MENTE**
RICHARD SERRA

1967-8

No final da década de 1960, o escultor americano Richard Serra escreveu *Lista de verbos: ações para ter em mente* — quatro colunas compostas em sua maioria de verbos no infinitivo, todos designando ações que podem ser realizadas com seus materiais durante o processo artístico. Depois, Serra usou a lista como plano de trabalho.

espalhar	modular
arranjar	destilar
reparar	de ondas
descartar	de eletromagnético
emparelhar	de inércia
distribuir	de ionização
exceder	de polarização
cumprimentar	de refração
cercar	de simultaneidade
circundar	de tendências
rodear	de reflexão
esconder	de equilíbrio
cobrir	de simetria
embrulhar	de fricção
escavar	esticar
atar	fazer saltar
vincular	apagar
tecer	borrifar
unir	sistematizar
combinar	referir
laminar	forçar
ligar	de mapeamento
engonçar	de lugar
marcar	de contexto
expandir	de tempo
diluir	de carbonização
iluminar	continuar

to roll
to crease
to fold
to store
to bend
to shorten
to twist
to dapple
to crumple
to shave
to tear
to chip
to split
to cut
to sever
to drop
to remove
to simplify
to differ
to disarrange
to open
to mix
to splash
to knot
to spill
to droop
to flow

to curve
to lift
to inlay
to impress
to fire
to flood
to smear
to rotate
to swirl
to support
to hook
to suspend
to spread
to hang
to collect
of tension
of gravity
of entropy
of nature
of grouping
of layering
of felting
to grasp
to tighten
to bundle
to heap
to gather

to scatter
to arrange
to repair
to discard
to pair
to distribute
to surfeit
to complement
to enclose
to surround
to encircle
to hide
to cover
to wrap
to dig
to tie
to bind
to weave
to join
to match
to laminate
to bond
to hinge
to mark
to expand
to dilute
to light

to modulate
to distill
of waves
of electromagnetic
of inertia
of ionization
of polarization
of refraction
of simultaneity
of tides
of reflection
of equilibrium
of symmetry
of friction
to stretch
to bounce
to erase
to spray
to systematize
to refer
to force
of mapping
of location
of context
of time
of carbonization
to continue

lista 119
UTOPIAN TURTLE-TOP
MARIANNE MOORE
1955

Em 1955, procurando um nome para seu novo carro, Ford resolveu consultar a mais improvável das pessoas: Marianne Moore, poeta ganhadora do prêmio Pulitzer. E, ciente de que ela era conhecida da esposa de um certo Robert Young, funcionário do departamento de marketing de sua fábrica, logo lhe enviou uma carta. Moore concordou em ajudar e elaborou uma série de listas de nomes encantadores, todos os quais vemos aqui, dispostos em ordem cronológica. A sugestão final, enviada a Young em 8 de dezembro, foi o incrível "Utopian Turtle-top".

Inacreditavelmente, Ford desprezou todas as ideias de Moore e batizou o novo carro com o nome "Edsel". Foi um fracasso.

The Ford Silver Sword
Hirundo
Aerundo
Hurricane
Hirundo (Andorinha)
Hurricane Aquila (Águia)
Hurricane Accipiter (Falcão)
The Impeccable
Symmechromatic
Thunderblender
The Resilient Bullet
Intelligent Bullet
Bullet Cloisonné
Bullet Lavolta
The Intelligent Whale
The Ford Fabergé
The Arc-en-Ciel (O Arco-Íris)
Arcenciel
Mongoose Civique
Anticipator
Regna Racer (couronne à couronne) soberano a soberano
Aéroterre
Fée Rapide (Aérofée, Aéro Faire, Fée Aiglette, Magi-faire) Comme Il Faire
Tonnerre Alifère (Trovão Alado)
Aliforme Alifère (Asa-Fina, Com Asa)
Turbotorc (usado como adjetivo pela Plymouth)
Thunderbird Allié (Pássaro-Trovão Aliado)
Thunder Crester
Dearborn Diamante
Magigravure
Pastelogram
Regina-Rex
Taper Racer
Taper Acer
Varsity Stroke
Angelastro
Astranaut
Chaparral
Tir à l'arc (centro do alvo)
Cresta Lark
Triskelin (três pernas correndo)
Pluma Piluma (fino e leve como pluma)
Andante com Moto (descrição de um bom motor?)
Turcotinga (araponga turquesa — sendo a araponga uma ave sul-americana) azul-anil
Utopian Turtle-top

1. O público é volúvel.
2. Agarre-o pelo pescoço e não o deixe ir embora.
3. Desenvolva uma linha de ação transparente para sua personagem principal.
4. Saiba para onde você está indo.
5. Quanto mais sutil e elegante você for em esconder os objetivos da trama, melhor roteirista você é.
6. Se você tiver um problema com o terceiro ato, o verdadeiro problema está no primeiro ato.
7. Uma dica de Lubitsch: deixe a plateia somar dois mais dois. Ela vai amar você para sempre.
8. Se usar narrador, tome cuidado para não narrar o que o público já está vendo. Acrescente alguma coisa ao que ele está vendo.
9. O fato que ocorre no final do segundo ato desencadeia o final do filme.
10. O terceiro ato precisa crescer, crescer, crescer em termos de ritmo e ação até o último acontecimento, e — pronto. Não se estenda demais.

lista 120
DICAS DE BILLY WILDER PARA ROTEIRISTAS
BILLY WILDER
Final da década de 1990

O lendário cineasta Billy Wilder escreveu o roteiro e/ ou dirigiu alguns dos filmes mais icônicos de Hollywood — usou sua magia em clássicos como *Se meu apartamento falasse*, *Quanto mais quente melhor* e *Pacto de sangue*, para citarmos apenas três — e, por causa disso, continua sendo um dos diretores mais indicados ao Oscar na história da Academy Awards. Wilder foi uma verdadeira força da natureza durante grande parte dos cinquenta anos de sua prolífica carreira e uma voz que vale a pena escutar. No final da década de 1990, ele partilhou seus conhecimentos de cinema na forma desta lista de dicas para roteiristas.

lista 121
POR QUE NANCY É TÃO BACANA
SID VICIOUS
1978

Em 1978, o icônico e profundamente perturbado Sid Vicious, baixista do Sex Pistols, redigiu uma lista das coisas que tornavam "tão bacana" Nancy Spungen, sua namorada havia dois anos. Tragicamente, em outubro de 1978, Nancy foi encontrada morta no quarto de hotel que dividia com ele, em Manhattan; havia sido esfaqueada no abdome. Quatro meses depois, em 2 de fevereiro de 1979, pouco antes de ser julgado como suspeito de assassinato, Sid morreu, vítima de uma overdose de heroína.

Por que Nancy é tão bacana por Sidney

1 Bonita

2 Sexy

3 Belo corpo

4 Fantástico senso de humor

5 Conversa extremamente interessante

6 Espirituosa

7 Tem olhos lindos

8 Tem um gosto fab[uloso] em termos de roupa

9 Tem a xoxota molhada mais linda do mundo

10 Até os pés são sexy

11 É extremamente inteligente

12 Tremendamente dinâmica

what makes Nancy So
Great By Sidney

1 Beautiful
2 Sexy
3 Beautiful figure
4 Great sense of humour
5 Makes extremly interesting
   conversation
6 Witty
7 Has beautiful eyes
8 Has fab taste in clothes
9 Has the most beautiful
   wet pussy in to world
10 Even has sexy feet
11 Is extremely Smart
12 A great Hustler

lista 122

"SMELLS LIKE TEEN SPIRIT"
KURT COBAIN
1991

Kurt Cobain tinha 24 anos e estava a um passo do estrelato quando redigiu esta lista — relacionando os itens necessários para produzir um clipe para "Smells like Teen Spirit", a canção principal de *Nevermind*, o segundo álbum de sua banda. Mal sabiam ele e seus companheiros que a canção, o clipe e o disco ganhariam prêmios e se tornariam icônicos. Sua banda, Nirvana, tornou-se uma das mais influentes de sua geração.

SMELLS LIKE TEEN SPIRIT

necessários

1. Mercedes Benz e alguns carros velhos
2. acesso a um shopping abandonado, andar principal e uma joalheria.
3. um monte de joias falsas
4. auditório de escola (ginásio)
5. um elenco de centenas. 1 segurança, estudantes.
6. 6 uniformes pretos de líder de torcida com um Ⓐ de Anarquia no peito

smells like
TeeN Spirit

needed
1. mercedes benz and a few old cars
2. Access to a mall, main floor and one Jewelry shop.
   Abandoned
3. lots of fake Jewelry
4. school Auditorium (Gym)
5. A cAst of hundreds. 1 custodian, students.
6. 6 black cheerleader outfits with Anarchy A's Ⓐ on chest

lista 123
EDMUND WILSON LAMENTA
EDMUND WILSON
data desconhecida

Com o crescimento de sua popularidade, o falecido crítico literário Edmund Wilson teve de responder a tantas cartas que não conseguia mais se concentrar em seu trabalho. A solução que acabou encontrando foi mandar essa lista de coisas que lamentava não poder fazer a todos que lhe enviavam pedidos que ele não conseguia atender. Para seu azar, a notícia de sua peculiar rejeição espalhou-se rapidamente, e logo ele recebeu uma enxurrada de pedidos da própria lista.

Não gosto de fazer leituras nem mesmo quando são muito bem pagas. EW
EDMUND WILSON LAMENTA SER IMPOSSÍVEL PARA ELE:

LER MANUSCRITOS,

ESCREVER ARTIGOS OU LIVROS POR ENCOMENDA,

ESCREVER PREFÁCIOS OU INTRODUÇÕES,

FAZER DECLARAÇÕES COM FINS PUBLICITÁRIOS,

FAZER QUALQUER TIPO DE TRABALHO EDITORIAL,

ATUAR COMO JUIZ EM CONCURSOS LITERÁRIOS,

DAR ENTREVISTAS,

DAR CURSOS EDUCATIVOS,

DAR PALESTRAS,

FALAR EM PÚBLICO OU DISCURSAR,

FALAR NO RÁDIO OU APARECER NA TELEVISÃO,

PARTICIPAR DE CONGRESSOS DE ESCRITORES,

RESPONDER QUESTIONÁRIOS,

CONTRIBUIR OU PARTICIPAR DE SIMPÓSIOS OU "PAINÉIS" DE QUALQUER ESPÉCIE,

CONTRIBUIR COM MANUSCRITOS PARA VENDAS,

DOAR EXEMPLARES DE SEUS LIVROS PARA BIBLIOTECAS,

AUTOGRAFAR LIVROS PARA ESTRANHOS,

PERMITIR O USO DE SEU NOME EM PAPEL TIMBRADO,

FORNECER INFORMAÇÃO PESSOAL SOBRE SI MESMO,

FORNECER FOTOGRAFIAS DE SI MESMO,

OPINAR SOBRE ASSUNTOS LITERÁRIOS OU DE QUALQUER TIPO.

I don't give readings either unless I'm offered a very large

EDMUND WILSON REGRETS THAT IT IS IMPOSSIBLE FOR HIM TO:

READ MANUSCRIPTS,

WRITE ARTICLES OR BOOKS TO ORDER,

WRITE FOREWORDS OR INTRODUCTIONS,

MAKE STATEMENTS FOR PUBLICITY PURPOSES,

DO ANY KIND OF EDITORIAL WORK,

JUDGE LITERARY CONTESTS,

GIVE INTERVIEWS,

CONDUCT EDUCATIONAL COURSES,

DELIVER LECTURES,

GIVE TALKS OR MAKE SPEECHES,

BROADCAST OR APPEAR ON TELEVISION,

TAKE PART IN WRITERS' CONGRESSES,

ANSWER QUESTIONNAIRES,

CONTRIBUTE TO OR TAKE PART IN SYMPOSIUMS OR "PANELS" OF ANY KIND,

fee.
E W

CONTRIBUTE MANUSCRIPTS FOR SALES,

DONATE COPIES OF HIS BOOKS TO LIBRARIES,

AUTOGRAPH BOOKS FOR STRANGERS,

ALLOW HIS NAME TO BE USED ON LETTERHEADS,

SUPPLY PERSONAL INFORMATION ABOUT HIMSELF,

SUPPLY PHOTOGRAPHS OF HIMSELF,

SUPPLY OPINIONS ON LITERARY OR OTHER SUBJECTS.

SATCHEL'S RULES FOR THE GOOD LIFE

1. Avoid fried foods cause they angers up the blood.

2. If your stomach disputes you, lay down and pacify it with cool thoughts.

3. Keep the juices flowin' by janglin' 'round gently as you move.

4. Go very light on vices such as carryin' on in society. The social ramble just ain't restful.

5. Avoid runnin' at all times.

6. Don't ever look back. Somethin' might be gainin'.

lista 124
REGRAS DE SATCHEL PARA VIVER BEM
SATCHEL PAIGE
data desconhecida

Satchel Paige foi um dos maiores arremessadores da Liga Negra de Beisebol, jogando profissionalmente desde os vinte anos de idade; 22 anos depois, tornou-se o jogador mais velho a estrear nas grandes ligas. Alcançou o auge da glória em 1971, quando entrou para o Baseball Hall of Fame. Ao longo da carreira, num esforço para transmitir sua experiência ao maior número possível de pessoas, distribuiu cartões de visita com esta lista de conselhos impressa no verso.

REGRAS DE SATCHEL PARA VIVER BEM

1. Evite frituras porque irritam o sangue.
2. Se o seu estômago brigar com você, deite-se e acalme-o com pensamentos bacanas.
3. Mantenha os sucos [orgânicos] fluindo balançando-se ligeiramente ao andar.
4. Tome muito cuidado com maus hábitos como ser inoportuno. Falar demais diante dos outros não é bom.
5. Evite correr o tempo todo.
6. Nunca olhe para trás. Alguma coisa pode estar se aproximando.

lista 125
ESTAMOS CHEGANDO LÁ!
RICHARD WATTS
2.DEZ.1942

Entre 1939 e 1945, temendo que os alemães os precedessem na corrida para a fabricação da primeira bomba atômica, os Estados Unidos investiram bilhões de dólares no chamado Projeto Manhattan, conduzido por uma enorme equipe de cientistas. Um grande avanço ocorreu em 1942, quando os físicos conseguiram realizar a primeira reação nuclear em cadeia controlada e autossustentada — experiência cujos resultados Richard Watts registrou, ininterruptamente, em seu caderno de notas. A página vista aqui mostra o exato momento em que a fissão ocorreu, denominado "Estamos chegando lá!"

O projeto foi concluído três anos depois dessas listas, quando duas bombas atômicas foram jogadas no Japão. Mais de 200 mil pessoas morreram.

28

12/2/42

γ chamber		#3	1	#6	
.93	@ 10:55	.87	.01	.08	pause.
.925	11.01	.85	.00	.07	
.92	11.03	.84	.00	.065	
.93 -	11:10	.84	.00	.06+	
.925	11:13	.825	.00	.06	
.925	11.14	.815	.00	.06	
.925	11.15	.80	.00	.06	
.92	11:20	.785	.00	.06	
.92	11:23	.78	.00	.06	
	11:27		Rod put in.		(
.94	11:27	.96	.65	.69	
.94	11:28	.965	.73	.78	
.94	11:30	.965	.75	.81	
.935	11:34	.93	.24	.28	
.93	11:35	.86	.03	.10	
.925	11:37	.84	.00	.06+	
.92	11:39	.80	.00	.06	
.915	11:42	.74	.00	.06	
.91	11:44	.72	.00	.06	
.91	11:45	.70	.00	.06 -	
.91	11:49	.67	.00	.06 -	
.91	11:52	.66	.00	.06 -	
.91	12:00 Noon	.64	✓	✓ .	
.90	12:02	.63	✓	✓	
.895	12:06	.56	✓	✓	
.89	12:08	.53	✓	✓	
.89	12:09	.50	✓	✓	
	12:16	Rod IN			

12/v/42

29

ɣ Chamber	Time	#3	#1	#6
.925	12:12 AM	.95	—	—
.93	12:13	.965	.73	.78

#2(10")	Time	#3(10'0)	#1(10'0)	#6 (10'?)
—	2:?? pm	.97	.9?	.99
—	2:?3	.96	.905	.985
.945	2:34	.91	.8?	.975
.94	2:40	.83	.67	.97
.94	2:48	.81	.62	.975
.935	2:57	.67	.38	.96
.92	3:03	.51	.14	.95-
.885	3:?5	.20	0	.905
.875	3:26	.14	0	.895
.860	3:28	.09	0	.88
.850	3:29	.06	0	.87
	3:30	rod in		
.96	3:31	.95	.9	.99
.96	3:33	.97	.95	.995
.96	3:37	.955	.90	.99
.96	3:37+	.935	.86	.99
.955	3:3?	.91	.8	.99-
.95	3:38½	.87	.72	.98+
.94	3:39	.82	.61	.975
.94	3:39½	.74	.46	.97-
.93	3:40	.64	.18	.96-
.926	3:40½	.55	.16	.95
.92	3:41½	.48	.10	.94
.90	3:42½	.35	.02	.93-

✳ Were Cookin!